Chao NV Ji

潮女纪

张琼 著

中国文史出版社

图书在版编目（CIP）数据

潮女纪 / 张琼著. -- 北京 : 中国文史出版社, 2016.7

ISBN 978-7-5034-7911-3

Ⅰ. ①潮… Ⅱ. ①张… Ⅲ. ①言情小说—中国—当代
Ⅳ. ①I247.5

中国版本图书馆CIP数据核字(2016)第161752号

责任编辑：程　凤

出版发行：**中国文史出版社**

网　　址：www.chinawenshi.net

社　　址：北京市西城区太平桥大街23号　邮编：100811

电　　话：010-66173572　66168268　66192736（发行部）

传　　真：010-66192703

印　　装：廊坊市海涛印刷有限公司

经　　销：全国新华书店

开　　本：880 × 1230　1/32

印　　张：10.75

字　　数：206千字

版　　次：2016年9月北京第1版

印　　次：2016年9月第1次印刷

定　　价：38.00元

序　言

李迎兵

生活的轨道因人而异，但大多时候人们总是随着惰性和惯性在运行，所以才会渴望着某种迥然不同的变化。张琼长篇小说《潮女纪》第一章第一小节开头：“在萧湘二十八岁的生命里，青春的容颜似乎突然间消失殆尽了。”这一句话，让我怦然心动。人们都说，文学来源于生活，但不一定等同于生活。但我在张琼所构造的小说世界里发现了她自己的某些幻影。这种幻影，并不意味着是她本人，却是地地道道的体现着她的全部的心力和文学想象。这是作家面对写作时的一个普遍规律。也就是说，作家必须在小说世界里把自己放进去的同时，又能跳出来超然地去打量。我觉得张琼正在全力以赴地去这样做。

出生于一九八六年的张琼，早些年一直跟随我在鲁院当辅导教师时的一个青少年创作函授班学习，来稿很频繁。当时，她的稿子给我的印象还是中规中矩，波澜不惊。但过了很多年，直到有一天，我在她的文字里突然发现了一些不为人察觉的新奇变化。尤其，在张琼的长篇新作《潮女纪》里，她以二十八岁女主人公萧湘的某种“后青春”视角，力求从生活小处着眼，尤其从女主人公婚变开始写起，即一开始就凸显了其丈夫章峰的复杂性格，然后一波三折，展现了其整个情感变化的轨迹路线图。刚刚步入婚姻家庭的萧湘面对的是一场既尴尬而又无奈的情感危机。小说一开始就大胆地展现了生活中另一种残酷的真相，将新时代大潮中年轻男女的婚姻情感世界展示在读者的眼前。文学即人学，所以，作者一直跟随着女主人公进入到其私人生活的场域，凸显剑拔弩张的矛盾冲突，透过人物光鲜亮丽的外表，展现不同人物的灵魂世界。

我们处于一个热气腾腾的新时代，社会的发展有目共睹，但当我们在改变客观世界的面目时，似乎也在改变着我们自己的灵魂，改变着我们自己的生活方式，改变着原有的思维定式。《潮女纪》正是关注到了女主人公的无奈抗争，并且以作者张琼自己的特有理解，在其笔下展现了一个简单而又复杂、清晰而又多线条的人物链条，通过这些铺展和抒写，在跌宕起伏的峰回路转中，让人感受到一种欣喜，感受到一种无奈，感受到一种突变，感受到一种灵魂的升华，从而由此达到某种力的高度，也让她笔下的女人与男人、女人与外在世界、女人自身内心情感世界之间有了某种和谐统一的张力。

张琼以年轻女性特有的感性触角，对这一切加以抒写和诠释，用尽全力，但又在其中有一点气喘吁吁。我在阅读这部长篇文本之后，感觉到一种与以往张琼依依作别的同时，正在全盘接受一个更加具有野心勃勃的、立体化的“潮女”张琼。我无法体会她在编织这些人物命运故事时的心情，或简单，或复杂，或矛盾，或留恋，通过萧湘这个小女人在婚变中走出来，并勇敢地寻找新的生活，才使得李依西这个理想化的价值符号有了更多的指向和可能。这也许是《潮女纪》能够让我深入读下去的原因之所在了。

当代中国社会正处在重大的历史变革时期。伴随着城镇化的巨变，从乡村走出来千万个打工者，其中《潮女纪》里有所涉及，比如萧湘与打工厨师许大成的早年恋情，即是一个例证。活在这个时代的人们，不仅仅是女主人公萧湘，甚至包括其他人，比如萧冉，比如李依西，都怀揣梦想，有着对未来愿景的无限渴望，也有着追求理想、追求真爱的强烈欲望。即便如此，他们有时也会在这一过程中困惑、迷茫。在传统观念的束缚与现实的抗争和碰撞中，女主人公身处城市生活潮头，置身于不同的人物之中，寻求着自己终极的精神价值和情感归宿。

长篇小说《潮女纪》以萧湘与章峰的婚变为引线，使得李依西这一人物作为暗线贯穿始终，演绎出一系列相关人物纠葛和悲欢离合的命运悲喜剧。围绕着“潮女”个性追梦这一主题，生动展现人物的性格特点，构思独特，铺陈自然，散点结构，不拘泥传统小说的写作手法。全书也不失时机地穿插了萧湘各个年龄段的恋情故事，最后九九归一，有情人终成眷属。小说中的萧湘父母，也很有性格。其中，萧湘父母之间的关系，也用了很多笔墨抒写，使得萧湘这个女主人公的形象更加有了丰满度。而李依西一开始只是驻留在萧湘心里的一个完美却又不确定的幻影，直到李依西原来的女友梁媛哲这个人物的出现，才使得李依西的形象在萧湘心目中逐渐强化并深深扎根了下来。

文学创作并不像我们通常想象的那样一帆风顺，很多时候要历经磨难，费尽千辛万苦，才有可能峰回路转，柳暗花明。爱好文学的人可能很多，但能够坚守到底，并能一如既往地抒写的人，并不很多了，能耐得住冷落，不为世俗的功利所扰，是需要有恒定的决心和动力的。正如鲁迅先生写到的那样——倘若其一是“歧路”，倘是墨翟先生，相传是恸哭而返的。恸哭而返，说明心底还有对理想无法实现的悲鸣，而又有多少人走着走着就改弦易辙另觅他途了，然后也就渐渐麻木了。

正如人们常说的一句话，坚守一阵子或许容易一些，但坚守一年半载，坚守一辈子或许很难很难。从某种意义上看，文学是人类的精神灯盏，通过文学之路进行生命历史进程的总结与展望，其创作的过程，是痛苦并快乐着。我要说，文学是一种灵魂的历练，是情操的陶冶。张琼的《潮女纪》正是体现了这一点，可喜可贺！

是为序。

李迎兵，作家，评论家。中国作家协会会员，曾多年担任中国作家协会鲁迅文学院普及部辅导教师。现为文联专业作家。已发表文学作品三百多万字，多次在海内外获奖。

目　录

第一章　风波乍起

一

在萧湘二十八岁的生命里，青春的容颜似乎突然间消失殆尽了。春光，你来得过于太早，又如此匆匆。繁花似锦的花朵，在十二岁那年遇到李依西时盛开过，芬芳过，欢舞过。李依西为她打开了一扇神奇的门，让她看到童话世界里的绚丽多姿。就在香山上，萧湘看到了更远的风景。但是绚烂就像枝头摇曳的花朵，如春光一样无法库存。在偶遇之后，萧湘又马上回归到应试教育的模板里，乖乖地成为一个木乃伊般的标本。生命就这样不可逆转地开始枯萎凋零。

那是因为李依西的出现，让她的十二岁在华彩以后很快走到悬崖式的十七岁。激烈的高考让萧湘一下子变得苍老，她的容貌虽然朝着一种正常的方向发展，却出现了不可思议的情景。当人在经历一生中最年轻、最令人羡慕的年华时，这段时光的突然推进却会让人感到大吃一惊。有时候，衰老就是来得这么出乎意料。

十七岁的萧湘，隐隐约约感觉到自己苍老了。那张曾经清秀的面孔，骤然沉陷下去，虽然依旧保留着原来的轮廓，但质地却被十足的毁坏了。萧湘这张孤芳自赏，而又被毁坏的脸庞，又有谁知道呢？又有谁在乎呢？

萧湘的眼瞳越来越大，戴着无框的眼镜，使得大眼睛显得更加无神；嘴巴也越来越扁平，下巴中两颗黑色的痣，随着岁月的流逝，越发明显；满脸小小的青春痘，就如钱塘江边那数以万计的毛头蟹（湖蟹），个子虽小，但生命力极其旺盛，可谓是无孔不入，哪怕涂上厚厚的粉底也是欲盖弥彰。

萧湘从不刻意打扮自己，喜欢清新脱俗的装扮，但是近年来爱上了各色各样的“假领”，穿在外衣里面，以假乱真，露出的衣领部分完全与衬衣相同。假领本身有种锦上添花的效果，但是把萧湘的脖子掐紧了，给人一种透不过气来的感觉，有些许的刻板。但这些只不过是萧湘的自我感觉，在别人的眼里，她至少也算是位事业有成、家庭美满的少妇，拥有着她这个年龄该有的一切，令人羡慕，也受人尊重。

早晨才刚刚开始，朵朵盛开的白云就在蓝天中争先恐后地露出脸来，你推我，我挤你，一点都不安分，仿若不是在徐徐飘动，而是随时要坠入潮涨潮落的钱塘江。难道说白云和蓝天在一起时，都不能春光明媚、清闲飘逸？

幸福与悲剧，不过就是一对孪生姐妹。围着孩子转圈的刻板生活，根本没有轻松可谈，简直是脆弱到能在瞬间被偷走。

“你是我的小呀小苹果儿，怎么爱你都不嫌多，红红的小脸儿温暖我的心窝，点亮我生命的火……”

当萧湘的苹果手机响起时，她正在追赶着两岁的女儿。小家伙的便便就如泡泡糖一样，粘得到处都是，开出一片金灿灿的油菜花。层层叠叠，寸土寸金，而且黏糊糊，湿稠稠，滑溜溜，鼻子在这个时候起不了多大作用，那臭臭的味道早已沁入心脾。

“宝宝，你拉便便，都不会叫了，脑西搭牢（蠢笨）啦……”萧湘又气又急，普通话方言就一起上了。但是，女儿才不理会，她把便便拉在身上还一脸得意，美滋滋地用小手玩起了自己的便便。

这个小捣蛋鬼真是难弄，干了坏事，还有心情唱歌。“妈妈，妈妈，我的好妈妈……”现在这个时候，萧湘完全是孤立无援——平日照料女儿的母亲有事外出了，父亲又出差采风，丈夫昨晚就没回，说单位加班，只剩下萧湘。这个新手妈妈，手忙脚乱，但依然是搞得乱七八糟，根本抓不住小家伙。

“你，给我站住，你——”萧湘显然是火冒三丈了，但小捣蛋鬼竟然裸着下半身在活蹦乱跳，像条泥鳅，一转眼，就滑走了。

正在这时，小苹果的手机铃声就如“救护车”雪中送炭来了。“快，宝宝，你给我站住，爸爸来电话了。”女儿平常最听爸爸的话，一听是爸爸的电话，马上“收敛”下来。萧湘终于逮住了这个小家伙，先给她把屁屁擦干净，然后再穿上裤子。这一系列动作，萧湘只用了不到一分钟，但手机还在一旁猛烈震动着，一副“视死如归”的样子。刚刚瞥了一下是堂妹萧冉的电话，想想也没有什么急事，就先不管她了。

谁知，女儿却滑开了手机：“爸爸，爸爸，我要爸爸……”小家伙对着手机大叫起来。“蓉蓉，是姑姑，你赶紧让你妈妈接电话，姑姑有急事。”一听有紧急的事，萧湘赶忙拿过了手机，“什么事?急死急活……”还没等萧湘问完，萧冉的话就如夏天的暴雨噼里哗啦地下来了。

“姐夫出事了！姐，他被派出所抓了，赌博，他刚打电话给我，他还说，不要……”

萧湘已经来不及听下面的话，心急如焚地问道：“说，他在哪里?我现在就过去。”

“市北湖舟派出所，姐，我来接你。你等下我，我现在有个聚会，马上过来。”还没听完萧冉的话，就被萧湘一口回绝了。“不用，我打的过去。”

说完，萧湘马上往包里塞了两片尿裤，拿上女儿的奶瓶，一手抱着女儿，一手背上妈咪包，急匆匆地出门了。

怎么会出现这种事情？必须赶紧处理掉，不能让父母知道，省得他们担心。特别是父亲，心血管病的高危人群；母亲，又是死要面子的中年妇女，要是被他们知道，肯定不得了。

既然发生了这种事情，肯定第一时间先给老婆打电话，但章峰却向小姨子偷偷求助，这算怎么回事？唉，自己是累死累活地带孩子，人家却是在外面“逍遥法外”，出了事情，还要让我去“擦屁股”？怎么跟两岁的女儿一样，还把鸟屎拉到身上？

萧湘越想越来气，脸上急剧变化的复杂表情搅合在一起，一脸“狰狞”。“妈妈，妈妈，我们要去哪里?”女儿拉着萧湘的衣角喃喃地问道。

“去找你爸。”女儿一听说去找爸爸，立马就开心起来了。“我要爸爸，我要爸爸……”女儿是爸爸的小情人，一点都不假。这个小家伙就是一个活生生的例子，反正只要章峰在，萧湘就连说话的份都没有。只是，最近这几个星期，章峰接二连三的外出有活动，都是萧湘在管宝宝，这母女关系虽说稍微有点扭转，但是女儿还是经常念叨爸爸。

“爸爸，就只知道找爸爸……”萧湘心里的怨火，只能对着女儿吼两声。“呜呜，我要爸爸……”小家伙一看母亲的神态语气不对，就哇哇大哭起来，待萧湘把女儿哄好，出租车已到了市北湖舟派出所。

人生充满着各种无奈。但是如果已经过去的人生只是一遍草稿，有机会来一次誊写，萧湘还是非常愿意去改变，去义无反顾地追求最朴素的生活和最遥远的梦想。

二

准确点说，萧湘生于一九八七年一月，这是一个多少让人感到有些尴尬的月份。因为从农历看，属于一九八六年，生肖属虎；从阳历看，又属于一九八七年，生肖属兔。也许正是因为这种尴尬，她的身上并没有大家印象中八五后该有的张扬个性。她沉闷低调，甚至有些懦弱，她的常态就是站在一边，默默地给在舞台中央发光发热的人鼓掌叫好。

人生用“平淡无奇”这四个字来形容再贴切不过，萧湘和身边大部分同龄人一样，上学、工作、结婚，沿着既定的人生轨道一路向前。大部分事情，她都完成的中规中矩，符合家人朋友的期待，当然也没有到令人惊艳的地步。想变坏，却又坏得不够彻底；想出名，却还远着，就这样，硬生生地被生活吞噬掉。

这种生活，是让人又羡慕，又嫉妒，又痛恨；这种生活，你不能说好，也不能说不好；这种生活，食之无味、弃之可惜。

年少时，萧湘也曾意气风发，热血似火，但生活早就把她的性格磨平了，在学习学习再学习的成长环境中，萧湘变得越来越呆板。不知不觉走到了而立之年，再也不是十五六岁的豆蔻年华了，很多东西，她只能孤芳自赏。比如说她最喜欢的写作，从小学三年级就开始发表处女作的她，到现在为止也没有写出什么像样的大作品来，更别提什么“惊天动地”。在传统的应试教育中，她曾把太多的时间献给了自己厌恶的数理化。

二十世纪九十年代中期，在萧湘耳朵里听到最多的一句话就是“学好数理化，走遍天下都不怕”，萧湘就是伴随着小霸王学习机长大的这一代。在那个年代，拥有一只小霸王，那是挺牛逼的事情，左邻右舍都会来萧湘家玩。萧湘也慷慨，都是与伙伴们一起玩。后来还发现，学习机里插上游戏卡，就更好玩了。比如说《坦克大战》《魂斗罗》《忍者神龟》《魔兽》，等等，猛烈敲击键盘的快感，萧湘至今记忆犹新。那台小霸王的红白手柄坏了又修，修了又坏，反反复复不知道鼓捣了多少遍，游戏机手柄磨损的痕迹满满，上面都是青葱回忆。

记录这些回忆的就是萧湘的父亲萧正玉，他是个草根摄影师，到哪相机都不离手，挺有“艺术范”。母亲陈文娟是个典型的江南女强人，不仅长得端庄秀丽，而且很有生意头脑，开过饭店、超市、旅馆，做过很多生意，把这个家经营的风生水起。由于陈文娟的经济地位和强势个性，所以，家里大大小小、里里外外的事情，都由她一手掌控。

尽管从小就家境优越，但萧湘一直以来过得单纯而又简单，是那种放在人群中，没有任何特点的女孩子，所有的生活按照“程序化、标准化、规范化”进行。表面上看，她天生就是读书的料。十九岁，考上了浙江大学，二十三岁一毕业，就去了《湘湖文艺》杂志社当编辑，能从事自己喜欢的事情，让多少人羡慕不已。但她都是按部就班，从不主动去了解，就像棋子，人家拨一下动一下，即使是面对终身大事也是如此，说结就结，毫无准备。

“我会全心全意对你好，嫁给我吧——”在咖啡厅，在电影院，在公园，章峰逮到机会就向萧湘下跪求婚。直到后来在办公室也下跪了，这样一来，都被萧湘的同事领导看到了，“答应，答应……”办公室里的人都开始起哄，萧湘觉得尴尬，不得已，也就答应了。答应后的第二秒，萧湘就有点后悔了。毕竟，这个男子比自己大这么多，虽说比自己成熟，但是他的身世，自己一概不知。他也一直守口如瓶，总是时时处处展现出自己光鲜亮堂的一面。可是，这都答应人家了，还怎么反悔？毕竟，手捧鲜艳欲滴玫瑰花的章峰，在当时的萧湘看来，还算有点浪漫。其实，现在想来，他算是老谋深算，颇会经营自己的婚姻，颇能打自己的小九九而已，死要面子活受罪，弄得现如今这么尴尬，这么狼狈，这么纠结。

章峰是山西人，是杭城大学数学老师，比萧湘足足大七岁，他们认识时间不久，满打满算也才一年，其实真正在一起，也不足三个月。但章峰提出要娶她，关键是还定了时间。

萧湘把这个消息告诉父母后，却并没有遭到拒绝。母亲看上去还有点眉飞色舞——“是老师，哦，还是大学老师。”母亲陈文娟还故意重复了几遍，“我看行，人家年龄比你大，可以照顾你，但是，就是人家是外地人，太远。”母亲前半句是同意的意思，后半句就总会来个“但是”，这是她一贯的处事风格。每次考虑问题都相当中肯周到，但又有一点举棋不定。父亲没有多说什么，他向来都是听从夫人安排。“你自己满意就好。我们尊重你个人的意见。”父亲的话，意味深长。

这让萧湘怎么回答好呢？算了，结就结吧。但母亲之后提出了一个条件，要章峰入赘。这样的条件，明显是阻止他们继续交往。起初，章峰也不同意。之后，他郑重其事地说了这样一番话：“阿姨，我现在就是在这里工作，肯定不会回去。而且，我是真心爱萧湘，只要你同意我们，你说什么都行。”章峰面对准丈母娘这有些“苛刻”的要求，居然就这样理直气壮地答应了。

当然，后来也有过好几次小插曲。章峰的母亲，山西老太太，资深高中语文老师，因为只有一个儿子，当然不会同意这种入赘的要求。

“我们家难道是没有钱了，我和你爸辛辛苦苦供你读书，你到最后，连我儿子都不要做……”“你一定要在她家，那以后就再也不用回来了。女孩子，山西一找一大把，为什么必须留在这里？”萧湘接受过婆婆的厉害，但是章峰一直沉默，跟他父亲一样，默默低头抽烟。这样僵持了好几次，直到最后章峰说了一句：“我的事情，我自己做主，你们回去吧，反正我不走了。”章峰铁了心一定要跟着萧湘，最终这个婚是结了。

强扭的瓜不甜。虽然这种性质不是同一个，但也许在一开始，就注定了这个婚姻的纠结与复杂。日子如流水，还容不得萧湘去反思婚姻的正确与否，女儿就出世了。于是，每天的生活就如赶集一样，在忙碌中度过，萧湘再也没有时间去思考自己的人生。

三

出租车一路颠簸，才十几分钟的路程，萧湘却感觉特别漫长。

她恨不得飞过去，但是红灯却一直在眼前闪闪烁烁。好不容易到了派出所，萧湘有种迷路的感觉，抱着女儿出来，正迎上三月中午的阳光，还有一点点刺眼。“妈妈，热，我热！”萧湘因为急着出来，也没有给女儿戴个帽子。不过，这些都不是萧湘现在关注的重点，她要马上见到章峰。

“干什么，找谁？”刚走到门口，萧湘就被一个民警拦住了。

“哦，我，我丈夫因赌博被抓，我来交罚金。”萧湘一字一顿地说着，但愿，女儿没有听懂自己的话。

“出示身份证，你在会议室等。”民警严肃地说道，末了还补充一句，“小孩带来干吗？”

“哦，家里没人管，那么我……”萧湘的声音越说越低，她翻了下包，居然没找到身份证。

“对不起，警察同志，我忘带证件了，我老公是章峰，刚刚……”还没等萧湘说完，从里屋走出来一位高大的男子，他朝萧湘出示了证件。“我是处理章峰一案的俞斌，你跟我过来。”萧湘抱紧女儿，跟着这个俞警官往前走。

市北湖舟派出所不大，萧湘第一次来到这种阴森森的严肃地方，一间隔着一间，空气中弥漫出冷冰冰的气息。走过办公室，又走过会议室，来到一间空荡荡的半地下室的黑屋子。“妈妈，我怕。”女儿紧紧地抓着萧湘，把小脸蛋埋进妈妈的外套里。

其实，萧湘也有点担忧，不敢往里面看，这不是说赌博被抓吗？萧湘的脑海里闪过一个又一个不好的念头，难道章峰他还犯了别的事？

“章峰，凌晨一点在洗浴中心……你进去看下，是不是你丈夫？”俞警官一副欲言又止的样子，看了看萧湘怀里的孩子，命令道：“小孩最好放这儿，让我们女民警临时看护一下。就不要带进去了。”“不要，不要，我要爸爸。”两岁的女儿，显然是听懂了成人之间的对话。

萧湘推开门，一眼就看见了蹲在墙角的章峰，这是我的丈夫吗？他怎么了？怎么会是这样一个形象出现在我的面前？这辈子，萧湘是再也不会忘记章峰这个模样了——他的身上一丝不挂，所有的家当就是肩上一块白色的浴巾。

“爸爸，我要爸爸……”女儿突然大叫起来，想挣脱萧湘的怀抱，但被萧湘死死地抱住了。萧湘觉得无比惭愧，让女儿看到自己父亲这个样子。章峰抬起头来，与萧湘四目相对。这一刻的无地自容让章峰只有一个念头，他拿起浴巾想躲开妻女，却不知道该躲往哪个方向。

萧湘的脸色铁青，死死地盯着章峰。这悲壮的神色，真是“惨不忍睹”。“你……”萧湘想骂人的话还没开口，却已看到了蹲在另一边墙角的一个女子，披头散发，整个脸蛋都被一头红色的长发遮起来了。她也是一丝不挂，披着一件遮挡下身的白色浴巾，跟章峰一模一样，为什么他们会在一起？是个成年人，看到这样的场景，都会明白出了什么事情。

此时此刻的萧湘，心头的气难以形容，她恨不得一死了之。这比捉奸在床，又好到哪里去呢？这真比光天化日之下，当着大街裸奔，还要难堪。平常一直老实巴交的章峰，怎么会沦落到去那种地方找小姐？

“章太太，我想，你也看到了，是这样，今天凌晨一点，我们接到举报后查到，而且你丈夫，不是第一次去了，关键是被查后，他死不承认，居然还说，自己是未婚。本来，如果他认错态度好点，缴一下罚款，大家都好商量。所以，我们让他通知家属，他说没有，只有一个妹妹，这不，还是劳驾您过来了。因为他这种态度，是要行政拘留加罚款……”

萧湘只觉得整个脑子都要爆掉了。怎么会发生这种丑陋的事情？她根本听不清警官在说些什么。她真的不知道该怎么收场？她瞥见章峰蹲着的墙角地下还有一摊水。他准是被吓出尿了。平日里能说会道的大学副教授，这个时候却比不上结结巴巴的邻居家的二愣傻小子，如果这不是开天大的国际玩笑，那又会是什么呢？

眼前这摊尿水，在萧湘的心里越来越清晰，她感觉自己的裤腿也已被染湿。多年前的过期记忆，仿若被按了重启键，复苏过来。

四

萧湘生在钱塘江边，算是土生土长的沙地娃，每天与沙土亲密接触。白茫茫的滩涂上，萧湘从小天天跟着爷爷去喊潮。

“潮水快来哉，潮水快来哉，赶紧立到黄线外去——”

那个头戴帽子，一手拿电喇叭，一手拿巡查表，大喊大叫的就是萧湘的爷爷。他是位资深的喊潮人。在萧湘的印象里，爷爷就是江边的“大喇叭”，更是看潮人的安全使者，每天忙得团团转转。

呼啦，呼啦！潮水涌过来了。小萧湘不仅不害怕，还在爷爷怀里拍着小手，哇啦哇啦地大喊，看潮的人们都把目光集中到她这儿了。稍大一点点，萧湘跟在爷爷后面，站到黄线那儿看着钱塘江涨潮。那种撞击得猛烈之感，让萧湘心惊肉跳。若被爷爷发现，她就会赶紧躲回去。曾经无数次亲眼看见，前一刻还好端端站在那里看潮的人，因为没有听爷爷的劝说，后一刻，就被大潮卷走了。

二十世纪九十年代初，刚摆脱开裆裤的萧湘，就被爷爷领进了幼儿园。“这个孩子，有点野，父母都在城里，没时间照看，拜托老师了。”看着爷爷在一个年轻女老师面前鞠躬，萧湘第一次感受到什么是难为情的滋味。爷爷把萧湘推到这个面容白皙、身材修长、五官端正的女老师面前时，萧湘轻声细语地喊了声：“老师好！”声音轻得就如蚂蚁在耳边爬过。

然后，她低下头，过了一会儿又抬起头不知所措地看看别的地方，惊讶地发现她背后有好多跟她差不多大的小孩，都像一枚枚躺在钱塘江边的贝壳，在夏日太阳的暴晒下老老实实地躺在一排排桌凳上。

当时的乡下幼儿园其实就是一间堆放过杂物的平房，教室里的泥地，如风拂过的江面，总是让萧湘产生错觉。她感觉自己还是在江边，有些桌凳下面的四只脚，还会有一只是断裂的。教室简陋得没有正式的黑板，就在地上墙上，可以随便涂鸦。读幼儿园其实就是几个小屁孩在一起玩耍。

最让人痛苦的事情，莫过于下午被逼着睡觉。没有任何睡意的几个孩子，躺在那些桌凳上，真是活受罪。巴掌宽的长条凳，平卧在上面，有一种表演杂技的感觉，双臂必须始终紧紧抱住凳子。尽管如此，萧湘还是喜欢睡长条凳。长条凳比课桌低一半，即便睡梦中不小心掉下去了，疼痛也会减轻一半。另外，还可以隐蔽在课桌后面，不用那么一览无余地被老师监视。

每次躺在课桌上，总会让萧湘想到爷爷做祭祀时，那些躺在供盘里的鸡鸭，高高地端放在那里，一动不动。而她一动，就全在老师的眼皮底下。老师过来了，自己还得装出酣睡的样子。好几次萧湘都差点没能憋忍下去，手脚甚至浑身都痒痒得要命。萧湘想象着自己在江边跟着潮水奔跑，大喊大叫。有时，她又想象自己是一艘劈浪前进的船，时光像水流一样，从耳边汩汩而过，只希望它们流得快些，快些，再快些。

在读大班的时候，发生过一件非常尴尬的事情。下课铃响之后，小伙伴们就会争先恐后地向厕所跑。那个时候的男女厕所，其实就是一墙之隔。尿池既脏又破，简直跟猪圈差不多，还有挺多蚊子，在耳边脚边屁股边周旋。

萧湘总是慢个半拍，因为爷爷每次都给萧湘穿好几条裤子，脱裤子拉尿的时候，萧湘就明显比其他人要慢好几拍。几个坏男孩朝女生厕所这边吱尿。那从天而降的尿，仿若机关枪——哒哒哒。“逃呀，快逃——”女孩子们先是尖叫，然后是争先恐后，互相碰撞摔倒而引发阵阵哭喊，乱哄哄的局面总是一发而不可收拾，大家就在“枪林弹雨”中狼狈逃窜着、叫喊着。每次，受“伤”最多的就是萧湘，因为她动作慢，再加上裤子长，每次都被坏男孩淋湿大半截裤脚，这样的事情，着实丢脸。“羞，真羞死了，这么大还尿湿。”“哈哈，听说你没有父母管，看来是个小傻妞，哈哈哈……”另外几个坏男孩就会趁机嘲笑她，每次都搞得萧湘非常狼狈。

“大班了，还尿湿裤子，唉。”六周岁的萧湘被老师这么说后，就觉得特别委屈，但她又不敢说实话，因为那个为首的男孩长得特别高，而且听说是有钱人家的孩子，其他小朋友都拥护他，没有任何人会去老师那里告发。“下次再尿湿，就告诉你爷爷。”被老师吓唬后，萧湘就怕了，她甚至后来都不敢再去上厕所，宁可憋上一天，也不愿意受委屈之苦。萧湘每次拉尿，都会想起一次次被男生隔空尿湿的裤脚，老师“凶神恶煞”的表情以及坏男孩贼头贼脑的笑容。

五

“章太太，你看，在这儿签字。”俞警官再一次提醒了呆若木鸡的萧湘。

“不！——绝不！”萧湘突然像发了疯似的站了起来，抱起女儿往外跑。就在这个时候，与正闯进来的一个穿超短裙的高个女孩撞了满怀。

“对，对不起。”高个女孩怯生生地低头向萧湘道歉，眉清目秀的她，顶着两个熊猫眼圈，看样子是刚哭过的节奏。

“我是章峰的朋友，请问她在哪里？”一听到丈夫的名字，萧湘的神经又敏感起来。这个女孩居然声称是章峰的朋友。

“里面请。”俞警官产生了好奇，这下确实有好戏看了。这个章峰，长得一般，而且又是外地口音，也不过就是个大学老师，还真是厉害，跑了老婆，居然又来了一个女朋友，而且还是如此年轻貌美的女孩子：弯弯的眉毛，明亮的眼睛，挺秀的鼻梁，樱桃小嘴，匀称的身材，修长的细腿。

女孩向俞警官出示了学生证：倪燕，二十三岁，杭城大学应用数学专业二零一二级。这，不就是章峰的学生吗？怪不得萧湘觉得女孩眼熟，可是，她怎么刚才说是章峰的朋友呢？

那边，看上去温文尔雅的倪燕已是声嘶力竭——当她看到裸身披着浴巾的章峰时，居然像只发疯似的“野狗”，一推门就进去了，给了章峰好几个响亮的耳光。

这一幕，不仅让萧湘惊悸，就是俞警官也有些吓倒了。这个野女孩子，怎么会这么激动？若不是跟章峰有层说不清道不明的关系，她怎么会如此嚣张？

然后，就听见倪燕肝胆俱裂的叫骂声：“你个大流氓，你个骗子，还什么为人师表，我还怀着你的孩子……”

萧湘突然觉得眼前一片漆黑，这个世界是怎么了？今天，她看到的，听到的，怎么都是这些让人无法理解的词语，什么叫怀着章峰的孩子？这个女孩，到底又是谁？那么我，萧湘，到底算是章峰的谁？

这边，俞警官在拉倪燕，让她冷静，但是女孩子却像一个狂暴的母狮，根本没法消停下来，甚至还摆出要咬警官的动作。她早就忘了，或许根本不知道，章老师的妻子，她的师娘和孩子就站在她的身旁，她只管自己肆无忌惮地发泄着……

这是怎么回事？难道今天是我萧湘的世界末日？老公，找小姐被抓事情还没解决，居然又不知哪里跑来一个女大学生，口口声声地说还怀着他的孩子……

“章峰，你给我说清楚，到底这是怎么回事？”萧湘的火终于按捺不住了，她的声音一遍比一遍响亮，全然不顾身旁的女儿。

“哇哇哇，我要爸爸——”女儿越哭越凶。这个小家伙，从来没看到过母亲这么凶神恶煞的样子，也吓坏了，只能用哭来表达自己的想法。

章峰被倪燕一个巴掌打懵了。他那比啤酒瓶底还要厚的近视眼镜，被重重地打落在地上。他，就如一截木头站在那里，一动不动。他，面对这种情况，还能说什么呢？跳进黄河去洗也洗不清了，越解释越糊涂，这不正是他章峰现在面对的情况吗？章峰的头越垂越低。几乎是要碰到地面了。这个时候，女儿突然挣脱萧湘的怀抱，蹦到章峰的身旁，把已经断了一只脚的眼镜捡起来——

“爸爸，爸爸，你的眼镜。”女儿还带着哭腔的声音，依旧是奶声奶气，章峰一把就把女儿搂在了怀里。泪水如断了线的珍珠大颗大颗地滚下来。章峰抱起女儿，跪在了萧湘面前，说了三个字：“你打吧。”

此时此刻的萧湘，觉得脸面已经丢尽，她只想一脚踹死章峰。但是，碍于女儿在……可悲的自己，怎么沦落到这种地步呢?章峰下跪求饶让萧湘感到更加反胃，当年，他不就是凭着频频下跪才把她搞上了床。现在，还要故伎重演吗?

萧湘给章峰的巴掌还没下来，倪燕却又来了一个巴掌。

“你干什么？得婆（傻婆娘），你疯了？谁跟你有关系？”章峰突然大声喊叫起来，居然用方言骂她。

然后，章峰就是死不承认跟倪燕有关系，“你个神经病，你还是人吗？”“轮不到你来骂我，你自己去照照镜子……”两人几乎把能骂对方的话都骂遍了。

“停！停住。”俞警官看不下去了，大吼了一声：“情感问题不要在这里吵。先处理你的问题，该罚得罚，该拘留就拘留。”

“我，我明天还要去上课。”冷静下来的章峰，居然还能想到明天要上课这档子事情，让萧湘都觉得有点搞笑。这种事情，放在小说里，放在电视剧里，都会觉得是作者或者编剧特意安排。可眼下，却是这么真实地发生在现实生活里，关键是大学副教授在洗浴中心嫖娼被抓后，居然又跑来了一个怀了孕的小三。但这个大学副教授，却想到的是明天要给学生上课。这真是要笑掉牙了——章峰，你倘若有点人性，会干出这种丑态百出的事情来吗？

萧湘，越想越觉得胸口闷，而正在这时，萧冉带着萧湘的父母亲赶到了派出所。这场丑剧既然已经拉开序幕，这必然是越闹越大，到最后竟是不堪入眼了。

萧正玉看了眼前这个场景后，马上血压升高，心脏病突发。萧冉眼疾手快，立马拨通一二〇，紧急地送大伯去了人民医院。

家里两个男人，一个在派出所，一个去了医院。此刻的萧湘，虽然人还站着，但感觉就像一场噩梦，突然之间，自己就“家破人亡”了。

“姐，姐，你要挺住，罚金二百元，我已经交了。怎么会呢？天下乌鸦一般黑，看着平日那么老实的姐夫，还是老师，居然也会……”萧冉在一旁喋喋不休，她本意是想安慰下姐姐，但对于萧湘来说，所有的事情只会雪上加霜。

“章峰，你——给我滚。”母亲，陈文娟，是个急性子，她好强又好面子的个性，碰到这么无耻的事情，她那张老脸，这是该往哪里搁？但是，她马上又冷静下来，必须把这件事情压下来，千万不能让其他人知道，包括亲戚朋友，要是被人传出去，说她的女婿，不，应该是“儿子”，要是被隔壁那个张大妈或者李大姐传一下，添油加醋一番，还不知道会说成什么，章峰嫖娼又包养情妇……

“还不如让我死了算了。真丢脸，叫我怎么出去见人？怎么活呀？”陈文娟边哭边嘟囔，脸上的表情真是比死了人还难看，脸上的淡妆也全部糊掉了。

六

章峰当然无法预测到事情会进展到了这种地步?他原本只是想去放松一下而已，三十来岁的男人，偶然外出娱乐一下，也算正常。哪个男人的荷尔蒙不作怪。谁知道，这么晦气，就碰到了警方突击检查，不过是跟那个洗浴中心的小姐洗个“鸳鸯澡”，根本还没有发生什么关系。只不过，才刚刚开始，就被几个从天而降的民警破门而入。奶奶的熊，不会是倪燕，这个女人背后在搞鬼？现在的大学生，太不可理喻。

好汉不提当年勇。当初，还不是人家为了写论文，三天两头往章峰办公室跑，一来二去，这个女孩子的甜言蜜语让章峰神魂颠倒。又碰到萧湘正在十月怀胎，章峰的饥饿感可想而知。

一次，在办公室，面对近在咫尺的倪燕，章峰无意识地摸了下她白嫩嫩的手，原以为人家肯定会挣脱，但是她却没有，反而用那种暧昧的眼神看着章峰。这让章峰的胆量一下子就提高了。于是，章峰的手就不安分了。他先是颤颤悠悠地隔着内衣，开始摸着倪燕白酥酥的奶子。这明显就比萧湘的要大个好几倍，就在章峰想进一步宽衣解带的时候，倪燕竟然是发出了娇滴滴的声音，“章老师，我喜欢你。”

“哦，我也是。”就在倪燕的顺水推舟下，章峰的“耍流氓”计划就这样愉快地开始了。两人就像喝过酒一般，沉浸在荷尔蒙高发的世界里。章峰还是第一次吃到这么大而又丰满的奶子，不像萧湘，扁平又没有质感，这简直就不是同一个级别。对于章峰小动作的亲吻，倪燕也是很投入。这让章峰相当满足。他再也按捺不住内心的冲动，将倪燕扑倒在地。欲望就像是沉寂多年的火山，在那一刻完完全全地爆发出来。

有了这第一次后，章峰就跟倪燕好上了。不过，这纯属他们之间的秘密。章峰怕被萧湘知道，就在手机通讯录里把倪燕的名字设置成了倪副院长。就在萧湘十月怀胎加哺乳的这一年多时间里，倪燕成了章峰最好的释放“武器”。两人的疯狂举动，不仅仅停留在办公室，甚至在汽车里，在卫生间，在楼道里都会发生，只要看到倪燕那暧昧的眼神，章峰就会像只饿狼般扑上去。在倪燕柔软的温暖乡里，尽情发泄着自己被压抑的情绪。

章峰当初对于萧湘是一见钟情，追得挺辛苦，因为萧湘是那种比自己还慢热的人，而且对人和事都很冷漠。结婚后才知道，还是个性冷淡，这让章峰确实受不了。关键是结婚前，因为准丈母娘提出的苛刻要求“必须入赘”，当时就跟自己的父母闹了别扭，所以，自己还写了保证书，肯定不离婚。这种生活是自己挑选的，只能认了。有了女儿后，章峰就把爱统统给了女儿。

有时，那方面得不到满足的时候，章峰还是会去找倪燕。除了第一次没有防备，之后的每一次，他都是带着套套去见倪燕。这种东西根本就不用买，因为家里的抽屉一抓一大把，自己跟萧湘没法用完。可现在，倪燕说自己怀了孩子，这肯定不真实，关键是，最近几次，他跟倪燕确实是碰到了矛盾。这个女孩，居然越缠越难弄，还要章峰娶她。这，肯定是不可能，要是被家人知道，我，章峰，还要不要活？

“章老师，我想你。”“章峰，你给我出来。不然，我杀到你家里去。”“峰哥，如果有来生，我不做你的红颜，不做你的知己，不做你的爱人，不做你的任何人，我宁愿做你的手机。那样的话你会每天把我捧在你手里，把我贴在你的脸上，把我放在你的唇边，我知道你的一切，了解你的所有。如果有一天你匆忙间把我忘在哪里了，你会着急的四处寻找，不是我黏着你，而是你离不开我，你若欺负我，我便死机给你看！”倪燕每天都会给章峰发这样的信息，从刚开始称呼的章老师，后来直接就变成了峰哥。

章峰越来越感觉，不能再跟这个女孩纠缠不清了。他很苦恼，在这个陌生城市，自己又不善于交际，也没有几个知心的铁哥们，这种事情，能跟谁说呢？邵俊？这个死小子，两人已经约法三章，不怎么见面了。还有谁呢？

这几周，章峰老是去洗浴中心泡澡，一是为了给自己“洗洗脑、照照镜子、治治病”，二是为了给自己放松下，结果，就碰到了这种倒霉的事情。屋漏偏逢连阴雨，生活居然过成了这种状态，真是比“颠沛流离”还糟糕。早知今日，又何必当初？

“杭城大学副教授章峰洗浴中心嫖娼被抓！小三和妻子撞了个满怀！”章峰不敢想象，自己的名字要是这个样子被刊登上了都市报纸的头条，该会有什么反响呢？不过，还算是丈母娘有良心，帮忙打通关系。这样的花边丑闻，终究没有上。可谁知道，人家是为了自己的面子，还是为了我？

七

丑事，既然已经发生了，总得面对。拘留了一天一夜，章峰被放了出来，此时的他，仿若刚从鬼门关出来，人一下子就苍老了十几岁，看上去已是标准的中年男人了。“爸爸，爸爸——”只有女儿是笑着去迎接他的，其他人都像是看怪物一样。

“你说吧，怎么办？为了你的面子，我还没通知你的父母。”陈文娟先开了口。

“谢谢。”章峰的声音非常低沉。不过，他还真是感谢丈母娘，要是告诉了他的父母……自己真是禽兽不如。

“倪燕，你的学生，挺有心计！哼，章峰，还真是小看你了，不过你还是栽到这个小姑娘手里啦！搞女人有一手，但还是百密一疏啊。我了解过了，人家女孩子都承认跟你同居两年多了。不过，我已经给你查实了，人家没有怀孕，只是绑住你的一种手段罢了。她说，你有两周没接她电话了。你，自己说说吧，怎么办？”陈文娟的声音就像一把把针，一点点地刺在章峰心里。

“章峰，你不是人。”萧湘突然情绪激动起来。她就这样，只会干着急，骂人的话翻来覆去，找不到第二句。

“你带着女儿进去。我不想我的孙女看到这样的场景。”陈文娟的腔调，俨然是一副老太太的模样。

章峰什么也没说，就是一直低着头。自己就如一条被阳光暴晒的白条。他的所有事情，陈文娟都一清二楚，章峰只觉得地底下哪怕有十几个洞，也不够他钻，不够他躲。后来，他干脆就跪在那里了，一动不动，成了一尊雕像。

“你，给我起来，男人，敢做敢当，你这样算什么？你丈人现在还在医院，他一直以来心脏不好，被你这么一吓，更严重了。你知道我是花了多少心血，打通了多少关系，才放你出来的吗？唉，你是丢尽了我们的脸……”只剩下陈文娟的声音了，章峰还是沉默着，许久以后，他才慢慢开了口：“妈——要打要杀，你们看着办，我只有一个要求，不能离婚，我求你们了。”章峰这样的表态，也正是陈文娟想要的结果，在这个五十五岁的女人眼里，女儿的幸福还不如自己的面子重要。“做人，面子是第一位的！”陈文娟的大半辈子，省吃俭用，就是为了脸上那张皮。她每周定时要去美容店修整头发，做面容，对自己的仪态仪容重视至极。

本来，萧湘还没觉得母亲是死要面子的人，直到萧湘生了女儿后，才看出了母亲的本意，母亲虽然没怎么说，但是口中却是念念有词：“我的诺诺（宝贝），怎么是个朵姑娘（小女孩），要是小官宁（小男孩），哈哈，奶奶我更高兴了。”那个时候，萧湘第一次知道，母亲对于面子是有多么的重视，在偷听她给老姐妹打电话的时候，就会说：“生小官宁好，不然，都是空佬佬，还好，我们是招了一个女婿进来的，不然，萧家的面子往哪里搁？”

所以，陈文娟千方百计地把章峰从派出所里弄出来，就是为了让他知道，让他主动承认错误。而，最终是为了自己的面子，她根本不理会女儿的感受。

“我都给你摆平了，你就当什么也没有发生过。十个男人九个坏，这都正常。很多事情，你自己也要反思。你结婚的时候，我就跟你说，过日子，跟我做生意一样，是要用脑，要经营……”陈文娟就这样嘱咐了萧湘一个晚上。

虽然，萧湘很生气，但终究抵不过母亲的劝说——“反正有孩子在，就当没有发生过”。面对生活，很多事情，不得不容忍，况且，还在医院的父亲也给自己打电话了：“女儿，是章峰错在先，但是每个人都有犯错误的时候，我觉得你母亲说得在理，你是大人了，万不可冲动。你老爸，我没事，但是，求求你，你一定不要离婚。”

“老爸都说求我了！这日子……”萧湘哭笑不得。萧湘不知道该向谁倾诉，兔子急了还咬人呢，为什么生活要过成这个样子呢？

第二章　噩梦萦绕

一

萧湘想都不敢再去想那个尴尬场景，但是派出所的这一幕幕却像是自己的第一次恋爱那样，被记忆永久封存下来了。与自己睡了将近千个夜晚的枕边人变成了这样——所谓的大学老师，公然泡小女生，又找小姐，这样的事情，换了谁能受得了。

谈恋爱的时候，热情似火，一碰就烧了起来；出轨的男人也是一把火，即便星星点点，也能燎原。婚姻便是两把火烧出的死灰而已。萧湘内心的阴影越放越大，自从那以后，她就把自己当成“隐形人”了，对章峰不理不睬，对生活不温不火。

但章峰，倒是收敛了很多，再也不出去鬼混，每天一下班就准时回家，以前从不干家务的他，竟然开始主动帮丈母娘洗衣服、拖地、洗碗等。

“你干吗？还不满意？差不多就得了，你以为结婚是什么，人要脸，树要皮，这个道理你要懂！你以为我跟你父亲一直是这么恩爱吗？生活就是要碰到很多问题，给我开心点，别整天摆着一张苦瓜脸……”陈文娟总是会苦口婆心地劝导萧湘，如果这样离婚，对于谁都不好，男人为什么会出轨？为什么要出去找女人？这种丢人的洋相，已经够现眼了。我们萧家真的是颜面无光了。

老妈，你丢不起脸面，我也丢不起！萧湘心里也想争辩，但她终究是把这个话吞了下去，看看眼前的母亲，已是憔悴不堪，苍老不己，曾经年轻貌美，堪称老家小城一大美女的母亲，已经为了自己奉献了全部，本来她五十五岁，还可以继续做生意，如果不是要给自己带孩子，她肯定不会那么快就放弃自己经营了一辈子的事业。

“既然你妈不来管，那我肯定要自己带，没有什么比我管孙女更重要。”陈文娟这话显然是说给章峰听的，可那一次，章峰也学聪明了，一边是丈母娘，一边是亲生母亲，他什么也没说，自始至终选择沉默。

在婚姻里，沉默是一种明哲保身的好办法。

陈文娟向来是说到做到，说不干就不干，饭店暂时找不到人接手，就关门了。这个饭店，本来是这个家庭这些年从温饱走向小康的主要经济来源。突然说断就断，谁见了都觉得可惜。但这里也是有难言之隐，山西老太太一直不肯过来带孙女，陈文娟却坚决要自己带，两家人的矛盾从这个宝宝出生，就更加激化了。萧湘和章峰就是沉默，什么也不管，干着急的是两位老太太，都觉得是自己的孙女，都想管。

“没这个道理，我们山西哪里不好了？放在我们这里管，你们多省事，没孩子拖累多方便呀，想干吗就干吗去……”章母一开口，道理就是一套一套。

“没有说不让你管，就是让你过来，我们一起带，因为我这边还有个饭店。”陈文娟还是以事实辩理。

“必须在山西带，我住不惯。必须，在山西带。”章母突然就变成命令式了。

“你这是什么话，不用多说了，你不来，我就自己带。”急性子的陈文娟火气上来后就会选择快刀斩乱麻的处事方式。

“反正要我带，就是带回山西，我是绝对不可能过来。”章母因为是教了一辈子语文课，每次说话的时候，都要强调类似“反正、绝对”几个词，而且一点都不服软。

“在这里，我会带的。”陈文娟抱过孙女，然后就爽快地放弃了自己的事业。

每次，想到这儿，萧湘就觉得特别憋火。章峰都这个样子了，父母还这么包庇他，好像搞的自己是“媳妇”一样，难不成真把他当成“儿子”了，真是够滑稽，男人犯错是正常。一口一个男人，男人就应该是天天不着家，外面找小三、找小姐的物种吗?

张爱玲曾说过，“不过是个男人”。是呀，不过是个男人!那还能有多少指望?可是，萧湘到底还在指望什么呢?她自己也不知道，失望与愁苦重叠交叉在一起。

两岁的女儿不习惯睡小床，非得跑来跟萧湘一起睡，等把小家伙哄熟后，章峰的呼噜声早就震耳欲聋了。萧湘翻来覆去睡不着，先是像小时候那样数绵羊，后来就给自己做催眠暗示，但都是没有什么效果。

无奈之下，萧湘偷偷地逃到隔壁客房去睡了，睡好就把被子床单整理得一丝不苟，早晨每次换下的睡衣，都是叠整齐放在自己的卧室，为了不让父母看出任何破绽，更是为了躲过母亲的好心相劝。

浅浅的睡眠，沉沉的梦幻，醒来，早已是物是人非。

二

同床异梦的日子，就这样结束了。萧湘以为分床睡后，能让自己的睡眠质量好点，谁知，自己才刚躺下，回忆却“翻江倒海”了。她竟然想起了十二年前的那场噩梦，十二年，转眼就是一个轮回过去了，那是自己吗?那个狂妄不羁的女孩——

黑暗中，那分明就在灯红酒绿、浮光掠影的酒吧。母亲曾带萧湘来过这个地方，见过一个高高大大，西装革履的中年男子。“叔叔好。”母亲要萧湘这么称呼他。从母亲眉飞色舞的眼神里，萧湘有种直觉，这个男人对于母亲有种非同一般的意义。一来二去，大家就熟了。

可这一次，萧湘以为母亲也会来，谁知只有她和那个中年男子。杯酒觥筹后，萧湘的大脑进入了一种非常兴奋的状态。她听见那个男子一点点向自己靠近了——萧湘这辈子都不会忘记这张贪婪成瘾的脸，胡须长而硬，还有那男性生殖器官，带着骚味的硬家伙死命地被放入了萧湘的嘴里。萧湘的脑袋被男子抓得生疼，不管萧湘如何挣扎，中年男人因为喝过酒，力气十足，把萧湘的衣服都撕破了。争持了很久，男人如发狂的老虎。这是萧湘从没有见过的。后来萧湘实在是毫无力气，全身已然被绑架。她大腿边流出了无数鲜红的处血，自己最敏感的地方，被刺破了。疼痛无法用语言表达，少女最美好的第一次还没开始，就这么硬生生地匆匆终结了。这个男子是谁？为什么自己会来到这个黑暗之中？萧湘怎么也想不起来。那么，林祥又是谁？

十七岁，萧湘已亭亭玉立，淑女端庄，出落成一个大姑娘了。但她的心里依旧是不谙人事，脸上此起彼伏的青春痘我行我素，给人的感觉冷若冰霜。刚刚经过中考的封闭式生活，萧湘从钱塘江边的一个农村来到了萧山市区，第一次看见这么多密密麻麻的高楼大厦，第一次感受到钢筋水泥世界里的温暖，第一次发现城市的夜晚有那么多的秘密，第一次自以为是地认为自己长成大人了，开始心心念念地期待一场有模有样、别具一格的爱情。

但是，进入生活后，萧湘才发现自己错了。她讨厌数学，糟糕的是数学老师是个十恶不赦的“色狼”，每次看见女同学隆起的胸脯，都要摸上几把。萧湘的闺密燕子，一个长得高高瘦瘦，又早熟的女孩，就被这个老师强暴了。

“燕子，我一定帮你告他。”萧湘大义凛然地说。

“别，别，萧湘，其实不是这么回事。我是自己愿意……”这个表面上乖巧的女孩子，声音低低地回答，脸颊通红。萧湘无法想象，她和老师在背地里做着那种勾当。

“燕子，你是不是有神经病，难道就是为了成绩，有必要这样吗？”萧湘义愤填膺地数落她。但是，燕子的回答却让萧湘很是寒心。

“湘湘，我的境界没你这么高。虽然，第一次很害怕。但后来，其实那种感觉挺好，酥酥麻麻的，比吃冰淇淋还爽。湘，其实，叶老师，没有你说的这么坏，他真的喜欢我。我从小父母离异，跟着母亲，我已经把叶老师当做爸爸了。”燕子的回答，在萧湘看来就是颠三倒四。难道把那个色狼当父亲，就可以正大光明地在办公室、操场、洗手间、宿舍“搂搂抱抱”了吗？简直不可理喻。

萧湘不敢去想这种场景。“萧湘，你想通点，我妈说，女孩子都是要成为女人，不就是迟早一点的问题，有什么想不通呀？还不就是那么回事，十七八岁，我们也应该是大人了。”

如果说燕子跟“色狼”老师好上，是单亲家庭惹的祸，这个萧湘尚且能够理解。但是让她想不明白的是，燕子却在享受这种变态的过程中一步步堕落了。

萧湘因为性格倔强，死活不同意叶老师的无礼要求。所以，萧湘的数学成绩相当差，但是父母却是不分青红皂白，总是数落萧湘不努力。那个时候的她，正处于典型的叛逆期，又碰到这样的教学环境，到后来实在学不下去，最终决定放纵自己。

萧湘唯一的爱好就是写文章，也有少许的作品在报刊发表。但就是写作，也不能给她带来快乐。因为在参加写作班的时候，萧湘又一次碰到了这样的老师——缪天明。中年男子，留着长长的胡须，看上去挺有艺术范儿。但因为缪天明长期抽烟，身上总有二手烟的味道，穿着也是邋里邋遢，不堪入目。虽然缪天明没有跟叶老师那样，直接“进攻”。但每次都要求萧湘留下来，给她开小灶，讲授写作技巧。在讲课的过程中，要跟萧湘缠缠绵绵。

“啪！”缪老师那张满是油光的脸上，被萧湘一巴掌打了过去。这之后，自尊心极强的缪老师就再也不理萧湘了。萧湘的文章想都不用想，是越写越差，而且根本得不到认可。那个时候的萧湘，迷恋韩寒的小说，总是幻想着能够遇见那样的文艺男孩，邂逅一场真正的灵欲之恋。

三

现实生活，就如洋葱，越剥越让人泪流。萧湘的日记本里夹着一枚红叶书签。过去多年后，依然留着香山的芬芳。这种光芒四射的红，总是一次次出现在她年轻的梦里。那个人的身影清晰地出现在萧湘的眼前——他没有伟岸的身躯，没有修长的身材，没有帅气的脸庞。从外表看，他什么都没有，甚至是又黑又矮，甚至有点粗犷的“丑”。但是，萧湘只见了一次，他就已经住进了萧湘的心里——

萧湘十二岁那年的秋天，因为参加一次秋令营，第一次去了北京，认识了那个叫李依西的作家。

秋天去北京，必定要去看看香山红叶，那是北京最浓的秋色。到了香山，才知道什么是红叶的海洋。枫叶流丹，层林如染，如烁晚霞。这一切比江南三月的春花还要火红，还要艳丽！萧湘身临其境地感受到，在这秋天里，有比春天还旺盛的生命力。到处都洋溢着热烈壮美的、生机勃勃的景象。高大的枫树，聚集了巍峨挺拔的红，给人庄严神圣之感；低低的枫树，则凝聚了淳朴厚重的红，给人蓄势待发的美。这满眼都是高高低低的红，错落有序的交融，才有了那漫山遍野的红，带给人大气磅礴的美。即使是一片红叶飘飘然落地，那也是一种飘逸自在的红，给人一种高雅含蓄的美。

穿梭在川流不息的人群中，萧湘感受到一种流动的红，没有离开过杭城的她，被香山的美，深深迷住了。

“怎么了，喜欢这红叶？”身后，传来一个低沉有力的声音。

萧湘回头，正与这个年轻男子四目相对。“老师，你怎么知道我心里想啥呀？”萧湘，轻轻地问。在十二岁的萧湘眼里，眼前这个黑黑瘦瘦的年轻男子，身上散发出一种妙不可言的气质，冥冥之中见过，却不知道他叫什么。

“嗯，是的，你从浙江来？”

“是的，老师怎么知道？”萧湘好奇地看着他。

“嗯，我看过你的文章，有灵性，好好写。”

“谢谢你，请问你是？”

“哦，我姓李，名依西。”

“李，李老师好。”萧湘做了一个弯腰动作，刚好有一片红叶从树上落下，李老师接了过去，然后，递给萧湘。

“你的红叶，回去当书签吧。”

萧湘接过后道谢，就夹进了书里。这一片小小的红叶，对于萧湘来说，却有着非同一般的意义。萧湘轻轻地抚摸这片纯净透彻的红叶，迷恋那淡雅的芳香。然后，他们就一起爬山。每爬到艰难处，李依西都会转过身来拉萧湘一把。并且，他还从背包里给她拿了一瓶矿泉水和一个苹果，而她则从包里给他拿了从家乡带来的西湖酥饼。他们本想在香山上合张影，但是萧湘的傻瓜相机却怎么也打不开了。“没事，下次吧。”李依西淡淡地说，言语里透露着说不出来的失望。

这之后，萧湘再也没有见到过李依西老师，但那片红叶和那个身影却永久留在了少女的记忆里。

时间一晃就是十几年过去了。当年十二岁的萧湘早已长成大姑娘，并且为人妻，为人母了。可是，当年的李依西老师今何在呀？想起这些来，萧湘就不由得有些惆怅。

萧湘每次回到家，父母总是会喋喋不休地数落她：“你看看人家燕子，都当上班长了，怎么上了高中，你就发傻，在干什么？跟你说了绝对不许谈恋爱，要一门心思地读书，知道吗？”陈文娟每次说起来就有“恨铁不成钢”的郁闷感。

“谁早恋，谁恋了？”萧湘有时也会母狮咆哮一下。

“干吗呢？你要自己多找找原因，还跟你妈吵上嘴了。”萧正玉肯定都是站在夫人这边。

“我是没用，那你们怎么不去生个有用的女儿呢？像燕子一样，你们去找她做女儿好了……”萧湘气急败坏的时候，也会强词夺理。

然后，就是一阵沉默，大眼瞪小眼。“你看看，这才几岁，就这个样子了？”过一会，陈文娟就开始大哭小叫起来。

“好了好了，孩子是叛逆期，你当妈的要理解。”萧正玉看情况不妙，终于也说了一句替女儿想的话。

“那我是更年期好了，我是更年期——”谁知，陈文娟却像是被什么火给点着了似的，声音越叫越响。

“妈，你别吵了，都是我的错。你别像隔壁的阿姨，天天晚上发神经。”萧湘说的阿姨，就是住在隔壁出租房的那个少妇，看上去挺漂亮，打扮得也非常新潮，红色栗子头，浓妆艳抹，S曲线的身材，涂亮亮的红色指甲。但怎么看，都给人不正经的感觉。最糟糕的是，每天夜里，她都要到外面来发疯。这个秘密只有萧湘知道，也就有一天夜里，萧湘在偷看当时最火的电视剧《流星花园》时，窗户外面碰到了这个妖魔一样的女人，在他们家窗户口晃来晃去。“鬼，肯定是鬼！”萧湘的潜意识这样告诉自己，但之后，特意留意了几天，半夜再也没有遇到她的人影。

“孩子，你别神经了，肯定是幻觉。但这个女人，看样子就不是好人，别去招惹她。”陈文娟一本正经地说道，还瞥了下萧正玉。

萧正玉没有回答，低头假装看着报纸。这个女人为什么搬到这里来，萧湘本想查个水落石出。直到有一次，自己看到了这样的一出惊人的戏剧性场景——

那个妖魔的少妇与自己的父亲萧正玉在少妇租房地板上翻云覆雨。刚开始，萧湘实在是不敢相信自己的眼睛，那会是向来唯唯诺诺的父亲吗？他怎么会与这种女子有关系呢？但分明在门口看到了父亲的鞋。那是自己的父亲吗？当时父亲才四十来岁，正当壮年，少妇顶多三十岁，也是正当时候。那时，萧湘熟悉的父亲声音变得有点陌生，而且像一只咆哮的侏罗纪巨兽。那个熟悉的背影骑在少妇的身上，不停地嗷嗷嗷直叫着，如同发狂一般。这种成人镜头，萧湘当然不会陌生，自己的寝室里就经常会发生。

四

记忆有时很神奇，不管经过多少年，有些片段，哪怕是对话，都会记得相当清楚。

“湘，我求求你，你今天回来迟点，求求你了。”每次，待到燕子这么求自己的时候，萧湘就知道，她和叶老师又要开始“约会”了。惯例是每周一次，但有时，会每周两次，燕子说，那是因为叶老师总是饥渴，得不到满足。

“什么叫饥渴，那就喝水好了……”萧湘的话还没说完，就被燕子一头拍了下去。“你个傻瓜，我不跟你多说了。求求你！其他几个，我跟她们都说了，完事后我请你们吃饭。”燕子和叶老师都是在学生的宿舍干那档子事，宿舍里还有四个女孩子，也都了解这种情况，所以每到周六，就乖乖地做鸟兽散。大家回家的回家，逛街的逛街。萧湘本来也是每周都回去。但因为总是跟父母产生矛盾，又看到父亲与女子的那种场景后，萧湘的内心相当失落，也有些不想回家。父亲是萧湘心中最好的男人。既然也是如此，这个世界，还会有什么正经的男子吗？萧湘不知道，自己眼中的世界，是不是真实？

周六，萧湘就按燕子的吩咐，特意在外面逛了很久，从西湖逛到四季青，一边走，一边发呆。谁都知道，杭城，因着西湖闻名天下，来这里的客人络绎不绝，而且大多是成双入对。人多的时候，萧湘感觉不舒服，因为只有自己是“孑然一身”。

逛到傍晚六点多的时候才回公寓。这时候，寝室内的成人镜头按照往常应该是播放完毕了。两人正在穿裤子，或者，燕子已经把萧湘的床整理干净了吧。可待萧湘开了门，才发现卧室内的两人还在激情之中——叶老师，虽然看上去显老，毕竟还不到四十岁，他结实的肌肉把燕子的雪白乳房压成两个扁球，身子紧紧黏贴在一起。两个脑袋疯狂地交缠在一起，恨不得把对方一口啃掉了，吞到对方肚子里。床上的被单风卷残云般漫卷起来。叶老师的嗷嗷嗷啸叫，竟然让萧湘想起自己老爸的声音。

男人是不是都这样？兽心大发？他们充满暴烈地摇晃着铁架子床，被单外的一双雪白小腿和一双粗壮的男性大腿缠绕着、撕裂着……

萧湘故意发出什么声音，但正在高潮中的两个人，根本是旁若无人。“燕子！”萧湘以尖锐到划疼头皮的尖叫声打断他们的鸳鸯戏：“搞什么？还没结束，差不多得了！”

燕子和叶老师慌忙地起来，待燕子走出卧室时，已穿好睡衣，腰部打了个蝴蝶结，和刚才那放荡的一幕格格不入。她若无其事地责问萧湘：“湘，我怎么跟你说的呀，你知不知道什么叫人道？你应该识趣地关上门，而不是大嚷大叫。”这个时候，叶老师已穿好外套，整齐划一地走出来了，脸色微微有点发窘。

“呵呵，是吗，你也知道什么是人道？这是我们共同的寝室，而且你用的是我的床。”萧湘的笑声有点阴阳怪气，因为燕子睡上铺，上面不太方便，所以每次用的都是萧湘的下铺。

“谢谢你，下不为例。”说着，燕子从口袋掏出一个口香糖递给萧湘。

“不要。”萧湘没好气地顿了一脚地板，就开始收拾床铺，换床单。过了一会儿，萧湘从里面丢出一床单，大喊一声：“滚吧，你们！”

“别，这床单留着吧，过几天他还来！”燕子大言不惭地说。卫生间里响起“哗啦啦”的放水声，燕子喊道：“亲爱的，把你身上的汗味儿洗干净点！”

“厚颜无耻，对这种色狼也叫亲爱的。”萧湘轻声嘀咕道。

“别这样了嘛，恋爱中的女人都发狂。湘，我必须，马上给你找个男人，不然你看你的脸，这么多痘痘。你看看……”燕子开始对着萧湘那张“坑坑洼洼”的脸笑起来，一副幸灾乐祸的表情。

“你欺人太甚了，我不要你管。”萧湘表现出最无奈的表情，自己都不知道是怎么回事？要发这么多痘痘，用母亲的话是说，成长太快，身体跟不上。而燕子的意思非常明了，这就是急需男人的身体信号。

五

萧湘，对男人有一种天生的抵触。黑暗中甚或梦里的镜头总是会在脑海里一遍遍地重现，乃至一时不知道是真还是假，总是活在不真实的世界里。萧湘的成绩下滑，心情也就更不好了，痘痘却发得更多，萧湘听了燕子的话，决定走走“坏学生”的模式，偶然也写文章发泄自己的躁动情绪。

萧湘喜欢写作，一次次投稿都是石沉大海，杳无音信。直到后来，她有篇文章，题为《我不想早点长大》发表在了当地报纸的副刊栏目，描述的是自己当时的矛盾心理。就因着这一篇文章，萧湘认识了林祥。

林祥，其实是隔壁班的同学，虽然两人早就知道各自的名字，但没有交集。那个时候的萧湘，开始整天逃课、不做作业，想方设法躲过变态老师的盘查。逍遥而过分地挥霍时光，甚至还跟着同学把指甲染上纯正的红色，有时也会叼上一根烟，绝了的美。网吧、酒吧都不再是禁地。暴露的衣服不再是违纪。这一切感觉就像在天上飘一般。

萧湘遇见林祥是在一个周五。下课后，萧湘把自行车踩得风驰电掣，半裸露着修长的大腿，披着长发，享受满脸青春痘的男孩子们爱慕、垂涎的目光。跳下自行车时，一根不知趣的藤蔓，竟然会缠在红色的高跟鞋上，连人带车摔在地上。林祥一个箭步跑了过来，一把扶起她，有点怯怯地说："你好，我刚读了你发表的文章，写得真好。其实，我注意你很久了，这个，是我写给你的信。"说着，递过来一打厚厚的信封，他瘦瘦高高的个子、深深邃邃的眼神、浅浅薄薄的嘴唇一下子吸引住了萧湘的双眼。

接过一打信件后，萧湘觉得被什么电了一下，有种麻木酥软的感觉。这让萧湘很是奇怪。这不是燕子常说的，高潮来的快感吗？她第一次见他，怎么就会产生这种感觉呢？

"你，认识我？"萧湘抬起头来的时候，正与林祥四目相对，一股电流在内心倏的腾升起来。林祥的眼睛好看极了，而且还发射出闪亮的光。

之后，林祥用他的自行车带萧湘在街上转了一圈又一圈，两人没有多说什么，就是彼此默默地凝视，仿若已经认识多年，又感觉是怎么也看不够。林祥目不转睛地看着萧湘隆起的胸部后，弱弱地问道："我们做朋友吧。"

萧湘犹豫了一会儿说："啊，跟我吗？"

"怎么，不同意？"

"当然——"萧湘故意停顿了下，然后发出一个响亮的声音："同意！"

其实，萧湘早就知道林祥了。他家不富裕，父母都是农民，而且属于低保户，他们现在住在市场五楼破旧的出租房里。

十七岁，萧湘和林祥的身高差不多，因为林祥身体和胳膊都刚刚长开，并不特别壮实。那时候，萧湘在他并不开阔的胸膛上，自以为看到十七岁的天空整个模样。林祥并不壮实的手臂接纳了萧湘任性地成长，内心惶恐得无所依靠。

林祥虽然家境不好，成绩也一般，相貌也只能算是中等，但是他非常聪明，口才特别好，文章也写得不错，而且善于应变，交际圈广泛，与社会上小混混也能称兄道弟。

六

也正是巧合，萧湘刚出公交车上下来就碰到林祥大哥的宝马车。林祥大哥戴着黑色墨镜一挥手，就发出了暗号。

林祥如同老鼠见了猫般身体直抖索，他的眼里闪烁的全是怯懦、凉意和唯唯诺诺的卑微。萧湘独自躲在公交站的广告牌后面，慌乱地看着他们从宝马上下来嚎叫，像一群隐忍待发的野兽。萧湘能够隐隐发现在林祥的眼里看到隐约的不安。

当时的宝马车里放着劲爆的摇滚音乐，让人头晕目眩，一时间眼花缭乱。萧湘讨厌这种音乐，就如讨厌此时的宝马车。

林祥把萧湘的手紧紧拽住。空气里某些暴戾蓄势待发。

也不知道什么时候，萧湘挣脱林祥的手，然后向前奔跑。

“站住！这小妞想跑呀？没门儿！”

萧湘只顾一个人奔跑，却是把坤包忘在了公交站那儿了。

林祥追了过来，还拎着她的坤包。

萧湘发现只有林祥一个人追过来，就停下了脚步。

“大哥，不会欺负你的，不看僧面看佛面。”

正说着，林祥大哥驱车与他的几个马仔追了上来。

萧湘又感到了害怕，而林祥有些不以为然。林祥大哥常念叨一句：“好兔还不吃窝边草呢！更何况你还是我的女朋友！”

“谁是你女朋友啦？”萧湘的脸突然涨红了。她不知道如何是好。

萧湘又想跑，却是无论如何迈不动步子了。

“哥们，大哥看上她了！”一个小马仔说。

林祥却把萧湘的手抓得更紧了。萧湘把整个身子躲在他身后。

“哥们，你干嘛呀？把她送给大哥吧。不过是个小女生，多得是，大哥看上她，那是她上辈子修来的福气呀！”一个身高跟林祥差不多的人用力按了一下他的肩膀。林祥的身体不稳，摇晃得剧烈。不过很快，他又站稳，倔强而顽固地保护身后的萧湘。

“让开！给老子让开！”

萧湘慌了，缩在他身边。萧湘碰到大哥时，他的身子猛一抖，下意识往旁边挪了挪。

“算你是个哥们！”一个小混混拍了拍林祥的肩膀。

“你们要干嘛？不要靠近我。”萧湘尽量把身子蜷缩在林祥背后，惊恐地问道。

“干吗？哈哈！祥子，你放着个身边的小美人不享受吗？”狂野的笑声，让人不寒而栗。

“大……大哥……求你别伤害她……她才刚上高一，我们其实不熟——”林祥战战兢兢地向大哥求情。

空气里的紧张气氛越来越强烈。

“那好！开动！开动！”大哥边说，边头朝旁边几个小混混点了点。他们个个都朝萧湘走过来——

“你们干吗？放开、放开我！林祥，救我！流氓，你们放开我，林祥！林祥，你救我呀！”

萧湘的声音从恐惧、惊慌到无力的嘶喊。林祥见萧湘被硬拽着拉到了车里，“噗通”一声跪在他大哥面前，苦苦哀求，放过她。“我什么都愿意做！放开她，求你了。她才上高一。我现在慢慢跟她说，一定让你满意。大哥、大哥，我保证……”

林祥把头磕得咚咚响，掷地有声。

“起来！”他大哥边说边抽出身上的皮带，用力而无情地抽打着林祥。林祥一声不吭。

此刻的萧湘，在车里看到车外的林祥挨打了，一边挣扎，一边只能用眼泪来苦苦哀求。

林祥被打得有气无力，大哥这才收手。大哥怒声说："我只是让她知道什么是男人。"

他在几个小混混的耳边，说了句什么。一个小混混钻到车里开始脱衣服。萧湘惊惧地不停往后缩。林祥的大哥充满邪恶的目光打量着萧湘。"哈哈，你没碰过男人，今天，我就让你尝个够！"

萧湘缩到车后座的角落里，尽力避开小混混们赤裸的身体。

"抓住她的头发！兄弟们，上！"萧湘在车里她的头发被几个小混混往后使劲扯，强行睁开眼睛，张开嘴巴。挣扎着反抗，撕咬、喊叫，衣服全部被撕破。这样恐怖的场景，是在梦里，还是在现实里，萧湘分不清。

"大哥，大哥，求求你，商量一下。"林祥在车外苦苦哀求，他爬到大哥的脚边，不停地喊："我不能看着她被你们这么折腾，这样吧，我来劝她。"

"你跟我来！"萧湘被林祥带到车外后，她已经记不清楚自己是怎么连滚带爬地逃回了家。那一刻，林祥仿若在她身上施了魔法，带她脱离了危险。只是，林祥放她逃了，那他自己又该怎么办呢？

萧湘只觉得清醒后，头剧烈得疼痛。她怎么也忘不了，林祥闪着眸子的清亮话语："你是我的女朋友！""别怕，有我在！"这个男孩，拼了命地保护她，这又是为了什么？

七

一周后，萧湘看到林祥冰冷冷地躺在铺着几张旧报纸的出租屋地板上。他的灵魂看似已经脱离了肉体的煎熬，脸色平静得让人心疼，煞白煞白的脸上，嘴角的鲜血捍卫着他的喘息声，如同疯狂奔跑时的疲惫不堪，仿若要窒息在一片死寂的僵硬之中。

“你不要进来，是你——”林祥的母亲有种要杀了萧湘的冲动，硬是被他父亲拉住了。“你赶紧走，再也不要来找我们祥子，我们惹不起，但我们躲得起，我们只有这个宝贝儿子，请你走远。”萧湘拼命地说对不起，甚至都要下跪了，但硬是被他们赶了出来。林祥也不能再帮自己了吗？为什么要这样？

那时，萧湘当即报警了。望着警车呼啸而过，那一天正是萧湘十七岁的生日。燕子送了个小皮夹当作生日礼物。她背着沉重的书包在公路的对面走过来。她的嘴唇和脸色都是蜡白的。在萧湘面前站定，她沉默几秒才说：“你的事，我听说了，现在你怎么办？”

萧湘望着她担忧的神情，心里莫名一暖。

“燕子！快来。”公路对面传来一声呵斥声。燕子闻声朝公路对面一位穿着枣红色上衣的中年妇女喊道：“妈，你怎么来学校了？下周才开家长会。”张阿姨急急走到燕子面前，避嫌似的拉开她，回头既客气又紧张，甚至带着忐忑，对萧湘说：“以后别来找我们家燕子。她以后呢，要考大学，找个好工作，嫁个好人，安安稳稳过一辈子。”

“妈——”燕子拖长尾音，撒娇似的挣脱母亲的拉扯，眼里带着歉意。“别这么说。她够难受的了。”张阿姨尴尬地看着萧湘：“唉，你的父母还不知道，我肯定不会说，但是事情都这样了，也别难受了。阿姨也是无心，她跟你不一样。这阵子燕子的成绩有些不稳定，但她是班长，我这不是心急她么。你看看，这样，你有什么事跟阿姨说说。就别烦燕子了，她的考试紧迫……”

“哎呀，妈妈，你在说什么呀？我跟你回去就是。”燕子趁着张阿姨不注意，朝萧湘做了个打电话的手势。

人来人往的街头，突然一下子空荡荡的，有些被洗劫一空的骨感。秋天来了，树叶逐渐凋谢飘零，地面呈现出暗褐色。这是经年累月落叶腐烂沉积的颜色，也是表示土壤营养丰富的颜色。树木尚且要有泥土的滋润才能成长，又何况人呢？

树上的绿叶，热热闹闹繁荣一季后，终将衰败凋落，成为了土壤。就如人一样，最终落叶归根。新旧轮替，无怨无悔。大自然跟人一样忙碌，但是他们总是安安静静，听从四季的安排。从来不会像人那样，浮躁不安。

从小到大，萧湘都是那么孤独。本来以为这个世界把自己推向林祥是敞开了一道门，可以享受人间的温暖和爱，远离算计、利益和残酷。可是，黑暗的力量怎么会如此凶残和强大？本以为，亲爱的，三个字，就是亲字在前，也就是说，从此我多了一个亲人，在爱的基础上多了一个亲人。十七岁，是多么需要关爱，多么需要别人在乎。可是，母亲只知道忙于她的饭店，父亲也忙于自己的工作，还有萧湘亲眼看见父亲跟那个妖魔女人的事情。

“生活为什么要这么对我？”萧湘想问，但却不知道该找谁解答，自己好不容易想学坏，想不要这么空虚，竟然碰到了这样的人与事。

自从那以后，萧湘对男人，特别是生殖器官，哪还是一个讨厌了得。那次酒吧，那场噩梦，就这样扎根在生命的骨髓里。

萧湘本以为结婚后，一切都会重新开始，可是，发现自己错了，生活在跟自己开了一个大笑话后继续着戏剧的节奏。整夜整夜地睡不着，而且还要在各类人群面前装出若无其事的样子，这让向来喜欢表现本真自我的萧湘又难为又被动。

可是，生活已开始，还哪来退路可走？

八

生活早就成了一张破旧不堪的网。萧湘企图尝试用回忆的文字来填补生活的千疮百孔。但发现，终究成了徒劳。爷爷是在萧湘结婚当日后离世的。一边还在闹洞房，一边爷爷离开了人世。这之前，虽然早就知道爷爷生了一个字的病，口腔癌。

时间无法阻挡死亡，纵然是这边还在办着喜事，也无法让爷爷扛过去，萧湘仍旧在乎爷爷离开的时间精确刻度。她真没有办法不在乎。这里永久包含了一些宿命的味道，爷爷能够撑到最后的时光，喝了自己的喜酒而走，为什么不能再等等？

可怜的人，永远对死亡一无所知。

自从八岁上了小学后，萧湘就离开了爷爷，也很少回去再看看，曾经萧湘能够清晰地数清爷爷有几根胡须。“爷爷，爷爷，你别去喊潮了，又没人听你，你赶紧地把胡子刮了。”“爷爷，爷爷，我不要读书了，我想去外面玩……”曾经在爷爷面前活蹦乱跳的萧湘，熟悉的爷爷，在萧湘长大的同时变得越来越陌生起来。是因为距离，还是因为什么？萧湘不知道，只知道，自己每天都很忙。

“我老了，你们自个儿该忙就忙吧，不用老是来看我。”爷爷每次说这话的时候，都会摸摸萧湘的头，眼神里流露出无可奈何的表情。其实，萧湘他们也最多每年回去两次，大都是给爷爷拿点吃的，看看后就离开。“我一个老头子，吃不了什么。唉，你们都拿回去吧！”爷爷独自一人守着一幢三层楼房，年纪大起来的他，有时也会埋怨点什么。

结婚前一周，萧湘还特地回乡下看过爷爷。口腔癌已经扩散，他的身体又因为半年前意外地摔了一跤之后更加每况愈下，已经完全不能下地走动了。医生说，他已经半身不遂。爷爷来日无多，但精神很好。

那个时候，爷爷还在打着拍子唱“天大地大不如共产党的恩情大”。爷爷是老党员，上过朝鲜战场，为党的事业卖过力，出过血。后来，组织上安排他到村里当村长，但爷爷居然没答应，自从五十年前，奶奶因看潮被卷走后，爷爷就自告奋勇地当起了“喊潮人”，与钱塘江的潮水守了大半辈子。

“我总能听见你奶奶，在叫我，在叫我……”小时候，爷爷经常会这么跟萧湘说。“我怕，怕……”从没见过奶奶的萧湘，总感觉爷爷说得似神似鬼。

爷爷自幼生活在钱塘江边，年轻时晒过盐、抢过潮头鱼，与钱江潮有着深厚的感情。爷爷凭着经验和水性，曾经有好几次在潮水中死里逃生的经历，是江边一带有名的“弄潮达人”。萧湘无法想象那个声音洪亮，认真负责，天天跟着潮水奔跑，每天巡堤都要走十多里路，不知道挽救了多少生命的爷爷，也会死去，也会被时间掩埋。

爷爷甚至开始不认识萧湘了，他好像只认识父亲萧正玉一个人。

“爷爷，我要结婚了，那我走啦……”萧湘俯在爷爷的耳朵说道，眼泪早就在眼眶里打转了。

爷爷还是继续打拍子，一边唱歌，一边对萧湘说：“不，要，走！”

“我明天再来。”萧湘对爷爷说。第二天，因为要操办婚礼的杂事，萧湘没有去，而是过了几天，父亲把爷爷接到了城里，穿着中山装的爷爷，看上去精神挺好。本来起不来的爷爷，听说孙女要结婚，居然能够站起来，还参加了婚礼，大家都以为爷爷还可以坚持很久。

“菩萨保佑，但愿能熬过去！”大家对爷爷突然的回光返照，都表示吃惊。可谁都想不到，几个小时后，爷爷竟然安详地走了。

爷爷这一生，不知道有没有留下什么遗憾？萧湘一个人躲在被子里默默地抽泣。

第三章　西湖邂逅

一

生活就是一场闹剧。有些东西，你好像永远也得不到，甚至连看一下的资格都没有，但你却是拼了命在争取；而有些人，在你身后，你却不想回头去看一看。

不破不立。这四个字挺准确地概括了萧湘目前的心态。结婚生女后，萧湘还是第一次单独出门，自己就像只长久被关在笼子里的鸟儿，突然被打开笼门，却找不到了方向。

这周六晚上，萧湘要去杭城喝喜酒。上周，失联多年的大学同学萧珍突然跟萧湘联系："在干吗，萧湘，还记得我吗？大作家，看到你在报上发的专版了。真牛！让我们同学沾光了。三八节晚，我要在杭州西湖宾馆办喜酒，你一定要来。到时我会发你微信。对了，把你家那位也叫上，难得一起聚聚。"

"哦，谢谢。"挂了电话，萧湘拼命搜寻自己的记忆。萧珍的模样渐渐复苏：她们俩同姓，又同在中文系，只是年龄上，萧珍要比萧湘小一点。但在其他人看来，她们简直就是孪生姐妹。事实上，两人并没有血缘关系，个性迥异。萧湘向来沉默寡言，萧珍却热情奔放，身材不错，文笔也还行，活跃在各个社团，可谓是个八面玲珑的"外交家"，大学时，就有好几个公开的男朋友。萧珍一直跟萧湘她们说，她的真爱在北方读大学，但那匹"北方的狼"一直没有到她的江南大学来看看萧珍。不过萧珍倒是去过好几次。不知道，他们最终有没有喜结良缘。

萧湘记得，萧珍什么事情都要跟自己抢个先。不管是考试、比赛、评选，哪怕只是一个活动，做个主持人什么的，萧珍都相当积极主动。“萧湘，你以后肯定是个大作家，呵呵，我真是佩服你的精神。”每次，看到萧湘投给报社的退稿，萧珍就幸灾乐祸。她的这种态度，萧湘是看在眼里，但她从不记在心里。因为，萧湘不喜欢跟这种人争。

“得之，我幸；失之，我命。”这就是萧湘的生活哲学。她喜欢过那种“宠辱不惊，看庭前花开花落；去留无意，望天上云卷云舒”的生活。虽然，在当下，这个浮躁的世界里，很难，但这是萧湘的本意。

对于萧湘这种只活在自己精神世界的女子来说，很多同学早就失去了联系。萧珍，毕竟跟自己同生活在一个城市，肯定是看到自己上个月发的专版了。虽然是在当地的报纸，一个“作家群英荟”的栏目，但是因为一个整版，再配以个人照片还有名家点评。这种“广告”效应还是蛮厉害。连萧湘身边的领导和同事，都觉得好奇。

“萧湘，我们都只以为你只会编别人的文章，真是强，你居然还是个作家！”大家的惊奇反应也是情理之中。萧湘，一直以来是个非常低调而又寡言的人，缺乏风采的她在别人的生活中就如影子般的存在，走到哪，都没法给人留下任何印象。

“过奖过奖。”萧湘谦虚的回答是发自肺腑的，但是在别人的眼里，她还是有点另类。

萧湘不得不承认自己在感情的世界里慢半拍。十五岁应该怀春了，她没有怀春；十七岁应该恋爱了，她却做了场噩梦；二十好几应该结婚生子了，她没有结婚生子。都过了二十五岁，才找了一个愿意倒插上门的人，于是就紧锣密鼓地先结婚后恋爱，却是自食其果，打落牙齿往肚子里咽。

二

婚姻是爱情的结晶也罢，是坟墓也好，萧湘不会忘记结婚前的情形，那真的是刻骨铭心的混乱——

“湘湘，你快点起来，还磨蹭什么，这结婚还有几天，还不着急。”母亲的大嗓门和着太阳一起进来，照在萧湘的身上，暖和而又刺眼。结婚前一周，萧湘的母亲陈文娟，天天是这么一惊一乍。

“干什么，妈，大呼小叫，睡眠不好，我的脸，又发了……”萧湘转过身，继续做着白日梦。

“唉——”陈文娟长长地叹了口气，心头无比焦急。她的眼睛瞥到女儿的脸上，这都只有七天就要结婚了，脸上的痘痘却还在爆长。

这张脸，实在是让人担心，横错交叉。正在猛长的白痘，被她挤暴成了红痘，不堪入眼。不知道，未来的女婿，是否会介意呢？

“当然会，你说，好好的一个女孩子，本来——多少人梦寐以求，本来……”父亲萧正立边翻阅《都市早报》，边感慨。很多同事，一听说他女儿浙大毕业，又有稳定工作，一看他们这种家庭，找个官二代，富二代，也是最简单不过的事情。可谁知……

“找个真正爱她的人，就不会在乎她的脸。”陈文娟正对着萧正玉喊道。“还不都是你，还不是遗传了你的基因。”处在更年期年龄的女人，情绪往往有点激动，要是女儿能长的像她，那肯定是锦上添花。

“像我，哪里不好了？其实，这本该是个男孩……”说到自己的形象，萧正玉也是义正言辞。

“你又说，女儿哪里不好了？只是她不会打扮，不像她堂妹冉冉，只会折腾自己，整天花在自己的打扮上……”

当父母正在交锋的时候，萧湘微闭着眼睛，暖暖的太阳照着她全身舒展。

现在父母又在抒发“以女为荣，以女为耻”的感情了，要是自己是个男孩就好了，长再多的痘痘，也对得起家庭。

“我本该是男孩！”萧湘觉得自己这个名字，应该也不算是太中性。不过她从小到大，常是留短发，也不喜欢穿裙子。造化弄人，又奈何？

她打开手机，提醒事项进来了。“结婚倒计时，七天。今天要落实伴娘、礼服、化妆师等事宜。”萧湘敲了敲自己的脑袋，怎么就只有七天了呢？

脸上的痘痘，又痒又疼，她起身，先拿了个镜子照照，靠，又长出两颗来，这张脸，简直比沙漠还糟糕。

萧湘对着镜子做了个鬼脸，其实对于痘痘，她早就到了可以一笑了之的年龄了，工作三年有余，相过至少三十场亲。

“嘀嘀嘀！”这个时候，微信进来了，是未婚夫章峰发来的。“亲老婆，起来了，别忘了今天的事情，要一步步落实每一个项目。我上午有一节课，上完后去接你！”

萧湘没有回答其他话语，只是发了一个微笑的表情过去。

说真的，对她自己内心深处来说，并不开心，但是，也没有什么其他可说的，发表情是最好的回应，也是无奈的另一种解释。

“赶紧的，还不起来，早饭都凉了。”老妈陈文娟又在催促了。

萧湘起身，洗漱，总得处理下脸蛋吧，这么多痘痘，也好歹要去挑礼服。

“用清水洗，千万千万不能挤，不能用任何化妆品，不能吃辣的，不能……”耳边回想起老中医吴师傅的声音来。为了看痘痘，她几乎每周都要见到那个老头。他，每次都是像模像样地把脉，又像模像样地说出一大堆中医术语。

“阳气太盛，我告诉你，你雌性激素太少，说实话，其实你本该是男孩身。”

六十六岁的吴师傅，第一次给萧湘把脉的时候，就指出了问题的关键。

这个吴师傅开着一个私人小门诊，到他这里就诊的人特别多，每天都像钱塘江里的鳗鱼那样，络绎不绝的病人，车水马龙。

其实，特贵，挂号费就要收一百元，再配些草药，一周的量，七帖，就要花八张以上的老人头。这个小诊所，还是母亲陈文娟，托了很多朋友才问来的“专家”。

这痘痘，说实在的，不能算是青春痘了，至多也只能算是暮春痘，是在大学毕业那年突然爆发出来，长满了整张脸，只要是可以长的地方，全部长了。

到了结婚年龄，脸上的痘痘越长越猛烈。萧湘越着急，越担心，脸上的劲头就越猛，试用过各种各样的祛痘产品。萧湘差点连妹妹萧冉推荐的避孕药也用了。堂妹，萧冉，这个家伙，跟自己完全不一样，脸上的皮肤真是好的没话说，而且用什么都不过敏，从小就天生丽质，心灵手巧，除了读书不咋的，其他各方面都可以说是天才。但唯独，她推荐的避孕药，萧湘还是不敢吃，因为害怕。

“姐，绝对是很灵，但就是有一点，你很传统，肯定要结婚，这个避孕药，吃多了，对生孩子肯定有影响。你自己考虑清楚。”“什么叫传统，这结婚，肯定是必须结的。”萧湘知道，她们姐妹俩虽然只相差一岁，但是不管是从外表上还是心理年龄，她们至少相差个十来岁。萧冉基本上已是个不婚主义者了，可能是从小受父母离婚的影响，她从小就非常独立，虽然有时也会被逼无奈去相亲，但那都是形式主义。

“姐，你呀，一点都不像八五后，干吗要这么传统？我现在就觉得单身轻松，一个人过得很好。如果不想结婚，就不要结。在这个世界上，什么事情都可以将就，只有结婚这件事情没办法将就。因为你要的不是一张证书，你要的是结婚后的一种生活。从结婚到老，你有足足几十年的人生。哪一天，都没办法面对一个将就的人。我的信条就是，宁可孤单，也不将就。”萧冉这种洒脱的想法，萧湘不是没有过，但是萧湘不会做“出格”的事情，从小到大，萧湘都是兄弟姐妹们的榜样。然而，只有萧湘的内心知道，虽然内心不愿意结婚，但最终也会应从父母的想法。这就是她俩的区别，一个在直线道路上徘徊着，一个永远在曲线道路上大踏步前进。

三

结不结婚，都已成为过去时。现如今，最让萧湘头痛的是，还是这痘痘，生了孩子后依然不离不弃地跟着自己。不过，萧湘看着报纸上那个一脸纯净的自己，有点不敢相信，没办法，现在这个高科技的时代，什么照片，随便美图，PS一下，谁还认得谁。只是对不住，这跟了自己几年的痘痘，它真的是生命力旺盛，一直没有消停过。

“八零后美女作家萧湘：用文字留住时间”，看着报纸上的大标题，萧湘情不自禁地笑了笑。哈哈，还美女呢！不过，这“广而告之”的效果还算不错。不然，这已经多年不联系的同学萧珍，怎么突然就跟萧湘联系上了呢？

萧湘本来是懒得跟章峰说同学结婚的事情。但是上次被母亲训过后，也没办法。那些丑事就当是自己又做了场噩梦而已，什么都不要再去想，婚是没法离的，生活照样得过。

“抱歉，你自己打个车过去，我要忙论文。”章峰说着说着，半个脸已经埋进书堆里了。他自去年评了副教授后，每天“日理万机”，不仅是教课忙，而且还忙各种课题。

“哦。”萧湘淡淡地应了一声，如果换成是在以前，萧湘肯定也会撒娇下，但如今，不能同日而语。章峰也是毫不动色，依然在书堆里寻找着他的“数学答案”。

停了一会，萧湘看章峰无动无衷，想想说下去也没有什么用处了，算了，还是自己出发，不开车，坐个地铁公交，倒也省事。

“妈妈，妈妈，我也要去。”这时，两周岁的宝贝女儿，一边嘴上含着奶瓶，一边拿着薯片，一蹦一跳地进来了。

“宝贝，乖，你跟着奶奶去。妈妈出去是打针，又不是去玩。”萧湘一边哄着女儿，一边开始翻箱倒柜地找衣服。

生了宝宝后，萧湘的身体已经走形了，该凸的地方不凸，该凹的地方不凹，而且本来扁平的肚子上留下了很多赘肉。虽说宝贝已经断奶，但萧湘感觉全身上下依然被奶香浸透着。

“真够讨厌，穿什么衣服呢？”萧湘挑一件，穿上，在镜子里转一圈，又感觉不好，再换一件。这江南的三月天，可以说，不冷不热。在马路上，什么着装都有，应该说是最好穿衣服的时刻。但萧湘就是挑不好，问老公章峰，他却都是点头表示好，要不就是“差不多，还可以”。

萧湘不再问，这种自个儿唱独角戏的角色，萧湘已经厌烦了。最终，萧湘挑了一条浅蓝色长裙，披了件红色风衣出去了。“一定要带把伞哦，我带宝宝先出去玩了。”出门前，老妈还在耳边唠叨，带把伞。但萧湘这记性，到了地铁口，才发现，忘记带了。这个时候，天空已经有点灰蒙蒙起来，阴沉沉的说不出什么味道来，跟萧湘的心情倒也搭调。

萧珍的婚宴设在西湖边，萧湘从龙翔路地铁口出来的时候才下午四点，她看了下萧珍发来的邀请短信写着是十八点十八分准时开始。萧湘想，反正还早，就到西湖边透口气。

生活在浪漫的天堂之都，萧湘对爱情有着特别理想化的渴望。但现实生活并不如此，她没有能在读书生涯中，与自己喜欢的男孩在一起；她也没有能在西湖的任何角落，遇见自己深爱的男人。

萧湘的生活已如一潭死水，你放任何东西进去，都无法流动。萧湘知道，能让这臭水复活，只能是重新再来。可是，自己又不再是小姑娘，都当妈了，又还能怎样？你以为是堂妹萧冉呀，是单身贵族。在银行工作，去年还成了信贷部副经理，年薪至少有个二十万，过着“今朝有酒今朝醉”的幸福生活。

西湖边，有太多手牵手、肩并肩的情侣，卿卿我我，你侬我侬，让萧湘有种莫名的难受，就好像胸口被什么堵住了似的。因为没有甜蜜的人，就最见不得别人亲密的场景。

萧湘和章峰的认识属于“歪打正着”。在一次朋友安排的相亲里，章峰当时是作为小伙子的朋友身份过来的，但是最后，介绍人在相互留电话时，居然给萧湘留的是章峰的电话。萧湘已经不记得到底是怎么回事？反正，她和章峰就这么聊上了。当时，刚好处于父母“催婚”的时刻，章峰又是紧追不舍。萧湘脑子一发热，就答应了人家，她以为自己可以尝试什么“先结婚后谈恋爱”的新人模式。

结婚后，才发现大错特错。章峰是个没有浪漫细胞的人，甚至连西湖都没来走过。萧湘本来是想跟章峰谈谈白娘子与许仙的故事，但章峰却说，“你这都信，不就是传说而已，根本没有根据。”自从章峰这么回答后，萧湘就再也不说什么了。对于学数学的他来说，什么都需要论证，只有经过严格推理，能够得到证明的，那才是真的。不然，在章峰眼里，都是扯淡。小两口，也因为观念不同，共同话语是越来越少。

萧湘真的记不清楚，三年前为什么会跟章峰结婚，只是因为年纪大了，到了不得不谈婚论嫁的年龄，父母又逼得不行，所以就顺手拉了人，走入了婚姻的“坟墓”。

父母常以过来人的口气教训萧湘。“婚姻不是儿戏。”就在新婚当夜，萧湘就后悔了。这个比萧湘的假领还要刻板的理工科副教授，连床上的事情都得严格按照婚姻教程上的套路来做，就像完成某项单位领导交给的约定俗成的工作，连一句多余的话也不说，弄脏的床单还得萧湘来给他整理收拾。跟这个没有任何共同兴趣爱好的刻板男人结了婚，难道就是为了完成传宗接代的任务吗？

最悲哀的是，还是章峰先背叛了萧湘，而萧湘的父母，却傻到要让她当作什么事情都没有发生过。这样谨小慎微的小市民处事方式，也只有在他们这种息事宁人的所谓模范家庭会发生。完全是“面子主义”，其他什么都可以忽略，到底什么时候可以打破？萧湘不知道，但是依然期待。

那样狼狈的日子，萧湘已经不想再去回忆。她甚至早已把自己最爱的文学也放弃了。因为琐碎的家庭生活，让萧湘再也找不到当初的灵感和浪漫。“萧湘，希望你把文学的梦想坚持下去！加油！”只有远在北京的李依西有时还会给萧湘写信，鼓励她。但是，他毕竟不在自己的身边，对萧湘的困境也只能“爱莫能助”了。

四

曾经发生的种种是非，如今看来已觉是恍如隔世。看着西湖边一对对男子与女子，或是真心相爱，或是虚情假意，抑或是逢场作戏，萧湘都不想去了解。萧湘只想亲口问问雷峰塔，还记得林祥与当年的自己吗？如果没有遇到那个长发男人，也许与林祥肯定是另一个结局。

雷峰塔新塔刚刚竣工时，林祥带着萧湘一起来过。这十几年过去了，林祥的模样已经在萧湘的记忆里越来越模糊。他是许仙也好，是梁山伯甚或是张生也罢，但终究都没有成为萧湘的谁。

萧湘听燕子说，林祥高考去了北方的大学。但在萧湘心里，他早就无法再忘记雷峰塔，记得，当时，林祥，给萧湘摘抄了徐志摩的诗歌：我送你一个雷峰塔影，满天稠密的黑云与白云；我送你一个雷峰塔顶，明月泻影在眠熟的波心……

萧湘，非常清楚地记得，林祥当时在雷峰塔的大树下，牵了自己的手，那一刻的怦然心动，那一刻留在掌心的温暖，萧湘现在想来，还会红起耳根。“湘，如果我是许仙，那你就是白娘子；如果我是梁山伯，你就是祝英台，哦……”那时林祥的真情告白，缠缠绵绵，仿若还在耳边。虽然萧湘根本没有回应，任凭内心的波涛汹涌。林祥离萧湘的距离越近，萧湘就越觉得有种莫名的罪恶感。只是清楚地记得，在林祥小心翼翼地把嘴唇放在她嘴边时，却被她甩开了手。

这，真的不是萧湘的本意。萧湘天真地以为，林祥应该会再过来；萧湘还任性地跟自己的内心打赌，如果他真的喜欢自己，肯定会再过来。如果他再过来，萧湘一定会答应，也会告诉他自己藏在心底的秘密……

可是，萧湘还是输给了自己。林祥就那样傻傻地站着，一动不动，呆若木鸡，满脸通红，就像做错了事的孩子，不知道该如何是好。他的两手不停地搓着，因为紧张，额头和手心都在冒汗。

这是怎么了？萧湘怎么也想不到，最后，林祥对自己说的三个字是——对不起。

对不起，萧湘觉得当时的自己肯定可笑极了。她没有对他说没关系，她什么也没说，只能用沉默掩饰内心的失落。

林祥，已经离开萧湘这么多年。他们到底是因为什么而不在一起，是因为那个大哥吗？萧湘不相信。虽然，想过的报仇，也曾实施过，但终究追回不了那遗失的美好。他们虽然没在一起，但在萧湘心里，林祥早就定位成了初恋。

这些记忆里的东西，一旦被挖出来，却有种说不出来的味道，萧湘现在想起来，内心还是有各种不舒服。林祥，或许是最适合自己的，又或许虚无缥缈、难以捉摸。突然，萧湘脑海里跳出了席慕蓉的那首诗《无怨的青春》：

在年轻的时候 如果你爱上了一个人
请你一定要温柔地对待她
不管你们相爱的时间有多长或多短
若你们能始终温柔地相待

那么 所有的时刻都将是一种无瑕的美丽
若不得不分离 也要好好地说一声再见

可惜，自己与林祥，连再见都没有机会说上。

“西湖美景三月天，春雨如酒柳如烟。”断桥上，三月烟柳舞轻姿，明媚湖水漾情怀，四目相望情愫生。萧湘仿若看见，素洁的油纸伞下，白娘子正与许仙断桥相会。那西湖借伞的初次相遇，漫天花雨的妖媚缤纷；共渡困境的相濡以沫，长相厮守的美丽承诺。白娘子对许仙的爱是如此真挚而热烈，盗仙草救夫君的忘我，水漫金山的悲壮，一切都只为了那至死不渝的爱情。

西湖水干，江湖不起，雷峰塔倒，白蛇出世。虽然，最后白娘子只能被法海压在雷峰塔下，空留得那许仙孤身一人思旧情，两情相悦终究难遂愿，从此落得天地两茫茫，空悲切。但有这缠绵悱恻的爱情，却已足矣……

“野有蔓草，零露漙兮。有美一人，清扬婉兮。邂逅相遇，适我愿兮。野有蔓草，零露瀼瀼。有美一人，婉如清扬。邂逅相遇，与子偕臧。”

萧湘最喜欢《诗经》里的诗句，用在西湖，那是最适合不过。只是，萧湘一直没有来在西湖邂逅过什么。

“滴答！滴答！”直到雨水打湿漉了萧湘的脸，她这才恍过神来。天哪，还真是被母亲说中了，江南三月天，就像小孩的脸，说变脸就变脸，细雨霏霏一会儿功夫就变成了磅礴大雨。这可怎么办？她只能飞奔到雷峰塔那棵大树下去躲雨。

依然是这棵大树，郁郁葱葱，只是比十几年前更高，更大，也更沧桑了。这又是棵什么树？萧湘的知识面比较窄，从小就只喜爱文学的她，对其他东西从来都是不闻不问。多年之后，她问过一位园林老爷爷，才知道是法国梧桐。

雨是越下越大了，根本没有停下来的意思。西湖边的那一对对情侣，仿若都知道天会变脸，带了伞，一把把伞在湖边舞动起来。萧湘看到了这千千万万对幸福的白娘子和许仙，只可惜，自己的许仙，却不知道在哪里？

正在出神之时，手机响了，萧湘以为是老公来电，一看是母亲，接起来电话，就听到了女儿娇滴滴的声音："妈妈……妈妈，下……雨了，你在哪？"萧湘听到，是母亲在旁边说，女儿在一边重复。这种时候，也只有母亲，能够想到自己。

"乖宝宝，跟奶奶说，我已经到了，没淋着。"萧湘这违心的回答，到底还是被母亲听出来了，她一把拿过电话机。"都当妈的人了，我跟你说了，让你带个伞。唉——出门在外要小心，看这天气，一时半会不会停……"母亲还在电话里絮絮叨叨，萧湘已经习惯了。就是因为母亲一直觉得萧湘还是个孩子，不放心。所以，当初，母亲硬是不同意萧湘嫁出去，怕自己的女儿嫁入豪门，受婆婆的气；但又怕女儿嫁到穷家，生活压力大，却依然受气。"捧在手里怕掉了,含在嘴里怕化了。"到头来，一触就破。

"你出去后，章峰也出去了。"母亲临挂机前的这句话，让萧湘听出了话外之意，挂了手机，内心却一点都不好受。这江南的天气，从来没有个定数，你想它晴朗，它偏偏下雨；你想它下雨，它却偏偏万里无云。萧湘正看着大雨发愁，时间已经指向了五点。这离宾馆应该还有段距离，要是去得太迟，那也挺难为情。

老天，请您消停下吧。萧湘在心里默默地祈求着。老天，我又不来这里拍琼瑶阿姨的电视剧，干吗下这么大的雨？

五

正在这时，在大树下，闯入一个年轻男子的身影。"什么天气？这么大的雨……"他一边嘟囔着一边跑到大树下。"宝贝，你别淋湿了——”男子嘀咕着，紧紧地抱着胸前的包包，俨然是捧着个什么千年宝物，一抬头与萧湘四目相对。这是一种什么感觉，难以言说，两人感觉都被什么电了一下。

男子长得又高又白，一脸书生气，肯定还是个毛头小子。呵呵，小鲜肉！萧湘心里暗暗地笑了笑，莫非许仙真的来了？

正想着，男子朝萧湘友好地微笑了下。“你是——我好像见过你……”男子的开场白，让萧湘有点吃惊。她想不起来在哪儿见过这个人？

在萧湘的记忆库里，根本没有这个男子的一点印象，也许这是他跟美女搭讪的一种方式吧。萧湘为自己内心的这种想法，默默点赞。虽然她已结婚生娃，但好歹也不到三十岁，再说自己长得小巧玲珑，精致细嫩，应该也算是有点姿色。

雨越下越急，萧湘一看手机，时间已经过了五点三十分，这可怎么办？她已经有点着急起来。萧湘忍不住瞥了下身边的男子，他看上去也有点焦急，一直在打电话。“不好意思，外面雨真的很大，师傅，不好意思……”“我淋湿没关系，就是相机湿了可怎么办，我想想办法……”“是的，师傅。这么大的雨，有伞也没用。实在难为情，那要不我就等雨停了再来……”

萧湘就这样看着身边的男子一个接着一个打电话。第六感告诉她，这个男子应该是个摄影师，这肯定是马上有个活动，需要过去。

“美女，请问，你带伞了吗？”男子突然开口了。萧湘环顾四周，这没人呀？他应该是问自己吧。“你……不好意思，指我吗？”萧湘表示出一个尴尬的表情。

“哦，这里还有其他人吗？呵呵，是的，你是要去哪里？”对于眼前这位男子的问题，萧湘笑了笑，这个人还真是会聊天。“我，也很急，要去西湖宾馆参加婚礼。”

“啊，我也是，你参加谁的婚礼？”面对男子的问题，萧湘只是笑了笑，没有回答，跟一个陌生人，没必要说这么多。

突然，天空中一声巨响。闪电飞光，雷声轰鸣。在这三月天，有春雷。可就在这个时候，萧湘还来不及想该怎么办，自己已被人拉了起来。“快跑，树下危险。”萧湘只听见刚才那个男子的声音，看到自己的头上，已经盖上了男子递过来的长风衣。

“拉起来——”

在男子的吩咐下，萧湘只能照做了。于是，他们跑出了松树。这要跑向哪里？萧湘不知道，但她只知道，自己此刻的心是愉悦的，这是从来没有过的兴奋感觉。

春雷过后，雨居然小了点。萧湘和男子跑到了一家咖啡厅的屋檐下，已经都是气喘吁吁。萧湘感觉头有点小晕，可能是因为中午没吃饱，也有可能是因为生孩子后从来不锻炼，这样小跑了一会也累了。

“不好意思，美女，我看——刚才，打雷，怕你——害怕……”男子结结巴巴地想解释点什么，引得萧湘咧开了嘴。“应该是我谢谢你，刚才，听你电话，有急事吧。我也是，那先走了。”

“哦，好的。是西湖宾馆，对吗？我们一起走。”面对男子如此大方的请求，萧湘没有回应，身体已经往前倾了。

当他们两人到西湖宾馆的时候，刚好傍晚六点。门口人头攒动，都是来道喜的人。萧湘还没看到人群中的新郎新娘，却已看到了滚动屏幕上的大字：恭贺新郎林祥新娘萧珍喜节良缘！

林祥？这个消失了十几年的名字，怎么会在此刻出现，是他吗？此时此刻的萧湘，内心矛盾不堪，不知道该怎么办？她已听不见任何人对她的叫喊声，她只是沉浸在自己的世界里。而此时，她的身边，只有刚才那个男子。

六

林祥，真的会是你吗？萧湘的内心近乎渴求般地呼喊着。

看见了，在人群中，是他。没错，是他！但让萧湘实在想不通的是，萧珍怎么会与他结婚？千不该，万不该，偌大的中国那么多男子，萧珍为什么会找到林祥。

“你怎么了？没事吧？”身边的男子一直站在萧湘旁边，看着脸色从红变成苍白的她，男子似乎早就预料到要发生什么事情。

就在男子刚问完这些话的时候，萧湘已晕了过去，刚好被他扶住。

这之后，发生了什么，萧湘浑然不知。她只知道，自己跑到了西湖宾馆，看见了新郎新娘的背影，贺喜红包还来不及给，自己却晕过去了。倒在谁那里？她什么也不知道，但她绝对不是因为心情太过激动晕过去，对于从来是很淡定的自己，发生这样的情况，真是比小说还夸张。

第一次牵起萧湘的手，许大雷的感觉整个人甜蜜得几乎要融化，她太像曾经的芳了，难道……

在出租车里，许大雷紧紧握着萧湘的手，杭城霓虹灯初亮的景象就如扑克牌一般在眼前闪过。这柔嫩光滑的手，这弥漫着淡淡香味的身体，难道她就是芳？许大雷，感觉自己产生了错觉，可是，这个世界上，怎么会有这么相似的两个女孩呢？

此时此刻的萧湘，还在晕厥的状态里，许大雷甚至产生给她做人工呼吸的想法。但许大雷的直觉告诉自己，这个女孩应该没有任何事情，她应该是累了，休息一会就好了。

的确，许大雷可谓是神算子，出租车还没到人民医院。萧湘就醒了。醒来后的萧湘发现自己躺在一个陌生男子的身边，她的掌心还留着许大雷温暖的体温。“天哪，我……”萧湘的脸一下子红到了耳根，而许大雷的第一反应就是赶紧把手拿出来，但大脑却指挥错误，他把萧湘的手握得更紧了。

萧湘想骂人，可发现，这个男子也是全脸通红，相当紧张。而他，不就是刚才在雷峰塔树下的那个摄影男吗？

萧湘的记忆开始复苏——萧珍的婚礼比萧湘想象的要豪华。这完全是包场的节奏。看着穿梭不息的人流，萧湘远远地看见萧珍林祥夫妇双双迎接宾客的笑脸。那种幸福，是萧湘不曾拥有过的。她又看到，刚才那个男子一直在按动相机。他还真是个摄影师，这幸福的场景，当然需要记录下来。

有那么一瞬间，萧湘甚至忘了自己身处何地。她今日是何种身份？她好有一种冲动，走过去，亲口对林祥说，你怎么说也不说，就结婚了？或者只是正面看一眼，什么也不说，看他会有什么样的反应。

不，这些都不是她。如果是，今日也许就不是这样的场景，或者这场景中她就是主角了。

这么想着，低头看时，新婚夫妇已与宾客一起去了礼堂。一场“戏”就此结束，萧湘突然决定马上离开。她的眼泪一直在眼睛里打转，她索性跑到卫生间，想要放声大哭，泪却是无声地滑落。从看到林祥那一刻，莫非已有一千年，她看到镜中的自己，苍白如老妪。

又走回大厅，萧湘在一片喜庆的宁静中站立了一会儿，不由自主地看了一下那边的礼堂，唶唶嗡嗡很是热闹。但热闹是他们的，我什么也没有——朱自清先生的话应在今日的场景，萧湘觉得，竟是那么合适。可是，这又能怨谁呢？自己不也已经与别的男人结婚了吗？顿时间，萧湘觉得自己也是浪漫如斯，但也难抵挡世俗观念里按部就班成家立业的主宰和控制。她在自己的命运里如同任人宰割的羔羊。

七

如果有个时光机，萧湘肯定是一不小心，按错了键，待萧湘再次醒来，已不知身在何方。

“不好意思，刚才你晕过去了。我，我就把你送出来了，听新娘说，你家住在萧山。”身旁男子开口了，这才把萧湘从虚幻的记忆里拉了回来。萧湘能够猜想刚才的自己，肯定是“大出洋相”。不过，谁知道会晕过去了呢？

“我看，你现在没什么事了，我送你回家吧。”男子看萧湘没有任何反应，就又开口了。

“不用了，谢谢你，我下车了。”萧湘说着就让司机停车，下来了，男子跟了上来。

“等一下，我叫许大雷，这是我的名片。很高兴认识你。”男子递过一张名片。看萧湘根本没有要接的样子，男子挺是尴尬。他马上又说：“我是婚礼摄影师，我看你应该还没有结婚，你到时需要拍照，可以找我。”被他这么一说，萧湘只能勉强地接过了名片。许大雷，这个名字感觉很眼熟。

就在萧湘看名片的时候，男子拿出手机，摇了一下。“这个是你吧，湘儿，加下微信，可以吗？”对方的请求已经发过来，这个叫“电闪雷鸣”的男孩头像，萧湘犹豫了一下，抬头却与男子的四目相对，一种什么感觉，从脚底生起来，让萧湘差点忘了他是谁，这个名字实在是太熟悉，让她情不自禁就想起了许大成。

萧湘再次故作镇静地看了看名片上的字：“杭城挚爱婚庆工作室，许大雷”，萧湘就点了下同意，加上了微信。

参加了这样的婚礼，萧湘还真是醉了。但愿，林祥没有看见自己的丑态，但，谁知道呢？回到家，她悄悄开门进去，老公和女儿已在梦乡了。萧湘给萧珍发了条“违心”的微信：亲爱的，不好意思，今天单位加班，我没法过去，在此祝贺你新婚快乐！幸福美满！

“谢谢亲，萌萌哒。”萧珍的微信马上进来了。萧湘傻傻地盯着手机发了会呆，“你到家了吗？看你身体不好，早点休息。”许大雷的微信也进来了。萧湘稍许犹豫了下，回复了三个字：“谢谢你。”

“不客气，明天见。”许大雷马上回复过来。

明天见？萧湘不禁心头一笑，我怎么可能与他还能再相见呢？

不过，这个男子的名片，萧湘还是想都不想就放进了包里，人家干吗送自己回来？难道天底下真有这么善良的男人？看起来还是个小年轻，出来混也不容易，要是有什么生意，也给他留意介绍下，也算是报答人家今天送我回来。

萧湘想着，就迷迷糊糊地睡着了。自从章峰背叛自己后，萧湘即使是换了房间，也无法入睡，而这一夜，因为许大雷的出现，第一次睡了个安稳觉。

第四章　隐秘阳光

一

章峰竟也失眠了。在黑暗里，章峰怎么也想不到，居然往昔记忆又重现了。那一段隐秘时光，以为过去了，再也不会回来，可谁知，却是欲罢不能。

那是在认识萧湘之前，章峰的生活完全是反其道而行之的。他有不被潇湘了解的另一面。章峰那时无意听说过一个日本作家江国香织。他的小说里有那么一段话："传说，每过几十年，世界各地就会同时诞生许多白色的狮子。那种狮子身体的颜色非常淡，根本无法融入到同伴中，总是被欺负，所以它们逐渐从狮群中消失了。但是，据说它们是具有魔法的狮子。它们离开狮群后，在一些地方建立了自己的共同体生活。它们是食草动物，寿命很短，很多狮子会由于酷暑或者严寒死去。但是当狮子们立在岩石上时，随风飘荡的鬃毛与其说是白色的，不如说像银色，非常美丽。"

章峰每次读到这段文字，就有种迫切的渴望，说不清，道不明，到底是什么。就像人间三月天，带着朦胧的美丽。

三月，是个有味道的季节，也是个多事之季，空气中弥漫着香甜的味道。尤其在江南，更是"桃之夭夭，灼灼其华"般艳丽，"杏花娇俏，海棠妩媚"般绚彩。无奈这"梨花纷飞，小桥流水"的景色，却让章峰无法顾及。这一个多月连续性打击已经让他疲惫不堪。

丢了女友，没了工作，背井离乡，此时此刻的章峰，只身带着一个钱包，赶赴去往杭州的火车。

“我来了，六个小时后到杭州东站，你懂的。”他给兄弟邵俊发了条微信，在杭州自己只有这个朋友，也只能去找他了。

“峰子？你来杭州，你不是……哦，好的，我来接你。”透过短短几行字，章峰仿佛能够看见邵俊惊讶无比的脸。小子，如果不是哥我走投无路，我不会这么来找你，谁让你是我最后的救命稻草。

“谢谢。”章峰打出了这两个字，但想了下，终究没有发过去。邵俊是章峰大学时篮球队的队友。两个人一起进的队，关系却一直一般，按照邵俊的说法，章峰实在太过冷漠，是那种走在路上相向而过时你都不知道如何开口去跟他打招呼的人。直到大三上学期，篮球队组织远游，有一个晚上露宿在四明山山顶，那晚邵俊告诉章峰他曾在高中的时候有一段师生恋，他疯狂地爱上了教英语的童老师。当时，邵俊被这段畸形的感情折磨得快疯了，已经到了必须要找个人倾述一下。他之所以选择章峰，是因为章峰看上去对谁都冷冷的，不会是那种在背后嚼舌根的人。

“其实，我们都是差不多的人。”章峰淡然自若地回答。

这让邵俊感到十分意外，他的坦诚让章峰也渐渐打开了心扉——章峰曾在上初中的时候，班上的女体育老师，总是对他纠缠不清，自己的第一次算不算是给了她，章峰也说不清，那是他青春岁月里最不堪回首的一段记忆。“哈哈，我们的性质不一样，不过异曲同工。”在四明山山顶皎洁的月光下，两个孤独的人因为彼此的理解而建立起了一种隐秘的共同体生活。自此以后，邵俊和章峰成为了无话不谈的好朋友。

二

毕业以后，章峰选择回老家教书，邵俊留在杭州。两年里，虽然说了无数次也约了无数次，但总因为这个那个的原因，一直没有机会见面。

谁都没想到，自己会以这样的状态去见他。

章峰的座位靠窗，三月的阳光无限好。窗外是开得烂漫的油菜花，簇簇相拥，在春风里向自己盈盈招手……

“亲爱的，你看油菜花开得多漂亮，你带我去看看吧。”身旁一个娇滴滴的女孩躺在她男友的怀里，摇着男友的手。“好好好，只要你喜欢，让我做什么都可以。”男孩的声音充满荷尔蒙的味道，脸上幸福的“汗水”仿佛就要流下来，他旁若无人地亲吻着自己的女神，全然不顾身边章峰的感受。

唉，现在的年轻人！章峰叹了口气，嘀咕道。此时此刻，他只觉得一阵寒意涌上心头，一种从来没有过的孤独感正在吞噬着他。本来在一个月前，自己也算是抱得美人归了，可为什么会发生这种事情，确实让人难以想象。

正想着出神，章峰收到沈琪发来的一条短信。“老师，对不起，没想到会这样。我想见你。”

这个时间，被飞驰的火车抛在身后的乐西中学，下午的最后一节课应该刚结束。辞职以前，章峰最喜欢做的事情就是在上完一天课后，站在办公室的窗边，看着成百上千的学生从楼下梧桐树的林荫小道欢笑而过，那种追忆青春的感觉，让章峰无比享受。

“没有谁对不起谁，你依然是我最欣赏的学生，我走了，你保重。”章峰刚发出短信。沈琪的信息马上就发来了，“不要，我要见你，不管怎样，我依然爱你。”章峰死死地盯着这行字，那颗脆弱的心跳个不停，爱你，其实我又何尝不是呢？

你就是一树一树的花开，是燕在梁间呢喃，你是爱，是暖，是希望，你就是我的人间四月天……

章峰想着，不禁黯然失神起来，怎么走着走着，就这么把自己的灵魂给弄丢了呢？我这是怎么了？

曾经的自己，是那么本分，那么守规矩，那么老实巴交。七岁上学、二十四岁大学本科毕业，到高中任教数学，然后是谈恋爱，再接着结婚生子，他跟无数八零后一样，沿着既定的轨迹一路向前。

如果要用一个词来形容章峰人生中前二十四年的生活，“平庸”二字怕是最恰当不过的了。

平庸的长相——身高一米七二，体重六十公斤，气质平淡如水，不是风流倜傥，风度翩翩，不过也还过得去，不会让人觉得不舒服。他就是典型的扔在人堆里没人会多看一眼的平庸男生。

平庸的家庭背景——父亲性格沉默，没有任何说话权，忍耐力极强，面对母亲整日整夜的吵吵闹闹，可以做到无动于衷。母亲是镇上一所高中的语文老师，五十岁的年纪终于升为学校的教导主任，天天没事就在校园里晃荡，抓完课堂纪律抓早恋。对于章峰的管理，自然也是格外严格，从小教导他要知书达理懂礼貌，做事宁可谨慎些也不要轻易犯错。也许正是母亲的缘故，从小，章峰就对女性特别反感，说不出原因，就是排斥。

平庸的性格——章峰不善言辞，见到生人说话就结巴，在酒局饭桌上特别不会来事，交际圈子很是狭窄，朋友很少，习惯也喜欢独处，看似很有个性。

平庸的履历——小学的时候当过一年副班长，初中当了一年体育委员，除了跟体育女老师的那点事情外，其他的事情根本回忆不起来。高中三年学习异常刻苦，却因为天资有限，最后考大学只考到了一所师范学院的二本专业，毕业后子承母业顺利进入老妈所在的学校当了一名数学老师，而母亲却还在一直逼着他考研究生。

章峰知道自己的人生平庸而乏味，夹在芸芸众生之中，就如尘埃般，随风飘扬，毫无存在感，回忆起自己年少的光阴，更加是淡然无味。

三

夕阳的光芒笼罩着灰蒙蒙的城市，几只白色的鸽子扑闪扑闪着翅膀从一个屋顶飞到另一个屋顶，又从一个弄堂飞进另一个弄堂。它们优美的姿态深深吸引了他，很长时间里，章峰的目光被这些鸽子带走了。

这个场景，经常出现在少年章峰的梦里。章峰变成了一只鸽子，轻盈地从城市的低空掠过，穿过那些晾晒在阳台上和院子里的大大小小花花绿绿的衣服，穿过人潮汹涌的广场，穿过一条肮脏不堪的垃圾街和一个散发着阵阵恶臭的菜市场，来到那个他所熟悉的窗口。章峰看到他心爱的女孩小琴正伏在窗口的写字台上做作业。微风吹过她的脸颊，她的脸上洋溢着少女特有的青春蓬勃气息。章峰突然很想飞进女孩乌黑明亮的瞳孔，做一只栖息在她眼中的鸽子，借她的眼睛来看一眼这个世界的美好。可是最终，章峰只是在女孩面前摆一摆尾巴，跳一段优雅的狐步舞，然后有些落寞地飞走了。

“不要，我不要……”章峰竭尽全力挣扎着，却没有任何力气。

醒来，已过了中午，秋日的暖阳照射进来，却仿佛带着针刺，让章峰的眼睛无法睁开。

“你可醒过来了，我的宝贝。”朦朦胧胧中，章峰看见了老妈憔悴的脸，正在一点点地向自己靠近。

“我这是在哪里？”章峰摸着自己冰冷的脸蛋，听着老妈温柔的声音，真分不清，这是现实，还是梦。

“浑小子，你可醒过来了，都下午两点了，昨晚又死到哪里鬼混去了？凌晨才回家，我都叫了你多少次了，快给我起来，马上去拜访赵老师。”老妈习惯性的呼喊声在耳边响起，带着急切而又担心的口吻。

“好了啦。一天到晚，就知道唧唧歪歪。”章峰小声嘀咕着，一看手机，哇靠，还真是北京时间下午两点过五分，自己怎么睡了这么久？这日子看来是越过越昏天暗地了。

于是，章峰赶紧抓起一件外套，就往外面跑。

母子俩换了好几趟公交，穿过一个又一个狭窄的弄堂，终于到了赵老师家。

“还不赶紧进去，发什么呆。”是老妈催促声。

章峰却还一直沉浸在那个鸽子飞翔的梦里。只是，梦想很丰满，现实却很残酷。

“赵老师，那么我们家阿峰就拜托你了……”

“呵呵，阿峰妈，我们多年的朋友了，老师照顾学生是应该的，应该的……”

“一点点小意思，请赵老师收下。”

“这个……阿峰妈妈……呵呵。”

……

已经过去一个多小时了，章峰坐在光线昏暗的客厅里，低头和老师家的儿子下五子棋，空气沉闷得让人不知所措。

“妈妈，这个哥哥耍赖。”章峰正沉浸在幻想中的时候，坐在对面的小孩突然大叫起来。

“小鬼头。”章峰抬头看了小孩一眼，轻声呵斥道。

“妈妈，妈妈，这个哥哥好凶。”小孩却突然跳起来一把扯下了章峰头上的棒球帽，指着他一头金黄色的头发鬼吼鬼叫。

“闭嘴，小鬼！再叫哥哥就把你剁成肉酱。”章峰看着小孩狂乱的眼神大声恐吓。

这时，相谈甚欢的老妈和班主任一齐转过头来诧异地看着章峰，笑容僵持在两个人的脸上。一时间气氛尴尬。

“那么，赵老师，我们就先告辞了。”老妈满脸堆笑。

“阿峰妈妈，吃了晚饭再走吧。”

“不了不了，下次还有机会的。”

老妈一把拉起深陷在沙发里的章峰，扯着他的衣服就往外走。

章峰觉得不爽，但却不敢言语。

四

读初中后，每次开学前，章母都会拉着章峰像今天这样去老师家拜访。校长、教导主任、班主任，一个都不落下。

章母对章峰完全是恨铁不成钢的态度，但谁不曾在年少的时候张狂过，章峰想叛逆，但在母亲面前却不敢。

“你就给我乖乖待着，哪也别去，必须要好好读书，才能有出息，不能像你爸。”章母命令道。

“好啦好啦，我怎么样也逃不走的，谁叫我是你儿子，真是快被你烦死了。”

看着老妈有些臃肿的背影渐渐远去，章峰从口袋里掏出一包烟，抽出一根给自己点上。

章峰把双手深深地插入裤袋，弓着背拖着沉重步伐慢慢行走在城市大街上。此刻的马路因为人影稀疏而显得格外宽阔，偶尔有几个环卫工人默默归拢着地上的落叶，他们的脸上都戴了口罩，看上去就像一个个面无表情的外星人。

城市就像一台尚未开启的机器，所有的画面都充满了粗粝的冰冷质感，没有温度，更缺乏生机。

有一只癞蛤蟆蹲在章峰面前的一摊水渍里，瞪着圆鼓鼓的眼睛呆呆地望着章峰抽烟。

“傻×，看什么看，没见过帅哥啊。”章峰也恶狠狠地瞪了蛤蟆一眼。

可是蛤蟆丝毫不为章峰所动，依旧痴痴地望着他。

“小样，还挺倔啊。”章峰站起身子，冲着蛤蟆飞起就是一脚。癞蛤蟆就像一个足球般慢慢滚向大街。

“是谁这么缺德?”

一个熟悉的声音传入章峰的耳朵，章峰看见小琴正站在街中央厌恶地望着自己。

“原来是你啊。”小琴走到章峰面前，拧起两根细细的眉毛，鄙夷又带着些挑衅地望着章峰。

章峰赶紧把抽了一半的香烟扔掉，用脚踩灭，挠着自己的后脑勺，装作“腼腆”地对小琴笑了下。

“豆芽菜，补课回来了啊。”章峰尝试着和小琴打招呼。

“小流氓。”小琴却像她的妈妈那样骂了章峰一句，然后转过身，很是骄傲地走掉了。

章峰无奈地发现，自己很想在小琴面前表现得从容一些，却怎么也做不到。

“拽什么拽啊。”他望着小琴的背影在心里回骂了一句，却有种莫名的惆怅。

看来女大十八变这句话说得真是没错，小琴在变得越来越漂亮的同时，也越来越看不起章峰了。小时候，章峰和小琴是很好的朋友。那时，小琴经常帮章峰做作业，而章峰则每天都负责把小琴送回家。不知道是从什么时候开始，这样一种和谐的关系就发生改变了，章峰觉得肯定是小琴那个势利的妈妈从中捣了鬼。

章峰蹲在菜市场的门口，眯起眼睛百无聊赖地望着远方。远方夕阳的光芒安静地撒在一片高高矮矮的屋顶上面。那是隐藏在城市光鲜亮丽外表下的众多城中村之一，里面居住着这个城市最底层的打工仔。章峰觉得自己应该改变这样的现状，但却不知道如何改变，因为自己实在过于平庸。

实在是太过平庸了，没有任何可以炫耀的资本。这种庸俗，让章峰自己都瞧不起自己。

五

章峰趴在厕所的镜子前，抬头看着镜子里那张熟悉又陌生的脸，内心充满了绝望。厕所的水龙头坏了，滴答滴答的声音让他觉得异常烦躁，于是他一把拧开水龙头，任自来水哗哗流淌而下，他把自己的整个头都埋进了清水里面。

再次抬起头来的时候，章峰的脸上已经盖了一块毛巾。他缓慢地把毛巾从自己脸上移下来。他的那张脸就开始一个部位一个部位地在镜中显现。先是乌黑的短发和不光洁的额头；接着是疲劳的眼睛，两颗无神的眼珠子就仿佛黑色的玻璃球一般嵌入了他瘦削的脸蛋；然后是脸颊，左半边脸上五个鲜红的指印在灯光下熠熠生辉。镜子面前，章峰终于看到了完整的自己。他只包了一条短裤，弓着被，两根肋骨上那一层薄薄的脂肪在微微地颤动。

就在章峰结婚前的一个礼拜，一件轰动全校的事却撞到了他的身上。之所以说是撞到章峰身上的，是因为没有人能够想到，像师生恋这样激情澎湃的事情，会发生在一个如此平庸的老师身上。

工作两年后，章峰因为勤奋踏实，当上了高三年级的班主任。这之后，生活就便变得异常忙碌，不仅要上好课，还要做好孩子们的各种思想工作、后勤工作等等。

只有每天吃过午饭后的休息时间，是他一天中最为惬意的时光。章峰的办公桌在办公室靠南的落地窗前，午饭过后，咖啡、围棋、阳光，满满铺开一桌子。章峰就在这暖洋洋的气氛里独自研究棋谱或者打个盹，快活似神仙。

那天中午，章峰左手一杯咖啡右手一个橘子，翘着二郎腿眯着眼睛看娱乐八卦杂志，学校的广播台里播放着一首最近红遍大江南北的歌曲：爸爸，爸爸，我们去哪里呀……

坐在章峰对面的李老师，正在上网，突然她好像发现什么新大陆似的跳了起来。“哇靠，怎么会有这种事情，大家快来看……”

“怎么，怎么了？”“什么情况？”“什么大惊小怪……”

众人都往李老师这边飞奔过来。

学校论坛的首页，师生艳照门事件大揭秘！下面是各种各样的亲密照片。发帖是一个女生头像，网名是“爱你一生”，而这个艳门照的主人就是……

章峰依旧坐在自己的位置上，一副坦然自若的表情，对于众女老师的八卦情节，他总是嗤之以鼻。

就在此时此刻，校园广播里突然出现一位男生隔空告白的桥段。

“今天，借着这个机会，我要向一个我青睐已久的人表白。谢谢你，让我明白了爱的意义。我原以为，我是一个能够冷眼旁观一切的人。直到认识你，我知道，你是……”

“神经病。”章峰只悠悠地吐出三个字，就继续对着杂志上李敏镐OPPA的一张照片犯花痴。

“沈琪，我爱你，你听见了吗？”

沈琪？章峰怎么觉得这个称呼听着有些熟悉。……

“沈琪，我爱你！我知道，你也是爱我的！你不要被章峰，这样的老师害了，我会帮你。没有谁能阻挡我们的爱情。”

章峰？顿时，章峰觉得自己成了整个办公室的焦点，一双双眼睛在同一时间齐刷刷地望向他，他感觉自己的脸上正一点点燃烧起来。

“胡正奇同学，你在发什么神经！”广播里传来学校的教导主任，也是章母一声惨烈的尖叫，接着，信号被切断，全世界都陷入到一种可怕的宁静之中。

沉默，寂静……这样的时刻，章峰恨不得找个地洞钻进去。

“天哪，章老师，你流鼻血了，你没事吧？章老师。”对面的李老师第一个发现章峰流鼻血了。紧接着，办公室里的老师都一窝蜂地围了上来。

“没事没事，我这是被气的。”章峰一边尴尬地拿餐巾纸堵自己的鼻孔，一边在内心狂骂：你这个臭小子，你给我等着，看我不整死你！

“章老师，你看看这个论坛。”李老师示意章老师过来看，其他老师的眼神都怪怪地看着章峰。

当章峰看到他和沈琪各种暧昧照片被曝光时，这一刻，自己才真切感受到了什么叫无地自容。

“怎么会这样，章老师，这个真的是你吗？”

“章老师，看不出来吗？你居然搞师生恋。”

“天哪，真是林子大了，啥样的鸟都有，章老师，你是给我们这些人大开眼界了。”

章峰所在的办公室，除了他一个男性，其余都是女老师，在这种性别比率严重失调的办公室里，他俨然成了最受关注的焦点。

沈琪是班里的数学委员，是个很有数学天赋的女孩。也正是因为此，章峰与她有了更多的接触，文文静静的她，身上有着不可抗拒的魅力，因为学习等各种原因，两人就走到了一起。

六

胡正奇是班里的体育委员，长得眉清目秀，皮肤白净细嫩，一米七八的身子，体重六十公斤，特别健康。他擅长各种体育运动，而且是灌篮高手，那投篮姿势帅呆了，迷倒了一大片的女生。只是他在人群堆里很沉默，不喜欢说话，那种酷酷的感觉，让女孩子们更加着迷。

经常有女生在他打球时，送去矿泉水、巧克力等食物，并且在场外，拼命地喊加油，也经常有女孩子送他各种手工制作的礼物，如爱心、千纸鹤、围巾、手套等，但是胡正奇总是看也不看就扔掉了，这为此也得罪了好多“女汉子”。

“这么不珍惜，他以为他谁呀。”

“就是，我熬夜织了好久的围巾，他看都不看一眼，真让人伤心。”

“唉，我不也是，辛辛苦苦折了一千只纸鹤，却换不来他一丁点的关注。”

胡正奇却唯独喜欢沈琪，是从初中就开始追她，但一直是热脸贴冷屁股。

“别折腾了，我已经心有所属。”沈琪冷漠地回答。

“是谁？怎么会不是我呢？”胡正奇充满信心，有着一颗强大的心。

这之后，沈琪慢慢留意到，只要自己跟章老师在一起，胡正奇都会跟着，除了上厕所，他们的世界到处都有他监视的身影。

沈琪找胡正奇谈话：“我求你，别闹了，我就是不喜欢你。”

“呵呵，难道你的心上人是章老师？这怎么可能，我哪点比不上他？你说，是不是他逼你的……”胡正奇的话连珠带炮。

“当然不是，你以后别跟着我们了。”沈琪郑重其事地命令道。

“你喜不喜欢我是你的事情，我跟不跟你们，是我的事情。”胡正奇的回答还是让沈琪头疼。

章峰也感觉到了这个胡正奇对沈琪的一片真心，但是要他放开沈琪，他也不愿意，她成了自己的灵魂伴侣，因为有她在，自己卑微脆弱的心才得以受到安慰。多少个黑夜，两颗孤独年轻的心紧紧依偎在一起，这就是幸福，在沈琪身上，章峰感受到一种从未有过的甜蜜，这种感觉滋润着他整个灵魂。

可是，现在，横隔在他们中间的这个男孩胡正奇，让章峰感到难受，必须“除掉”他。章峰先是找胡正奇谈心，苦口婆心了一个多星期，却一点收获都没有。

“老师，我就是喜欢沈琪。从初中就喜欢她，我知道你会说高中生不许谈恋爱，但是，现在是自由的时代，不是你们那个时候，什么都是禁止的，这些最纯真的感情，我是不会压抑的。”胡正奇的回答简单而又直奔主题。

“我跟你说，你不要纠缠沈琪了，这样对你、对她都不好，你们毕竟还是高中生。”

“呵呵，老师，恐怕对你也不好吧。”胡正奇的回答让章峰不禁胆战心惊起来。他的态度一点都没有缓和，无奈之下，章峰只能用自己老师的威望吓唬吓唬他了。

考试中，章峰故意让他不及格；每次大扫除，他故意给胡正奇安排最苦最累的活；每次评优评奖，从来不考虑他，虽然胡正奇的成绩一直名列前茅。

但是，章峰怎么也想不到，自己的这些行为，日后却成了一个定时炸弹。胡正奇虽然表面上对于老师布置的任务，总是没有怨言去完成，但暗地里却早就给章峰设了陷阱。

一个月后，却在学校论坛发出了那样的帖子。仅仅两小时，帖子点击率已经破万，回复率也已上千。而下面的回复更让人“惨不忍睹”：

“我靠，师生恋，这个是在办公室KISS？”

“现在的老师，还有师德吗？”

“腐女弱弱飘过，顶着锅盖说一句，男主角长得不错。”

“这什么跟什么呀……”

这些照片是PS的！章峰想给自己找回清白，但是有证据吗？关键是，自己的确也曾拥抱过沈琪，就这么毁在了一位男孩的手里……

现在，胡正奇还在大庭广众之下，告白自己的心声，最关键的是，同时揭露了章峰的“丑陋”的一面。

这之后的一个月，章峰曾经平庸的生活完全被颠覆了……

特别是他的老妈，更是气急败坏。“浑小子，你就这么把自己给毁了，你说，你放着这么好的姑娘不要，你让王芸怎么办？你说你怎么就不能跟妈商量下，你怎么可以跟一位小女孩？发生这么大的事情，我去求求校长……”

十天后，校长再次找章峰谈话：“章峰，你这个年轻人，做出这种事情，实在让人惋惜。我也是尽力了，没办法了。”校长满脸无可奈何。

章峰低着头，感觉自己都差点跟土地“亲密接触”了，他明白校长的意思，也知道自己接下去该怎么办了。

生活的“变故”，有时候真让人“猝不及防”，才二十六岁的自己，却因为疲于处理这无厘头的杂事，不修边幅，又整天担心焦虑，一下子老了十岁。这场噩梦，看来是应该醒过来了。

七

窗外，下起大暴雨，失魂落魄的人，走到哪，都是悲剧。这座印象中无比婉约的城市，却以一阵劈头盖脸的狂风暴雨迎接了章峰的到来。

章峰打开手机，已是七点一刻，说好，邵俊七点来火车站接自己，这个家伙怎么还不来。章峰虽然有点生气他的迟到，不过，也有点担心，最近发生的各种事情，从国家到个人，都很是离奇。

“每一次离开，我们都要准备好分别。因为也许这就是最后一次，我们活着仅仅是偶尔。”这个时候，章峰又一次想起胡正奇来，自己已经离他千里之外了，这略带伤感的话，却带着浅浅酸酸的味道……

“峰，这里——”循着声音，章峰看到邵俊远远远地朝自己走来，他穿着一件大红色的外套，笑靥如花。章峰关掉手机，朝邵俊挥了挥手。

“我的个娘啊，这雨实在是太大了。我可是蹚了一路的水过来见你的，大帅哥。”

两年未见，邵俊依旧是那个热情奔放的邵俊。他一边帮章峰拿行李，一边向他抱怨着这次的雷雨有多么恐怖，而这个城市的排水系统是多么糟糕。

“西湖的鱼都游到马路上来了，雷峰塔下的白蛇青蛇，指不定什么时候也不甘寂寞游到岸上来瞧瞧这花花世界！”

一路上都是邵俊在说，而章峰在听，一直到西湖边的一家餐厅。

“说说吧，到底是怎么回事？”点完菜后，邵俊问章峰。“上个月才收到你结婚的喜帖，这个月就跑到杭州投奔我来了。你这变得也太快了吧？”

“唉，说来话长，一言难尽。”

“慢慢说，哥哥我有的是时间。”邵俊眨巴着眼睛，笑嘻嘻地望着章峰。

“女朋友吹了呗。”

“吹了？为什么？”

“因为一个学生在学校的论坛上举报我私生活不检点。”章峰无奈地摆了摆手。

“举报你……私生活不检点？”邵俊觉得有些不可思议，在他的印象中，章峰向来是个行事谨慎的人。“你说你，读书的时候装孙子装得跟什么似的，这一当上老师，马上就暴露本质了吧。不过像你这种恐龙级别的男老师，放在哪个学校都是个灾难。弱弱地问一句，那个学生是男是女？”

“当然是女的。”

“哈哈，别激动呀。”邵俊把头探到章峰前面，拼命忍住笑揶揄他。

“你好，你点的糖醋里脊。”

一个穿着唐装的服务生把一盘里脊放在桌子中间，邵俊的注意力也瞬间由章峰的师生恋转移到糖醋里脊上。

"等等，这里脊的量比平常的少了有一半吧，怎么回事？"

"先生，这是特价里脊……"

"特价是特价，量少是量少，两者能混为一谈吗？"

"不好意思，先生……"

"还有，这里脊怎么加了这么多醋，你是想酸死人吗？我点菜的时候就说了，糖醋里脊要少放醋，你没给我写上去？"

服务生快被邵俊说哭了。

"去把你们的经理叫来。"

"……"

"算了吧。算了吧。"

这回轮到章峰拼命忍住笑了。

邵俊是何许人也，大学的时候因为在一份盖浇饭里吃出了一条虫子，能够和食堂经理扯到人类生化危机，并成功拿回够他和章峰吃一个月饭票的牛人。如果不是章峰阻止，面前这位年轻的服务员非得被他说哭不可。

八

章峰从手机里翻出论坛里的那个帖子给邵俊看。

揭秘：××中学高三3班班主任章峰（男）和女学生那些见不得人的事……

"嗯，长得是蛮不错的。"邵俊看了半天，悠悠地吐出这么一句。

"嗯？"章峰表示疑问。

"我说，你那小对象，看照片长得真不错，天使般的面容呀。"邵俊大致地浏览了下帖子，都是些个人臆测或者没有事实根据的内容。

"就这些没了？"

"嗯。"

“帖子是谁发的你知道吗？”

“也是我的一个学生，他喜欢照片上这个女孩。”

“我靠，现在的孩子都疯了吧，他发这些内容，有证据吗？”

“没有，而且，亲吻的这张，明显是PS。”

“那你为什么要辞职？章峰同学，说你是包子你还真是包子，他这是诬陷。你可以告他的呀！”

“我知道，但是……”

“你这样贸然辞职，等于间接承认了你和这个女生有不一般的关系，承认了你们的师生恋呀。”

章峰觉得邵俊说的都很有道理，但是隐隐地，他又觉得这个流传于网络上的帖子，给了自己一个重新生活的机会。不破不立。这四个字很准确地概括了他目前的心态。在学校当了两年老师之后，生活逐渐步入正轨，稳定的工作、稳定的恋人，接下去即将迎接他的是稳定的婚姻生活。但是夜深人静的时候，章峰反问自己，我真的喜欢那个王芸吗？答案是否定的。章峰和王芸是通过相亲认识的。王芸是名护士，长得不算漂亮，但看上去还比较舒服，一米六五身高，刚过一百斤，不胖不瘦，知书达理，一看就是那种贤妻良母型，特别是母亲徐月仙一看就非常喜欢。“这种女孩做我儿媳妇，才配，呵呵。”看着母亲合不拢嘴的样子，章峰的心里却有种说不出来的味道。

其实，他知道，自己的心不在王芸身上，每次约会，基本上都是王芸主动，他们一起看电影，章峰就这么傻傻地坐着。后来，还是王芸主动拉了自己的手，但是就在手被牵住的瞬间，章峰感到很不是滋味。王芸跟沈琪根本是两种口味，章峰还需要重新琢磨过。

“你说你，发什么呆？”邵俊提高分贝问道。

章峰这才恍然大悟过来。

“我，你说，我还能怎么办？”

“哦，你既然来找我了，我肯定不会抛下你……”邵俊朝章峰使了个眼神。

“哦，哦。哦！”章峰感觉自己突然从沙漠里被人救起，原来，眼前依然有一片绿洲。

“你想怎么办？有我在，你放心。”说着，邵俊伸开手，给了章峰一个友情拥抱。

都说，拥抱可以减轻人的压力，确实如此。此时此刻的章峰，终于舒缓了一口气，但愿，共同体生活有新的开始。

但让章峰意想不到的是，什么都没有开始就结束了。邵俊因为家庭与世俗的压力，被迫结婚了，彻底跟章峰分开了。孤苦伶仃的章峰，一发愤就去考了研究生，当上了高校老师。见到萧湘时，开始还有怦然心动的感觉。当章峰在萧湘家门口和单位楼道猛追她并还乘机下跪时，他低着的头颅里却想着更多的性幻想。章峰盯住了萧湘的一对高跟鞋，突然想起了爷爷奶奶那个时代流行的三寸金莲来，于是就有了一种冲锋陷阵的冲动和快感。

萧湘清纯的面庞、圆鼓鼓的耸立小奶和动感曼妙的腰身，让章峰有了一种邪恶的占有欲望。不过，他欲擒故纵，假装得谦卑，下跪正是为了以后的从奴隶到将军——说实话，女人都好这一口，男人越这么表现，下跪把头磕出血来，才会赢得对方的青睐和感动。其实，章峰提前给自己头发里藏了一小包红药水，他的头刚刚一触地，红药水包就顶破了。傻乎乎的萧湘有恐血症，还没等她明白过来，当时就吓得哇地大叫了一声，并放声大哭。周围萧湘的同事也都被蓄谋已久的章峰蒙蔽了，竟然齐声喊：“萧湘，嫁给他！嫁给他，萧湘！”章峰趁机还伸出手去偷偷摸摸萧湘的高跟鞋，情不自禁地流出了口水。

当章峰新婚之夜一鼓作气地进入了萧湘的身体之后，发现床单上满是萧湘的处女血之后，才有些后悔了。章峰发现在萧湘这儿体会到的新婚感觉，绝对没有比邵俊那里得到的更多。相反，章峰感觉一种说不出来的异样。萧湘从小就极度地洁癖，对任何男人都天生有一种极度的恐惧感和防范心理，一天中总是带着那种只有几个月婴儿才会用的尿不湿，把下身整天裹得紧紧的，密不透风。当新婚之夜，章峰看到萧湘委身在他自己下面时，竟然放声大笑了。不过，后来萧湘下身不断地流血不止——这不仅让章峰恐惧，也让萧湘自己也感到了极度的恐惧和绝望。这是血崩的节奏吗？章峰记得母亲生他时难产，就是血崩，差点死在医院。章峰竟然在新婚之夜又把萧湘搞成这个样子，就更加觉得不可思议了。

章峰没想到萧湘不仅是一个文艺女青年，还是一个柏拉图式的精神恋爱雏儿，什么都不懂，但假装什么都懂。在章峰眼里，萧湘只要有一点鸡毛蒜皮的事，她就要死要活，好像要天塌了，整个世界要毁灭了。她写稿啊，投稿呀，家务活啥都不管，都让章峰来管。而且章峰还发现萧湘还有一个更傻逼的文学导师——两人通次电话就长达一两个小时之久，甚至更长时间，直到萧湘把手机打没电了还不罢休，又用家里座机给老师打过去。而且，萧湘每次与那个所谓的文学导师通完话，就如同吃了春药，有好几天总是翻来覆去地唱我爱你有多深。这就让章峰一时间更加怒火万丈了。难道，我章峰这里是罪恶深重的敌占区呀？既如此，你萧湘在我章峰下跪的时候，何必感动的哇哇大哭呢？

章峰既已追到了手，也渐渐地对萧湘失去了攻城略地的任何兴趣。本想着，痛改前非，但生活却越来越离奇，这是章峰做梦也想不到的。

第五章　意外之局

一

章峰又是整夜失眠，清醒的虫子在他脑子里不断遨游。

萧湘接下来的这场雨中约会，让章峰全都撞见了。本来章峰是决定不去，谁知，论文的截止时间延后了，转眼一想，还不如趁现在闲着也是闲着，跟上萧湘，看看她究竟去外面干什么。她已经跟自己分床睡了。万一，以防万一。

虽然内心这么想着，但章峰还是不愿意亲眼看见这样尴尬的戏剧性场景。萧湘跟另一个男子在雨中奔跑，而且两人还肩并着肩，手拉手，这又算是怎么一回子事情？他们出席同一个婚礼，又相约在雷峰塔下见面，这世上能有这么巧合的“邂逅”吗？

章峰还在往下遐想的时候，听见了萧湘的开门声。他连忙抱着女儿，假装打呼噜，绝对不能让她发现，先观察观察再说，没有收集充实的证据，说出来也没有意思，但要是真的是那么回事，该怎么办？这个婚姻还是离了吧？

一晚上，章峰翻来覆去，从床头到床尾，从凌晨到天亮，始终没法闭眼。萧湘，倪燕，他母亲，还有丈母娘，都是与自己密切相关的四个女人，就像数学界最有名的四色问题一样，证明的过程实在烦琐。题为《平面或球面上的任何地图是否都能以四色区分》，这是由A.凯莱在一八七九年提出。其实，只要能证明的确是以着色区分，或是想出一个并非如此的地图就行了，结果却花了百年时间才得以解决。加以证明的是伊利诺大学的凯尼斯·阿佩尔和渥而夫甘古·哈肯，两人利用电脑，确定所有的地图约可归类为一百五十种基本的类型，终于证明这些都是用四色区分。那是一九七六年的事。呵呵，用了九十七年。

这是什么时间概念，太漫长。一个数学题目尚且如此，更何况是涉及情感问题？对于数学题目，自己还可以下手解答，对于这理不清的感情纠纷，可真是措手无策。

第二天，章峰只能顶着熊猫眼去上课了。在混沌的思维中竭力挣扎，恍恍惚惚。虽然人在学校，但是内心却非常杂乱，不知道已经飘向哪里了？章峰犯错后，也是真心诚意想悔改，可谁知，生活的牌是越出越乱。

这一节微积分课，章峰都不知道是怎么过去的，反正满脑子是萧湘昨天和那位高个子男子的身影。这个世界上，人太多太多，但是知道你需要什么样的人，往往就连你自己都不知道。这就直接导致了这个世界上最抗拒不过的孤独。这，也跟自己主攻的数学一样，永远有解不出的谜底。

讲台上的章峰，口若悬河，激情四射，虽然外表强装镇定，但到底还是被台下的倪燕看出了破绽。倪燕从章峰神情恍惚的头顶，仿佛间看到了一顶若有若无的绿帽子，飘飘然地往章峰脑袋上套，这让倪燕差点忍俊不住笑出声来。

“峰子，你的情绪不对呀，下课后，我们老地方见。”倪燕发了一条信息到章峰的手机上，本来满心欢喜地等待对方回复，但章峰对振动的手机，置之不理。

下课后，倪燕假装问题目，就缠住了章峰。

“你干什么？我没时间。”因为昨晚一夜没睡，此时的章峰实在是两眼惺忪。

“呵呵，知道，你是不是想我了，你看，你的眼袋好深。”倪燕用明亮的眸子锁住章峰飘逸的眼神。

“没有。”章峰惜字如金。

“别这样，我知道你想我了嘛，你是不是跟她睡不好，那去宿舍休息吧。”倪燕边说边往章峰身上靠，仿若他的身上是有蜜一样，“求你了嘛，亲爱的，人家好想你。”她那甜甜的声音如蜜蜂般缠绕着章峰的大脑。

章峰本想拒绝，但眼前却一再浮现出萧湘和陌生男子的身影。靠，人家可以幽会，凭什么老子就不可以？她都这样了。章峰一把搂过了倪燕。“小骚妞，那待会儿见吧。”

二

爱情与性欲望是很难分清的两种东西，有时候会一拥而上，你分不清楚，对这个人亲亲抱抱，是否属于爱情；你更难分清楚，人身上的原始冲动，是否也是爱情的开始。

此时，章峰和倪燕就在老地方相见了，就是章峰的宿舍。这是学校给老师配发的，房间不大，一个卧室一个卫生间。在这里干事情，相当安全。这两年来，章峰和倪燕，基本上只要双方有时间，就会在这里度过，这么一个三十平方米的“安乐窝”成了他们俩的“享受地”。

宿舍在一楼，两人是一前一后进去，一般章峰先进去，过几分钟后倪燕才进来。这样做，用章峰的话是说，为了避人耳目，低调为妙。刚开始，倪燕很乖，每次来这里，也会戴个墨镜、大帽子什么的，但后来渐渐地，她就要求正大光明的进去。

“你怕什么，纵然你有老婆小孩，那也是可以离婚的。人这一辈子，不确定的因素太多了！只要你离婚，哪怕你带孩子也行，到时我会帮你带的，会如同己生！我一定做个好继母，绝不像新闻里那种狠心虐待前妻生的孩子，我是宰相肚里能行船。现在，我就要和你一起进去，我就是想让别人看到！要想得到你，先得造出舆论来嘛！你怕别人看到，我才不怕呢？反正，你爱的人是我呀！我走掉，还正好如了她的意！她拿孩子要挟你，你不要怕，这个孩子我养定啦！”倪燕这番话，章峰还是第一次听到，听她这么一说，眼前又飘过昨天萧湘与那个男子，章峰真是心乱如麻。

章峰一手拉过倪燕，关上房门的时候，就立马上了保险，虽然，其他人也没有钥匙，包括萧湘，章峰也从来没有在她面前提起过。学校有这么一个宿舍。但是，为了安全起见，每次，他一进门，习惯性动作就是上锁。

“峰子，我想死你了，每次都要我等这么久——”倪燕的吻铺天盖地窜上来了，在章峰全身的角角落落，都要盖上大大的“红印章”。

面对如此主动的女孩子，章峰每次都是身不由己。他一把就抱起倪燕，就往床上甩。这动作，大义凛然，仿若就是一场战争的开始。

“老子，我来了——”章峰往倪燕的身上压下去。这个时候的倪燕，已是柔情似水，虽然口上喃喃地叫着：“不要嘛，轻点，不要……”但她两只玉手，已经在帮章峰解开裤扣了。这一点，让章峰感觉很不错。他在萧湘那里“战败”的状态，在倪燕这里得到了重生。倪燕给人的感觉，实在是热情奔放，洋洋洒洒，一泻千里，让人情不自禁。

两人的持续时间，至少都要在一个小时以上，每每到章峰达到高潮时，倪燕就爬到了他的身上，如同一位马戏团的驯虎女郎，惊心动魄，出奇制胜。这个小女子，看着文文弱弱，在床上的确是生龙活虎，表演“杂技”更是精彩纷呈。这让章峰每次都是浑身上下颤栗个不停，精神上完全佩服得五体投地，那是在邵俊、正奇，甚至是萧湘那里都得不到的快感。

倪燕骑在章峰上面吆五喝六，俯视着他。然后，佯装武松打虎，给他好几十下雨点般的粉拳，让他好不受用。完事后，倪燕依然是咿咿呀呀，一副余兴不足的娇滴滴模样。而，章峰早已是满头大汗，这种酣畅淋漓的感觉，让他无比享受。章峰觉得这个小女子，真是不简单，每次都能把自己弄得这么舒服。倪燕仅仅是一个吻，就能把自己搞得神魂颠倒。

三

每次私会，也就一个多小时的时间，章峰却能够深深体会到高潮此起彼伏，大快朵颐的感觉。然后，按照惯例，他就会进去洗澡。

"峰子，等一下，我给你带了新的沐浴露，你用这个吧！亲爱的，慢慢洗，我给你煮杯美酒加咖啡。"这次，倪燕给章峰送进去一大瓶东西，一打开，芬香四溢。昨晚，章峰因为心情不好，还真是没怎么用心洗澡。好吧，今天就好好地洗个澡，反正等下也没课。

章峰的想法正是迎合了倪燕的计划。这个时候的倪燕，一边嘴上嘟囔："峰子，你的咖啡豆怎么又用完了呀？怎么也不跟我说下——"一边正拿着章峰的手机，在快马加鞭地猜测开机密码。

先来个简单的："一二三四"，想想也不对，人家一个堂堂教数学的副教授，怎么会用这么简单的数字号码？那么，用身份证号码，倪燕赶紧输入章峰自己身份证的后四位："四一二七"，显示还是错误，哇靠，那么用她女儿的生日"一二二五"。

靠！居然还是错误，怎么办？只有最后一次机会了嘛，莫非是我生日？此时此刻的倪燕，手心已经在冒汗，但又不能慌了手脚，只能最后一搏，输入了"一一二八"四个数字，老天保佑，竟然打开了。

倪燕的内心又惊又喜。"燕子，你在干吗？对了，我手机放在桌上，若有电话，你不要接哦。"章峰突然发出声音来。

"知道了，亲爱的，你还不相信我嘛。你好好洗澡，我正在煮咖啡。"倪燕一边应和，一边赶紧划开了手机。火速在通讯录里，找到了她想要的号码。倪燕，天生对数字比较敏感，十一位数字的手机号码，马上就记在心里了。

然后，赶紧退出，回到手机原来的状态。倪燕若无其事地放到了桌子上，开始给章峰泡茶。

“燕子，没有电话吗？”章峰出来的时候，看了下放在原位的手机，安然无事。

“是呀，有电话，你不是也听到铃声了嘛。”倪燕边说，边给章峰拿衣服。

“我设置的是静音呀，呵呵。”章峰的这一声笑，让倪燕的心里不禁疙瘩了一下。这个家伙，原来设置成静音了，怪不得……

“干吗呀，你，这么看着我？”章峰看着倪燕那美美的表情，不禁问道。

“看你帅呀，峰子，我好喜欢你。”倪燕说着又扑了上去。

章峰又紧紧地抱住她，轻吻了她那甜美的嘴唇。这个女孩，怎么看，都是那么光彩动人。

就在这个时候，倪燕的电话响了，她摆出无奈的表情，接起了电话。

“哦，我知道了。知道了。”就看着她在电话那头点头，说了几个知道了后挂了电话，想跟章峰继续柔情。

“好了，今天到这里吧，我要回去了。”章峰已穿起了外套。

“不要嘛，再来一次，我还要。”倪燕的撒娇功夫总是那么到位。

“好了，别闹了，我真有事。”洗完澡后的章峰，每次都会表现得比较冷静。

“好吧，那下次，亲爱的，不要让我等太久。”倪燕说出“亲爱的”三个字的时候，总是会两眼放光地看着章峰，温情脉脉。

离开宿舍后，章峰去了办公室，下午其实没课，但他决定在单位把论文写完。最近在家里，都要干各种各样的家务活，根本没有时间开电脑，折腾论文了。

四

整个下午，章峰给自己泡了一杯清茶，沉浸在数字与文字交融的世界里。跟倪燕温柔过后，他感觉自己的整个身子都相当惬意，坐下来写东西也浑身有劲。

傍晚，从办公室出来的时候，他竟然接到了母亲打来的电话："峰儿，你在哪？"母亲的声音急急匆匆，应该是发生了什么事情。章峰想起来，自己那次派出所的事情，还好没让母亲知道，不然，她这个高血压，说不定也跟丈人一样，来个出其不意。

"哦，妈，我刚下班。"

"这样呀，我和你爸已经出发了。快到火车站了，晚上七点半能到，你，来接我们。"

"啊，你们来我这，怎么不提前通知下。"章峰的好奇溢于言表。

"哪还来得及，唉——"章母在一声长叹后挂了电话。

这，难道母亲已经知道了？为什么他们突然来访？这真让人摸不着头脑。

章峰看了下表，此时已经是五点，那得赶紧回家，吃好饭后去接父母。

"我父母要过来，等下，我，去接他们。"吃晚饭的时候，章峰跟丈人、丈母娘和萧湘说道。

"噢……亲家要来？他们放假了？"陈文娟感到好奇，自从那次因为管小孩的事情闹得矛盾，他们几乎不再联系，怎么现在突然来访？

"哦，什么时候的火车？你早点去接。"萧正玉放下筷子，认真地回复。

"七点半"。章峰答应道。

正在给女儿喂饭的萧湘没有吭声。“宝贝乖，再吃一口。”为了打破尴尬的气氛，萧湘故意转移话题。

章峰看一下她，终究没有说出口。

六点半，章峰就出门了，虽然到火车东站，开车用不了二十分钟，但还是觉得早点走，比较稳妥。

火车东站，依旧是人山人海。男男女女，老老少少，都在匆忙中行走，赶往不同的地方，却在同一个地点出发。人们互相挤搡着，推拥着，前进着。

章峰等在出站口，为了可以第一时间看到父母。

七点半到了，但是屏幕上显示，火车晚点了。

为了消磨时间，章峰只能玩手机。还好，只晚点半个小时，八点刚过，父母的身影出现了。人群中，高大的父亲，牵着瘦小的母亲，章峰远远地朝他们招手，第一次这么切身感受到父母苍老的身影，头发已经趋向花白状态，身体也不再挺拔。岁月是把杀猪刀，自己都快进入中年了，何况是父母呢？

“峰儿，老早来了吧？路途就是远，到底还是晚点了。”章母边说边把行李递给儿子。

“爸，妈，你们没吃饭吧，我先带你们去吃饭。”

“不用，火车上早就吃了。我们这次来，处理了事情，就走，比较急。”章父说着就环顾了一下四周，又问：“她们，在家里吧？”

章峰知道她们，指的是萧湘和女儿，他就点了点头。

“你说你……”章母正要开口，但被他爸拦住了，“你就是急性子，到了家里再说吧。”

一路上，章峰一直沉默，父母问什么就“嗯嗯呀呀”回答着，心不在焉的样子。他的直觉告诉自己，父母应该是大概知道那个事情了。章峰的心一紧，这是谁告诉自己父母？莫非是萧湘？刚才出来，感觉她不像以往那样强势，也没有任何话语，原来是做贼心虚呀？这么一想，就不由得让章峰怒火冲到头顶上来了。看来这婚真的到了必须离的地步。

五

这边，陈文娟和萧正玉早就静候着亲家公、亲家母到来。

“这坐了很久的火车吧，赶紧吃点东西。”陈文娟边说，边给他们泡茶。

章母和章父连连摆手：“太客气了，自己人，你们太客气了。我的，我的，小孙女——”他们最关心的当然是那个小宝贝了。

陈文娟甚是好奇，难不成，他们这次来，想要把小孩带去山西。“哦，在楼上洗澡。”

这是一套LOFT跃层式结构的公寓，面积达五百来平方米，楼上一层是萧湘他们住，陈文娟和萧正玉住在楼下，房子宽敞明亮，装修得比较高档，几乎是花去了两老一辈子的血汗钱。

“洗刷刷，洗刷刷，我们小宝洗干净喽。”说话间，萧湘带着女儿下来了。

“爸、妈，你们来了。”萧湘轻声地叫了下公公婆婆，然后，就要求女儿叫爷爷奶奶。谁知，小家伙认生，左躲右躲，死活不肯叫。“我不要，我不要，你不是我的奶奶，你不是我的爷爷。”章父章母使出了万般“魔术”，又是变糖，又是变牛奶，又是变玩具，小家伙就是不领情，直接回拒。

最终，扭不过大人，小家伙居然在称呼前加了“山西”两字。“山西爷爷，山西奶奶好。”真是让大家哭笑不得。“我，我，这不是要区分嘛。”两岁的孩子，看来，已是初谙人世。

双方家长寒暄了一下，聊了会家常，然后，章母终于说出了此行的目的——

“亲家母，我们峰，虽然三十好几的人，但实在是不懂事，他做的错事，希望你们能够原谅，我在这里——”说着，章母还起身，想要下跪的动作，被陈文娟硬是拉住了。萧湘有点不以为然了。想当初章峰在众目睽睽之下，下跪求婚。难不成下跪也有遗传？

“亲家母，你这是干什么？”

这样一来，章峰全明白了，原来，自己的父母早就知道了。他瞪了一眼萧湘。而，萧湘的眼睛却游离了。这，让章峰更加确定；肯定是萧湘报告他父母，这是什么意思，让老人千里迢迢地赶来？你萧湘这是唯恐天下不乱吗？这可是你萧湘先把事情做绝的啊，别怪我以后不客气，看我怎么收拾你！我就不信你害我，你就能置身于事外？

“亲家公、亲家母，想必你们也知道了。说真的，太让人想不到了，发生这种事情。具体情况，我们也不多说了，我们是一个原则，作为父母，我们总是都盼着儿子女儿好，你看，我们做了很多工作……”陈文娟开始陈述整个过程。

“哦，是呀，我们也是，章峰，你真是个混账。”章母站了起来，声音也提高了一大分贝。“你吼喊啥嘞。”章父拉了一下她。

“我知道的，不用你提醒。峰，你必须改正，不能辜负了我们呀……”章母继续苦口婆心，又对着章峰喊道：“你给我下跪！”

“不是我拼命稳住女儿，这个家估计早就散了，峰，做出这些事情，实在让人失望，找小姐，又有情人，而且是学生，人家还假装怀孕了。”

“啊，是假装怀孕——”章母的嘴巴张成了O型，她满脸的惊讶，也就是说，她本来了解的情况并非如此。

“我们教子无方，就盼亲家、亲家母，萧湘，拜托你们给他一个改错机会。”章父开口了，满脸都是愧疚表情。

章峰又扑通地跪在地下。这个下跪动作萧湘实在是太熟悉了。

“峰，你说你浑不浑？你这为人夫为人父为人师表的大丈夫，你这是在干些什么事情？你让我们做父母的脸面何在？还好，他们还没赶你，你给我赶紧改……”临睡前，母亲还是一直拉着章峰数落个不停。不过，她心头的大石头落地了，毕竟他们还没离婚，这个是关键。

“唉，你说孩子她爸，我们峰，从小就是知书达理，怎么会做出这种事情了？真是不可思议，你说，会不会，他们对他不好，他才去外面……”章母问章父。

“别多想了，总不会无中生有吧，而且你也是接到了电话，才一定要过来，我是说，先给峰打个电话，都当爹的人了，有分寸的。”章父说完，末了还补充一句：“我觉得应该去见下那个给我们打电话的女的，你说呢？”

章母表示同意，就一拍即合了。

六

章峰回到房间，看女儿已经熟睡，萧湘又去了隔壁的小房，心头一肚子的火气，于是，就推门进去。

这会儿，萧湘正在看网络小说《爱比婚姻长》。从一开始离婚到后来又复婚的生活剧。看了一下，萧湘觉得这种故事，实在俗气，生活中哪有这种事情？离婚了，还能保持这么好的感情。

之后，萧湘又拿起一本《美人归》的小说。那里面的李土豆让她突然间想起李依西，既幽默，又搞笑，还有几许酸楚。这时刻，她不由得想起当年李依西在香山给她递来一片红叶的情景来。李依西的手还抖得很厉害，一片红叶掉落在地，又低头捡起来。捡红叶时，他还顺便帮助她把松开的旅游鞋的鞋带系上了。然后，李依西把那片红叶珍重地递给她，仿佛递过来的是一件贵重珍宝似的。那么简单的一个动作，萧湘每次想起来，都历历在目。李老师，也有很久没有再给她写信了，电话也是越来越少。时间过得实在太快。或许，李老师，也早就结婚生子；又或许，李老师去了国外；再或许，李老师，早就不记得潇湘是谁了。

生活就是这样，一转身，就错过了。看着章峰进来，萧湘连头都不抬一下。

“干什么？这么悠闲，看到我这个大活人了不？你有啥心思啊？”章峰先开口了。

“嗯。”萧湘淡淡地应和了一声。

“你，你——”章峰向来城府很深，习惯了萧湘在耳边喋喋不休的讲话，而自己只要随声附和就好。现在，情况却完全扭转了，章峰觉得这个女子，肯定是要报复自己，天蝎座的女人，真是惹不起。

“你，这么忙，不能抬头跟我讲话吗？”章峰的声音提高了一个分贝。

萧湘只好把书搁到一边，抬头看着他，眼中除了厌恶还是讨厌的表情。

“你——什么意思？”章峰不知道该怎么问。

萧湘被章峰问得一头雾水，不知道他在说什么。“什么意思？不懂。”

“你，给我别装了。”

“装，谁装了？你以为人人都跟你一样，披着羊皮的狼。”

“你，谁是狼？你为什么叫我父母来？你，你——你倒是披着狼皮的羊吗？你居心不良，一定有啥图谋？”

“谁，我叫来你父母，搞笑吧？章峰，你别‘恶人先告状’，你以为，我要跟你过下去呀；你以为，我离了你，过不了呀？你以为，我要没用到叫你父母来帮我……”萧湘一激动的时候，就喜欢用层层递进的排比句，表现内心的焦急情绪。

“哼，你终于开口了，怎么不是你，除了你，还会有谁？你说……”

“我怎么知道，你天天在外面搞这么多花花肠子，谁知道又是谁？”

“你什么意思，我已经知错就改了。我保证书也写了，也确实改正了。倒是你，天天跟我分床睡，又在想那个什么文学导师了吧，人家怎么最近不给你打电话了呀？三八节那天晚上，你到底去了哪里？”章峰终于说到主题了。

“什么？我不知道你要说什么？”萧湘显然是不想跟他再聊下去。

“你，心虚了吧，你的约会场景，我全部看见了。”章峰的话一说出口，就后悔了，自己太傻，怎么就直接说了呢？

萧湘突然怔住了，“恶狠狠”地看着章峰，目不转睛。这，明显是暴风雨来临前的平静。

“你，太过分了，跟踪人家，算怎么一回事情？你，你以为……”萧湘想起来了，三八节，就是萧珍结婚的那晚，自己第一次遇见了许大雷。关键是章峰，实在太卑鄙了。

“我，我……你……”这个时候的章峰语无伦次了，因为看到萧湘这个表情，他已经能够确定，萧湘外头也是有人了。

“我，我没有。根本不认识人家。”萧湘提高音量。

“哼，你还不承认。你不是说，敢作敢当，你自己又是什么行为？我看到你们肩并肩，还手拉手呀！这可是我亲眼看见的！你敢不承认？”萧湘明显看出了章峰幸灾乐祸的表情。

“你欺人太甚，我绝对没有做任何出格的事情，不像你——”萧湘这么一急，也不知道如何表达意思了。

“我，我怎么了？我还不是被你搞得太压抑……”

“你，自己外出嫖娼，还说是我的原因，没天理。”萧湘的气真是不打一处出。

章峰一看萧湘这么生气的样子，又一想到，自己的父母也在，怎么说，也得做做表面文章，不能搞得“鸡飞狗跳”。谁让我是男的呢？

“好了好了，总是都有原因吧，那你为什么跟人家出去约会？既然如此，我错一次，你也错一次，那么，我们互相抵过，重新开始。”章峰说着，做出要抱萧湘的动作，但他扬在半空的手，一把就被萧湘打落了。

“你少来，重新开始，想得美，我即使是出去约会，也比你搞女人强，怎么着了，你这种心理，完全是变态，没法跟你过了，没法……”萧湘的声音越说越大，却被章峰用大手掌盖住了。“能不能轻点了，万一女儿醒了，我算求求你了，我们重新开始好吗？”

“不，绝不！”萧湘的回答，斩钉截铁，坚决不同意。怎么会变成这个样子？这个男人，还是三年前认识的那个忠厚老实的男子吗？怎么会变成这么“多面派”，他到底怎么想？男人不理性起来，还真是无可救药。

章峰只能失落地回去了。“哼，谁稀罕，还不是因为我的父母，我才……”章峰，想着想着，就睡过去了。梦中出现了倪燕的样子，迷人的嘴唇，性感的身材，柔软的皮肤，一觉醒来，却发现枕边除了女儿的玩具熊，什么都没有。

七

第二天，还在朦朦胧胧中，章峰就被母亲叫醒了。母亲说，要见一个人。

“峰子，他们说，你外头有人，我想见下那个女人。”

“妈，当然没有，完全是他们瞎扯。”章峰理直气壮。

“我也觉得是，我们儿子，不会的，可是……”

“没有可是，妈，我今天很忙，一天六节课，根本没时间陪你们。明天带你们逛逛西湖吧。”说着，章峰伸了个懒腰准备起床。

“哦，那算了，那，你爸，他老家也有事，我们待会就坐车回去了。”

“啊，这就走了？”章峰被母亲这么一说，一点睡意都没了。

“嗯。走了，只要看着你好，我们就安心了。峰，你一定，千万千万，不能犯混，不管外面是否有人？妈都相信你，你是妈的好儿子，你是……”章母的煽情教诲又开始了。

“妈，我知道了，你们放心，根本没有的事情。”

“好好好。”章母显然对儿子放心了。

章峰早早就出门了，但萧湘却一直没有起床，昨晚又是一个辗转反侧的夜晚。

八点一刻，萧湘才懒洋洋地从床上起来。“我不去上班。”萧湘整个脸都肿起来了，脸部任何一个表情都写满了心力憔悴。

“怎么了？又吵架了？”陈文娟一看女儿的表情，就知道了。

“哇哈哈，妈妈，不上班，那就抱宝宝。”女儿却在一旁鼓起掌来。

“真没法过下去了，他那种性格，没有人受得了。”萧湘喃喃自语。

“又怎么？当初，不是你自己要跟他结婚吗？反正，我还是那句话，不能离婚，就不能离婚。”陈文娟的表情异常严肃。

“我是你亲生的吗？你是考虑你女儿幸福，还是自己的面子重要？你考虑过我的感受吗？”萧湘说着，不争气的眼泪就要下来了。

“你……不离婚，我是为了你好。”陈文娟给萧湘递过一张面巾纸，又补充道：“眼泪，离婚，永远都是弱者的表现，他不提出离婚，你干吗要离婚？你以为你是黄花姑娘，能找一大把？这年头，剩女都木佬佬（很多），何况，你这个拖着女儿的妇女，谁要？你冷静点，我记得，我很小的时候就跟你说过，只有磨炼自己，让自己强大的女人，才是真本事……”

“妈妈，妈妈，你怎么了？奶奶，不要，不要！妈妈，不要哭。”女儿抱着萧湘的腿，娇滴滴地安慰着自己的妈妈。

萧湘擦了下眼泪，抱起女儿，没有再多说什么。这个小家伙，虽然只有两岁，但俨然是个小大人了，这让萧湘又欣慰又难受。女儿，难道要跟自己一样吗？从小看着父母貌合却神不合，虽然萧湘的父母没有离婚，但敏感的她，其实早就发现了。

“幸福的家庭都是相似的，不幸的家庭各有各的不幸。”列夫·托尔斯泰的名句，真是一语道破了萧湘的生活。

自己的不幸，除了自己，谁又能知晓？难道自己的命运，也要像自己喜欢的作家萧红一样？前段时间在放的电影《黄金时代》，看着萧红那惨淡的一生，心比天高，命比纸薄。遇人不淑，颠沛流离，莫非是种宿命？

但不管怎样，萧红尚且能够在文学中找到个人价值和心灵自由，像“大鹏金翅鸟一样飞翔”，虽然在人生际遇上悲苦不堪，终究“跌入了奴隶的死所”。

萧红在那个时代，烽火漫天，居无定处，爱国爱人都是一件非常困难的事，而她又是一个爱得极切认真的人，正因如此，她受伤也愈深。命中注定，爱上的男人，都最懂她，却又最能伤她。这样的女子，在文字里涅槃，却在情感里坠落。

萧红大大的眼睛没有任何焦点，带着些许恐惧抑或亢奋，歇斯底里，人人对她避而远之却又心存怜悯。只要与她接触过的人都会觉得，她这样的人活不长，生命短暂，却留给后人绵延不绝的思考。

可是，悲哀的萧湘，文字与情感什么都得不到。假若自己离了婚，女儿怎么办？她才两岁，这人生路还有多长，难道我要亲眼看着她，遭到后爸或者后母的“虐待”吗？为什么？谁能告诉我，该怎么办？在自己母亲的字典里，从来没有离婚两字，只有坚强，唯有坚强才是硬本事。可是，母亲，真正幸福吗？萧湘，从来没有问过。

“过日子，就是这么回事，你以为爱情能当饭吃，孩子，你也快三十了，不小了，赶紧清醒清醒！反正，别离婚，这个，妈，是过来人，绝对不会骗你！”母亲的话反反复复地在萧湘的耳边盘旋。

第六章　初次赴约

一

结了婚的女子，都是因为婚姻不幸，才做好了赴死的决心再去谈恋爱的吧。自从，那次跟许大雷认识后，萧湘如死水般的生活，陡然间产生了朵朵涟漪。

每天早上七点，萧湘的闹钟还没响，许大雷的微信就进来了：“美女，起床了。”许大雷每天的微信都有不一样的问候方式：“美女，你抬头看看，今天的天真蓝。”“美女，今天空气质量不佳，你出门戴个口罩吧。”“美女，今天我到上海拍外景……”

每天，许大雷都会第一时间，汇报自己的行踪。在许大雷的内心，萧湘已经高出了所有人的位置。但，萧湘基本上是不回复，因为每天早晨这段时间，是萧湘最忙的时刻。杂志社早上八点上班，萧湘家就住在单位附近，走过去，只需十分钟，所以每天，萧湘都要磨蹭到七点半才起床，起来后，那就是快节奏。她先要蹑手蹑脚地从房屋里出来，为的就是不吵醒女儿。不然，要是被女儿发现妈妈上班去了，她准是大哭大闹。

上个月，就是因为萧湘起来声音稍微大了点，萧湘还没出房门，女儿一转身就睁开了眼睛，然后就一直拉着萧湘的手，不肯放开。“我要妈妈，我要妈妈，不，我就要妈妈嘛……”不管陈文娟如何相劝，都没有任何用处，只能等她哭完为止。萧湘是那种最不会安慰孩子的母亲，只能偷偷溜走，把“烂摊子”丢给母亲。

没办法，每个职业女性都要经历这段过程。不过，只要章峰在，这个妈妈在女儿眼里，基本上就成了隐身人。女儿跟萧湘姓，叫萧蓉，为了这个姓，当初两家人也算是闹翻了天。

“这，怎么可能，我就一个儿子，难不成，我的孙女，跟别人家姓？”章峰的母亲，虽说也是个文化人，但做母亲的心大家都懂。她好生歹生，就只生了一个儿子，其他三个都是女儿。对于儿子章峰来说，她肯定是愿意掏心掏肺，但是章峰不肯回山西，她没办法，虽然当初结婚说了是“入赘”，但真的到了孩子生出来的这一刻，老太太还是接受不了。

“章峰，你说，你的孩子，不跟你姓，那跟谁姓？”老太太发话了，但章峰的父亲，一直没有开口，只是沉默，还是一根接着一根抽烟。“你也别这么说了，大家是成年人，这有什么好吵？当初都是说好了的，到现在还来说这个跟谁姓，有意思吗？”陈文娟，这个急性子的人，最看不惯人拖拖拉拉的个性，一口气就否定了亲家母的想法。

“亲家母，你怎么可以这么说？我当初没说把儿子给你们，更没说，孙女名字跟你们姓？你们，这不是曲解意思嘛。”这个教语文的高中老师，居然玩起“文字游戏”来。

“你，你什么意思……”陈文娟，已经有点来气了，她向来是个讲道理的人，是一就是一，是二就是二。要是这样，还不如当初写张字据下来，谁让自己心软，听了章峰说“丈母娘，一切听你的”，害得现在，没有“手把子”在，说什么都是“空佬佬（没用）”。

“章峰，你自己说吧。你妈，这是……”萧湘看到自己母亲失色的眼神，终究没忍住，开口了。

章峰一直没有开口，就是闷了头沉默。

但过了几个月，章峰给他女儿去上了户口，名字为“萧蓉”。

“你也别说什么了，我仔细想过，就是两边的父母，都叫爷爷奶奶。这样总可以吧。”当章峰把户口本拿给萧湘的时候，提出了这样一个要求。

“你去跟我妈说。”萧湘指指陈文娟，对于女儿是姓萧还是姓章，其实，萧湘都无所谓。但她只知道，父母相当看重，毕竟自己是独生女，老家农村里最讲究的就是“香火续传”。所以，当初母亲一定坚持要章峰“入赘”，也不无道理。

章峰没有去。最后还是萧湘跟陈文娟说了。结果，没等陈文娟表态，萧正玉抢先同意了。“大家相互体谅，应该的，都叫爷爷奶奶，将心比心，其实都一样嘛。”

“这什么跟什么，我们又不是不讲理的人，是他们，不讲理在先。好了，算了，就这样吧。”陈文娟也妥协了。

二

萧蓉，两岁，长得跟章峰完全一个模子，白白嫩嫩，聪明伶俐，这点比父母都要强。过年到章峰的老家去，萧蓉想当然地就在称谓章峰父母前面都加了“山西”两字，章峰的母亲当然不高兴，就连哄带骗地吓唬孩子：“宝贝，不要加山西，就叫奶奶，不然，奶奶不给你买好吃的啦。”

“我不要，我的奶奶会给我买吃的，你是山西奶奶。”萧蓉说的，这个我的奶奶，当然指的是萧湘的母亲陈文娟。女儿萧蓉虽然只有两岁，但因为是由陈文娟一手带着，而且陈文娟相当疼爱她，也可以说到了溺爱的程度。

“我这是弥补，你晓得不？你小的时候，家里穷得叮当响，我没法带你，把你放在爷爷那，直到小学才把你接回来。接来的时候，你那个丑，那个笨呀……”陈文娟，总是喜欢回忆那些老掉牙的事情，“二十世纪八十年代的钱塘江边，真的是除了潮水，什么都没哟。不过，我也算是赶上了好时候，叫什么来着，改革开放。不然，哪里有机会做生意开店？哪里住得起高楼……”陈文娟的话匣子一打开，就收不拢。在她看来，因为那时，家里穷，没法自己带萧湘。所以，这种隔代之爱，都放在了萧蓉身上。

“妈妈，你真的不能这么纵容她，以后长大了怎么办？”虽然，萧湘总是这么对陈文娟说，但是陈文娟根本不理睬，只要孙女开心，她愿意赴汤蹈火。

最让萧湘受不了的是，萧蓉“咬人”的事情。最早是一岁半的时候，萧蓉处于磨牙期，她非常任性顽皮，萧湘给她买的任何磨牙棒都不要，每天就是咬她的奶奶。陈文娟的脸上，手上，胳膊上，腿上，只要有点肉的地方，都被萧蓉咬了遍，而且每次都会留下深深的印子。萧湘看着母亲心疼，就会打女儿屁股。但陈文娟总是护着孙女。

“小孩子，你打她，她又不懂。你别把白天上班的不好心情在你女儿身上发泄。我愿意，哈哈，宝贝乖。”萧蓉虽然听不懂大人的话，但她只要看到奶奶和颜悦色的表情，就知道自己是对的，而妈妈，在萧蓉眼里，就是一个大大的“坏人”。

章峰每天起得都很早，最迟六点半，肯定就起了。起初一年，章峰每次起来的习惯就是吻萧湘，还美其名曰是一种叫醒方式。有一次，被萧湘说了后，章峰就再也不亲吻萧湘了。每次，也是偷偷溜出去。但其实，六点半，萧湘也是醒了。有时，她也会等他，就故意睁开眼看他会有什么反应。但章峰就是沉默，然后出门。

萧湘不去想这些改变，毕竟是结婚过日子，跟谈恋爱，肯定不是一码子事情。但是有些事情，还真的让她有点羞于启口。

那还是三个月前发生的事情，母亲陈文娟整理抽屉的时候，发现了十几盒避孕套。然后，就质问萧湘。

“怎么回事，那个，买这么多套子，不用掉，真是够浪费。”陈文娟一边拆盒子，一边说着。

“妈，这个，又不是买的，还不是姑妈拿来的。”

“哦，你姑妈，对呀，村里发的。那个，好像是每个月才一盒，你们怎么都没用？”

“这个，你问我，我问谁？”萧湘这次的态度，显然有点不好，这让做母亲的陈文娟更加不安了。“你什么意思？小孩都两岁了呀，你要自己想清楚，你本来怀孕就已经有十个月了，你们……真让人想不通，章峰他咋回事呀？”

萧湘了解母亲的心理，和谐的性生活应该是婚姻的基本保障。但萧湘也不知道怎么会跟章峰走到了这一步。他们的性生活，在新婚之夜，萧湘那次“血崩”后，就一直是走不寻常之路。

章峰虽然表面上不说，但其实有好几次，表现出“饥不择食”的状态了。每次女儿喝完奶睡着了，章峰就会爬过来，围着萧湘转圈，但大都被萧湘婉拒。理由各种各样，无外乎，累了，想睡了，今天不方便等等。

然后，渐渐地，章峰也冷淡下去了，就如蜜蜂在一个花朵上长期觅不到食物，他肯定是要到其他地方去觅食。何况，男人这种雄性动物，是需要在多个地方采蜜，才能满足自身的基本需求。

萧湘也知道这样长久下去不好，但她没有办法，这是自己心头永久的疼痛。其实，在跟章峰好的时候，萧湘就是看中了他这一点，那就是对性不渴望。那次，章峰对萧湘求完婚后，两人去看电影，即使在电影院，在那摇曳的灯光下，章峰本想对萧湘做什么不安分的动作，但被萧湘拒绝后，他就没有再动了。就因为这，萧湘觉得他还是个挺靠谱的人。

可是，章峰毕竟是个男的，而且还年轻，他也有饥渴的时候，就直接把他的“宝贝”塞进萧湘的嘴里，但每次萧湘一含进去，就吐了出来，表情还非常难受。

章峰就不再勉强。但有时，萧湘也会配合下，那是生孩子后的第一次，章峰可能真的是因为太久没有出来“运动”，动作过于凶猛了点，也有可能是姿势不对，也有可能是长时间不磨“功夫”，生疏了。总之，章峰在萧湘身上折腾了很久，一进去，萧湘就喊疼。“我轻点，轻点。”“怎么，还疼，不会呀……”到最后，章峰也觉得无奈了。这是怎么回事？但萧湘说，就是疼，不舒服。“对不起了，也许，对你来说，那是种快乐，但对我来说……”萧湘还没说完，章峰就点了点头。“我知道了，睡吧，明天还要早起。”

这样的夫妻生活，总是走不到和谐的那一步。谁碰到了谁，都难以理解与忍受，这莫非就是给章峰出轨设置的一个天然条件吗？

十七岁那年，燕子跟萧湘说过，那种事情，应该是享受，比吃冰淇淋还舒服，可为什么自己遇到的，却是这样的情况？

三

是的，事出有因，又何必埋怨。如果，生活里的事情，都能够这么想，那就肯定不会自寻烦恼。

每天早上的七点三十分到七点五十分，这二十分钟的时间，萧湘要完成穿衣、洗脸、刷牙、吃早饭等一系列动作。她基本上是素颜，主要是痘痘在，“淡妆浓妆一个样”，所以，萧湘是破碗子破摔，就那样了，一任性，就不用任何化妆品。

但她的包里，化妆品也并不少，毕竟，爱美之心人皆有之。而且，小姐妹同事说好用的东西，她也会买来试试。甚至连高档点的雅诗兰黛、兰蔻也用过，但是，用不久，因为，在她的脸上，这些东西，根本不起什么效果。

无需化妆，这让萧湘要省下很多时间与金钱。所以，每天早上，她基本上可以吃个早餐，但前提是，早餐已经有人做好。如果父亲萧正玉不出差，他不到六点就起了，先晨练，然后就是给全家人做早餐。刚开始，他怕女儿起得晚，来不及，就把早饭放在保温盒里，还在上面写个条子，三个字“带上吃”。

每次，萧湘把早饭带到单位吃的时候，同事都很是羡慕。“又是爱心牌早餐呀，你老公可真好。”萧湘就笑笑，低头吃着。萧正玉因为自身有高血压、心脏病等多种慢性病，所以对饮食特别讲究，他做的早餐，一般就以稀饭为主，而且还特别稀巴烂，跟水似的。

“爸，你早上别给我做了，我可以去单位吃。”有时，萧湘吃腻了，就会这样跟父亲说。

“真是美得你，我是怕你起得迟，所以才这样，早饭一定要吃。”萧正玉的确是因为疼爱女儿，所以才做早饭，不然的话，他也可以食堂吃，而且，肯定比自己做的要丰盛。不过，他就是不知道，女儿的意思，其实是嫌弃他做得不好。

但，这样的话，萧湘肯定不会直接说出口。因为在萧湘眼里，父亲虽然也有过一次外遇，但毕竟工作稳定，性格脾气好，为人低调，而且百般宠爱母亲和萧湘。

吃过早饭，萧湘就要马不停蹄地出门了，因为预留时间就只有十分钟。有时，一磨蹭，只有七八分钟，一般都是刚到单位大门口，时钟就指向了八点；要不就是刚打开办公室的门，八点的闹钟就响了。

其实，杂志社这么早上班，也真是只有这么一家，主要是因为这个杂志社是文联下属的事业单位，办公地点就在政府大院里。为了统一，所以时间跟其他的公务员一样，八点上班，五点下班。

争分夺秒地去自己的办公室，不是萧湘不想早点到，而是，因为自己的那种性格，决定了她的时间，每次都是这样不紧不慢，从来不会主动进取，而总是比别人慢半拍。

萧湘经过主任的门口。她总是很早，这会，正坐在办公桌前清理桌面。清理是她工作的常态，她总是喜欢把桌面整理得干干净净。她桌上除了笔记本和报纸，没有任何杂物。主任，姓颜，名芳，今年四十岁，人如其名，天生丽质，是舞文弄墨、出口成章的人才。她工作二十年有余，十年前就是主任了，凭借着自身努力，很不容易。更不容易的是，她一直处在一个特殊的部门里，管了四个女人，两个更年期，两个青春期。除了萧湘和另一个女大学生小刘两人是事业编，其他两女人是文联内部兼的，但干事的也就萧湘和小刘。

还好是双月刊，不然的话，也要忙得昏天暗地。每期稿子，都要校对好多遍。不过，杂志社的经费由文联拨款，无须自筹，所以还算是挺稳定的工作。

萧湘走进自己的办公室，环顾一周，只有小刘还没来。这个患难姐妹，总跟自己一样喜欢睡懒觉，经常迟到。而李姐和王姐早来了，她俩和颜主任一样，时钟总是超前，上班也总是赶在前头。这会儿，她们正对着自己的电脑打东西，看上去挺忙。

四

晨会，是让萧湘头疼的一个差事。

萧湘屁股还没坐下，电话就进来了。“人都到齐了吗？等下我们开个会。”“好的好的。”萧湘连连答应着。萧湘没有说小刘还没到，其实，主任她知道，手下的迟到也是经常性，不过也就三五分钟。她一次次地容忍，实在看不下去了，她就开个会，没有任何理由，比如说今天，她说开会就开会。

肯定是听到萧湘电话内容了，还没等她通知，敏感的李姐就站起来，取了个笔记本，准备去开会。“就她事多，开会开会。”李姐说着朝萧湘看了一眼。萧湘连忙站了起来，她是四个女人中的老大，谁都不敢得罪。据说她的背景很厉害，萧湘刚到杂志社的时候，就有人说了，千万不要跟她斗，绝对是女汉子。

“可是，小刘还没有来，要等她吗？”萧湘弱弱地问。

“不等了。”李姐斩钉截铁地回答，一只脚已跨出了办公室门口，王姐“尾随”着，朝萧湘做了个手势，暗示她别较劲了。这年头，管好自己，“明哲保身”。

小刘啊！萧湘倒吸一口气，赶紧偷偷地给她发了信息，随手抽了本笔记本来到主任办公室。

李姐正在一边嘀咕着，“又开会？我跟人约好要出去办事的呀。”

颜主任拉下脸。“什么话？”看上去，气氛有点不对，李姐却不管，依然昂着她那高傲的头。

王姐在一旁当起老好人：“颜主任别生气，她只是开个玩笑。”

可这一次，依然没有缓解这紧张的“空气”，严肃得有点吓人，颜主任重重地说：“不要开玩笑。”

萧湘背着她，对王姐做了个鬼脸。

“我去打开水。”王姐说着就去拿热水瓶。

“我说过几次了，买个饮水机，怎么到现在还没买？”颜主任盯着三人问道。

“我不知道。”李姐甩了下头，一脸的不屑。

“我昨天去买，人家关了门。”萧湘小声回答道，其实这种小事基本是小刘一人在干的。

“那么前天呢？大前天呢？办事总是拖拖拉拉，这也是今天开会的一个议题！”颜主任提高了嗓门。这个时候，她又发现了一个问题：“小刘呢，难道还没到？”

“我在了。”小刘刚好出现在门口。

“又迟到，你怎么解释？”

“不解释，我错了，下不为例还不行吗？”小刘认真地说。

颜主任也没有多说了，只能忍着。“知道为什么找你们开会吗？”

面对颜主任的提问，四个女人无语，站成一排，沉默是最好的状态。这个时候，李姐昂着头，王姐平视着，萧湘看着手中的笔记本，小刘则低着头。每个人都把态度写在了表情里。颜主任也沉默着，她可能是在想什么狠词吧，该怎么骂她们好呢？

意外的是，颜主任没有开口，而是挺有姿态地扬了下她手中的杂志，示意她们看下。

“主任，你的论文发表了，真厉害。”王姐像发现新大陆似的恭维着她，小刘也凑上去看了。李姐无动于衷。

论文，其实是颜主任讲话中提到如何办好杂志社，萧湘趁机整理好，投到杂志社去。

颜主任望望萧湘，眼里有些谢萧湘的神情。

“我们是归属于文联，但又是单独的杂志社，事情很多，要学会合理安排时间，做点该做的事情，不要为了某些事情计较……”颜主任的长篇大论又开始了，原来她是以此为切入点，来整顿大家的纪律，听她讲关于拖拖拉拉的一二三四五。萧湘本不想听，可她会突然发问。你若是接不上话，她会大批特批你思想走神。萧湘吃过亏，还被当场批过。因为主任一般不会问李姐和王姐，她们不仅年龄相仿，而且又似乎有些微妙的关系在里面。主任一般就抓萧湘和小刘，但抓得更多的是萧湘。因为小刘也是某个领导的女儿，后门货进来的，主任更多的时候只能是无奈。

颜主任手下的李姐跟她同年，处在四十岁这个尴尬的年龄，却还一直没有结婚，已是大龄剩女了。她俩本来是高中同学，据说以前是挺好的朋友。可后来，工作到了一起，颜主任成了她的领导后，身份地位不同了，友谊也就变味了。

“动不动就开会，真无趣。”李姐对颜主任的指示都颇不满。“她不就靠自己这张脸蛋……”李姐见萧湘她们在努力工作时，都会在萧湘耳边低语。“别把她的话太当真了，这么一说而已。你这么辛苦，犯不着的……”萧湘笑笑，而一旁的王姐则应和着。“了解了解，如果这个脸蛋给你了，绝对比她还强。”“看你说的……”李姐摇摇头，“你错了，我才不靠脸蛋吃饭。”

我行我素一直是李姐的风格，颜主任布置给李姐的任务都是通过萧湘带给她。“李姐，主任说让你把这份材料整理下。”萧湘小心翼翼地告诉李姐。说真的，得罪李姐比得罪主任还麻烦。毕竟是同一个办公室的，她要是唠叨起来，实在让人受不了。“李姐，主任她……”萧湘见她没有任何反应，于是又重复一遍。“知道了，烦不烦呀，我又不是更年期。”李姐气冲冲地朝萧湘喊道，她只好低下头去。“对不起了。”

这个时候，许大雷的微信又进来了：“亲，要记得吃早饭哦。”萧湘觉得这个人还真是奇怪，难不成要真跟自己谈恋爱。萧湘笑了笑，继续干活，敲打电脑。

五

追不到的东西，肯定是最好的。萧湘自始至终相信这句话，如果许大雷有诚心，那肯定还会再跟自己联系。

一周后，许大雷竟然给萧湘打了电话。

“你好，美女，是不是忘记我了？”电话的那头，是那种磁性般的声音，结婚生子后，萧湘还真是第一次接到异性朋友的电话。

“哦，没有，那次，谢谢你。”萧湘的声音，还是淡淡的，没有任何娇滴滴的成分，但这种感谢，确实也是仅仅停留在口头上。

“哦，呵呵，谢谢你，还记得我，是这样，我想约你出来，不知道方便吗？”

“约我？”萧湘突然停顿了下。

“你害怕了，没事，是这样，我想确定一件事情，所以想约下你。”听到对方没有回答，许大雷，接下了话题。

“我……只是有点不方便。”

“哦，没事，我会继续约你，看你什么时候方便，我们什么时候再见吧。”说完，许大雷就挂了电话。

自那个电话后，萧湘也以为，许大雷肯定不会再理自己了。虽然，自己的微信里，什么身份都看不出来。是结婚，还是未婚？但仅仅从外表看，许大雷就比自己要年轻，而且又是摄影师，身边美女一抓一大把，干吗要在自己这棵已经开花结果的树上吊着？

然后，又是一周，许大雷，还是雷打不动的习惯，早上问早安，晚上说再见。

晚上十一点，萧湘刚伺候完女儿，准备入睡，许大雷发来这样一条微信："无论你遇见谁，他都是你生命中该出现的人。"

萧湘回了一个字："喔——"

许大雷秒回："难得呀，你还没睡，我在看释迦牟尼的书。"

萧湘回："挺好。"

许大雷又回："这么说，你同意了。既然生命里，不会出现无缘无故的人，那么每个人的出现，都是一种缘分。若无相欠，咋会相见？湘儿，明天让我见见你，求求你。"

萧湘看到这样一段话，手指停在手机上，不知道该如何回？不过，不能不承认，内心还是被什么东西触动了，一种挺美好的情绪。

萧湘还没来得及回复，许大雷又发了过来："湘儿，你沉默就代表同意了，见见吧，就在我们第一次见面的地方，那个我们一起跑过去躲雨的咖啡馆。好吗？"

最后，萧湘回了这样一段话："好吧，但我只有周五有时间，你看行吗？"

"行，你只要答应我，怎么着都行。"许大雷还回复了N多个开心的表情。

那一夜，萧湘又睡得很安稳，离心脏很近的时候，萧湘听到自己的内心也在咯咯地笑。

六

第二天醒来，她就开始期待周五的到来。不过，那天还是周三，她的内心，很想见到许大雷。

过了两天，终于到了周五。可这天，又下雨了。最美的不是下雨天，而是曾与你躲过雨的屋檐。

雨中的西湖是世界上最令人伤感的景色。淅淅沥沥，点点滴滴，连绵不绝。恬静的湖面上，笼罩着一层层薄烟，淡淡的，柔柔的。小小的雨珠无声地滴落，划出一道道优美的弧线，真让人分不清是梦还是现实。

杭城的雨，像牛毛，像花针，像细针，细细的，密密的斜织着。雨丝织成了一片片雨帘，湖边高高低低的楼顶上，便全是一片朦胧的烟，什么也看不清了。在这如梦如幻的烟雨中，萧湘的心里正在编织着一个美妙的梦。

四月初的一个黄昏，萧湘坐在西湖边的一家星巴克，看着窗外细雨笼罩下的湖面，内心夹杂着一种复杂的情绪。有喜悦，也有担心与焦急。

许大雷拿着两杯卡布奇诺，穿过拥挤的人流，在萧湘对面的位置上坐下来。

“热的冷的？”许大雷轻声问道。

“热的吧。”

“哦，给你。”许大雷递过热咖啡，望着萧湘。

“谢谢。”萧湘显然有点心不在焉。

萧湘拿过咖啡后就自顾自地望向窗外，不再看许大雷。

此时此刻，萧湘的内心其实有很多问题想问许大雷，比如说，为什么一直给她发信息？为什么要约她出来？

“你怎么了？不舒服吗？其实，约你出来，也没什么重要的事情，我只是想给你看张纸，确定下是否是你写的，因为这个落款名字跟你一样。不知道，这个世界，是不是有这么巧合的事情。”许大雷一口气说完了这么多，萧湘没有很认真地在听。这是她的风格，做任何事情，给人的感觉，都好像不是很用心。但，直到许大雷把这张纸递到她面前，萧湘才恍然大悟——

“这……怎么会在你那，你是谁？”萧湘惊愕的表情，把许大雷也吓到了。

看来，这张纸，还真不是一个小问题。

“我……”还没等许大雷解释，萧湘就把纸抢了过去。

这只不过是一张泛黄的方格纸，是高中时代，用来写作文最普通的纸张，摘抄的是伊能静《你是我的幸福吗》的歌词——

总是相信有更好的，
会在前方，
就不顾一切的飘洋过海去，
用尽一生寻找
倦了累了渴望拥抱，
却找不到，
才忽然想起你还在我身后，
静静等着我，给我依靠
你是我的幸福吗?
为何幸福让人如此忧郁，
爱情渐渐模糊，
你的付出，我总不够清楚，

你是我的幸福吗?
为何幸福让人变得忧郁，
我爱你不再怀疑，
只想对你说，我愿意……

你的湘儿

落款是二零零五年，那不是高考前写的吗?萧湘仿若是一个失聪了的孩子，突然眼前一片亮光。看清楚了，就是这张纸。这张看似普通的歌词，却是写给一个男孩的情书。十年后，它怎么会在这个叫许大雷的男子手里？

“你，你到底是谁？这个是我高考前写的，可是，你……”

许大雷，看着眼前如此紧张的萧湘，他的内心也有说不出来的味道。

“别急，听我慢慢说，这张纸，是我的室友，林祥给我的。林祥，应该就是你的高中同学吧。”当许大雷说出林祥这个名字时，萧湘只感觉天昏地暗，好像又要晕厥过去，但是，她一直在内心跟自己说，千万不要倒下。

“我……哦，你……是的。”萧湘的回答语无伦次。

看到萧湘这样的表情，许大雷的心里已经有本经了。他坦然自若地说道：“哦，你别紧张！是这样，我们在北京工业大学读书时，我和他是上下铺的好兄弟。祥哥给我看了这张纸。他说，他的初恋是个才女，文章写得好，性格脾气好，但一直没追上。这张纸，他说是他在高考后，他的初恋对象，哦，那就是你喽，从你的书桌下找到的，然后，他就珍藏起来了。他说起你来，脸上总有种特别复杂的表情。久仰你的大名这么多年，没想到，还真遇见了……”

七

萧湘显然没有听许大雷在说什么，她已完全沉浸在自己的回忆里——

十七岁，萧湘的爱情，早就在十七岁那年结束了。

萧湘是一直在等，等待林祥的任何消息，但是一点都没有。高二文理分班，萧湘肯定是去文科班；而，林祥却去了理科班。有人传闻说，他因为不想见萧湘，因为失恋了，所以不想从文了。

可是，他为什么不想见她呢？萧湘不知道，可为什么又说他失恋了呢？当这个小道消息传到萧湘的耳边里时，她的内心实在是憋屈得慌，怎么会是他失恋了？

很快，这个消息，又变成林祥追到校花了。这，还没等萧湘缓和情绪，他就“移情别恋”了。就在高二那年，萧湘的成绩一落千丈。她整日整夜地看各种小说书，不务“正业”。班主任，各种任课老师，父母，同学，都找她谈话，但她听不进去。她的回答简单而又干脆：“我知道，不过，不要烦我。”

高三上半学期，又有消息说，林祥和校花分手了。就因为这，萧湘内心乐了很久，那种说不出来的欣喜若狂，只有萧湘的灵魂知道。但是，林祥分手，不等于他会跟萧湘再有开始。高三那年，所有人都被高考的紧张氛围包围着，萧湘虽然外表上看上去很认真很努力，但其实内心却一点书都看不进去。

高考前一个月，在整理书桌时，萧湘几乎扔掉了所有的资料就摘抄了那张纸条《你是我的幸福吗》。那个时候的她，整日整夜的听这首歌，拿着复读机听着情歌，安抚自己脆弱的内心。

这张纸是自己的一个秘密。可是，怎么会被林祥拿走？林祥，怎么知道是写给他的呢？既然他知道，为什么不来找我？

此时此刻的萧湘真想跑到林祥面前，问个水落石出……

“湘儿，别发呆呀，你到底怎么了？看来，初恋，很美好。”许大雷的大嗓门，硬生生地把萧湘拉回了现实。

“哦，谢谢你。”回到现实的萧湘，又变成了那种木木的眼神。

“客气了，不过，你的字写得很好。听祥哥说，你是个大才女。”

“哪里，除了文字，其他一概不敢恭维。”

“哦，这么谦虚，我前几天，搜了下你的名字，居然搜到了这个。”许大雷说着，打开手机的相册，指给萧湘看。“这个是你吧，美女作家……”许大雷还没读完那个专版的标题，就被萧湘打断了。

“好了，谢谢你，你应该就是为了证实这个。那就物归原主吧。”萧湘说着，就要起身。

“等等。湘儿，好不容易约到你。说走就走。你看，咱们也挺有缘分，又是同龄人，难道这么没有共同话题？”当许大雷说到同龄人这个词的时候，让萧湘不禁一惊，第一次见他的时候，就感觉他是个小鲜肉，谁知，他居然是跟自己同一届。

“抱歉，我都是当妈的人了。恐怕，跟你这种小年轻没有什么共同语言。”萧湘刚说完，电话铃声就响了，显示的是老公，接起来又是女儿娇滴滴的声音：“妈妈，你在哪里？在哪里？我要出去玩……”女儿奶声奶气地说着。“哦，妈妈在参加朋友聚会，等下就回来。”萧湘正要挂电话的时候，电话那头，听到章峰的声音。“早点回！”声音低沉，听上去没有任何的力气。

“你看，当妈的就是这样。走到哪，都有个小尾巴。”萧湘表示出无可奈何的表情。

“哦，抱歉，可能我无法理解，因为我没有结婚。”萧湘被许大雷的真诚感动了一下。确实如此，婚前和婚后根本就是两种不一样的人生。

“那对不起了，我要走了。”萧湘正欲起身，却被许大雷拉住了。不知许大雷哪来这么大勇气？那是他的内心，他的整个灵魂，在支持着他。虽然听到她说，她已经结婚，许大雷确实特别失望。但这种失望，还没有让他到绝望的地步。因为，在他看来，这个世界什么都在变，他每周要去拍好几场婚礼，杭城的女子结婚都很气派，很高档。但是这种豪华的婚姻里，也不是个个都幸福，幸福是属于自己内心的，所以，应该由内心来做主。

八

对于眼前的萧湘，在许大雷的眼里与心里，就是他的“白娘子”。许大雷，虽然长得年轻，但不管怎样，也二十八岁了，虽然说做婚礼摄影师时间不算太长，但也四年了。他老家是金华人，父母都是地地道道的农民。虽然来杭城才两年，但第一次来，就喜欢上了。他一直盼望着，能够在这个爱情之都，遇上自己的心上人，找到遗失的初恋。如果自己是梁山伯，那么杭城一定有个美女是祝英台；若他是张生，那么杭城一定有个妹妹是崔莺莺；其实，他肯定是许仙的后代，他的“白娘子”，肯定在西湖等他。

“是你的，总是你的，会在合适的时候碰上。”就在那次，他把QQ签名改成这句话后，第二天就在雨中跟萧湘遇上了。这种感觉，很是奇特。自从那次雨中邂逅，他就爱上了西湖的雨，雨夜的花朵曼妙地盛开在他的心间。许大雷甚至都开始策划起来，如果能与这个女孩牵手，该去哪里举办婚礼，该怎么拍摄，必须给她一个与众不同的婚礼……

可谁知，这个女孩居然那么难追，发了一周的信息，都没有回复。但是，因为女孩是在林祥的婚礼上晕过去的，这肯定跟祥哥有关系。于是，许大雷就拨通了林祥的电话。

“新郎官，在度蜜月吧。不好意思呀，打扰了，哥们有个急事，想问你，方便不？”许大雷一想到人家正在干着那等好事，就觉得内心酸溜溜的。读大学的时候，林祥就是大众情人，很多女孩子都倒追他。不过，他好像说有个什么初恋情人来着，还一直想着人家……

“哈哈，赶紧说，扭扭捏捏，不会是谈恋爱了吧？我跟你说了，多去去西湖边，说不定就偶遇上一个……”林祥的声音，听上去满满的都是幸福。

“托您福，是遇上了。我是想问问，你认识一个微信名叫湘儿的人吗？我感觉这个名字实在太像……”

“晕，你不会是跟她在拍拖？她，她就是我跟你说的那个……”

被林祥这么一提醒，许大雷霎时感觉内心的乌云散开了。

后来，林祥就给了许大雷那张纸。“兄弟，祝你好运，我感觉，你应该是她的菜，不过，我听我老婆说，她已经结婚了，会不会晚了呀？”

许大雷拿到这张纸的时候，真是又喜又悲。但不管这个女子是否结婚，是否生娃，是否以后会单身？许大雷都认定了，就是想要她。

因为许大雷的手劲很足，萧湘只好坐了下来。“那，你松下手。”手被许大雷抓得有点疼。萧湘已感受到了这个男子火辣辣的热情，绝对不亚于与杭城夏天的骄阳似火。

“我……你……”这个时候，当萧湘冷静下来的时候，许大雷反而紧张了。

安静了片刻后，许大雷说：“抱歉了，我今天情绪有点激动。我知道，你是有家室的人，放心，我知道。好的，那我送你回家。”

萧湘笑着点了点头。然后，两人就一前一后走出了星巴克。这样的约会，萧湘还是第一次。虽然与一个陌生的男子作伴，但他的身上，却又很多熟悉的影子，说不上来，是种什么感觉，但是很舒服，仅此而已吗？萧湘也说不清楚。

依然在下雨。这次，萧湘带了伞；而，许大雷没有带伞。于是，就在萧湘准备打开伞的瞬间，许大雷很绅士地接了过去，打开了伞。他们同在一把伞下，只要一走路，就会摩擦到。许大雷想靠近，萧湘想保持距离，走了一段，两人继续沉默寡言。

“你怎么了？”许大雷的声音沉稳浑厚，当他试着把手搭在萧湘肩上的时候，第一次没成功，被萧湘打落了；第二次，萧湘没有回避。许大雷手掌宽大舒服，他的手心，透露出男性特有的安全感，就因为这，萧湘没有拒绝。

于是，两人就这样慢慢地踱着步子，在西湖的雨中走着，没有说什么，但挺有默契，就朝着龙翔路的地铁口方向走去。虽然，许大雷想留萧湘，但他知道，这不可能。她是一个好女子，又是个好妈妈，他不能打扰她的生活。许大雷这样想的时候，又感到惋惜，为什么不能早一点遇见她。如果能在十年，哪怕是三年前遇见她，只要她还没有结婚，那他就有希望……

九

许大雷的奇思妙想被萧湘打断了。“到地铁口了。再见。”虽然已经走进了地铁，但许大雷却一直撑着伞，保持着这那个搭肩的动作。他是多么希望，这段路程能够再长些，再长些，可谁知道，会这么短暂。

“哦，我送你回去吧。我也没事……”

“啊？！”萧湘一脸的惊奇，但却又是暗自欢喜。

“啊什么，不方便吗？”许大雷说着，已经牵起萧湘的手。但被萧湘拒绝了。于是，许大雷只身一人往地铁的进口走去。“走了，我跟你同个方向。”许大雷认真地说道。

“哦。”萧湘答应着，也往刷卡处走去。

于是，两人都坐上了开往湘湖方向的地铁。萧湘没有问许大雷住哪，当然不知道，他到底是应该坐哪个方向的地铁？但直觉告诉她，许大雷肯定是为了送自己才坐这趟地铁。

杭城的地铁虽说已开通两年多了，但不像北京、上海，在那些一线大城市，地铁是最大众化的公交设施，而在杭城，很多人出门，还是喜欢自己开车，或者打的，这跟生活习惯有很大关系。

晚上八点，这个时间段，整趟地铁里人稀稀少少，东一个西一个。进了空荡荡的地铁后，萧湘不知道自己该坐在哪里，而许大雷紧紧跟着，好像生怕她走丢似的。

在地铁里，两人没有挨着坐，因为许大雷想接近，萧湘总是在一点点地逃离。在滨康站，萧湘下车了，而且拒绝了许大雷再次送她的要求。理由是她已发信息，让她老公来接了。许大雷没有多说什么，就这样远远地看着萧湘走远。他的心里，就感觉好像被带走了什么东西，痛痛的，酸酸的，却不知道是什么味儿。

这边，萧湘根本没有给章峰发信息，她只是上了一辆出租车。

她说的发信息，其实，只是在滴滴打车软件里发送了一个请求。她不是不想许大雷送她，而是不行。对于一个已婚女子来说，让一个未婚男子送回家，那算是怎么一回事情？

萧湘回到家已是晚上九点，老公和女儿正在床上各自玩各自的，女儿在iPad3上看《熊出没》，一边看，还一边念念有词："加油，熊大，熊二……"章峰正在埋头打游戏，两人都是一本正经，旁若无人，根本没有理会刚刚回来的萧湘。

"乖宝宝，乖，别看了。我们睡吧。"萧湘说着，要去拿iPad3，"不要，我要看，不要，坏妈妈……"女儿立马大哭起来，萧湘只好停下手来，看女儿根本不听自己的，她就拿章峰说事。

"就只知道自己玩游戏，天天给她看这种东西，你干什么呀？还大学老师，能不能教育孩子……"萧湘就是这样，一开说，就喋喋不休。她最见不得，章峰打游戏，觉得太浪费时间，有这闲功夫还不如去打扫卫生。而这边，母亲陈文娟还在洗一家人的衣服，萧正玉在陈文娟的催促下，拖着地。这两个已经五十开外的中年人，现在的任务也很重，萧正玉是既要上班，还要做家务；陈文娟是既要带孩子，还要操心她饭店的事情。可是，两人却一点都不觉得累，因为在他们眼里，只要女儿和孙女过得开心，家庭和睦，就一切万事大吉。

萧湘数落了章峰好几句，但根本就是"对牛弹琴"，章峰连头都不抬一下。沉默是最好的话语权。萧湘也拿他没办法。

萧湘本想帮母亲洗洗衣服。"去去去，你管好自己，这些活我会做的。"陈文娟就是好强，宁可自己累死，都不要女儿帮忙。她的身体不好，但却一直非常劳心。萧湘又说帮老爸拖下地，"我就拖好了，你忙自己的去吧。"

好吧，都被拒绝后，萧湘只能洗洗睡了。等她洗漱完毕，女儿和老公已经抱着熟睡了，一个是鼾声四起，一个是梦话连篇，而萧湘的大脑，却是清醒得不行，根本没有任何睡意，她的脑子里，有太多的东西。这几天接二连三发生的事情，林祥，许大雷，萧珍……那些过往的片段，就像放电影，一个又一个在她脑中，反反复复地出现。而出现最多的，当然就是许大雷。这个男子，虽然才见过两次，但却是像多年不见的故友。在他的身上，有种久违了的熟悉感。就这么想着想着，萧湘睡过去了。梦里，天蓝水清，她梦见了许大雷，这个正在拍婚礼的摄影师，而新娘，新娘，竟然是……

梦醒了，萧湘的嘴边，居然还留有口水，淡淡的，浅浅的，酸酸的。那个梦的细节实在太完美，萧湘不敢再去回味。“今天，阳光明媚，早点起来。”许大雷的微信已经进来了。而，萧湘的满脑子里，都是他的样子。高大，英俊，潇洒，风流倜傥……居然，找不到一个合适的词语形容他。

第七章　梦里梦外

一

梦里梦外，总是忽闪着这样一个人，让萧湘难以自禁。她的脑海里怎么会出现他呢？许大成！许大雷的哥哥！他早从自己的生命里消失十几年了，怎么突然就来串门了呢？为何会是他呢？他在梦里与萧湘喋喋不休地谈话，讲述着他的整个人生。他与许大雷竟然是这么相像，难道他就是另一个许大雷吗？

现如今，萧湘总是有些爱屋及乌地喜欢着许大雷，其实是许大成早些年就占据在她少女的芳心里。

白日梦是平凡生活的调味品，就看你如何去做。谁不曾有过疯狂，在许大成的眼里，年少的萧湘绝对是狂妄不羁的。多年前的记忆，缓缓复生。

“许大成，不是我说你，你看看你最近烧的菜，客人总是反映口感不好，你这当厨师都这么多年了。唉，我也是可怜你，可我是一家小饭店。我……”许大成怎么也想不到，工资还没拿到手，就受了老板娘这么一顿训导。

许大成所在的这家小饭店，因为紧靠钱塘江，名字很大气，叫“钱江饭馆”。其实也不算太小，有上下两层，可以摆上十四五桌，够得上是中型餐馆，主营就是炒菜，家常菜，特价菜，但老板娘是个女汉子，只找了许大成一个厨师，两个服务员。其他配菜等杂七杂八的活，都是她一人全包，中午生意忙的时候，整个厨房就如热锅上的“蚂蚁”团团转。

但今天在拿工资时，老板娘陈文娟的这番话，许大成还是听懂了言外之意。做了二十年的厨师，要说手艺越来越差，不可能，只是，自己碰到了“克星”罢了。

“哦，老板娘，主要是天热，我，我会注意。”许大成想到此时此刻坐在轮椅上的父亲，五岁的儿子，这一老一少，是自己心头永远的痛。这爷俩，要用钱的地方实在太多，没了这份工作，靠什么养活他们。没办法，只能自己忍气吞声。

“哎哟，许大成，我也是没办法，我女儿，你知道我的意思，才二十岁，这个孩子自己不懂事，我也不能怪你。但是，我也只有这一个女儿，你也是有家的人，你要懂我们做父母的心，我只能来央求你了。”陈文娟到底还是开口了，说了问题的关键。这个菜做得好不好，受不受客人欢迎，还是其次，她最心疼最关心的还是自己的女儿。

“可怜天下父母心。”许大成也明白，可是，你心疼，我也心疼。关键是这真的不是我的错。

“算我求求你，这是你这个月的工资，天气这么热，还有这五百元就当是高温补贴了，我希望你能离开……一段……”老板娘的话，断断续续，欲言又止，但是许大成已经明白了。就在许大成要伸手接钱的时候，萧湘出现了。

这个大小姐，人还没走到眼前，声音已经到了。“大成哥，你发了工资，那要请我看电影。”萧湘的声音轻快而又甜蜜，就如她的长相让人舒服，清纯得就如三月里的桃花，哪怕只闻一下，也会让人心醉。

“大小姐……”许大成心想，怎么说曹操，曹操就到了呢？

许大成偷偷地看了老板娘一眼，只见她一脸惆怅，有种说不出来的苦。许大成能懂。

但是，他又不能拒绝萧湘。这样一个阳光女孩，放在哪个男人面前，都是一种无法抗拒的诱惑。

说来奇怪，萧湘是大学生，在校园里肯定会遇到比自己优秀无数倍的男人，而许大成仅仅是店里的厨子，又没有多少文化。最关键的是，许大成以为，萧湘不知道自己有家室。

可这一切，老板娘应该也跟她说过，可……

许大成觉得内心无比纠结。说真的，他从来就是个被动者。在爱情的世界里。他根本没有主动的勇气与资格。许大成曾经也做过白日梦，但是这些梦，对他这个打工仔来说，无非是种精神奢侈品。

二

人一旦受到刺激后，表现出来的行为，在别人眼里就是另类。“快点，你愣着干吗，赶紧把你的工作服换了，陪我出去。妈，我们走了哦，你早点休息。”萧湘拉着许大成的胳膊，开始催促道，这语气说的，完全不把许大成当作外人看了。

“我……”这时候，许大成的内心，七上八下。一边是老板娘，一边是老板娘的千金，该怎么办呢？老天呀，快点，给我一个两全其美的办法。可是，这个世界从来没有什么一举两得的美事，要是真有，也不会让我这种人给遇上了。我算个老几呢？

许大成再次抬头看了下老板娘，老板娘的眼睛里满是恳求的语气，平日里雷厉风行的女强人，在她自己的闺女面前，还是无能为力。

许大成咬咬牙，准备坚定自己的信念，反正还没有正式开始，要把这个错误，扼杀在摇篮里，这才是最正确的选择。只是，对于萧湘，只能说抱歉了。他可不是十八岁，他已是三十八岁，时间耗不起，也容不得去挥霍了。

“不好意思，萧湘，今天……我儿子……生日，我要回家陪他。”虽然只有一句话，但是许大成觉得这几个字，吐字相当艰难。

他实在不敢，更不忍心，看到萧湘委屈的表情。

“儿子？你……”之前还是满脸微笑的女孩，此时此刻，脸上写满了惊愕。但是，她马上又恢复了神情。

“那我跟你一起去，我也有礼物送给他。他是不是还很小，我该买个什么礼物呢？小汽车，变形金刚……”正当萧湘故作镇定地说着时，陈文娟突然一拍桌子，大声吼了一声：“你，你给我别闹了！人家有老婆和孩子，你想干什么？你还有没有脑子？”陈文娟，显然是气急败坏了。她抡起的拳头，最终还是落在了桌上，她还是肯定不忍心打自己的女儿，这个自己疼了二十年的女儿，现在却开始“吃里扒外”了。

“对，我先走了，抱歉。”就在这一瞬间，许大成说完这句话，飞奔似的逃离了饭店。

对不起，对不起，萧湘……许大成边跑边在内心“赎罪”，感觉对不起萧湘。

谁知，这个倔强的女孩居然跟上来了。“等等我，等等，我也要去。”萧湘边喊边跑，跟不上许大成的大步伐，她居然把高跟鞋扔掉，也不顾自己的淑女形象，直接赤脚跑上来。

“死丫头，你给我等着，谁让你出去了……”后面，老板娘也跟上来了。这个女汉子虽然在厨房是八仙神通，但是要她跑步，还不如要了她的命，况且这是七月的一个傍晚，即使没有艳阳高照，但还是热得出奇，大颗大颗的汗珠从陈文娟身上滑落，她已经分不清是汗水，还是泪水……

二十岁的女孩追着三十八岁的男人，四十五岁的女人追着二十岁的女孩，女追男，女追女。许大成心想，这个世界，有时候就是奇怪。这样追来追去，才觉得有滋有味吗？既然选择了离开，就一定要跑下去。没有办法的办法，就是选择逃离。

三

“上有天堂，下有苏杭。”坐在火车里的许大成知道，自己这辈子都将与这两个天堂纠缠不清。他心猿意马，虽然开着冷气，但是车上人挤人，依然是酷热至极。外面是三十九度的高温，地面温度更是超过了五十度，在太阳底下站个几分钟，哪怕是他这种壮汉子也会晕倒，许大成讨厌大热天，就像讨厌现在的自己一样。

车上有穿着情侣装的年轻人，也有一家老少五口总动员，看上去大都是去杭州旅行，趁着暑假，出来玩，从一个“天堂”到达另一个“天堂”。

汗臭味、泡面味、霉味，五味杂陈。许大成觉得此时此刻的车厢，就如自己的拿手菜卤鸭，本该是香醇可口，就可惜，这个鸭子本身如果就变味了，那么，再好的厨师，也无法调出美味来。

许大成的邻座是一家三口子，男的看上去年龄跟自己差不多，但是眉须都修正得很整齐，一看就是名知识分子，颇有绅士味。小孩子跟自己孩子差不多，最多也就六岁，躺在他妈妈的怀里，他爸正在给孩子喂饭，一副天伦之乐的景象。

“我不要吃，我要吃零食，我要出去玩。”小孩却一直在他母亲怀里挣扎，噘着小嘴巴，满脸不高兴。

“乖，爸爸给你喂饭了，吃了这碗饭，我们就要到杭州了，可以见到西湖了。宝宝不是很喜欢西湖？”这个父亲真是循循善诱，耐心至极。

“宝贝，听爸爸的话，等下爸爸会给你买很多礼物。”真是夫妻一唱一和。

小孩子就是好哄，经不住父母的甜蜜“诱惑”，就乖乖地吃起饭来了。

“乖，真是听话。”“爸爸等下就奖励你。”

“哼……”许大成看着眼前这样的场景，莫名地感觉心里有点难受。他不得不承认，自己虽然是个男子汉，大块头，但也是有儿女情长。看着身旁这个小男孩，他真的有点想自己的儿子了。那个小捣蛋，不知道现在又在哪里瞎玩？不知道有没有闯祸？

许大成拿起手机想打电话，拨通了家里的号码。响了一声，他赶紧挂断。这肯定是他老婆沈春香接起来的，他真的不知道该如何面对她。

“跳进黄河洗不清，越解释越抹黑。”这就是自己现在的处境。没办法，只有把对儿子的思念埋在心底。突然，觉得自己有点多愁善感，有点婆婆妈妈。

“他妈的。”这个时候，许大成觉得自己真想骂人，解下气，因为根本不是自己的错，但是这个黑锅，为什么要自己来背呢？

天空飘过五个字：你就这个命。还是用这个阿Q精神勉励自己吧，走一步算一步。

可是，现在，他该去哪里呢？

都说男人三八一支花，而看看自己呢？落到有家不能回，有苦无处诉，有泪无处弹的地步。

“滴滴！”这个时候，短信进来了。许大成不用猜，肯定是萧湘发来的。

“大成哥，你在哪里？对不起，我想你。”看到如此暧昧的短信，许大成的内心却一点都不开心。他不知道，这个女孩为什么会喜欢自己？也正是因为这个女孩，害得自己不得不选择逃离。

许大成从上衣口袋里掏出最后一包“南京”香烟，湿漉漉，黏糊糊的，与他的汗水已经融为一体。一摸，居然只有一根了。许大成刚想点着，身旁的小男孩突然尖叫起来：“妈妈，妈妈，你看这个叔叔要抽烟。我们换个位置，好不好？”

“好的，你让爸爸抱起来吧。快点。”

“旁边有小孩，还要抽，不能忍忍嘛！来，宝贝，爸爸抱！”显然，这个男人是在抱怨许大成。

“靠……”许大成觉得自己心头有种无名的火。小子，你最好不要惹我，否则……

“爸爸，我怕，这个叔叔看上去很凶。”小男孩再次发出娇滴滴的声音。

此时此刻，许大成不知道自己该是什么表情，不过肯定不是和颜悦色。在小男孩的眼里，肯定是个凶神恶煞的样子，主要还在于自己这个大块头，一米八五的身高，八十公斤。这几天，因为那个倒霉的事情，也没有整理自己的面容，胡须都有一寸长了，一脸的沧桑，连大人都这么曲解哦，也难怪这个小家伙了。

“算了，我不抽了。”许大成说着，就随手把烟扔到了垃圾桶里。

最后一根烟，就这么无辜地被抛弃了。

“谢谢叔叔。”小男孩突然向自己拱手道谢，这让许大成感到有点莫名其妙，自己还没有高尚到这种地步，只不过，不想惹麻烦，才不抽而已。

不过，许大成还是朝小男孩笑了笑。因为这个小家伙长得与自己的儿子还真像，肉嘟嘟的可爱，留着一个西瓜头，大眼睛，白皮肤，樱桃小嘴，很讨人喜欢。

唉，许大成在心底叹了口气。这种孩子，长大了，肯定跟他一样，到处要惹麻烦。

男人长得漂亮，本身就是一种错误吗？怪就怪他的母亲，怎么会给他长出这么好的皮肤与样子？小时候的许大成，就总是被人错认是女孩子。

“妈妈，这个叔叔，长得真帅。”小男孩开始夸奖起自己了。

许大成有点不好意思，被人夸奖帅不是一次两次，几乎走到哪里，都会有人惊叹。男人怎么会有这么好的皮肤与身材，不过，这个确实是自己天生的。

“是呀，你长大了也会这么帅的。”小男孩的母亲笑眯眯地回复他。

“妈妈，我要这个……”“妈妈，我要亲亲。”

小男孩就这样躺在他母亲的怀里，享受人世间最纯的情感。

很多男孩子，长大后，都会对母亲产生叛逆情绪，但是，许大成，却从来没有。因为他根本就没有母亲。

母亲，这个词，在许大成的生命里已经缺失了三十八年了。许大成想，不知道自己这辈子还能否找到她？但不管怎样，一定要找到，父亲为了那个叫母亲的女人终身未娶，一定要找这个女人问个清楚，这几十年的恩怨，也该有个了结，也是给父亲一个说法。

想起父亲，只感觉内心有点心酸。他是父亲一把屎一把尿地拉扯长大的。真的无法想象，他从一出生就没有了母亲，每次看到人家孩子依偎在母亲的怀抱时，内心就无比难受，这种难受，常人无法理解，因为有种痛，本来就只属于自己脆弱的灵魂。

四

当爱情来了，年龄、身份与条件都不成问题。

那年，萧湘二十岁，正值如花似玉的年龄，曼妙的身材，粉嫩粉嫩的脸蛋，白净如雪的皮肤，如一朵娇艳如滴的鲜花。许大成不敢去碰，也不奢望去碰。可惜，这朵花，却硬是要往他那个“秃瓢”上面插。他夏季多半留光头。

许大成认识萧湘是在六年前。在他眼里，这是一个活泼可爱的女孩，散发出让人无法抗拒的青春气息，就如在沙漠中找到了一瓶水，非常解渴。

但是，许大成知道，自己对于她，绝对不是爱情。那又是什么呢？那是一种疼爱之情，就如父亲对女儿一样。

这六年，许大成一直为“钱江饭馆”卖力，不仅仅是因为老板对自己好，工资待遇可以，更重要的是，因为有这个女孩萧湘在。

“大厨，给我做糖醋里脊，大厨，我要吃……”刚开始，女孩萧湘总是这样嘱咐自己，每次看着萧湘大口大口吃自己做的饭菜，内心有种说不出来的甜蜜。

要是有这样一个女孩，一直陪着我，那该多好。

呸，这想都不用想。儿子刚出生，怎么可以有这么想法？许大成一次次打消自己的想法。

而这个女孩，却在三年前，向许大成告白了。

“大成哥，我喜欢你，我知道你年龄比我大很多，你总是把我当作妹妹看待。没关系，你等我，等我长大。”萧湘的这番话，仿佛是训练过很多次，不假思索，一口气就说完了。然后，她眨巴着两只大眼睛，盯着许大成一动不动。

这时，萧湘就离许大成只有半米的距离。许大成感觉呼吸急促，内心如钱江潮水般汹涌澎湃。

“我，你……”许大成，觉得这种事情，不该发生在自己这个平凡的人身上。女孩看中了他什么呢？年龄要足足大上十八岁，又没有钱，又不是什么土豪，关键是还有妻儿。

“大小姐，你别开玩笑了。”许大成整理好自己的情绪后，假装淡定地回答。其实这是表面现象，内心的自己很是纠结。

谁不喜欢美好的事物，哪个男人不喜欢漂亮的女孩？许大成想，这是由男人的生理和心理原因决定的，难道要自己放弃就在手心里的美好吗？

只要自己有分寸就好。许大成想，也许小女孩是跟自己开玩笑，没必要太认真。

但后来的事实是，许大成发现自己错了。萧湘玩的可不是一个小游戏了。雌性动物认真起来可是相当可怕。正是因为许大成的犹豫，让萧湘觉得有机可乘。

许大成没有拒绝。在萧湘看来，他就是答应自己了。女孩子最美的年龄就在十七八岁，可以说是无可挑剔，敢爱敢恨，从不掩饰自己的任何情感。那时，她去了省城上高中，每周末才回来，本来她是一个月才回来一次，但是为了见许大成，就每周都回。

为了不让母亲陈文娟发现，两人都是在许大成下班后，萧湘才偷偷溜出来，一起逛逛街。

每次，萧湘会主动过来牵他的手，许大成起初会觉得有些别扭，但几次后也习惯了。萧湘的热情满足了他的某种渴望。许大成在江边最偏僻的地方上班，基本上要一个月才回老家一趟。对于三十几岁的男人来说，生理的需求是必须的。

他渴望有个红粉知己，能够天天在自己耳边轻轻细语，如沐春风，花香缤纷。“你怎么不说话？”“我喜欢听你说话，你的声音真好听，简直就是天籁之音。”“呵呵，这么有文化，你是不是跟很多女孩子这么说话。”许大成就不再说话，只是粗重地喘气着，以此来掩盖内心的奔腾的欲望。

五

许大成亲眼看着这些年翻天覆地的变化。从水泥路变成四车道的马路，从低低矮矮的平房变成了高楼大厦，有了诸多人性化的公共设施，比如说，眼前这座廊桥，设计典雅庄重，廊桥景观采用节能灯，以传统大红灯笼作为点缀，既有古桥的质朴又具时代特色。关键的是，这里成了优雅的约会之地，基本上每个周末许大成和萧湘都会在这里谈心。

一个厨师，一个高中生；一个偏远农村长大的苦命孩，一个在小钱塘江边长大的幸福娃。原本应该是没有交集的两人，却因为某种缘分，把两人交织在了一起。

“大成哥，城市里的生活真的不一样，不仅在于生活条件比我们这里好上几百倍。你要想到的东西，那里什么都有；关键是城里人的素质高，不像我们这里，总是规矩特别多。那里，自由恋爱，师生恋都很正常，就像我的好朋友……”萧湘洋洋洒洒地给许大成灌输城里人的想法。

许大成笑着不回答，大城市，实在离自己太遥远。

许大成只是听父亲说过，母亲就生活在大都市，要怎么豪华就有怎么豪华。但是，对于他，这种生活在底层的人来说，那种豪华就是种奢侈的梦。就如一只蚂蚁，随时可能被高贵的城里人踩死在脚下。只是许大成想不明白，父亲，这个整天与土地在一起的人，怎么也向往大都市，难道他也希望过那种出入有车接送，伸手有饭菜送来的生活吗？

“大成哥，你怎么了？你的手心，怎么在冒汗，你是不是紧张了呀？”萧湘娇滴滴的撒娇声，把许大成拉回到现实。

许大成只觉得自己的心脏在剧烈跳动，他应该拒绝，但是又不想拒绝。

“好吧，就当我奖励给你。”结果，还是萧湘主动亲了他的脸颊。

此刻的许大成，满脸通红，就如一个少女被强吻了一样，许大成强烈地克制住自己的冲动，任凭内心波涛起伏，他就是坐怀不乱。

“萧湘，你是个好女孩，我只是在你们家打工的一个下人。你以后要读大学，会遇到很好的男孩，我们真的不可能。”清醒时，许大成也曾这样告诉过萧湘。

但是萧湘每次的回答都是：“我喜欢你，喜欢难道还需要理由吗？难道，你不喜欢我？”

面对萧湘的反问，许大成，选择了默许。

这么一默许，就三年了。

三年来，他俩走过无数条街，发过无数条短信，但两人始终没有逾越那条线。

许大成不是说不想。确切地说，是不敢。这么美好的东西，实在不忍心去触碰。

但，萧湘却一直很坚定，坚持着自己所谓的爱恋。

一次，在趁许大成打盹间隙，她居然给许大成的妻子，发了短信。要不是妻子告诉他，许大成估计这辈子也不会知道这个事情。

“你要是外面有人，你就不用回来了，我会养活你爸和你儿子。”

“你是要我这把老骨头的脸丢尽吗？你……”直到被妻子沈春香曲解，被轮椅上的父亲责骂。许大成只能选择逃离。

六

在遇到萧湘之前，对于大都市，许大成连想都不敢想，也不愿意去想，因为自己曾与它失之交臂。

杭州，二十年前，就成为了许大成的伤心地。但这次，他还是选择来这里，只是因为心有不甘。

二十年后，这里的变化是出奇得惊人。看惯了小县城所谓的高楼大厦，在这里才发现，什么才是真正的摩天大楼，什么才是国际大都市。与许大成擦肩而过，有黄头发，蓝头发，各色各样，惊艳无比。

七月的杭州。酷热中却带有多情的气息，娇艳的荷花开得无比烂漫。柔情似水的西湖，总会带给人痴迷的幻想。

许大成，幻想在这里，能够遇到她。

虽然，这仅仅是痴心妄想罢了。

二十年前，自己犯下的错，到现在都无法去弥补。

二十年前，父亲为了来杭州找他，结果出了车祸，然后就是下身残疾。四十岁的父亲，强壮如牛的男人，就这么倒下了。

真不如杀了自己更好。这种痛苦，许大成不想看到。那年，许大成十八岁，看到他的父亲，这个世界最亲的人，就要跟轮椅过下半辈子时，许大成第一次哭了，他泪如泉涌，积蓄了十几年的眼泪，在那一刻大爆发。

“男儿有泪不轻弹。”父亲说，“孩子，一切都会过去。想想你小时候，不知道有多艰难，我又是当妈又是当爹，结果两个角色都没有当好，感谢上天，有了你，你就是我的一切。”

当轮椅里的父亲，老实巴交的父亲，跟自己说这些时，许大成的心就如刀割般疼痛。也就是从那一刻开始，他决定了为了父亲，必须坚强。

这一次，他不得不离开，是因为一场误会。许大成只能选择逃离，离开苏州，赶往杭州，他需要寻找两个女人。一是为了父亲，一是为了自己。

苏州到杭州只有二百多公里，但是许大成却感觉这一路很遥远，这中间有条鸿沟，把他和母亲，和萧湘一起隔开了。

许大成从懂事开始就不喜欢苏州，讨厌这贫困至极的农村生活。父亲除了耕地，还是耕地。只有土地有了好收成，他们的生活才能有保障。但很多时候，总是“天有不测风云”，也会有颗粒无收的时候，许大成总能听见父亲的叹息声，但不管怎么样，父亲总会给他觅来食物，看着许大成狼吞虎咽地吃下。父亲却只能在一旁咽口水，再饿也不能饿了宝贝儿子……

许大成是多么想逃离生活的这块土地。他想离开，一是为了不想让父亲担心。他长大了，可以自己养活自己；更重要的是，他想去外面面看看，除了每天无聊的读书生活外，还想拥有更精彩的世界。可父亲，根本不同意。

“我苦一辈子没关系，最主要的是希望你能够有出息。”倔强的父亲，一直在拼全力地供儿子读书。

父亲特别宠爱自己："儿呀，只要你想读书，哪怕是卖锅卖血，老子我也愿意。"可是，许大成天生不是学习的料。辈子与读书无缘，上小学一年级时，他一看到书就想睡觉，而且天性就特别顽皮，总闯祸。

"也不是我想闹事情，只是读书太无聊了，我实在是控制不住自己……"许大成曾在日记本里写下这样的感受。自我意识差，才导致了他今天失败的人生。现在想来，小时候，不读书是错的，可是那时哪来这样的觉悟。许大成就是班里的活宝，什么坏事，老师第一个想到就是他做的。很多次也是被冤枉，但谁让他名声差呢？同学、亲戚、邻居等等，身边各种各样的人，都有权利嘲笑他，因为他没有母亲。

"你看，这个没有娘教的孩子，天天没事找事干，你以后离他远点，不要老是跟这种人混在一起。"邻居张嫂总是会这样嘱咐她的闺女小敏。

小敏，与许大成同龄，两人一起长大。都说，女大十八变，就在小敏越变越漂亮，越变越温柔的同时；许大成却是越变越暴躁，越变越捣蛋。

两个孩子，在一起长大的同时，也萌发了好感，但就在许大成鼓起勇气想跟小敏表达的那天。他收到这样一封信。

"许大成，对不起，以后我不跟你一起回家了，因为我要考高中。"这是小敏写给他的。收到这样的信，许大成觉得自己的自尊心就从天空坠落了。十五岁的男孩，是最爱讲面子的时候，而小敏的信，显然是把许大成的面子连根拔起，毫不保留。

七

时隔多年后，许大成还是难以抚平自己内心的创伤。

这对于许大成来说，可以算是致命的打击。因为在这之前，其他人都看不起他没关系，只要还有小敏在身边。这个活泼可爱的女孩，每天都会给他带来生活的温暖。在她身上，她可以闻到女人的母性气息，甜蜜而又舒服。曾经的他，还天真地以为，这是母亲派来的天使。

“统统给我滚蛋吧。”就在许大成扔掉巧克力和鲜花的同时，他知道，最美好的情感也被扔出了，再也回不来。

他最终没有选择离开，还是因为父亲，他不想伤害这个可怜的男人。

没办法，被父亲“死缠烂打”，许大成念到了初中。初三那年，就在临近中考时，他逃学了，确切的说是离家出走了。反正自己肯定是考不出来的，与其丢人现眼，还不如出去闯闯。

十七岁，许大成只身一人来到了杭州。这个所谓的人间天堂，也许是冥冥之中，这里是他的第二故乡，寻找那个所谓的母亲。

下了车，人生地不熟。他就后悔了。不过，那时的自己血气方刚，男子汉大丈夫做了事情，就一定要干到底。

当时，也没有地方可去，看到路边有家饭店，写着“停车吃饭”四个大字。许大成就走了进去，当时心头有个念头，要不就学厨师，这样就不会饿死了。

也就从那一刻开始，许大成就开始了自己的厨师生涯。

在最初的半年里，他就是一个杂工。除了打扫整个厨房卫生外，还负责做菜前最简单的粗加工。简而言之，杀鸡、宰鸭、剖鱼。而在此之前，他在家“连刀都没拿过”，所以师傅总骂他笨，在那时可以说是尝尽了苦头。

当时店里还有一个学徒工，他是师傅的亲戚，所以许大成肯定不受重用，每次到关键时刻要教手艺的时候，师傅总会有各种理由撵他出去。“许大成，你去给我烧煤，这里一个人够了。”

那时，厨房基本上用的都是煤炉，许大成一天都是蹲在煤炉前，一个煤饼烧完了换另一个，一个接着一个换，大夏天的蹲在煤炉前，就是“清蒸白条”。许大成天生就是好皮肤，好身材，人家都叫他“白条”。

在那个店里做了半年，他也想方设法跟师傅套过近乎，想引起他的重视。他甚至给师傅和师娘洗衣服，他们家里的卫生也都是许大成打扫。一个男孩子，虽然打扫不干净，但是很用心，但是师傅并不领情，反而惹来了麻烦，还丢了工作。

那时，许大成下班后就在师傅家里，帮师娘洗衣服，甚至连师娘的内衣也洗。第一次，他还把人家的内衣弄破了，关键是自己不懂，跟父亲生活了十几年，哪知道还有这种东西，以为那个海绵是要拿出来洗的，就用剪刀把那个东西给拆了，发现是海绵后，他就怕了，知道自己肯定是闯祸了。

第二天，许大成拿着洗坏的内衣，低着头向师娘认错，结果师娘没有骂他，而是笑着摸摸他的头。“乖，没事。”师娘三十多岁，长得眉清目秀，而且还散发着淡淡的清香。对于许大成这种毛头小子来说，闻了就会晕头转向，他感觉身体中的荷尔蒙越来越多。师娘非常慈爱地把他抚摸了一遍，就快摸到自己的重要部位时，许大成突然感到很不舒服，全身的血液沸腾起来，连忙转身就跑。

一开门，师傅就在门外站着。“小子，你干什么？”许大成的脸蛋涨得通红，师傅眉宇紧皱，生气叠加，往里屋一看，师娘坐在床上，拿着她的内衣，温柔地抚摸着。

是个男人都能猜出接下去的发展局势。

就因为如此，师娘再怎么帮许大成解释，再怎么努力争辩，也没用。后来，师傅直接把他的东西扔到了外面。

“给我滚。”男人吃醋起来，其实比女人可怕多了。不过，师娘竭力维护许大成。结果，师娘和许大成一起被师傅赶了出来。师傅的最后一句话：“你们这对狗男女，让我一辈子都不要见到你们。”

许大成觉得自己特别委屈，什么都没有做错，凭什么被赶走了呢？

八

就这样，一夜之间许大成什么都没有了。失业之后，师娘帮他介绍了一个去处。许大成开始配菜，六百元一个月，干了一个月，因为他的勤奋努力，让老板很有好感，每次完成任务后，许大成没有闲下来：他活一完成，便帮着师傅干案板上的活；开餐时看着师傅炒菜，暗暗记住程序、所需调料；一空下来，他就留在厨房练刀功；下班回宿舍，就躲在房间里练习雕刻……

一个月下来，许大成感觉配菜的程序基本上都掌握了。老板很器重他，当时烧菜的师傅因为家里老婆生病，回去了，老板就让他顶了上去，还有一千一百元的工资，这对他来说，是一笔不可小观的收入。

那时的夏天，厨房里连吊扇也没有，厨房的温度随着炉火和油烟的升起，迅速往上蹿升，少说都会超过五十度，不一会，他的衣服已贴在身上，全湿透了。

那个累，干完活后，根本吃不下任何东西。干了一个夏天后，许大成的体重明显急速下降了二十斤，整个人又高又瘦，像极了竹竿。

一天中午，正当他从厨房里出来的时候，眼前的人让他惊呆了，父亲来了。“小子，可算找到你了。”父亲看着眼前骨瘦如柴却满身是汗的儿子，一瞬间泪水盈满了他的眼眶。“臭小子，你，给我回去……”

许大成知道错了，出来都大半年了，还没有跟家里联系。本来想是等学到一点手艺后，回家过年去的，谁知道父亲居然追来了。

父亲说，宁可他去卖血，也不能苦了儿子。

许大成，打包好行李，向老板告别。可就在十字路口，一辆飞驰而过的小轿车，根本没有看到他们父子俩，像发了疯似的开过来，父亲为了保护许大成，一掌就把许大成推开了，而车子的轮胎已经从父亲的身上碾了过去。

那一刻，许大成尖叫。他以为，父亲就要这样离开了。不过，还算上天保佑，父亲的命是保住了。但他从此就开始了轮椅生涯。

第八章　大成之路

一

时光轻轻一点，就划破了年华的脸。事过境迁，流年似水。时光未央，只是，我在此城，你在彼岸。

大家都说，回忆里的人是不能见的。如果见了，美好的回忆就会成了残酷的现实。饥肠辘辘的许大成，还是希望能够见到二十年前的那个师娘，因为在这个大都市，师娘就是自己最亲的人。既然来了，就必须圆了梦再走。

可现在的当务之急是找个地方安顿下来，最好是能找到工作，养活自己才是关键。

“大成，你怎么不回我短信呀，你是生气了吗？我错了，是我太任性，是我不懂事，我跟我妈求情了，她说让你回来，继续工作。”又是萧湘的短信。看样子，这个女孩是领悟到自己的错误了。

看到这样的短信，许大成的心里真是有点酸楚，一个二十岁的女孩，干吗为了我这个老男人受苦呢？想想自己真不是人，不够爷们，居然会选择用逃离的办法，躲避责任。

但，转眼一想，三十六计，走为上计。也许，离开是个不错的选择，这好歹也是顺应了老板娘的意思，就等时间去检验真理。

“告诉老板娘，我暂不回去了。我在外，一切都好。你好好读书，有大好的前景等着你，不要因为我，把你耽搁了。”许大成敲下这些字的时候，也就意味着与萧湘是划分界限了，犹豫了好几次，打好又删除，最终，还是狠了狠心，把最后一句话发了出去。

之后，短信那方就沉默了。这个聪明的大学生，定是领会了其中的深意。许大成这样不辞而别，不负责任地离开后，肯定给萧湘留下了很多负面印象，不过，这样也好，可以让她看清他，不再迷恋哥了。

杭州的夏天，真不愧是火炉。这个点，已经接近下午六点，不过外面还是热火朝天，地上的蚂蚁都在成群结队的搬家，连蚂蚁都难以忍受这样的三伏天，何况许大成这个大男人。他走在路上走，都感觉在蒸桑拿，汗水滴答滴答往下流。

“妈妈，你看，蚂蚁在搬家！”眼前出现一对母子，看上去跟自己的妻儿差不多大，因为防晒面具全副武装，也看不清他们的长相。儿子还想再看会蚂蚁，母亲却硬拉着他往前赶路。“快，快点回家，晒死了，蚂蚁搬家，就是要下大雨了。”这位母亲的话，提醒了许大成。这么简单的常识，自己居然都不了解。

蚂蚁都在找自己的家了，而许大成呢？在这个大都市，哪里才是他的家？家是太奢侈了，哪里才能给他安身之地呢？

太阳西斜，不过哪怕是最后的余光，她的力道也很是强劲。许大成不抗拒太阳，因为自己从小就是在太阳底下晒大的。虽然白净的皮肤也会晒黑，但是他的身体却一直很健康。用父亲的话来说就是，穷人最好的保健品就是晒太阳。

二

二十年的杭州和现在大相径庭。许大成根本不知道师娘在哪里，因为愚笨的自己，一没留师娘的电话，二没留师娘的名字，只是坚定地以为，只要眼前出现这个女人，肯定能够认出来。

可惜，杭州，漂亮的女人实在太多，哪个才是自己要找的师娘呢？

终于在一家“轩宇饭店”前看到贴着招聘的通知。自己的救星来了。

这个饭店的名字看上去挺特别。许大成想，“轩”这个字是读“干”，还是什么来着？不管了，既然写着招聘，应该就是招厨师什么的吧，进去碰碰运气。门面的装修也很是精致，用各色的小石头砌成了一个饭碗的样子。这是许大成第一次看到，饭店还有这种设计。在他们那个小县城，有个像样的玻璃门面就已经很了不起了。红木门外贴满了字条，还有几张，不知道写着什么，许大成也不在乎。

许大成走了进去，却没有看到人，屋内零星的摆着几张桌子，都快到七点了，虽然屋内不算暗，但居然也没有开灯。看这个样子，一点都不像营业，厨师第六感告诉自己，这个饭店，生意估计不行。不过，来都来了，还是问问吧。

“请问，老板在吗？”许大成，高声喊道，没有回应。许大成又喊了一声。里屋才缓缓地传出一个应和的声音，慢悠悠，感觉就如许大成现在的肚子，没有力气，需要食物补充，才能够提高音贝。

好吧，这样的饭店，肯定是不需要招人了。许大成正准备走人。里屋，居然出来了一个高个子，着实吓到了许大成。

眼前的人比许大成还要高出一点，肯定有一米九了，高海拔，好身材，白皮肤，挺鼻梁，一看就是美男胚子，关键是他还穿金戴玉。这身价不知道值多少人民币！许大成愣住了，这样的人物，以为只在电视里能够看到，竟然就在现实中，在自己眼前，真让人大吃一惊。

“什么事？”男人的声音恢复了正常，而且帅气中带着磁性。

“我……”许大成显然是被眼前这个美男吓到了。不过，想来自己都觉得好笑，都是雄性动物，紧张个屁。

“我，看到你外面贴着招聘启事，就进来看下，不过，我看你们生意清淡……”许大成说着，就自己傻笑了两声。

“我们最近在装修，所以不营业，你可以做什么？厨师？”高富帅看人还真够准。

“是的，我做厨师二十几年了，之前也在杭州做过。不过，大部分时间还是在苏州，各类家常菜我都会，你可以试下我的手艺。”许大成抬起头，挺自信地回答。在这样的帅哥面前，他哪怕鼓足十二分勇气都觉得少。

“哦，好的，你可以到我们的分店去应聘，那里需要厨师。”高富帅说着就从柜台前的名片夹里拿出一张递给许大成。

分店，许大成想，自己看来是要交好运了。这绝对是个名副其实的高富帅。

“好，谢谢你。”许大成接过名片，正欲离开。

突然，高富帅，喊住了自己。“师傅，请问你叫什么名字？如果老板娘问起，你就说是我推荐的，我叫轩宇，就是我的店名。”

“哦，你好，我叫许大成……”许大成一听到这个名字，心里一惊，还好没有把这个字读出来，不然真是丢脸死了。

三

名片上印着的这样的字：文化路一百五十六号绿叶酒楼，陈艺经理。

“我的天，我现在是在什么路？那个酒楼又在哪里？”许大成出来后，才觉得后悔了，应该问下那个叫轩宇的帅哥老板，这个路应该怎么走？

走一步算一步吧，这个大都市，可不像小县城，夜晚比白天热闹多了，人与车都多如鳗鱼，络绎不绝。在许大成的眼前开来开去。各种豪车，靓女帅哥。与许大成擦肩而过。而他却可怜到连饭都还没吃。这一带几乎都是摩天大楼，富丽堂皇的酒楼饭店，容不下自己这个穷瘪三进去。

许大成拿着名片，到处问路，但对方大都回答不知道，而且都是操着普通话，貌似都是外地人。不过，谁知道是不是外地人，人家脸上又没写。怪只能怪自己，下了车，也不晓得买个地图。

将近走到晚上九点了，许大成的肚子已经不再叫了，估计是饿过头了。他这才找到一家看上去不是很高档的青年旅社。壮着胆走了进去，一问，对方居然很冷漠的说客满了。就两个字，之后人家就开始自顾玩手机了，不容得许大成问第二个问题。

谁让自己身上只带一百元，因为想着要离开，工资还是丢给了妻子。只有一百元，今天该在哪里过夜？还好，这个大都市，晚上这么热闹，要不还是打个的吧，估计可以到达自己要去的地方。但是一想到，他身上只有这么一百元，真是囊中羞涩。

都这个点了，估计等我赶到，人家都早就关门了。许大成想，今天要不就睡大街得了，一个大男人，也没有什么好怕。

许大成就在西湖边的长凳上睡了一晚，虽然顶多睡了两个小时，但是他却感觉做了个很长的梦。梦里是春天，播种的季节，妻子在田里耕耘。而他却独自走在一座长长的石桥上。过了这座桥，就能够见到一个重要人物。梦里的河，如西湖般美丽，河心随处裸露出小岛。河水缓缓地流淌着，小岛上长着柳树，还能看见鱼儿幽雅的泳姿，鲜亮的绿叶柔曼地垂向水面。许大成感觉这个绿叶实在是太嫩了，都绿到他心里去了……

醒来才发现，身边有好多同类，或是无家可归，或是为了省钱，或是在这里调情，不管是什么理由，他们都选择了在西湖边过夜。这里有水的陪伴，也有柳树，绿叶……

唯一糟糕的是，许大成特别招蚊子。杭州的蚊子估计也认人的，就知道欺负许大成这个外地人。幸亏他中年发福，身上有的是肉与血。吃吧吃吧，吃瘦点就更帅了。

许大成是被清晨刺眼的光照醒的，才6点多，太阳就带着辣毒的气味，预示着今天又是个高温天。

“咕噜咕噜！”醒来时，许大成才发现是真的饿了，该给胃补充实物了。呼吸一下新鲜空气，伸一下懒腰，揉一下惺忪的眼睛，许大成高喊一声：吃饭。

放眼望去，一百米左右就有一家“放心早餐”，买了油条大饼加豆浆，五元钱，就把自己填饱了。

可谓是吃饱喝足，舔一下留在嘴边的余味。许大成突然觉得，其实自己需要的东西还真少，一点食物就这么容易满足了。

“饭后一支烟，快乐似神仙。”许大成情不自禁地往口袋一摸，才想起来，那最后一支烟早已在火车上被自己抛弃了。

看来，在没找到工作之前，只能与心爱的烟分开一段时间了。

四

许大成的手机响了，进来的是妻子沈春香的短信。

“你在哪？还好吗？记得照顾好自己，父亲说你肯定去了杭州。他让我转告你，不要去打扰你生母的生活。还有希望你能自重。”

这个短信，许大成看了一遍又一遍，总觉得缺少点什么，但是他了解父亲和妻子的心情。

父亲，肯定是不希望自己去打扰生母，这个从小懂事开始，父亲就告诉许大成，因为父亲做了对不起生母的事情，生母是不会再原谅他们了。让他不要责怪生母，但是许大成，想不明白，这么老实如牛的父亲，会做什么对不起生母的事情？一直以来，他都想去杭州找生母，揭开这个谜底。

但是，父亲的态度很明显，不同意。短信最后那句“你能自重”，许大成想，估计也是妻子自己改编的。

父亲的原话，肯定是不要自己再拈花惹草了，做对不起沈春香的事情。

沈春香，对于许大成来说，实则是父亲找来的保姆。

十年前，坐在轮椅上的父亲，再次恳求许大成："儿呀，你都老大不小了，我知道，你是为了我好，但我毕竟是个残疾人，你不能这样管我一辈子吧。你娶个媳妇，也算是了你父亲一桩心愿，隔壁家的小敏，娃都能上一年级了。"

"爸，我知道，但是，像我这种情况，去哪里找老婆呢？"父亲说到小敏，还真是挫伤了许大成的信心，这个曾经与自己青梅竹马的女孩，二十岁就嫁人了，然后就是生子，做黄脸婆。不过，还算庆幸，没跟这个女孩有什么瓜葛。听说，她当了母亲后，脾气很是暴躁，总是跟她的婆婆吵架……

"儿，你想什么？我知道你长得俊，肯定是有人喜欢你，只不过，父亲知道你眼界高，这样吧，我从你王伯伯那里物色了一个女孩子，比你小十岁，湖南人，长得秀气，关键是什么活都会干。你看，要不处处看？"

许大成心里嘀咕了一下，王伯伯那里，也就是说父亲从保姆中介所那里给自己找了个姑娘，那肯定是很会照顾人的那种吧。

"爸，你看着好，就好。女人，差不多，我无所谓。"许大成这样的回答，那算是答应了。

后来，许大成与沈春香见面了。这一看就是个乡下妹，长得土了吧唧，可能因为晒太阳，也可能天生就皮肤黑，看起来，一点都不像比许大成小十岁，至少也有个三十来岁的样子。站在许大成面前，真是鲜明对比，一白一黑，一高一矮，不过，给人的第一印象就是老实肯干。

沈春香，见了许大成后，自然是喜欢上了这位帅哥。只可惜，有这么一个坐在轮椅上的父亲。

"春香，这个就是我的儿子，你们老板肯定跟你说起过，他比你大十岁。我们家也就是最普通的老百姓，我十年前出了车祸，只能坐轮椅了。不过，我也不需要怎么照顾，我基本可以自理，你看……"

还没等父亲说完，这个女孩子居然先接了话过去。“伯伯，没关系，我不介意，我会照顾你。我也没有什么优点，就是会照顾人。我是家里长女，后有五个弟弟，我爹娘死得早，基本上是我照顾他们。我今年十八岁，不过，你们都不相信吧，我看上去比实际要大个十岁左右……”姑娘还真善言，第一次见面，就把家庭情况全部汇报了一遍。

许大成偷偷地看了下父亲。父亲看上去是挺满意的样子，还不住点头。

许大成想，既然是父亲介绍，肯定是父亲喜欢那种，无所谓了。就这个好了，省得麻烦，还要相亲什么。

就这样，不需要约会，也不需要甜言蜜语，更不需要鲜花，巧克力什么。沈春香就这么搬过来住了，而且很细心，开始全面照顾父亲的生活。这让许大成省了一大笔心思。

半年后，在父亲的催促下，两人就领了结婚证，叫了些亲朋好友，摆了三五桌，就这么算结婚了。

五

相遇是种机缘，你拼命想，却遇不上；你不想，她却自来。

也曾幻想过神圣婚姻的许大成，在现实面前，才发现结婚领证，办酒，都是如此简单无聊的事情。

有了沈春香这个好帮手。许大成想，自己还是出去闯闯吧，不到杭州，好歹也到小县城的饭馆去上班。我这手艺也是有两下子。在这乡下，一辈子也不能折腾出什么，不可能像我的父亲那样，做一辈子的农民。

许大成把这个想法，跟父亲说了。父亲自然是举双手同意：“我也是这么想，你该出去闯荡，你还年轻，有前途，现在有你媳妇在，你也不用担心没人照顾我。”

“你出去吧，家里有我。”沈春香的回答，让许大成满意。突然，他觉得有点对不住妻子，虽然已经跟她结婚一年多了，但却从没有碰过她。不是说他不想，而是觉得看见沈春香，就没有多少兴趣，这个菜，不对自己的胃口。

“其实，我只有一个小小要求，我想给你生个娃。爹在我面前说了很多次，希望有个孙子。你看……”临走前的一晚，在沈春香的主动下，许大成把她睡了。

已经记不清楚当时的情形。虽然，那是许大成的第一次。但却不是刻骨铭心的一次。许大成只记得自己放射的痛快，根本不顾沈春香的尖叫。

真的是精子强大。也就这么一次，许大成的种子就这么播下了。

“好的，我自有分寸。”许大成回了个信息给妻子沈春香，想着过往的种种，内心有种说不出来的味道。

沈春香对于许大成，从来没有任何要求；而许大成对于沈春香，却从来没有任何感觉。十年了，说来都不会让人相信，对于那事他们也就干过十次，几乎就是一年一次的节奏。而且，基本上每次都是沈春香主动，许大成只是感觉履行公事，干完就呼呼大睡。

许大成一直觉得自己会遇上真正让他心动的女人，甚至连小敏和萧湘都不是，更何况沈春香。

“天，名片呢？”许大成这时，才想起来，名片不见了。翻遍全身口袋，还是没有，该死的，这该怎么办？他的记性又不好，这地址和店名早就忘了，眼看到手的鸭子就这么走了，真是倒霉。

许大成努力回忆昨天的记忆，昨天是从哪条路走来了，遇见了那位高富帅……

哦，想起来了，对，要去的饭店叫“绿叶饭店”，绿叶……

许大成想着，只能堵一把，还是打个的吧。不过，能够确定是绿叶饭店。

“师傅，我去绿叶饭店。”许大成口齿清楚地对司机说，还着重强调了绿叶两字。

“哦，什么路？”司机说着启动了出租车。

“啊，不知道，只知道是杭州的绿叶饭店。”许大成一边说，一边在大脑里回忆着，该是什么路，但脑里一片空白。

“不知道什么路，那我怎么给你找这个饭店，没听说过这么一个小饭店，你要不下车。”司机说着就缓缓地把车停到了路边。

“这，师傅，拜托你了，帮忙找找。我是去那里应聘厨师的。”许大成几乎是用了央求的语气。

“应聘，那你怎么连路都不知道？我，这也不清楚，这么大个杭州，我去哪里给你找绿叶饭店？再说，打的费很贵……”司机说着就看了一眼许大成。

眉须不整，看他这副狼狈样，用脚指头想想都是个穷人。

“你赶紧下车，我这还要做生意。”司机再次下了回绝的命令。

“我……”许大成，本还想说点什么，但到嘴边的话，终究还是吞了下去。

人穷志不穷，都活到三十八了，他一直以此勉励自己，船到桥头自然直。

许大成下了出租车，司机还真是个大好人，不仅不要自己的起步钱，还给他送到了公交车站点。

那就在这里碰碰运气。果真，如踩了狗屎运般顺利，这里就是换乘的交换点，车次还是比较齐。

这时，虽然才过早上七点，但是站点却已是站满人了，有小孩、中年人、老人，几乎都是焦急等待车次的人，只有许大成，不知道自己要去的方向。

人群中，许大成看到一个长得很像萧湘背影的女孩，突然眼睛一酸，画面有些模糊。他赶紧掐了自己一把，想什么呢，萧湘，怎么可能会在这里？

许大成想，要不就上去问问她，万一她知道，绿叶饭店在哪儿?

女孩子抬起头，炯炯有神的眼睛直盯着许大成的脸，就这么一看，许大成突然觉得就如这个夏日里的棒冰，明明在自己眼前，却因为自己的犹豫，在拿到手之前就融化了。

原来，女孩答应的是许大成后面这个家伙，她从自己面前走过，飘逸的长发，散发出淡淡的香味。

女孩的纤纤细步，让许大成的心头一颤。“干吗呢?走，车快来了。”男生牵起女孩的手，还不忘冷冷地看了下许大成。那神情就是在告诉许大成，你不要动手动脚。

“好的，还有两分钟，不知道会是怎样一个饭店?还好有你在。”女孩说着，亲了下男生的脸。那声音，那温柔的神情，让人忍不住怦然心动。

这样的场景，又让许大成很难释怀，他不得不承认，自己是想萧湘了。

曾经有这么一个如仙女般的女孩，出现在他的面前，但他不懂得珍惜，直到失去，才觉得……

不感慨了，刚才那个女孩说什么饭店来着。我得赶紧问。

“不好意思哦，我想问下，你们知道绿叶饭店往哪里走?该坐什么车吗?”

“不知道。”男生冷冷地回答。

“我们……我去的好像也是绿叶饭店，我看一下名片。”女孩小心地从口袋掏出名片。

许大成迫不及待地凑过去看了下，上面正是自己要去的饭店，记忆在瞬间复苏:萧山文化路一五六号绿叶酒楼，陈艺经理。

“对，我正要去这里。”许大成因为高兴，情不自禁地拍了下女孩的肩膀。手还没落下，就被身旁的男孩抡回去了。

“干吗?你?”男孩的声音提高了一个分贝，而且还带着愤怒的语气。

“抱歉，谢谢你们，能告诉我这个怎么走，坐几路车？”许大成赶紧地放低身姿，又是道歉，又是道谢，又是恳求。

“你跟我们走，要转好几个车才能到萧山。”女孩显然很乐意帮他。

“你……”男孩欲言又止，显然对女朋友这个举动不乐意。

“哦，谢谢你们，那打扰了，我初来乍到。”许大成的话是客气中加着客气，能遇上这么一个女孩子，还真是种福气。

女孩正要开口，七路车就停在了他们眼前，男孩还没等女孩开口，就一把拉上了她。许大成一个大跨步跟了上去。

车上可真是人满为患，才是早上七点，就已经是这么拥挤的状态了，许大成不敢去想，高峰期会是什么样子，自己这个高个子，都没地方可站了。

那个女孩和男孩紧紧靠在一起，正在往共同体方向努力。

合二为一。这个时候，许大成想到了这个词，他们难道也是要去绿叶饭店应聘？世上怎么会有这么巧的事情呢？

六

杭州，可真是一个容得人做梦的城市。从昨天开始到现在，许大成都感觉像是在梦里，有点不真实。也许杭州自古出美男靓女，只是现在车里的拥挤程度，让他感到现实的存在，都到人贴人的地步了。不过，车上人的素质都挺高，大家一没吵二没闹，安安静静。许大成的脑子里，突然浮现出前段时间，新闻上杭州七路车公交火灾的事情，今天自己坐的也是七路车，此七路，就是彼七路？他不禁后背有点凉意。

一低头，正与刚才的女孩对上了眼。女孩友好地朝他笑了笑。这样的微笑，让许大成的心里平静了许多。

梦在哪里？路在何方？看来只有走一步算一步了。

这个时候，许大成的手机震动了下。“大成，你在杭州哪里？”打开一看，是萧湘发来的短信。

许大成觉得内心被某种东西腐蚀了，正在一点点溃烂，想挣扎却没有任何力气。

眼前是人挤人的状态，根本无法回复信息，许大成只能低头看着信息发呆。如果，萧湘在眼前，许大成一定会用尽全力保护她。可惜，眼前，什么都没有，只有这些不相干的男男女女。

“我求你，别生我气了，你回来吧。”没有收到回复，萧湘却又发了过来。此时此刻，不是许大成不想回复，是因为自己根本没法动弹，最关键的是，许大成也不知道具体的位置。

公交车一路颠簸，转了好几趟，许大成就如一个大电灯泡死死地跟着那个姑娘和她的男友，终于他们在文化路站下车了。

然后又徒步走了近千米，终于来到了这个绿叶酒楼。

酒楼的店面不大。最大的特色在于，绿叶就是这家店的主要装饰元素，窗帘等都用了绿叶，有新鲜的，也有干的，有重叠在一起的，也有单独分开的，看上去真是绿意盎然。

名副其实。许大成为自己能够想到这个词，暗暗地偷笑了下。这里，看上去，的确有文化的韵味。

这时，同行的女孩和其男朋友早就进去店里。

许大成一直在外面观望。他有点害怕，又有点担心。这种莫名其妙的情绪，让他自己都搞不清楚，到底是怎么了。

人生会有很多种巧合，但有些巧合，却能让人特别尴尬。许大成怎么也想不到，接待她的经理，就是二十年前的师娘。

这二十年，该是多么漫长的岁月，许大成已由毛小子长成了壮年。而眼前的师娘，仿若还是那个少妇模样，只是脸部多些皱纹。

在四目相对的那一刻，许大成真是做梦都想不到，这么快就找到了师娘。这曾朝思慕想的人，就这么真实地出现在眼前。

可就在许大成走近师娘的时候，师傅从里屋走了出来。

还是他，怎么还是他？“冤家路窄”肯定就是如此吧。

是的，他们还是在一起。在那一刻，许大成看到了师娘脸上的尴尬表情。在那一刻，许大成真希望底下有个洞可以钻进去。

为什么同样的尴尬场面，在时隔多年，又能重现？时光，你是多么神奇的东西。时间就僵硬在那里——

“许大成，你小子怎么会在这里？”到底还是师傅先开了口。

“我……你……哦，来度假。”许大成怎么也想不到，自己居然编了这个谎。

“哦，挺好的，这个是我和师娘开的店，有空来坐坐。”师傅的邀请，完全是心不在焉，他一边说，一边搂着师娘，一边还用眼睛“藐视”许大成。

“哦，好的，那我走了，下次来。”还没等师娘开口，许大成就飞快地逃离了这个地方。

七

太阳黄晕晕的光芒犹如一个火球，闪耀着明晃晃的光亮，用灼热抚摩着每一个在大街上穿行的人；树木、草丛早已蒸发了最后一滴水分，张开一个个毛茸茸的细胞在喘气，高大的梧桐懒洋洋地晃着无力的树枝倾诉着无奈与干涸。

出了酒楼后，许大成大大地喘了口气，刚刚，真是把自己憋坏了。真是人算不如天算，这到底是怎么回事？

该怎么办？怎么办？自己不是在做梦吧？许大成正想着，突然手机猛烈震动起来，显示的联系人是老板娘。

老板娘，萧湘她妈，怎么会打给我？又要出什么乱子了吗？不会是，萧湘她……

许大成真心不敢往下面想。

一连响了好多声，他才心惊胆战地接起来。其实，老板娘对他真心不错，萧湘也是……如果再给他一次机会，他肯定不会辜负他们。

“许大成，你可终于接电话了。我跟你说，我跟我女儿说好了，你回来吧。我的店为你敞开着。随时等你回来。”

听到老板娘这样一席话，许大成的内心就如打翻了五味瓶，酸甜苦辣咸样样都有。就在要上菜之前，许大成却不知道到底该放什么调味品了。

许大成在电话那头，拼命地点头答应。但却忘了这是电话，老板娘根本看不到自己的表情。“许大成，你在听吗？我让你回来，你听到没？”老板娘的声音，虽然听上去有点尖酸，却是那么的滋润着许大成冰冷的内心。

雪中送炭，莫过于此。虽然这是盛夏，但许大成对老板娘的感激之情却难以说尽。

“知道，知道，老板娘，我真不知道怎么谢你，可是……”

许大成还没有说完，就被打断了。“不用谢我，你回来好好工作，我是看在你父亲的面子上，看在我女儿的面子上，好了，你快点回。明天的火车票，我已经给你订好了。”

车票，明天，火车……人什么时候在迷失中，什么时候又在清醒中，谁能分辨得清楚？在清醒的混乱中，在混乱的清醒中，也许一切自有定数。

此时，许大成心头热乎乎的，但愿，这不仅仅是梦。他看见那个踮起脚尖，轻吻自己的青春美少女，突然就转身离开了。吻还在唇边，人却不再了。只是许大成，自己都无法想通，为什么就拒绝了呢？这是内心的想法，还是被生活所逼？许大成自己也无法回复。

悲伤换不回流逝的时光。原来，生命中很多东西，不得不抗拒，再也没法遇见她。即使遇见了，她也不再是原来的她，我也不是原来的我。青春的小鸟已经飞走，只有记忆在，依然在灰蒙蒙的天空里闪闪发亮，生长着，永恒着。

第九章　逝水光阴

一

痴情的驻足等待，却无法知晓到底在期盼什么。比等待更让人痛苦的是，你连自己都不知道在等些什么。许大成回到了属于他的地方，虽然心里特别不甘，但还是回去了。他开了一家快餐店，日出而作，日落而息。许大成既当老板，又当伙计，就请了一个打下手的，其他活全部一人包了。每天都相当累。

人到中年，很多事情，只能观望。多年以后，许大成以为自己早就忘了那个叫做萧湘的女孩，却没想到在堂弟许大雷的微信上发现了她。刚刚学会玩微信的他，却马上发现了自己想要的东西。那是萧湘的背影，绝对是萧湘。

“这个女孩，你认识？”许大成在微信上问堂弟。

“哦，是的，正在追求的一个女孩子。”许大雷立马就回了过来。

“有正面照片吗？发张给我。”许大成闪回。

“没有。”许大雷回过来的时候，还连带了几张哭脸。

“怎么了？”许大成又问。

结果，许大雷没有回复。之后，他们就各自忙各自的了，快餐店的生意很忙，许大成也基本没时间坐下来刷微信；而许大雷正在处理照片，只能中途看一下，电脑里有无数女孩子的照片，胖的、瘦的、高的、矮的，各种各样，就是没有萧湘。

许大雷不知道，为什么会对萧湘一见钟情，难道是因为她吗？

她去了哪里？她曾说过，在对的时间遇到对的人是童话；在错的时间遇到对的人是青春。难道自己还一直再错下去？错误终结的那一刻，是不是就是青春的终结呢？

二十六岁的许大雷，已经到了不大不小的年龄，干着一份吃不饱也饿不死的工作。父母一直催促着终身大事，而他却不急不躁，无动于衷。

在这座城市的森林里，许大雷每天都在为了生活而奔波。早上八点，带着他心爱的相机上班，然后挤拥挤的公交车，争分夺秒地抢车位；晚上九点，拖着疲惫的身体下班，依旧挤车。每天擦肩而过的人数以万计，在他看来个个都带着冷漠的表情。在人流里，许大雷却再也找不到她微笑的脸庞……

每天忙碌的生活让人透不过气来，但生活却毫无起色。许大雷就如一只蚂蚁，在这座钢化的森林里，显得渺小而迷茫，四年的大学生活没有把他培养成一个社会精英，便毫不留情的把他抛进了社会的炼钢炉，溶进了就业的大军。他感到自己充其量是个假冒伪劣产品，在日益高淘汰率的商品经济人才战中，倍感压力。

繁忙的工作之余，许大雷会带着心爱的相机来到母校的图书馆翻翻新书，了解最新的社会动态，但最重要的是寻找一个人，他幻想他们还会在这里遇见。

许大雷一个书柜接着一个书柜找，依然没有她熟悉的身影。

她离开他已整整两年，他想起第一次见她的场景：刻骨铭心的记忆，这辈子都不会忘记。年轻的心第一次变得忐忑不安。

二

那是一个激情飞扬的初夏，阳光热情似火。在长长的马路上，两排的绿树掩映着一丝清凉。就在这个图书馆，当时许大雷临近毕业，为了写论文，在老师一再劝导下第一次进了图书馆。挑了几本书后正准备离开，在楼梯口，许大雷和一个女孩撞了个满怀。所有的书都掉落在地上，分不清哪些是她的，哪些是自己的。许大雷一抬头，四目相对，那么眼熟，那么亲切，仿佛在哪里见过，抑或是在梦里，她连连道歉，正准备弯腰捡书……

突然从后面追过来一个男子。“芳，等一下，芳，我知道我错了，你听我解释……”男子边喊边追过来。女孩听见男子的声音，没有再去捡书，而欲离开，她一抬头，又一次四目相对，她似乎向他暗示着什么，女孩马上就走了，留下了许大雷和一大堆书。

男子已经跑到许大雷面前，这个家伙怎么这样眼熟？原来，他就是电气分院鼎鼎有名的黄老师。他是这个学校留校的，当时的学生会主席，不仅长相好，家境丰厚，各方面都相当优异，是许多女生心目中的白马王子，也是众多男生心中嫉妒痛恨的对象。

“芳呢？我的芳呢？”黄老师看着许大雷，大声呵斥着。“我怎么知道？搞笑的，我怎么知道你的人在哪里？”许大雷不知道从哪里来的勇气，这样反唇相讥道。“我明明看见，刚才芳就在这里，她的书还在这里呢？怎么回事？”显然黄老师非常地生气，许大雷不以为然，低头一本一本捡着散落的书。黄老师跺了下脚，朝他骂了句“该死的”，就气愤地往前追去了。

许大雷心里却暗喜，继续一本本地捡起书来，《麦田里的守望者》《红楼梦》《生命中不能承受之轻》……这一本本陌生的书名，如果不是在这里遇见这个女孩，许大雷这辈子都不会看这些书。他想这些书应该很有意思，如她一样，会带给自己惊喜。许大雷想着想着就不自觉地笑出声来，那这些书，他该怎么给她呢？看来，自己的机会来了。

三

“嚓！嚓！嚓！”三下电火花的迸发。黑暗中一支烟被点燃，映着一张支离破碎的脸。许大雷衔着烟嘴猛吸了一口，轻轻释放出来，接着房间里只剩下一个晃动的火星，慢慢被燃完，无眠的夜，他该怎么对付？他什么时候能再遇见芳呢？

这之后，许大雷每天都往图书馆跑，因为他没有芳的任何联系方式，只能期待在图书馆和她再次相遇。许大雷每天用书包装着芳的书。读大学四年，他第一次使用书包，走到哪带到哪，朋友们都说他傻了，书不离身，搞得好像很宝贵的样子。“当然很珍贵了，比我命还贵，你们不懂哥的心。”

终于，功夫不负有心人。一个星期日的上午，许大雷在图书馆再次遇见了芳。在三楼的阅览室，许大雷看见芳的背影，就坐在他的面前。是芳，是她，没有错。这背影格外迷人，气质而又优雅，一看见芳，许大雷就感觉身体的所有神经都挤到了一起。那种感觉无以言表，这是从来没有过的兴奋。

许大雷轻轻地走到她前面，在她前面坐下来。她非常认真，显然没有发觉他的到来。“你……好……”许大雷支支吾吾地打了个招呼，芳这个时候抬起头来，双眸中透着芬芳的光。从来没有见过这么清纯的女孩，他感觉她就是从画报上走下来的。他还沉浸在她的想象里，那个时候的许大雷肯定很失态。“你好，你就是上次那个同学，谢谢你。”芳很大方地站起来向他道谢，她这样一来，让许大雷感觉更加不好意思。

“哪里，你太客气了，对了，你的书……”

“好的，谢谢你，书你带着了吗？那我等下带走。”

“是的，我带着，那我给你拿过来。”说着，许大雷正欲往外准备出去拿书。“等一下，我这边还有几个题。你等一下，做完后再拿吧，为了表示感谢，中午我请你吃饭。”听到女孩说中午请他吃饭，他感觉自己的心都快跳出来了。为了掩饰内心的激动，他赶紧地坐下来，就这么坐在她对面，静静地看着她翻书写字。那个时候，他的内心无比澄净，无比快乐，他感觉这二十多年来从来没有这么幸福过，真想把这样的时光一直拉长。

过了一会，女孩就站起来了，看见目不转睛的许大雷，女孩“咯咯”地笑出声来。

“我——”许大雷赶紧地站起来。“你看都十一点了，我们走吧。”芳的一声令下，许大雷马上起身去拿书。

刚走到阅览室门口，许大雷就碰到了黄老师。他心里疙瘩了一下，“芳，我来接你吃饭。”黄老师正想拉她的手，却被她撒开了。“不去了，我今天约人了。”芳回答的很干脆，也不看黄老师。“你约人了？别骗我了，乖乖，我知道错了，你总得给我改过的机会吧。别较劲了，吃饭去吧，不然让学生们看见也不好意思。”黄老师故意把“学生”两字说得很响，还朝许大雷瞪了一眼。“你干吗？我就约了这个学生。”芳说着示意了一下他，“走，我们吃饭去。”许大雷就屁颠屁颠地跟在她身后。“该死的，怎么又是这个小子？”背后是黄老师的骂声。只是许大雷顾不了这些，此时此刻的他，只想跟芳一起共进午餐，哪怕只是一次。

四

这个时候，学校外的餐厅每个地方都人满为患。他们走了一家又一家，看得出来，芳想找个人少的地方。终于，芳停了下来，她看看身后的许大雷，说：“看来，这个点是高峰期，我们就随便找家吃个便饭了。”“好的，没问题。”对于许大雷来说，能跟她一起吃饭，已经是梦寐以求的事情了，根本不在乎什么地方。

“你喜欢吃什么？”芳拿起菜单问许大雷。“我什么都可以，你按照你喜欢的点吧。”“哦，那就好，主要是我胃不好，一直吃素。”

“是不是经常不按时吃饭，没有吃早饭？”许大雷突然问道，芳淡淡地笑了笑。“主要是以前习惯不好。”

芳点了三菜一汤，也都是许大雷喜欢吃的菜，主要是有她在，他真正体会到了什么是秀色可餐。可就在他们刚动筷子的时候，黄老师赶到了，而且还坐在了芳的旁边。“你干什么呀，我不是说了，我们已经分手了，你这样做什么意思？”她显然很生气。“亲爱的，我说了，我错了，我们分手了，但是你也能跟这种小孩子在一起。”黄老师的话音刚落，芳突的就站了起来。“谁跟谁在一起了？你脑子是不是有问题。”这个时候的芳，完全没有了之前的温文尔雅，她涨红了小脸蛋，仿佛使出了所有的力气。“好好好，我误会了，我知道你眼光不会这么低，这样的人你也会看得上。”黄老师边安慰边拍着她的肩膀，显然是视许大雷为空气。

“有你这么讲话的吗？我跟谁在一起还要向你汇报吗？黄坚，你给我听好了，我现在就跟他在一起了。我们已经分手了，请你不要再打扰我了。”芳这样的回答，让许大雷喜出望外。他猛的从凳子上站了起来，黄老师也不敢相信自己的耳朵，站了起来，大声地问道：“你说什么，你跟他……”许大雷看见，芳的小脸蛋通红通红，她不知道哪来的勇气，走到了他的旁边，拉了下他的手。他感觉当时的自己就跟个木头，完全不知道状况。“是的，我跟他在一起了，你听清楚了。”芳再次提高了嗓门。“你，你，不是疯了吧？”黄老师非常生气，他肯定预料不到这样的结果，连许大雷都感觉很是异常。“好了，我知道了，你珍重，我走了。”黄老师说着就走出了餐厅。

许大雷这才缓过神来，还拉着芳的手，但已被她挣脱了。“坐，坐，不好意思，刚才我失态了，你不要放心上，吃饭吧……”芳的话让许大雷回到了现实中来，只是这样的一幕，来得太突然，去得也太匆忙。如果这一切是真实，那该有多好。许大雷傻傻地想着，但是芳的话，让他懂得，自己只不过是个“挡箭牌”而已。但他不愿意这么想。他宁愿相信，这是真实可信的……

五

那天午餐结束后，许大雷依然忘记留下芳的联系方式。这之后一周，他再也没有碰到过她。只是每天他都会去图书馆，为了能够找到她，他想尽了一切办法。在曾经遇到她的位置，他悄悄地留了张纸条。“我在找你，我就是那个同学。”第二天，他惊喜地发现纸条不见了，而他，又一次遇见了她。她正站在他对面。那一刻，许大雷在心里认定了她就是自己的女神。

她毫不在意地将覆在脸上的淑女面具摘下，对着他笑。许大雷被惊呆了，不为面具下绝世的容颜，不为她驱散他不安的温暖笑意，却只为那双望着他时灿若星辰的黑眸，隐藏了多少痛楚和沧桑，竟仍清澈的如一汪秋水。他震惊了。为那张千娇百媚的脸，为她浑身散发出的清冽高贵，更为那双明明映着世间颜色，却仿若清澈如水的黑亮眸子。

芳没有拒绝许大雷的邀请。渐渐的，从图书馆到操场，从操场到宿舍楼，成为他们关系升温的见证。十分钟的路程，却是他每天最幸福的期待。他们总有聊不完的话题，却从来没有聊起对方的他，有好几次，许大雷想表白，但一直没有抓住机会。其实，他很害怕，害怕被拒绝。

有一次，芳突然问许大雷，生命中最值得遇见的人是谁？许大雷笑了笑，不说话，只是看着她。芳顿了顿，低下了头：“你还小。”芳这样说。他想，那一刻，芳肯定体会到什么。

许大雷在空间里留了这样的QQ签名：“其实，我不小了，我懂。”但，芳却给他留言了这样的话：“是的，但是真的还小，你做我弟弟吧。”其实，芳只比许大雷大一岁。

许大雷不知道，为什么芳总是说他小？也许，她是有故事的人，只是她把秘密埋得很深。她不希望任何人渗进他们的故事里，不论是好的，还是坏的。

六

芳生日的时候，许大雷跑遍了全城，最后在一家离市区很远的礼品店买到了一个镯子。镯子是墨绿色，是她喜欢的颜色。那个镯子花了他两个月的生活费。离开时，他身上连车费都没了。他沿着大路，徒步走了一个多小时回到了学校。

那是许大雷第一次去了芳的宿舍，里面露着温和的灯光。他敲门，无人应答。轻轻再敲，门开了，他看到了蜷缩在床角的芳，还有散落了一地的信和几瓶红酒。他站在那里，芳望着他，眼里带着泪光，让人格外心疼。“你怎么了？”许大雷问道。

芳说：“他和我分手了，在我二十五岁生日的时候，我听到的不是祝福。”

之后，芳跟许大雷讲了她的故事，许大雷以为会是黄老师。但不是，芳说那是她的初恋，他毕业后出国深造了，在二十五岁生日时，接到了大洋的分手电话。很雷同的小说故事，却是在生活中，在他们的身边。

许大雷轻轻地坐到芳的床边，这样的距离一直在他的梦里出现过。此时此刻，他和她靠得很近，他能听见她的呼吸。他深呼吸了几次，稳着自己的情绪。他想这样的时刻，自己不是她的谁，他感觉自己什么都不是，他不能给她什么。他拉起她的手，把那个墨绿色的镯子戴到她的手上。

然后，许大雷的眼泪就一滴一滴落了下来。他没有想到自己是这样的脆弱，脆弱到不忍看见喜欢的女孩一点难过……

“陪我喝酒吧。”芳边抽泣边拿起了整瓶的酒，这个时候的她完全跟之前判若两人。当时的许大雷，呆住了。不知该怎么办？恍惚过来，看到芳一瓶酒已经下肚。他惊呆了。于是，也拿起来，喝了几口，酒量不好的许大雷马上感觉到了一阵晃荡……

他渐渐地靠近了她，他以为她会避开，但她没有，也靠了过来。当他的手抚摸着她的肩膀时，他感觉自己的血液就像被注入了一股兴奋剂，身子情不自禁地颤动。等他的手抚摸到她的腰部，他就感到自己的下腹紧紧地往她的身上贴。他的手就像温柔的风温柔的水，很有质感地传送着一种甜丝丝的快感给她。她的新款韩版裙子被他掀起来了。那种纯棉的、纯色的白，让他忘乎所以。而她也忍不住了，如同平静的海突然起来一阵风暴，翻江倒海起来。

丰满的胸脯激动地起伏着，仿佛一对白兔在他的怀里跳动。

许大雷再也忍不住了，年轻的心在那一刻燃烧起来。他们彼此的灵魂上天入地，在虚幻的情境里，灵魂相交相融。他的手就从她的秀发，转移到她的坚挺的小乳房上。温柔地抚摸，就像最初的纯情，带着一种神秘感，一种崇敬之情，生怕一用力，就会将纯情捏碎。但她显然觉得他还不够有力，起伏着的双乳，以一种无形的力度告诉他。那个起伏的地方，就是每一个幼婴最渴望的地方，他吮住她的乳头。真想把将整个乳房都吮到肚里去的，把她整个吸进去……

许大雷轻轻地将她放倒在床上，而她搂住他的脖子，眼含热泪地不停地呼唤着一个人的名字……

不知道是谁？许大雷也记不清，只是他能确定，那，不是他。

七

从第一次以后，许大雷最怕晚上，他不知道怎么去对付夜晚。日子一天天地过，他已经毕业，但是根本找不到合适的工作，混在就业大军里，他感到从来没有过的悲伤……

每天，只有写空间日志的时间是真正属于他的，他不知道该怎样写。芳的憔悴，芳的脆弱，墨绿色的镯子，冰凉的泪。很多东西，像一个个残缺的词语，无法拼凑。后来的情形，他一直都无法记起，只是一些模糊的片段。芳瑟瑟发抖的身体，清香的头发，带泪的吻。对于许大雷来说是一场黄粱梦。他想记得，却无法记起；他想忘记，却又害怕忘记。

芳的笑依然，只是除了她自己，没有人知道笑容背后的伤。很多次，许大雷想问那晚的事，却都被芳打断；很多次，许大雷都想表白，但都错过了。芳的手腕上并没有戴他买的镯子。许大雷在大雨倾盆的夜里出去喝酒，一个人的寂寞，他不想让别人知道他的忧愁。他想思念究竟有多重，他想还要多远才能和幸福同行。他一次又一次想鼓起勇气给芳发短信，打上去字又取消，反复几次。他终于抱头大哭。

在深夜，许大雷一个人徘徊在大排档里，空腹大量喝酒。“老板，再来一瓶……”直到最后，他被朋友拖回了寝室。大醉之后，他想有些东西是不是真的无法得到。他在操场上看见芳和另一个男子在一起。那个男子很眼熟，但也很陌生。

许大雷静静地站在那里，眼里没有任何风景。他突然知道，他的青春，已经和芳无关，从来没有过的悲伤让人痛不欲生。芳和那个男子谈笑风生，他看着看着，就感觉是一刀一刀的往心里割。

天又黑了，许大雷一个人坐在操场上。这是夏雨滂沱之际。他哭着，脸上泪水和雨水混在一起。一场雨，从开始到结束，他看到了自己全部的痛苦和悲哀。

八

这之后，许大雷走进了以前和芳经常去的星巴克，要了一杯咖啡，独个儿看着那杯冒着水气的黑色液体，露出麻木的表情。许久，他抓住杯子大口的灌了下去，味道很苦很苦……皱着眉头忍气的吞了下去，他觉得咖啡的苦涩比起自己的生活来要甜。

此时此刻的许大雷，什么都没有，没有车子，没有房子，没有体面的工作，没有女朋友，要不是朋友帮助，他连混口饭吃的工作都没有。他感觉自己就是一无所有，从来没有过的伤感从心里涌上来。

有时，许大雷会在周末的清晨爬上楼顶，去体会着一份黎明前的黑暗；有时，他会举着一张人民币，仰着头，映着日光，分辨着它的水印，他希望它不是假的；有时，他走在炎热的马路上，看见前边有一棵大树，他就像解了渴似的，躲到树荫下，再也不想出来；有时，他干脆什么都不干，只是一个人站在天桥上，俯视着桥底下干道上川流不息的车辆和熙熙攘攘的人流，看那些陌生的人和物，似流水浮云……

教室里，落寞几人；球场上，热腾的奔涌；草地上，校园歌手的颓废……一个秋日的下午，许大雷知道了芳的婚讯。他沿着操场走了又走，来来回回。悼念着他和她的印记。校园广播放着陶喆的歌。天在下雨，云在哭泣。他的爱情就要泯灭了，还剩下什么呢？

许大雷忘了该怎样说服自己的理智。他看着芳，异常平静地说：“你知道的，我爱你。”他从来没有那样平静过，仿佛一场温和的春风吹过。芳身旁的黄老师惊呆了，瞪大眼睛，用几近吼叫的声音喊道：“你，臭小子，你滚出去。”

悲伤的时候，许大雷喜欢听游鸿明的歌。那个声线，唱出的是爱情对男人的残忍。许大雷想是不是应该离开，不再来这个伤心地带了？或者去看一场电影，去缅怀往昔的甜蜜。爱情最后的陪葬，是音乐，还是电影？他望了望校园，落叶覆在路边，一地的苍凉。

芳在QQ里告诉许大雷："在对的时间遇到对的人是童话，在错的时间遇到对的人是青春。到现在为止，我还什么都没有碰到过。失去爱情时，每个人都需要时间疗伤。我们不是一条路上的人，即使想要同行，也只能陌路相望。"那些话，许大雷读了一遍又一遍，他深怕自己看不懂，不能明白其中的意思。

"芳，你等我好不好？他没给你的，我给你；你失去了他，你还有我。我知道，我们能在一起的。"当许大雷终于打出这些字，准备发过去的时候，芳的头像已经成灰色，然后就再也找不到她了……

"我走了，你一定要珍重。我希望你能振作起来，好好生活。"很久之后，许大雷收到了芳的短信。芳没有结婚。一看到这样的短信，他立马就从床上跳起，奔向了火车站……

可是，当许大雷再回拨电话的时候，"对不起，你拨打的电话已关机。"

火车站里到处是人山人海，芳离开了。许大雷的世界在顷刻之间成了一座空城。他在火车站门口一遍一遍地旋转，找不到了方向。她到底去了哪里？怎么什么都没有给自己留下，留下的只有遗憾。他与她终究擦肩而过。

许大雷一个人在火车站，不知道站了多久。

"叔叔，叔叔，买朵花吧！送给女朋友。"很长一段光阴之后，许大雷感觉旁边有人在拉他的裤腿。一个卖花的小女孩，他转过脸，"对不起，对不起……"小女孩肯定是被他吓坏了，泪水与汗水交织在一起。"等一下，多少钱一朵？我买。""五元。"小女孩轻声说道，许大雷递出五元钱，蹲下身，嗅了一下花，然后把花送给了小女孩。

许大雷转身走开，走在拥挤的人群中，渐渐消失……

到了被人叫作叔叔的年纪了，也许真的是老了，只剩下一点点回忆，残留在脑海里。像一块伤疤，永远印在鲜为人知的地方。许大雷时常看着地图，不知道芳在哪里？不知道，自己该在什么时候还能遇上她？

两个月后，许大雷收到了芳的短信：“我已经结婚，你不用再等我了，好好生活。”许大雷不知道是真是假，因为无从打听关于她的任何消息，黄老师在芳离开后也离开了学校。所有的一切，许大雷都只能靠猜测……

许大雷把地图和所有关于芳的一切都锁进了抽屉，挂上一把硕大的锁。改了QQ签名：“从今天起，我要过自己的生活。”

一起被锁的，还有他似水流年般的大学时代以及所谓的爱情……一滴带着体温的泪，从他棱角分明的脸上滑过。咸咸的，那是一滴沧海之水，是为他一去不返的青春所落下的！

因为许大雷的懦弱，就这样眼睁睁地失去了初恋。许大雷痛恨自己，直到去了杭城挚爱婚庆工作室工作，在拍摄一场又一场新人的婚礼中，他才渐渐找回了自己。前后花了将近两年的时间，而看到萧湘后，他突然觉得自己的青春又回来了。

但愿，在萧湘这里，找到逝去的真爱。这是许大雷，见到萧湘后，对自己定下的目标。

第十章　将错就错

一

转眼到了人间四月天。轻吻明媚阳光，萧湘今天的心情难得舒畅。人间四月芳菲尽，杭城的四月更是别有滋味。江南春雨润如玉，沾衣欲湿杏花雨。路旁的树枝仿佛都被泡胀了，红的绿的嫩的小树叶，便从小枝的顶端钻出来，如锦似缎。

四月，将春天的美描绘到了极致。此时此刻的萧湘，又忍不住地背诵起林徽因的诗句来，那也是萧湘唯一一首能够全部背出来的诗歌。萧湘在高中的时候，有多少次默默地背诵着《你是人间的四月天》，只是希望能够被他听到。现在想来，她那时的痴情，也挺让人感动。在最美的时刻，萧湘在每个清晨、每个夜晚，背诵着这首诗，一遍又一遍，一年又一年，细数着自己掌心的纹路——

我说你是人间的四月天；
笑声点亮了四面风；
轻灵在春的光艳中交舞着变。
你是四月早天里的云烟，
黄昏吹着风的软，
星子在无意中闪，
细雨点洒在花前。
那轻，那娉婷，你是，

鲜妍百花的冠冕你戴着，
你是天真，庄严，
你是夜夜的月圆。
雪化后那片鹅黄，你像；
新鲜初放芽的绿，你是；
柔嫩喜悦，
水光浮动着你梦期待中白莲。
你是一树一树的花开，
是燕在梁间呢喃，
——你是爱，是暖，是希望，
你是人间的四月天！

林徽因是萧湘崇拜的女子，不仅仅是因为她的聪慧与文采，更重要的是她遇到的爱情，让萧湘久久地迷恋。人生知己，心灵共振，灵魂伴侣，这应该就是林徽因和徐志摩之间最真实的写照。虽然这人世间惊心动魄的爱恋最终没有天长地久，喜结良缘，比翼双飞，如梁山伯和祝英台化成了一段凄美的挽歌，许仙和白娘子生死相守的情缘却被法海隔断……即便如此，那至真至爱的凄美爱情故事，让多少人感慨万千。

“姐姐，我说你傻，就是傻，在当下，怎么可能还有这样的爱情？我就不信，什么都是假的。不看外表，不注重金钱，不看工作，呵呵，全是骗人。男人都是外貌协会毕业。古时候，为什么许仙能够看上白娘子？白蛇多漂亮，要是换了我，也喜欢！姐，你清醒点，别老是活在文艺的白日梦里……”每次，萧湘想感怀一下那种纯真的爱情时，总是要被堂妹萧冉数落一番。

接到萧冉的电话时，萧湘正在电脑上看稿。她是散文版块的编辑，每天的活，除了看稿还是看稿。虽然《湘湖文艺》没有独立的刊号，但已经成了本地文学青年的创作园地。投稿的人挺多，不仅仅是电子邮箱、信件，而且是微信，各种形式都有，还有甚者会打电话过来，甚至还有不速之客，上门来造访的。

“萧编辑，麻烦您了呀，我是那个……您看过我的稿子了吗？”

“萧编辑，我投过十次稿子了，您有看中的吗？”

有些作者是相当大胆，感觉你不给发，就是编辑的错，而且一个稿子，有时候会戏剧性地投个好几遍。这些难缠的作者，会让人哭笑不得。看了几年的稿件，萧湘现在也练出了功夫，看个标题和开头，直接就选择是定，还是删。

在萧湘看来，看稿其实也没多少技术含量。但是，自己除了对文字有点感觉外，其他还真的什么都不会。

只是这段时间，在忙文联二十周年庆典。萧湘她们除了稿件，还有一大堆需要联系沟通的事情。萧湘和小刘都忙得热火朝天，但李姐和王姐依然是很休闲。特别是李姐，不仅自己不干活，还特别烦。“李姐，你能不能停下你的嘴巴。”今天，不知小刘哪来的火气，气急败坏地朝李姐吼道。

“翻天了……翻天了……”李姐在一旁喊起来，一手叉腰，一手指着，完全没了形象。

“你想怎样？每天嘴巴不停，你不难受，我们听的耳朵都起老茧了。”小刘理直气壮。

“你以为你是谁，小小年纪就这么自以为是……”李姐针锋相对，看情形是要大吵起来了。

萧湘连忙拉旁边的小刘。“别拉我，凭什么呀，这个更年期的女人，真该好好治治她了。”小刘也拉扯着嗓门，看来这次真是被激怒了。“你过来。”王姐朝萧湘招了招手，示意她不要管她们，可是……

“啪！”李姐狠狠地将小刘桌上的书本摔到了地上。“你干什么呀？”小刘瞪大着眼睛，手挥动着，看来有想动手的可能。这一战马上就要开动了，王姐在一旁笑着，完全是一副幸灾乐祸的表情。萧湘却很紧张，这两个女人要是打起来，会是怎样呢？真让人担心。

就在这个千钧一发时刻，颜主任进来了。“干什么呢，你们？走，要马上开协调会，你们都给我赶紧的。”这个开会的指示打破了正要爆发的战局。李姐来了个三百八十度华丽转身，“好的，主任。”她的这个回答，着实把我们每个人都吓到了。女人真是善变的动物。

二

“姐，我想请你帮个忙。这个点，你能否给我整个男的出来？充当我的临时男友，我遇到麻烦了。”这时，萧湘收到萧冉的求助短信。

“啊！让我去哪里找？”

“姐，你们单位有没有？求求你。”

“我，我们单位的，都是大老爷们，怎么合适？再说，我马上开会了。”

“好吧，算了，我自己想办法。”还没说完最后一个字，萧冉就急匆匆地挂了电话。她总是这样，做任何事情都是雷厉风行。

萧湘正想着，要不找许大雷帮下忙的时候，萧冉的短信就进来了：姐，你忙吧，我找到“替死鬼”了。

好吧，真是拿她没办法。但萧湘其实挺佩服萧冉，她是那种最有担当精神的八零后女孩。

如果是在以前，萧冉可以理所当然地把电话打到余飞那里去。可是现在呢？只能找他了。

接到萧冉火燎火急的电话时，王伟军正坐在一家咖啡厅里和一个老妈介绍的女孩相亲。

女孩刚从德国留学归来，举手投足、一颦一笑都如经过训练般表现得恰到好处，在咖啡厅温暖的灯光下显得楚楚动人。王伟军微笑着听她讲在国外的那些趣事，就如欣赏一件精致的艺术品。

此时，萧冉的电话如一枚小钢炮般，打破了这祥和的相亲气氛。

“军，你在哪，我那陈世美老爸突然杀到杭城来了，说要见你！”

“哦哦，可是我正见朋友呢，在花圃喝下午茶。”

“花圃？你不会又跑去相亲了吧？这都本月第几个了啊……你是相亲狂魔啊你！”

“呃呃，对啊对啊，和朋友喝下午茶，哈哈。”

王伟军一边小声打电话，一边微笑地看着坐在对面的女孩。这个二十九岁的男子声音低沉温润，笑起来特别温文尔雅。坐在对面的女孩啜了一小口咖啡，可爱地歪了歪头，露出甜甜的酒窝，示意自己并不介意。

“少给我在那装了，我有急事，难道你想见死不救？我限你在三十分钟内，出现在我的面前。否则，你就等死吧！”

“哦，这样啊，伤得不严重吧？要不要我现在马上去医院？”

“神经病！”萧冉挂断了电话。

“家里人出事了吗？”见王伟军一副忧心忡忡的样子，女孩忍不住问道。

“不是，是一个朋友开车不小心出了点事故。”王伟军一脸不好意思。

“啊，那你赶快去医院吧。”女孩满脸都是关切的表情。

“孙小姐，真是不好意思啊。”

“没关系，和你聊天觉得特别开心，下次有机会再聊。”

“行，那下回聊。”

王伟军的目光中充满了歉意，女孩灿烂地朝他挥挥手。看得出来，她对自己还是有好感。

在四月明媚的阳光里，王伟军开着保时捷跑车一路狂奔，赶到萧冉在电话里说的那个酒店，正好半个小时。

“很准时嘛。”酒店外，萧冉从头到脚，仔细打量了一番王伟军，今天穿着的衬衫和西装也把他的身材包裹得赏心悦目。

Perfect！萧冉的脸上露出了满意的笑容。

“萧冉，我郑重地跟你说，如果这辈子娶不到老婆，你得负全责。”

王伟军摘下墨镜，认真地看着萧冉，露出一个无耻的笑容。

“哟，你不是应该找你的基因负责吗？”

“你……”王伟军一时语塞。

“哟，王伟军，你羞红脸的样子还是蛮可爱。”

萧冉挽起王伟军的手，依偎在他的手臂上做出一副小女人状。

“喂喂，萧冉，你矜持点不行吗？”

“不行，王伟军我提醒你，今天你也必须给我好好表现，别像上次那样演砸啦！不然，我揍扁你。”

王伟军想起来了。那是在萧冉奶奶的葬礼上，所有人都哭丧着脸，只有王伟军这位“外甥女婿”活泼得不像话，戴着香帽披着孝衣各种自拍，差点被萧冉的伯伯萧正玉一脚踢出去。

自从王伟军在一次喝醉酒后，一不小心向萧冉透露了自己对女人不感兴趣这件事后，萧冉便肆无忌惮地把他的价值利用到了极致。时不时地把他找来充当临时男友。比如说，在出席初恋的婚礼时，过年走亲访友时，甚至包括参加同学会，奶奶的葬礼……

但是萧冉从没有像这一次，这么地需要一个临时男友。

三

七岁以前，父亲在萧冉的心里就是一个男神。父亲长得好看，对唯一的女儿又百般宠溺，无论萧冉提出什么无理要求，他都会乐呵呵地一一满足。所以，当萧冉在学校里向别的同学介绍自己的爸爸时，她的眼神里是满满的骄傲。那时候，萧冉甚至觉得，长大后自己一定要嫁一个像父亲这样的男人。

但是七岁那一年，萧冉的母亲得了一场重病，而萧冉的父亲又有了外遇。父亲要离婚，母亲不肯离，两个人天天为这事吵架，有时还会来家庭暴力。母亲一生气就拿刀，装出要砍下去的动作。“疯了疯了，过不下去了。”父亲就故意这样喊叫。温暖的小家庭就这样一点点支离破碎，萧冉对于父亲的爱，也一点点转化为恨。

一年后，父亲终于离婚成功，与一个有钱的女人重组了家庭。而这以后，萧冉就只和母亲一个人过了。从此之后，父亲这个人就在萧冉的生命里“消失”了。萧冉以为认准了初恋男友余飞后，一定能够长相厮守，却在半路上也夭折了。

“亲，在这儿呢！”萧冉挽着王伟军的手，远远地就看见一个花枝招展的女人朝自己招手——那是她同父异母的妹妹萧珍，比自己才小几个月，听母亲说，刚上个月结婚。

其实，萧冉的父亲早就在外面有了外遇。不然，这个萧珍，怎么才比自己小了这么一点？难不成，父亲认识母亲之前，已经认识那个女人了？真是替母亲感到难受，想着，就觉得来气。

“来来来，我给你们介绍一下，珍珍，这是我未婚夫……”还好，没有说出声，萧冉赶紧纠正过来：“王伟军，呵呵，这是我妹萧珍和她老公林祥。”

萧冉说话的语气完全就是一副热恋中的小女人样子，她发现萧珍的脸上掠过一丝惊异的表情。

“你好。我叫王伟军。”王伟军握住林祥的手，两个帅气的男人在一旁握手。

“姐夫真帅，很像电视里的一个明星，叫……”萧珍正在思索那个明星的名字，就被萧冉打断了。

“得了，别高捧他了，帅，也就是他唯一的优点了，呵呵。”萧冉笑着回答，但是眼睛却一直盯着林祥。奇怪，这个人，好像在哪里见过？

林祥被萧冉这么目不转睛地看着，也有点不好意思了。萧珍先开了口：“姐，我们结婚，你们也没来，咱爸，你看也是，都不告诉我，还有你这么一个姐姐，是我们失礼了，这是我们的喜糖，难为情啦。”

萧冉根本没有在听萧珍说什么，她的注意力还在林祥身上，这个又高又帅气的男子，她肯定是见过，但就是想不起来。

“姐，你怎么了？喝点什么吗？”萧珍的话，把萧冉拉回了现实。

“随便，军，你帮我点。”萧冉边说边往王伟军身上靠过去，俨然是一副相亲相爱的样子。

“哦，两杯热水。”王伟军简直是脱口而出。

“你……”萧冉，本来想说“去你的，姐姐又没来例假”，一看场合不对，连忙塞住了嘴。

“你姐叫什么名字，萧……”一直在微笑沉默中的林祥突然开口了。

“冉冉升起的冉。”萧冉接过了话题。

“哦，好名字。”林祥点点了头，但是他的心里却在想念另一个女子。萧湘！为什么眼前这个女子跟萧湘那么相似？特别是一颦一笑，更有一点像了。这让林祥很是好奇。不过，他不敢问，他怕萧珍多心，毕竟已经结婚了，那些错过的事情就不要再提了。而且，许大雷，那个小子，不是正在追萧湘嘛，总有机会再见面。只是，眼前这个女子，又是何方人士呢？

四个人就这样你一句，我一句地聊着，看上去很投缘，其实各怀心事。王伟军是在想刚才相亲的女孩，如果，没有萧冉打断，说不定还能跟人家发展发展。但其实，王伟军也是这么一想，身边女孩子一捞一大把，对他这种公子哥来说，找个女朋友，是分分钟的事情。

就在这时，王伟军的手机响了。“什么，哦，好的，我马上赶过去。”接了电话后的王伟军，脸色霎时顿白，拿起外套，就要往外面赶，全然不顾追上来的萧冉。

“军子，怎么了？等等我。”萧冉还来不及跟萧珍他们告别，已经被王伟军拉进了出租车里，这肯定发生了什么大事情了。不然，他不会这么反常，连自己的车都不开了。萧冉自从上次碰到姐夫的事情后，总是产生幻觉，感觉还会发生什么糟糕的事情。

四

在出租车里，王伟军一停不停地打电话，根本没有理会身边萧冉的感受。直到出租车在人民医院门口停了下来，萧冉才明白了大半，王伟军打开车门，就往医院里面冲。还好萧冉带了钱，直接塞给司机一张一百。“不用找。”萧冉连车门也不关，就跟着王伟军的方向跑过去。

一直冲到了抢救室，王伟军的母亲，立在门外，早已是泪眼婆娑。王伟军想往里面闯，但硬是被医生拉了下来。

“冷静，冷静，你父亲，只不过是昏过去了，我们正在抢救。”

听到这几个词，萧冉的心突然就抽紧了。这不前段时间，刚刚送了大伯来医院，那个十万紧急，萧冉感觉仿若就在昨天。要不是姐夫，干了那种事情，大伯肯定不会心脏病突发。军子的父亲难道也是心脏病？以前从来没有听军子说过。只知道，他父亲是个成功的企业家，在杭城也算是鼎鼎有名。

“我不管，让我进去看看，我……”说着，王伟军就跪在了急救室外面，上面闪烁的红灯，让人看着都觉得眼花。此时的萧冉也没有办法，只能低声地安慰道：“军子，叔叔肯定不会有事的——”还没说完，王伟军已经把萧冉紧紧抱住了。他俩虽然认识多年，可这还是第一个拥抱，居然会是在这种场合。

此时的王伟军，错把萧冉看成了自己的母亲，他真的快要垮掉了。他依稀记得，去年，父亲昏过去的时候，医生就是强烈建议住院，寻找合适的肝源，尽快做移植，但是父亲死活不肯，说自己开发的房地产，刚刚有了起色，工作实在太忙。他也就是因为以前老喝酒，得了酒精性肝硬化，哪里有这么严重呀？扭不过父亲，王伟军也是没办法，可谁知道一年后，父亲又昏过去了。

“家属呢?家属快过来,肝硬化已经严重了。我还是那句话,赶紧做配对移植,你们怎么看?”傅医生,是王伟军父亲多年的老朋友。他说,他已经找到配对人选,但需要你们自己去说服。

“快说,哪怕要了我的命,我也要找来。”王伟军的这个想法,是去年就有了。他和母亲,包括家里的亲戚都在做过检查,但是可悲的是都跟父亲配不上,而且父亲又是熊猫血Rh阴性AB型。曾有一度,王伟军还想去做亲子鉴定,觉得太奇特了,自己怎么跟父亲那么不相似。“妈,你怎么就不多生个弟弟妹妹……”王伟军为此还责备过自己的母亲。“谁说不生,那个时候这么穷,我们白手起家,你父亲都是自己在工地里干活的,连管你的时间都没有,哪来生孩子的工夫?”

是呀,父亲王强,今年五十七岁,这个商界奇才,曾经也是什么活都干过,包括打扫厕所,做清洁工,卖蔬菜等等,现在却跟着马云做起了电子商务,是当地鼎鼎有名的电子集团公司老总。在王伟军的眼里,父亲天生就是人才,干什么精什么,没有他摆不平的事情,世界遍地都是他的朋友,这几年,还自学各国语言,结交了好多老外。

唯一的遗憾是,王强没有管好自己的身体,他把事业放在了第一位,忘记了“健康才是革命的本钱”,因为生意上的原因,疲于各种应酬,最终吃出了各种病,三高再加上肝硬化。

“你们想个办法,两天之内,必须说服他。不然,强哥,这次有生命危险。”傅医生说着递给王伟军一张小纸条。

“妈,你负责看着爸爸,这个就交给我处理,相信我。”王伟军边向医生鞠躬道谢,边嘱咐母亲。

“嗯嗯,儿子,不管以前你爸做了什么对不起我们的事情,你都不要管。他这次能不能挺过去,就靠那个女孩了,你一定要加油!”王太太虽然已快五十岁,但身材却保持得相当好,脸上还化着浓妆,已哭过的脸,却如江南四月的雨后,一派清新自然。

“我们走。”王伟军又一次拉着萧冉出发了，萧冉还来不及问清是怎么回事，又被王伟军拉进了另一辆出租车。

“我们去杭城大学。等下，如有需要，你就当是我的女朋友。”王伟军向萧冉吩咐道

去杭城大学，那不是姐夫所在的学校吗？这是要做什么呢？萧冉摸不着头脑。

“等下顺路，我先去开自己的车。”王伟军根本没有解答萧冉内心的疑问。

五

车到了杭城大学，四月的大学校园，堪比樱花海洋。满树的花朵如水晶雕砌般剔透，朵朵花瓣簇拥着，偎依着，缀满整个枝头。那随风微颤的花枝，那暗香扶风的芳瓣，如层层花浪，激荡起阵阵涟漪。花香回荡着，忽近忽远，忽浓忽淡，但是王伟军和萧冉显然没有心思欣赏眼前的美景。

“我肚子痛。”萧冉突然脸色发白，估计又是急性肠胃炎发作了。“要不要上医院？”“不了。你先带我去厕所。”王伟军把萧冉带到卫生间门口。

过了一会儿，萧冉发来一条信息：“你有急事，你先处理，我要一会，等下好了打你电话。”“好的，保重。”王伟军回了一条，就又发动了车。

“倪小姐。”已是傍晚时分，倪燕抱着一叠厚厚的参考书从图书馆走出来，恍惚听到身后有人在叫自己。转身，却没发现任何人。难道是最近跟章峰的事情，出现幻听了？

倪燕苦笑，自从跟章峰那样后，她几乎都是躲着其他男人。男人都是恶魔，千万不能靠近。

“倪小姐！”这一次，倪燕听到叫自己的声音加大了音量。

倪燕这才发现，自己的身边停了一辆黑色保时捷跑车。驾驶室里一个穿着黑色衬衫的男子摇下车窗望着自己。

“叫我？”

倪燕用手指指自己。她有些吃惊，自己从未认识这种传说中的高富帅生物啊。

男子微笑着点点头，示意她上车。

“我叫王伟军。严格意义上来说，算是你的哥哥。我这次来，是有事要求你帮忙。”

如果有一天，你平凡甚至卑微的生命里，突然出现了一个从未见面，却身家过百亿的父亲。他找到你，并不是因为有多爱你，或者多愧疚，只是想要用他的钱，换你的半颗肝脏，你会作何选择？

在过往的二十三年里，倪燕曾无数次幻想过父亲的身份，酒鬼、流浪汉、吸毒者甚至重刑犯，但是她从未想过，那个给予她生命的人，会是一个叱咤商坛的风云人物。

王强！倪燕自然不会对这个名字感到陌生。他是无数致力于创业的青年学生的偶像和楷模。大一的时候，他来学校做讲座，一千人的大礼堂第一次被挤得水泄不通。倪燕的室友娇娇拉着她的手挤了半天才挤进大礼堂，站在很后面的位置。远远地望着这个商界精英，不停感叹他不仅商业头脑好，学识也好，长得也好，气质也好，什么都好，然后又被一群人挤出了大礼堂。

他会是自己的父亲？

那个可怜兮兮地躺在病床上的母亲，从未告诉过倪燕有关父亲的任何信息，或许她也压根就不知道。只是因为一次意外，唯唯诺诺的钟点女工和风流倜傥的公子哥发生了一夜情，一颗平庸卑微的卵子遇到了一颗高贵英俊的精子，创造了倪燕的生命……电视里不都是这么演的么？

六

“倪小姐。”低沉的声音传入耳朵，坐在对面的俊朗男子，此刻正目不斜视地望着她，他的目光中有一种拒人于千里之外的凛冽。“情况是这样，我父亲，也是你父亲，需要马上进行肝功能移植手术，血型是Rh阴性AB型，也就是俗称的熊猫血。”

倪燕顿时明白了这个男人来找自己的目的。

“我也是Rh阴性AB型。”大一的时候，倪燕去献血，第一次知道自己的血型很少见，大概万分之一都不到，那个抽血的医生是这么跟自己说的。

“我知道。所以才想请你帮忙。”王伟军从包里拿出一张纸，递给倪燕，是一份契约。倪燕大致浏览了下，契约的内容就三条：一、甲方倪燕女士无条件配合乙方王强完成肝脏移植手术；二、乙方愿意支付甲方精神补偿费和营养费____万元整；三、乙方不得以任何形式向任何人公开本次合作的动机和具体内容。

“你可以在这上面填一个你认为合理的数字。”

“合理的数字？”

“对，算是一种补偿吧。前提是，你不可以公开自己的真实身份。”

“真实身份？”

“王强的女儿这一身份。”

倪燕暗自嘲笑自己，活了二十多年，从来都没有觉得王强的女儿这一身份真实过。

听到这冷冰冰的话，倪燕的心里还是掠过一丝酸涩，虽然的确没想过能从高大上父亲那得到什么，但这么明码标价地购买亲生女儿的半颗肝脏，想必他是对这个私生女一点感情都没有。对于那个鼎鼎大名的父亲而言，她这个女儿存在于世的意义，就是继承了他稀有的血型，以及拥有现在还健康的身体。

但是，这种悲哀的心情也仅仅只是一闪而过而已。倪燕向来是个理性的人。很快她就意识到金钱对于她的意义。母亲拖了快十年的手术终于有钱做了，弟弟上大学需要的学费也能马上解决，还有继父欠下的那一大笔债，也终于可以一次性还清了，关键是自己也可以在章峰面前扬眉吐气了。之前，倪燕还整天计划着让章峰娶她，这样才有钱生活下去。现在，好的机会来了……倪燕曾在书里看到过，在肝脏移植手术后一年，所有供体肝脏体积都能恢复或超过原来肝体积的百分之百，肝功能不会受到任何影响。

所以，如果抛去对方的身份，从经济角度看，这是一笔完全值得投入的买卖。

好吧，既然这个号称是自己“哥哥”的高富帅，从一开始就挥舞起了金钱的大棒。那么，倪燕我又何必假客气？以自己作为王强的女儿这一身份，在契约上填个一两百万，也不算什么大数字吧？

于是，倪燕果断填上了两百万这个数字。

事情进展的顺利程度，显然超出了王伟军的预期，本来他以为这个女孩会推脱，或者掉几滴眼泪。当年父亲王强和自己的母亲结婚时，他才五岁，而这个叫做倪燕的女孩，应该一岁不到吧，对于这一点，她难道没有丝毫怨言？

在傅医生那里，王伟军得知父亲王强在和母亲结婚前，曾生下过另一个女孩。那个女孩的血型，极有可能就是Rh阴性AB型。王伟军又马上通过关系找到了倪燕的一些个人资料。倪燕目前正面临着大四毕业找工作的困境，她的母亲由于没有钱做手术长年卧病在床。她的继父现在已变成了一个十恶不赦的酒鬼和赌鬼。她还有一个马上就要高考的弟弟。她通过每天打两份工来赚取自己的学费和家里的基本生活费。

以最小的影响，达到最终的目的，这是王伟军的处事模式。而在这件事情中，钱，显然是最为简单快捷的一个处理方式。

“什么时候开始手术？”倪燕在契约上签完字，把其中的一份还给王伟军，另一份小心翼翼地放进自己包里。

“马上，你看明天可以吗？不过，要检查下你的身体状况。”

“那这个钱……”

“钱我会先打给你一百万，等手术完成后，再打给你剩余的部分。但是有一点请你务必注意，不能让任何人知道你签下了这份契约，包括你父母和弟弟。”

“我懂的。那么……成交，王先生。”倪燕淡淡笑着，主动和面前这个男子握手。倪燕觉得他虽然长得很帅，但应该是个没什么人情味的人，从这些小细节中能够看出来。

“谢谢你。”王伟军握着倪燕的手，终于还是补了一句。“其实，你爸爸他还是很挂念你，但是你也应该理解，他有他的苦衷。”

七

从教室里出来，倪燕感觉自己就在白日做梦。有时候，命运真是太过神奇，像她这样平平凡凡的女孩，居然会有这样一位“土豪金”的父亲。倪燕忍不住瞎想，要是当年父亲没有抛弃母亲和她，那么现在自己过的又是怎样一种生活呢？简直难以想象……

夕阳在黄昏里沉落。远处，柳树、樱花、湖水，随风流曳着一组组绿色的旋律；近处，嫩绿的小草正在倪燕的脚边成长着，生命力真是旺盛。倪燕觉得自己就如这小草，只要给点阳光，就拼命疯长。但，此刻她的心却仿若被抽去了脉络，百感交集，很难说高兴或者难过。她眯起眼睛望着天边美丽的云彩，暗暗地对自己说了一句：加油！燕子！

她忍不住又给章峰打电话了。但章峰没有接。自从上次那场闹剧后，章峰经常不理她。倪燕本以为说怀孕了，章峰又被抓，这婚肯定得离。可结果却逆袭了。章峰居然能跟什么也没发生似的，照样上课教书，岂不是把倪燕当做猴子耍？唉，不过想想，今天交了这么好的运气，以后，再也不用为了金钱干出什么事情了，突然从天而降的二百万，简直就是天上掉了大馅饼。

不接就不接，你以为本小姐稀罕呀？但是真的想过来，倪燕还是觉得不甘心，毕竟对于章峰，自己可是奉献了第一次。这个人，怎么可以这样就不认人了？绝对不能这么便宜了他！

“峰子，我请你吃饭，我中了彩票。”倪燕发了这样的短信，但依旧是石沉大海。

“哼，等着瞧。”倪燕做了个深呼吸。

“你看，搞定了，这世界，还是金钱最厉害。”王伟军扬着契约单给萧冉看。

“倪燕！”萧冉见到落款的签名时，情不自禁地跳了起来。王伟军还以为是在祝贺他。谁知道，萧冉是被这个名字吓着了。倪燕，那不是破坏姐姐婚姻的小三吗？这个世界居然会这么巧。

“这个女孩，不，这个女人，不健康，是个神经病。”萧冉义愤填膺地说。接着，就把姐夫与她的事情跟王伟军讲了。

“我管不了这么多，明天带她做检查，只要健康，就要，救我爸生命要紧。”王伟军淡淡地付之一笑。

“可是，你也不能这么着急就让她签了，而且还把一百万打给了人家。要是不健康，你的钱，不是打了水漂呀——”

“别着急，会有办法，只能先这样处理，我是生怕她反悔。”王伟军表现出一脸的无奈。

“错了，你应该一开始跟我说一下——”

萧冉真是做梦也想不到，今天她带王伟军见了同父异母的妹妹，而王伟军居然也有个同父异母的妹妹，真是无独有偶。

第十一章　狱中真情

一

“所谓的垃圾老公——就是回家就喊累，抱着电脑手机就不睡；老婆一喊就嫌烦，朋友一喊就到位；朋友圈从不发媳妇的消息，媳妇发的消息几乎不关注；贱嗖嗖给别的女人点赞，笑的那叫一个灿烂，却不知自己的老婆也在被别人关注着。谁的新欢不是别人的旧爱？经典要么给我爱，要么给我钱，要么给我滚！”萧冉看到萧珍发的微信，默默地点了一个赞。

即便是垃圾老公，人家好歹结婚了，而且还抢了萧冉的爸爸，她呢？转转悠悠，口口声声对别人说，自己是不婚主义者，可事实上，谁又知道谁的痛苦呢？姐姐萧湘，虽然婚姻并不算幸福，可是却有个人见人爱、花见花开的小公主，真心羡慕。只有自己，夜深人静了，只能用自己的左手温暖右手。

又是一天的凌晨，沐浴在朝阳柔和光线中的城市，正以一种异常的寂静开始了新的一天。这种安静，有种舍身忘己的味道。也许，每个人的心中都隐藏着一道伤，那是曾经天塌下来的地方。

“探监！”当萧冉在今天的工作日志上看到这两个字眼后，她感觉内心特别沉重，这样的情绪让萧冉自己都无法明白，从何而来，又将从何而去……

她请假了。在月底这个忙得不可开交的节骨眼上，她居然请假了。“你一定要请，那我也没办法，但我告诉你，你今天请假，这一季度的奖金，我只能给你打折。”经理在最后签下请假单的时候，还是一脸的义愤填膺。

萧冉知道，今天必须去一个特殊的地方探亲，更确切地说是“探监”。再忙，也得腾出时间去看看里面的人。

萧冉给闺密沈莉莉打通了电话。

“亲，今天能安排出来吗？我想去看……”萧冉还没报出名字，胸口却像被什么堵住了一样，让她万般难受。余飞，这个名字，对于萧冉来说，即使化成了灰，她也熟悉里面的一字一画。可是，当她想从嘴里说出这两个字的时候，却是无比困难。

“噢，亲爱的，最近我们大楼改建，确实很忙，实在抱歉，我把你的事情给忘了，我这就让狱警科安排下，你别急。还是你好呀，想着老同学，你们月底忙不忙呀？”

“老同学！”听到电话那头这三个词，萧冉的脸一下子红到了耳根，她觉得自己是种很尴尬的存在，老同学，她和余飞……这种尴尬的余热马上遍布到萧冉全身。

对于萧冉来说，余飞又是种怎样的存在？很难说清，他也不能算是自己的亲人。可是，扪心自问，萧冉一直把他当作最亲的人。

“喂，你还在吗？喂……”只听到莉莉在电话那头的呼喊声。

“哦，我在的，谢谢你。”萧冉这才回过神来。

“客气啥，你把身份证号码报给我，我这就安排……”

“哦，我身份证号……”此时此刻的萧冉，大脑一片空白，似乎还游离在千里之外。

“我，是三三零……零四二三”报到最后一个数字的时候，她突然停住了，只听见电话那头莉莉的狮吼声。

“冉冉，你是不是发烧了，你这号码报的是谁的呀？”

零四二三？萧冉下意识地抬起头望向挂在书桌上的日历，没错，就是今天，一年前，她和余飞曾在一起，余飞曾信誓旦旦地要娶她为妻……

萧冉摸了一下自己的额头，无比烫。难道，自己真的是病了。

“哦，莉，不好意思，我忘记了。等下我微信发你，抱歉。”萧冉匆匆挂了电话，她觉得自己的头很胀痛，有那么一瞬间，她感觉天旋地转，仿佛，就在那一刻，弱小的生命，将被强大的世界吞噬掉。

二

尘封在记忆里的东西，总会在某个时刻，不期而至。想起来，却带着涩涩的味道，回忆里不带任何色彩，却也是这般清新华丽。

萧冉、余飞、莉莉三人是高中同学，曾经都是最好的“哥们”。从高二开始，三人就形影不离。这让班里的好多男生，特别羡慕余飞。“老班，你这个小子，真是左拥右抱。福气真当好呀。”陈军每次都要“挖苦”余飞。

余飞是一班之长，陈军是副班长，莉莉是团支书，萧冉和莉莉同桌。

自从父母离婚后，萧冉就变得有些自闭，不敢打开自己的心门，而且成绩也不好，在班里只是一介平民。不过，她的文章写得还不错。

高一时，余飞和莉莉常常传着各种“绯闻”。班里很多同学都大胆地叫莉莉“班嫂”，大方的莉莉不回避，总会爽快地答应他们。

“莉莉，你喜欢班长吗？”那个时候，萧冉曾这样问过莉莉。莉莉笑着不回答，然后就俏皮地蹦出一句：“讨厌，你说呢？”

少女的心，在那个时候是最敏感的。其实，萧冉知道，莉莉肯定喜欢余飞，可是自己对余飞……

萧冉无法说清这种感觉。那个时候，只要看见余飞，她的内心就会怦怦直跳。很多个青春的梦里，她都能梦见余飞的身影。这个阳光男孩，成了自己藏心底的秘密。

“冉冉，你干吗呢？莫非，你也喜欢……”莉莉掐了一下萧冉。

“我……”萧冉的脸一下子红到了心里了。一直以来，她都是个胆小而又害羞的女孩，面对自己内心的秘密被揭穿，她肯定觉得万分难堪。

“我，我才，不，我……”萧冉结巴着。

“好了，跟你开玩笑。其实，我喜欢的是……”莉莉在自己的耳朵，说出了另一个男孩的名字。萧冉没有听清楚，但她隐约觉得，这应该不可能。

陈军，副班长，一个“有模有样”的富二代。他跟萧冉是邻居，也可以说是“青梅竹马”。但是萧冉，根本不搭理陈军，一看见他，就板起小脸蛋；可是，看到余飞，每次都是微笑面对。陈军发现这个秘密后，内心很不痛快。那个时候，少男的心，有时比少女还脆弱，嫉妒起来更让人不可思议。

陈军曾跟余飞“大干”过。“班长，你赶紧去告诉萧冉，你对她没感觉，让她死了你这条心，你总不想脚踏两只船吧。”

“我，我没有，我们还小，不能早恋。”余飞郑重其事地回答。

“你省省吧，那莉莉是你的什么人，你和她那么亲热。你以为我们不知道。”陈军的话重重地刻在余飞的心里。

“亲热？”余飞想不通怎么才算亲热？因为莉莉是团支书，只不过大家要一起开个会；只不过他们俩的值日排在了一起。

原来，那些小小的细节，在最青春的年华里，总被众人关注着。可是，在余飞的心里，莉莉只不过是自己的搭档，他从来也没有考虑过他们的亲密关系。

“余飞，老师一直觉得你是大人了。你作为一班之长，要给其他同学带好头。最近，我听同学说，你有早恋倾向。这个，要坚决杜绝。你们才高一，一切都是未知数，你要想清楚……”还没等余飞回过神来，班主任倪老师已经说了一大通的道理了。

原来，谣言就像是那个时候的“非典”，很快就传遍了……

“我们没有任何关系，纯粹是同学关系。只不过，因为班级的事情，常常要在一起共事。”

“最好是这样，处理好同学关系，特别是与女生的关系。”老师的话切入要害，让余飞不禁内心忐忑起来。

“老师，我知道了。那黑板报，你说要大家的原创文章……”

“哦，那个萧冉，文章写得不错，你可以问她要几篇。”

萧冉是沈莉莉的同桌，长得清秀美丽，而且，脾气挺好，讲话柔声细语，与莉莉完全是不同风格的女孩子。

“萧冉，听说你文章写得不错，我们这期黑板报的主题是‘与青春相约’，想问你要篇散文。”这是余飞第一次跟萧冉讲话。第一次，对于每个少女来说，都无比神圣，充满美丽的幻想；第一次，萧冉感到内心从来没有过的愉悦；第一次，萧冉笑着加了余飞的QQ。

青春的爱恋，从那一刻开始。萧冉怎么也想不到，这无数个第一次，都将跟余飞有关。第一次，牵手；第一次，拥抱；第一次，接吻……

不过，萧冉和莉莉的关系也一直很好，渐渐地，就发展成了三个人的关系。友情，夹杂着朦胧的爱情，总是让人特别羡慕。陈军觉得自己无望，也渐渐地退出了竞争的舞台。

只是莉莉总会在不经意间，跟陈军在一起。看似巧合，又似特意安排。两人安排在一起值日，一起大扫除等。“真够讨厌，每次都跟你一起。老子我的命怎么这么苦？”听到陈军的抱怨，莉莉总是笑而不答。

三

考大学时，陈军和莉莉一同考进了杭州师范大学。余飞为了等萧冉，没去一本大学，但事与愿违，两人还是没考上同一所大学。不过，老天还是眷顾他们，让两个学校相隔挺近，两人同时念了会计专业。余飞和萧冉就开始了四年最浪漫的爱情生活。那时的快乐，萧冉一想起来就会从梦中笑出声来。

毕业后，两人都非常顺利地考上了银行。虽然在不同的单位，但是两人的爱情还是如初恋般甜蜜。

但是，结婚前房子车子成了一个大问题。余飞家是双职工，家境实则一般，要在杭州买一套房子，这困难不亚于一个不会走路的孩子，却一心想着奔跑。当爱情遇上“面包”时，一切就会变味起来。沉浸在爱情里的萧冉，当然对房子无所谓，但是她妈给余飞下了命令，“你必须买了房子再来娶我们萧冉！”准丈母娘的话像一个“紧箍咒”，把余飞死死地难倒了，每月拿着五千多元的薪水，都不够买半个平方米，要买起一套一百平方米的房子，这要等到猴年马月？

一边是自己深爱的女孩，一边是买房的尴尬；一边是“袋中缺钱”的无奈，一边又是无穷无尽的压力。余飞感到特别累。

“飞，今天老妈，又给我安排相亲了，怎么办呀？”每次一收到这样的短信，余飞就觉得自信心特别受伤，他感觉自己就像被人扒光了衣服，但里面却什么都没有。

“那你就去看看，看上合适的，再考虑。”余飞只能这么回复。他给不了她的幸福，但希望她能够从别处得到幸福。这种逻辑是矛盾的，但是对于青春期的少男来说，这就是种真爱的表现。

“我不要，我才不去看，我有你就够了。”看着萧冉发来的短信，余飞悬挂的心才有了点放松下来。但是他知道，这不是长久之计。萧冉虽然喜欢自己，但是，这个世界，诱惑太多，说不定什么时候，她就改变了想法。

“可是，我买不起房子，我娶不了你。”这是实话，更是现实。

“慢慢来，我等你。”萧冉虽然一边这样安慰着余飞，但内心深处还是很纠结。他们的爱情难道也会跟平常人一样，栽在了“房子”上？

终于，奇迹发生了——

一年前，在“星光下”那个熟悉的餐厅，伴随着玫瑰的香味，悠远的轻音乐，余飞向萧冉提出了求婚。“冉，我已经在湖滨花园买了房子，你看这是首付款项的发票。我们终于有房了，你愿意……”可就在萧冉要开心地回答“我愿意”三个字时，余飞的手机突然响了起来。“出事了，你赶紧回单位一趟……”只听到电话里徐总急切的声音，也就在那一分钟的间隙里，余飞拿起外套，起身就健步奔了出去。“冉，对不起……”这就是余飞给萧冉留下的最后话语。

四

这之后，余飞没有再联系过萧冉。萧冉每次给余飞打电话，对方不是正在通话中，就是关机。这样持续了一个星期后，萧冉就去余飞的银行找他。谁知，公司的秘书小陈对萧冉说：“余经理，请婚假了。”

“婚假!”听到这个词语，萧冉根本不相信自己的耳朵，这怎么可能？“那我算什么？”平时温文尔雅的她突然对着陈秘书大吼一声，然后飞也似的跑出了公司。

只留下陈秘书在背后小声的嘀咕声：“靠，这婆娘，有神经病吗？”

余飞到底去了哪里？于是，萧冉拼命地给他打电话，但这时余飞的手机，已永远处于关机状态了。

萧冉实在想不通，平时忠厚可靠的余飞，怎么请了婚假突然说走就走？那么我呢？我到底算什么呢？

于是，萧冉打通了莉莉的电话。“你看到过余——飞？”几天不吃不喝不睡的萧冉有气无力地问道。

“前天，他还来找过我的。怎么了？联系不上吗？”莉莉的回答，让萧冉突然从沙发上跳了起来。

“你，见到过他？你知道，他去哪里了吗？”萧冉因为激动，说话都变得有点语无伦次。

“我，我也不知道，他就来问了一件事情，然后走了……”突然，莉莉那边的电话断了。

女人的第六感直觉告诉萧冉，余飞估计是出了事情。不然，他不会抛下她不管不顾。但是，他到底出了什么事情，为什么不告诉她？这是一个未知数。

一个月后，真相大白了。在当地的报纸上，萧冉看到了这段话：××银行因为财务审计发现问题……信贷部副经理余飞涉嫌挪用公款……目前警方正在调查之中……

当时的萧冉，只看到余飞两个字，那颗原本受伤的心，更加忐忑不安起来。原来，她一直担心的，到底还是发生了。

这之后的一个星期，让萧冉不想看到的一个消息，还是来了：“余飞因犯挪用公款罪，被判有期徒刑七年。”

萧冉怎么也不敢相信，这是跟自己恋爱了十年的男友？这是差点就要成为自己丈夫的男人？

可是，悲剧就如同一场大冰雹，劈头盖脸地砸到了萧冉身上。在她毫无防备的时候，被砸得浑身“鲜血直流”，眼泪夺眶而出，内心的疼痛无法用语言来形容。原来，余飞跟她开了一个大大的玩笑，怎么会呢？萧冉还是想不通，这种可怕的故事也会发生在自己的身上。那么，余飞被关在哪里？该去哪里找他？

就在那个瞬间，萧冉突然想到了莉莉，她在第六监狱上班。莫非，余飞就在她那里？

萧冉联系到了莉莉。“莉，我想问你，余飞……”

“我正想给你打电话，我也刚得到准确消息。他在我们这儿，七监区。”萧冉还没说完，莉莉就把话题接了过去。

“噢，那麻烦你，照顾下他，我想……去看他。”萧冉说出这几个词时，感觉自己的心正从太空降落。她还是不敢相信余飞进去的事实。可是莉莉的话，再次给自己的心深深一击。原来，这已是铁定的事实。

于是，萧冉开始准备吃的、用的、看的，打包了很多余飞生活必需品，准备去看他。但就在“万事俱备，只欠东风”时，她接到了莉莉的电话。“冉冉，可能没办法。余飞他说不想见你。我也做了很多工作。你看，不好意思呀。”莉莉挂了电话，只剩下电话那头，呆若木鸡的萧冉。

这一来，萧冉心头的伤痛更加深了一层。这个致命打击，不仅在于余飞已经进去的事实，她更在乎的是，莉莉告诉她的这个消息。余飞，他居然不想见她。曾经的誓言和幸福去了哪里？十年的感情，能这样一笔勾销吗？

“冉冉，你别多想了，要不再等等。我想过段时间，余飞想通了，就会见你了。”莉莉给萧冉发来的短信，看似是个安慰剂，但是也弥补不了萧冉这受伤的心灵。

五

“傻女儿，你给我振作起来，现在没良心的男人多了去了。这种事情也很正常的，你看自己都老大不小了，我早就跟你说了，不要死守着一棵树。得了，给你张罗张罗相亲，赶紧把自己嫁了。什么余飞，这个臭小子，你就别想了……”冬去春来，夏去秋来，就在妈妈的唠叨声中，一年的时光在漫长的等待中过去了。

这一年，萧冉被迫无奈，也去相了好几个男的，但是除了知道对方是雄性动物外，萧冉连他们的名字、手机号码都不想要。在她的内心深处，她早就是属于余飞了，这也是铁定的事实。她要为了余飞，保守住处女之身。八年前，他们就约定，要把最神圣的事情放在新婚之夜。

“我说，你这个老处女，我真不知道余飞是怎么想的？你们两个都是保守派呀！”莉莉曾经这么嘲笑过她。

“是我一直在坚持，高三毕业那天，我们不是都喝多了吗？本来那天就余飞一定要，但是我不肯，不是我不愿意，而是我就是这么死板，我就觉得这一定要留在新婚之夜。反正，我肯定是要嫁给他的。”萧冉理直气壮地回答。

“哈哈哈。”莉莉笑得前俯后仰。“男生可都喜欢那号事情。陈军，我高中的时候，就告诉过你，我喜欢他。但他就是不喜欢我。但是，你知道，我是怎么追到他的吗？哈哈，这年头，都流行倒追，你这个OUT的古董，我都搞不清楚了。你跟余飞到底是怎样的爱情呀？”莉莉的回答让萧冉越来越不好意思。

“我跟你说，其实吧，我和陈军，就在高三毕业那天晚上，发生了关系。虽然，他口中一直喊着你的名字，但我不管。醒来后，他本想挣脱，结果发现了一床单的血。他害怕了，我说一定要让他对我负责到底。然后，我们就在一起了。冉呀，我说你命真好，想不到陈军的初恋也是你，不过，他现在跟我已经相当不错了。”

“啊，哦……”听了莉莉的话，萧冉吃惊万分，真心觉得自己摸不着头脑。

难道这样的坚持有错吗？但是，萧冉内心的回答是正确的，余飞也表示同意，会坚守住，这可是他们的爱情秘密。

“我就要守着一棵树了。”萧冉总这样回复老妈的苦口婆心。母亲的心，她也明了。但是一想起余飞，疼痛的不仅是那颗心，还有整个青春年华。难道青春真的是用来追忆的，当我们怀揣着它时，以为有大把打把的时间可以挥霍，只有将它耗尽时，才回过头看去，一切都晚了。为什么不早一点点就出发呢？

虽然，高中的时候，因为班主任，还有各种不必要的传闻，他们明着没有在一起，但是暗地里，两颗年轻的心早已紧紧地贴在了一起。

大学时，余飞为了她，放弃了好的大学。为了能跟她在一起，他还与父母大吵了一架，差点搞到断绝父子关系。

大学四年光阴，余飞对自己的好，也可以算是胜过了整个世界。他把她捧在手里，念在嘴里，含在心里，无时无刻不挂念着她。

每天除了睡觉时间，其余的时间都成了在一起的美好。

毕业时，看着身边很多分手的情侣，他们俩却同时考进了杭州的公司，在同一个城市，继续爱情的甜蜜。

如果说，没有母亲硬要买房的要求，他们也许早就结婚了。她也许早就成了余飞的结发妻子。但现在，居然落到对方都不要见她的地步。

萧冉，慢慢地沉淀下此时此刻的心情。她觉得难受，更觉得不甘心。

元旦那天，她接到了一个振奋人心的电话：

“冉冉，告诉你一个好消息，余飞说，你要是有时间，他想见你。”

听到这样的消息时，萧冉的内心有种说不出来的感觉，是开心，是兴奋，或者是超越了难受的幸福……这一年的等待，终于有了回应。她知道，余飞，是不会这样就把自己给忘了……

六

“冉冉，我给你安排好了，下午一点过来。”

当萧冉接到莉莉的电话时，她还沉浸在回忆里，那一连串交织着痛苦的美好记忆，让萧冉“痛不欲生”。马上要见到余飞了，她内心的喜悦和酸楚情不自禁地涌了上来。

“余飞，你这个坏蛋，你给我等着，看我怎么收拾你。”萧冉的心里七上八下，一边想着，等下去见他，怎么好好地“教训”他一顿；一边又想，他已经够可怜了，应该多安慰他。

萧冉给余飞买了些新衣服，吃的零食，整理了一些余飞曾经写给自己的情书，打包成满满两个大箱子后才来到了第六监狱。

原来，这个世界除了医院和学校，还有一个地方是人口密集地。每逢探监日，会见室门口人头攒动。都是大包小包，携儿带女来探亲。有衣带渐宽的老妇女，有满腹沧桑的中年男子，有仪态大方的女青年，也有活蹦乱跳的幼儿。各色各样的人，集聚在门口。他们来自不同的地方，但都为了同一个目的，探望里面的亲人。潮湿而又腐朽的气息，弥漫在这个不大不小的空间里，隔着高墙铁网，等待中的人们，恨不得自己能进去看看里面的世界。

在莉莉的安排下，萧冉走了方便之门，只出示了一下身份证，就免去了排队、等号子之类的麻烦。她直接就来到了会见室里面，坐等余飞被民警带出来。

会见室看上去就像一个医院诊所，内外被厚厚的玻璃墙隔开，亲人的手就在眼前，但不能触摸。唯一相连的是电话线，只能通过电话线，进行交谈。更可悲的是，连这样的谈话也是在民警的监控之下，并且有时间限制，不得超过半小时。

等呀等，十分钟过去，萧冉看着身边的人，都见到了自己的亲人。她焦急地踱来踱去，这个时候的她，突然莫明地害怕起来。要是余飞不认识自己了怎么办？要是余飞变得很瘦了怎么办？萧冉的内心实则担心又兴奋，各种情感夹杂在一起，理不清一点头绪。

二十分钟过去，还是没有等到余飞出来，萧冉更加焦虑起来。她的手机也被交出来了，这个时候，也不能找莉莉帮忙。余飞怎么还没出来了呢？萧冉的脑子里出现很多恐怖的画面，会不会余飞正在受挨打？会不会余飞正在劳作？

她不知道该如何控制自己的情绪，就在这个时刻，她的眼前突然出现了熟悉的身影，还是那双炯炯有神的眼睛，只不过多了沧桑感。还是那张干净的脸蛋，只不过多了皱纹和胡须……

此时此刻，自己梦寐以求的男人，就这么真实地出现了。萧冉以为是梦，直到电话线的那头，传来了那个亲切而又熟悉的声音。她这才恍然大悟过来，余飞就在她的眼前。

但他们不能相握，更不能相拥，看似只隔玻璃，但实则太远，仿佛隔着几光年的距离。

“你，还好吗？”余飞的声音仿佛从远古时代传来，熟悉，但却又陌生。

萧冉的眼泪再也止不住了。“我……”泪水在她的全身晃动，自己所有的坚强与忍耐在见到余飞的一瞬间被彻底击毁了。

脆弱的心暴晒在阳光里，变得不堪一击。

萧冉多想告诉余飞，自己过得有多苦，都是他害了自己。这本该有的幸福，就在他进去后，变得一无所有了。

但是，萧冉还是开不了口，她看着眼前变得如此苍老的余飞，内心深处的痛，一点点蔓延开来。虽然来之前，萧冉已经做好了最坏的打算，但是在见到余飞的一瞬间，还是不敢相信自己的眼睛，这个阳光男孩就这样被生活的魔刀刻得惨不忍睹……

这就是岁月，这就是生活，残酷的事情，已经无法改变。

萧冉一直没有勇气开口说话，而是余飞一直在电话的那头，絮絮叨叨说着自己的近况。“我表现还好，我会减刑的……”

电话聊了十分钟左右，余飞没有再说下去，两人默默地对视着。

萧冉知道，余飞在等待自己开口。

但是，萧冉应该说什么呢？此时此刻，她的嘴巴一点都不听使唤。

“你为什么要那么做？你知不知道你害了我？”萧冉一开口，就发现自己的语气不对，强硬而且气愤。

“对不起，是我不好。你以后别来看我了，我也不想耽误你。”余飞的回答却很干脆，仿佛是训练了很多遍的套话。

原来，余飞这次想见她，只不过是想告诉她，一刀两断的事实。

萧冉的心，又一次猛烈的剧痛起来。这种疼痛不知道是来自灵魂的哪个部位？但是这种痛却很致命，只要一开口，就会在一瞬间失去生命。

“你，必须对我负责……”萧冉满是委屈地说。

“我，还没有义务对你负责，你也不是我的谁。我现在犯错了，我不想连累你。”余飞的回答却一次比一次冷酷而无情。

“时间快到了。还有五分钟。”就在萧冉想开口的时候，民警的催时令打断了她。

“你，必须对我负责……”萧冉还是重复了刚才的话。

余飞低下头去，他的眼睛里，也流出了那晶莹剔透的东西。他沉默着，没在开口，这种沉默只持续了一分钟。

“好了，时间到了。”就在民警发出命令要带余飞进去的时候，萧冉突然从位置上跳了起来，对着电话听筒大声地喊着：“浑蛋，我等你。我等你。我等你！”

这一遍遍的呼喊声响彻在萧冉的心里，这是个沉重誓言。

七

不久后，噩耗再次来临。余飞拒绝再见萧冉，而且绝情得放弃了她。“冉冉，你也别傻了。不用等了，再说，他出来，你跟他也没有可能啦。”莉莉的话，就如针刺一样扎入萧冉的心里。

一个女人，眼泪流干后，还剩下什么？而且，这样的事情，萧冉只能一个人抗着，不能跟母亲说，也不能跟闺密说，哪怕跟堂姐萧湘讲了，也是无济于事。或许还会得到各种假心假意的怜悯。每个人的生活，都是过给别人看的，即使内心无比痛苦，也必须要开心，纵然不能真正的开心，也要装得开心。

原来，每一个晚婚，所谓的不婚主义者，都有一个不可告知的秘密。萧冉与余飞，再也回不到从前了，即使他出狱后，能够再在一起，也不可能有从前的感觉了。他能够相信她吗？她能等他，他就不可以？

离开后，萧冉必须适应一个人的生活。每天七点一刻，萧冉走向地铁湘湖站最前方的上车处，准时踏上这个时刻驶来的列车。这是她的生活习惯，雷打不动。

地铁里依然挤满了人，萧冉总是被挤在一个角落里。她喜欢把自己封闭起来，不想面对那些生疏的脸，其实主要是不想观看别人的幸福，但是有时候却无法抗拒。

"亲爱的，你看，杭州的天气还挺不错，你也不带我出去玩玩。"身旁一个娇滴滴的女孩躺在她男友的怀里，万般柔情地撒着娇。"好，只要你喜欢，我肯定带你去。"男孩的声音充满荷尔蒙的味道，脸上幸福的"汗水"仿佛就要流下来。他亲吻着自己的女神，全然不顾身边人的感受。

也许是触景生情，萧冉还是想起了余飞——他们是在公交车里相遇的，他曾用有力的双手抱住萧冉的腰，认真地说："亲爱的，你是我的，不许离开我！"

萧冉微微一笑，心甘情愿。

直到现在，萧冉还是会想起他的那句话："你是我的，不许离开我。"

有点涩涩的苦味，但曾经也有过甜甜的爱恋。生活，就是这样吗？很多时候，命运根本无法预测。

时间如流水般潺潺而过。又是七点一刻，萧冉准时走向车站最前方的候车处。这天，列车却误了点。

先她一步等在那里的是一对情侣。高大的男孩用自己宽阔的胸膛容纳下娇小的恋人。在一年前，萧冉也有过这样的感受，这个男孩的背影实则有点像自己的那个他，高大而又挺拔，很有安全感的样子。

等车的时间，萧冉忍不住地去观察他们。男孩的神情是温柔爱惜的，喃喃地不知对怀里的女孩说着些什么。轻声细语，属于恋人间的温馨情怀。

萧冉虽然不赞同这种旁若无人。肆无忌惮的爱情。但是，自己也曾拥有过。或许，女孩意识到了萧冉的目光。她从男孩的怀里抬起了头，向萧冉露出羞涩的微笑。

这样的微笑，美得就如含苞欲放的荷花。在杭州，萧冉见过很多漂亮的女孩，但没有一个能如她这样美得让人震撼。那是种柔弱的，精致的美，就如西湖，是独一无二的美。只是她的脸色非常苍白。她一身的黑，没有任何修饰，除了胸前那朵洁白的栀子花。

地铁列车晚点，很多人开始抱怨。但，他们依然平静地等待，男孩对女孩说着些什么，神情更加温柔。两分钟后，列车终于来了，大家挤上了车。人不是很多，男孩把女孩紧紧地搂在怀里。萧冉无比怀念这样有力量的拥抱，然而，现在的她，只能自欺欺人。

八

缘分就是这么奇怪的东西。自从第一次的相遇，萧冉常常会在地铁里遇到那对情侣。也是七点一刻，他们等候的，也总是最前方的那个站台……

最近，杭州发生公交车纵火案后，牵动着杭城人的心。萧冉虽然不是本地人，但是她却决定去献血。

在地铁口，萧冉再次碰到了那对情侣。“现在头还疼吗？我求你别去献血了好吗？”男孩说着就有点泣不成声了。“我就想多帮帮人呀，我也求你，相信我，我能行……”女孩用微弱的声音恳求着。男孩不说话了，就弯下腰轻轻地吻了她的前额。

男孩的手中拎着一个大大的袋子，隐隐约约的，露出药瓶的形状。不知道是不是心理因素作祟，萧冉觉得，女孩的脸比先前更加苍白。这让人很担心，就她那样的身子，可以去献血吗？

女孩也看到了萧冉。她点头微笑，羞涩中带着渴望……

每天七点一刻，萧冉依然走向最前方的上车处，准时踏上这个时刻驶来列车，开始一天的忙碌。但是，今天的地铁又晚点几分钟。

最近，老是发生这样的事，萧冉开始胡思乱想，会不会与纵火案有关？感觉真的到处是灾难，已经有很久没有遇到那对恋人了，是他们改变了习惯？还是发生了什么我无法预知的事？

已经过了三分钟，车还没有来，身边的人开始抱怨。

萧冉习惯性观察他们的神情。这时，她看到了那个男孩。他的神情悲伤，黯然失色，手臂上还别着一块黑纱，在明亮的站台上，显得那样刺眼。

只有他一个人。他看到了萧冉。四目相对，他对着萧冉淡淡地微笑。这种笑容，干净而又亲切，恍若就是余飞。这是相遇那几次后，他第一次对萧冉笑，带着一种说不出的落寞。“你好，我们一起走吧。”他朝萧冉打了招呼后，就拉她上了地铁。

但，萧冉拒绝了，因为他不是余飞。最近，萧冉常常梦见自己奔跑在曲曲折折的小巷里，她在奔跑中充分感受到了自信。这种自信，让她前所未有地感知到了自己的存在。于是，她越跑越快，她觉得自己就像一匹草原上的马，一头森林里的豹子，风呼呼地从她耳边吹过。那狂乱的心跳，就仿佛一首激动的赞美诗在激励着他不断向前。朝阳从远方的地平线破土而出，一时间整个城市光芒万丈。她在阳光下的马路上奔跑。她突然觉得奔跑可以让自己忘却烦恼，是自己的一种姿态，骄傲的姿态。马路上已经陆陆续续出现了行人和汽车，她看到所有的行人都向自己投来了惊异的目光。当她从那些小汽车，公交车的车窗前奔跑而过时，坐在里面的人也都打开窗户冲着她惊呼，她越跑越快，没有人能阻止她，简直就快飞起来了……

毕竟是梦，但醒来后，萧冉却也是心力交瘁，必须得好好活着，为了身边的人，明天还有客户要见，还有报表要做，还有一大堆的事情等着她。

“你好好干，未来不可估量，大放异彩。我就喜欢你这种。你说，女人很早结婚了，生个孩子，什么都被束缚了。你不要急，到时我一定给你找个你中意的。女人，你一定要有了自己的事业，才有了一切。”萧冉的领导是个钻石型女强人，四十好几了依然单身，对生活工作都相当苛刻，她的工作理念，就是每天要干二十四小时。

上班、炒股，忙碌的工作就如一剂麻药，暂时让萧冉忘却了烦恼。

第十二章　疯狂股市

一

这预示着股市要跌，还是要涨呢？今天车号限行，只能选择公共交通。此刻的萧冉，坐在回家的公交车上，拿出手机，第一时间就打开了里面的炒股APP，了解下当前的股市行情。

今日沪深两市高位震荡，午后沪指一度冲上四千三百点，盘中再创近期新高，随后小幅回落。盘面上看，海工装备、交运设备、海洋经济、港口水运、铁路基建等板块涨幅靠前，免疫治疗、人工程、食品安全、基因测序等板块跌幅领先。分析认为，在近期利空出尽的情况下，加上管理层的支持，后市继续看高股指，下周逼空行情有望持续上演。

看来，牛市的大门真的已经向我们打开了，作为在金融业混的一员，萧冉当然也有钱放在股市了，想想在过去五六年的熊市之中，真正的牛市应该要到来了。

也就是最近这两个月以来，大家平时讨论最多的事情，莫过于炒股了。

就在萧冉看炒股软件的时候，身旁一个穿着米奇T恤衫的女孩子开了口："姐，你也在炒股吗？"

萧冉猛的抬起头来，看这个女孩扑闪着两只大眼睛，认真地看着自己。“你是指我吗？”

“嗯，是的。我看你刚打开了炒股软件，所以，问下你。”

“哦，是的。”萧冉应和着又低下头去，她正在思考着明天买什么股。

“哦，姐，我看你挺专业的样子。你能不能教教我，我还在读大二，但我也想炒股，都说，全民炒股时代到来了。管我们宿舍的大妈都在炒，可就是我读文科的，真是不懂呀。”

萧冉被女孩子的真诚打动了。“其实，我也没有什么技术可教给你。我是在银行工作，相对来说，行情了解得多一点，其他也没有优势。你应该听人说过，炒股就要在牛市炒，别在熊市炒。在牛市炒，谁都能挣到钱，今天大盘一开，十来只股票涨停。这气势，也就是预示着牛市的大风已经刮过来了。”萧湘一说到牛市，就眉飞色舞起来。

“牛市，小姑娘，你怎么知道，牛市要来了？”“你说的是真的吗?我前几年炒，都亏了好几万，想着在今年搏一搏……”邻座的几位叔叔、阿姨、大妈也都参与进来了。看来，眼下“炒股热”绝对不亚于如今的“反腐热”。

“姐，听你这么说，在牛市炒股，那是闭着眼睛也能挣钱呀！你可别骗我了，最近我跟父母闹翻了，我准备自己挣钱养活自己呢。你给我推荐一个优质股吧。”

“你要说哪个股好，这个真不好说。每天行情千变万化，我个人觉得吧，你要不先买创业板的，对于新股民，选择创业板还是比较可靠的。你看手头的创业板几个股，红日药业，杭之科技，数字政通，这几天都是涨停，形势不错。但是话又说回来，最近好，不一定长期好，炒股就是赌博，玩的是人性，一定不可太贪。”

萧冉话音刚落，旁边的两位大妈就鼓起掌来：“姑娘呀，你分析得相当对，你是行家。那给我这个大妈也推荐下吧，你看下，我买的是主板的股，你看形势会好吗？”

萧冉怎么也想不到，在这里，她俨然成了“专家”了。“阿姨，在我看来，对于我们这些小股民，小散户来说，都是希望投入少，而回报高。你每天看一下涨停板就知道了，涨停多的还是创业板的股票……”聊着聊着居然公交坐过了站。

“姐，给我一个你的微信吧。我明天就准备开始了，对了，怎么开户呢？到时有问题，还要随时请教你。”女孩子就把自己的微信二维码打开了，萧冉也不好意思拒绝，就加上了她，这个昵称叫做“杭城小鸟”的女孩。

“开户简单，就是到证券公司大厅，找到开户窗口就行，手续费也就百来块钱。关键是开了户以后，要建仓买股，要花钱，股票有贵也有便宜的，开户交易后，最少也得买个一百股这样，最便宜的也要几千块，所以，你要想好，买得少，挣得当然少喽。”

萧冉虽然说起来头头是道，也算是有点资深的股民了，但她母亲是反对炒股。回家要处处小心翼翼，不能被母亲看见了。“你有时间炒股，还不如给我正儿八经地谈个男朋友，你就不能跟你堂姐学习，你们就相差了一岁，怎么差距这么大？她的小孩都可以打酱油了，我每次看见，真心欢喜得不行。你说，我命怎么这么苦，一个人把你拉扯大，你还到底什么时候结婚？你总不会还再想着那个监狱里的余飞吧，你赶紧给我醒醒……”每次听到催婚，萧冉的内心当然不好受，这种痛苦只有她自己知道。母亲自己的婚姻就是失败的，还有堂姐，还有朋友，为了迎合世俗就要勉强自己呢？现如今，萧冉只盼着股市的红线给她带来点温暖。

二

“王姐，你昨天推荐的股票不错，哈哈，涨停呢。”“就是，现在我们办公室也只有萧湘不参与了。萧湘，你要紧跟时代步伐呀，连我老娘，快七十岁的人了，也每天去证券大厅看大盘，你赶紧的……”这几天，除了工作，办公室里刮起了股票的龙卷风，说来就来，毫无征兆。萧湘不得不承认，这个世界已经被股票包围。但她依然我行我素，不喜欢，容易分心就不炒。

“女人，应该是一种绩优股，而不是让人失望的垃圾股。”近日，萧湘发现，颜主任改了这样一个QQ签名，这是表明主任也在炒股吗？

今天，在修理颜主任电脑时，萧湘竟然发现了这样一篇秘密日志。

“回来了？”“嗯。”我推门而入，老公正在沙发上看电视，温柔地注视着我，“怎么了？”“等你嘛，最近总是这么晚。”听到老公的话，心里暖暖的疼，这语气中带着抱怨，而且程度不轻，我能理解，只是此时此刻，真的感觉非常累。我能理解，只是做不到……

老公是高中到大学同学，两人有着二十多年的感情基础。不说深厚吧，就时间来看，也是经得起考验了。只是现在他比我混得好多了，当上了房地产总经理，再也不是曾经。十年前，他还仅仅是一个企业打工仔，而我已是主任。那个时候，这个家里，我就是太阳。他始终围绕着我在转。他总说，我的身上有种特别的味道在，让他着迷。一天闻不到，他就肯定活不了。虽然我知道，这大半是哄我开心的话而已，但这也使我非常放心，能用自己的味道紧紧地圈住老公。

但现在不同了。特别是这几年，两人之间的关系再也不像从前。难道，老公对我的味道产生了疲倦。刚开始的时候，因为工作忙，我总是晚归。很多次，都只能看到熟睡中的老公。每天清晨，他想亲热的时候，我不愿意，因为感觉很困。“不要，我还要睡觉。”老公被我正式拒绝过后，就提议要分开睡。起初，我不同意，但也没有办法，为了不打扰对方，就分开睡了。这一分开，也快整整一年了。

很多次的梦里，我都会惊醒过来，害怕老公不是自己的，害怕有人在跟我一起分享这个男人。可是很多次，我都不知道该如何去打开这个结。

到底哪里出了问题？我不知道，无数次反省自己，也许应该是自己的问题。我妥协过，情况并没有好转，两人客客气气地生活在一起。我也不像从前那样抱怨了，因为抱怨根本没有任何效果。

只是，今天，我发现老公比之前有点不一样，至少看我的眼神，怎么充满温柔，又那么含情脉脉。这样的眼神，已失去十多年了，突然回来，还真不习惯。

“你今天怎么这么早回来，忙好了？”我放下东西后就坐到老公旁边。“再忙也要回来，再说，今天是什么日子？”老公搂了搂我的腰，无限的温情。“什么日子？”我还真想不起来。“你好好想想。”老公闭着眼闻着我的味道，仿佛在搜寻着什么。“嗯嗯，不对，嗯嗯……”他喃喃自语着。“我还真想不起来。”我知道自己的回答肯定令他失望，但一向诚实的自己，只会坦白。这个时候，老公抬起了头，认真地看着我说：“你的味道消失了。”

这让我非常震惊，就在这个时候，老公的电话响起，显示是一个未知号码。老公看了看我，挺自然地接起来。“好的，你等下，老地方见。”然后就挂了。难道老公是当着我的面在跟情人约会吗？

一个又一个问号惊叹号在脑子里跳跃，这是怎么回事？

然后，我眼看着他起身，穿好西装，拿了钱包出门。这一系列动作他没有看我一眼……

我气得直哆嗦，张大着嘴巴，却发不出任何声音来。我已经不是什么优质股了，没有了任何魅力了吗？

我的婚姻真的要终结了吗？可是，我又不敢承认，这该怎么办？

偷窥了主任的QQ日志，让萧湘见到她时，心里总是忐忑不安。萧湘不知道该不该和小刘议论一下这事，但这个念头只是闪了一下而已。萧湘觉得还要和以往一样，见了主任故意找话说，交流文章的看法。主任总是如小女孩一般托着腮帮，听萧湘谈些写作上的问题……

萧湘不断地扪心自问：主任的婚姻要完了，难道跟我一样吗？原来，很多人光鲜华丽仅仅是个表面与躯壳，内心却是无比孤独。

三

萧湘感觉自己的担心莫非是多余的？

颜主任最近过得很滋润，添了好多新衣服和新包，戴起了各种发饰和首饰，打扮得异常漂亮。这跟她以前的风格完全不一样。

“亲，你发现了吗？主任最近怎么了？难道股票挣得太多了，迎来了第二春？”小刘跟萧湘咬着耳朵。“第二春？也许吧。”萧湘若有所思地回答。“你怎么回事？在构思小说呀，要活在当下，文艺青年。”小刘笑着拉了拉萧湘的耳朵，“谁不在现实里呀？我清醒得很呢。”萧湘朝她笑笑。

说真的，主任的变化，大家心知肚明，只是都不说，沉默是种两全其美的处事方法。

最近，办公室有些寂寥，因为少了一个重要人物。

“李姐，怎么有三天不来上班了。”小刘问王姐。

“哦，她身体不舒服，请长假了。”王姐随口回答道。

“请长假，这么忙，她也能请出来？”这也是萧湘的疑问，不过李姐不来，办公室清净。

生活变得风平浪静。李姐没来上班，也快一周了。颜主任除了忙工作，还非常注重穿衣打扮，有时上下午都会换套装，真让人不得其解。

“这，是怎么了？我感觉这其中肯定有奥秘。”小刘还是忍不住发话了。“有什么奇怪的呢？不同爱好而已。”萧湘漠不在乎地回答。

“得得得，我自己去发现吧，你这个慢半拍的家伙。”

这一天，小刘风风火火地跑进办公室，一把拉起正在电脑前打字的萧湘。“走，我有急事要跟你说。”她这个人办事就是如此的雷厉风行。

“你知道吗？昨天我看到了什么？”小刘把萧湘拉到了卫生间。“干吗来这里说？到底发生什么了？”

“当然是重要机密，我昨天看见主任的老公和李姐——”

“啊？！”萧湘的担心终于出事了。此时此刻，她感觉自己的脸突然红起来，全身上下的血液都在沸腾，内心一阵灼烧，仿佛这个事情跟她有很大的关系。她的眼前又出现章峰在派出所的样子，难道……

“你干吗呀，还沉浸在小说吗？我跟你说，我昨天看到的一幕绝对比你的小说还精彩。”小刘兴高采烈地说起来。对她来说，比发现新大陆还令人开心。

“哦！”萧湘开始洗耳恭听。

“昨天，我和男朋友去新天地看电影，就在买票时，我看到了一个熟悉的背影，正挽着一个男人的手，无比亲热。而那个人就是李姐，我那个激动，正想上前打招呼，被我男朋友拉住了。还好，幸亏他在，不然我丑大了，结果他们也是去看《左耳》。当我确定那个男的就是主任的老公时，我真想冲上去打李姐。这个小三，真是让人气愤。”

“你知道，他们是怎么看电影的吗？”小刘为了讲述得生动点，还搞起了互动。“你赶紧说，废话少讲，那你看见主任了吗？”此刻的萧湘，也很想替颜主任打抱不平。

“你知道李姐那个黏人，各种发骚，我当时真的是看不下去了。他们俩就坐在我们前排位置，要不是我男友死命拽住我，我早就动手了。她居然还左一个‘老公’，右一个‘亲爱的’，还时不时地亲他。天哪，这女人怎么会变成这样呢？当时，我真想给主任打电话，但是，我害怕……”小刘紧紧地咬着下嘴唇，看样子已经过了她气愤的底线。

“后来呢？”萧湘拉了下她。“你接着讲。”

“后来，我简直看得气炸了，他们俩在座位上躺下去，做了什么大动作，傻子都猜得到。这个哪是四十岁的人干出来的事情呀？我起身，本想是拍下他们的照片，但又被我男友阻止了，他们俩就在电影院灰暗的灯光下做爱……”小刘的情绪太过激动，就讲不下去了。“完全被颠覆，完全被颠覆……”小刘抓着萧湘的手喊道。

“唉——”萧湘长长地叹了口气，其实，自从看了主任的那个秘密日志后，萧湘早就能想到了这个结果，但是也完全能理解小刘。毕竟，她是亲眼目睹了这一切。

“这个事情就你知道，我知道吧，还是不要说为好。”萧湘跟小刘嘱咐道。“这个我知道，你以为我傻，这个行情都不懂，只是，我想颜主任要是被蒙在鼓里，这对她也太不公平了。这个李姐，我真想揍她。”萧湘又跟小刘不谋而合。

也许，生活就有那么多的无奈。有时候，假装沉默比真的沉默，境界高多了。

四

到卧室后，萧湘看着沉浸在手机里的章峰就各种不爽。

“最近，股票形势好，我不想跟你吵。你要是有钱，就拿出来吧，到时双倍还给你。”章峰自信十足地对萧湘说。

“我，不炒。再说，工资，我都不够花，还指望有什么钱？”萧湘的脑海里充满了各种各样的镜头，有章峰跟倪燕，也有颜主任的丈夫跟李姐，甚至还有萧湘跟某人，到底是谁？萧湘不知道。

这个世界，是怎么了？明知道有很多危险，却一意孤行。是因为爱，还是为了满足内心的某种疯狂举动？难道跟现在的股市一样，终究是要给人看不透、猜不明、想不出，出其不意的效果嘛？

“姐，最近股市形势大好，我放进去的十五万，差不多都翻倍了。你别告诉我，你还没炒股票吧。”看到萧冉发来的信息，萧湘也有点蠢蠢欲动了。白天小刘她们也怂恿过自己多次，虽然还没行动，但自己的心差不多被说动了。

只要轻点下鼠标，账上的钱就能翻一番，这样的好事，谁不愿意干呢？萧湘打开手机，随便点一个浏览器，满屏都是这样的消息：

牛市行情下，A股涨势如虹，今年以来沪指已涨超百分之四十，有“神创板”之称的创业板指更是逆天大涨近百分之一百四十。沪指已站上四千九百点，创下七年来新高。据统计，今年前四月行情中，A股二千五百四十七只股票中，只有十四只股票下跌，百分之九十九点五的股票上涨。如太阳般火热的行情下，股民们“想不赚钱都难”。

怪不得今天吃晚饭的时候，父亲也在说什么炒股的事情，估计是他也把工资投到股票上去了，“这样的牛市，不想挣钱都难，上海股民人均就要赚十五万……”萧湘的耳边一遍遍地冒出刚在饭桌上父亲的话来。那么，也就是家里，估计是除了母亲陈文娟和萧湘外，大家都把心思放到炒股上了吗？

第一次的梦里，萧湘看见自己也进入了股民的队伍。在拥挤的证券大厅，萧湘目不转睛地盯着上头的大字：“股市有风险，入市需谨慎。”股海风急浪高，吸引了千万股民前赴后继。在梦里，萧湘笑出了声来，买得人生中第一只创业板的股，五万元，一天就挣了五千元，居然一天时间，就有了一个月的工资。“我挣钱了，我挣钱了，我挣钱了！”被闹钟振醒的萧湘，要很长时间才相信过来，这仅仅是个梦。

“你赶紧吃好早饭，我等下也跟你爸去证券大厅看看。”陈文娟边收拾桌子，边嘱咐女儿。

“证券大厅？”萧湘有意重复了一下。不是吧，母亲，这个土八路，也要炒股了？

“是的呀，你难道不看新闻的吗？连我都听说了，现在，真是闭着眼睛都能挣到钱。这样的钱不捡，要被人当傻子了。我们楼上那个奶奶，比我大十岁呢，人家就是看新闻，炒股，5万元，就三个月，就挣了一万多，你看看，我们也要赶紧。”

原来，这个世界，真的只剩下萧湘不炒股了吗？

“亲，你到单位了吗？股票形势不错，请你吃饭哦。”许大雷的信息又进来了。原来，谁都无法离开了股票了，连梦里萧湘都在炒股。那么，就从了吧。

五

萧湘开始了人生中第一次炒股票。也许是为了跟随这个潮流，也许是为了挣钱，其实都一样。她只不过也想尝试这种只要滑动鼠标，无须动脑，就能有金钱进来的快感。她想用这种感觉来掩埋内心的痛苦，让这种舒畅来打消婚姻的郁闷。

一开始，还真的尝到了甜头，五万元的底钱，一天就有了二千元的利润，看着手机炒股软件之中显示的账户余额五万二千元的红色数字，萧湘感觉到一种从未有过的成功与自豪。

刚入户的萧湘，就如两岁的女儿刚学会走路时一样，什么都不懂，却东张西望，对一切都充满好奇，什么都想摸一摸，都想尝试一下。但是，萧湘不会看什么K线，更不懂什么分析，唯一能做的就是问金融妹萧冉，感觉她就是自己的老师，听她的准没错。

“姐，你就时刻关注行情。今天，又是暴涨的节奏，你就等着收钱吧。我把消息给你发过去。”

沪指涨逾百分之五突破四千五百点三股后市必将暴涨……

看到这样振奋人心的消息，萧湘简直是心花怒放，以前看这样的信息，从来没有这种强烈的快感。而现在，她却是这么真切地体会到，一种前所未有的快乐。

钱，确实可以让人忘记生活的烦恼，可是，这是长久的吗？

都说，当局者迷，旁观者清。入户前的萧湘尚且是理智的，可是，第一天就有了利润后，她也疯狂了，把工作后自己积攒的所有钱，都拿了出来。十五万，就这样一口气投入了股票账户。

趁着牛市，好好干一场。萧湘在心中给自己定下了目标，那就是至少要让底钱翻一番。在中午午休的时候，萧湘还特意在淘宝上买了炒股方面的书。《从零开始学炒股大集》《看盘方法与技巧大全》《双龙战法》《盘口》等，准备好好研究，任何事情，要不就不干，要干就要竭尽全力，做到最好。

在萧湘的生命里，第一次感到全新的血液在上涨。她原本死水般的生活，因为股票，带来了新的生命力。K线图就成了她的快乐指向标，一周前三天暴涨，萧湘的十五万元，已经纯利润三万多，半年的工资已经到手了。萧湘本想退出，可听萧冉说形势还会继续下去，况且处在牛市，想必也不会亏，于是又心痒痒了。“据权威消息，牛市，肯定会继续，怕什么，我也没动，等着长线，跳大钱。”章峰也是一副胜利在握的表情。“我也小挣了点，哈哈，不错，以后，家里的买米买油钱不愁了。”“哈哈，老太婆，要求蛮低的嘛，听说，今年是资金大分配的一年，肯定形势不错，你就等着收惊喜吧。”饭桌上的一家人，一聊到股票个个都是生龙活虎。

“股票大涨，奶奶高兴，我有棒棒糖吃；爷爷乐呵，我有旺仔牛奶喝。”小家伙自编了一个顺口溜，乐得全家喜气洋洋。

但凡知道炒股，应该都面临过股票的有涨有跌，可是，谁也想不到，这周前三天在连涨的同时，居然来了个三连跌。前一天还是艳阳天，后一天就是阴雨绵绵，紧接着寒风暴雨到最后鹅毛大雪。萧湘不仅是把前期挣的都赔进去了，而且还亏了两万。前一天，还在打算，挣了钱，去香港澳门玩；这一刻，就只能看着手机傻哭了。

六

股票跌归跌，班还得上。大伙儿都是无精打采，但还是不离股票话题："你们听我说，我上周四的时候，刚买了一个上市不久的新股，谁知刚在涨停板上就吃了，就开始暴跌，我当天就收了一个高开低走的巨阴线，一下子就亏了百分之十二，然后第二天它开盘就低开百分之五，盘中还差点儿打到了跌停，我就吓得魂不守舍，割肉跑了……"没等小刘说完，王姐就接上了话匣子，还满脸恨铁不成钢的表情。"你怎么又走老路了，怎么还喜欢追涨停呀？运气背，一买就套，一套就割，一割那个股就涨……""唉，我不要干了，亏死了，空仓算了。"

"姐，我也亏了，但是这是调整期望，你要有耐心，相信会转运的。"萧冉上午才发来这样的消息。这会儿，却发过来一个哗哗大哭的表情，然后是一连串的文字信息："姐，我亏了，刚才收盘前，我担心下周大盘破位，就把之前的股票都割肉了，跌最多的已达到百分之十了……"

这之后，自然是一个嚎啕大哭的表情。

萧湘瞬间有种崩溃的感觉，自己的"师傅"，都尚且如此了，那可怎么办？

"那，那我怎么弄，要清掉吗？我已经亏将近三万了。呜呜呜！"萧湘迫不及待地打过去。

"姐，我对不住你呀，那个时候，你挣了，确实应该空仓休息。唉，谁知道呢？这个牛市，怎么会来这样的情形，不过，万里江山一片绿，也没有办法，只是后悔。”

萧湘的手停在键盘上，感觉眼泪已经在框里打转。全家人都在炒股，都傻傻地以为，牛市，是个人都能挣钱。谁都忘了，天下不会掉馅饼，给你吃一颗糖，就要让你吐出十颗来。

炒股讲究的是股感，不然一切就扯淡。萧湘这才有些明白过来，赌博和股票，其实就是一码事情。明知道它会有风险，傻傻的人，还是心甘情愿一头栽进去了。品尝了点甜头就越陷越深，慢慢地无法自拔。股票和赌博，总是带给人与众不同的刺激和疯狂，但是无论何种结果都要自己去承受。这个世界，再伟大的力量，也无法帮你承担痛苦。

别看盘，眼泪会掉；别下单，仓位会爆。此时，对着大盘大哭大叫的，何止萧湘她们。全民炒股时代，其实早就有了，就是在二十世纪四十年代，抗战进入白热化，物质相当匮乏之时，著名作家郑振铎听朋友说，股票市场在兴起，很多人买股票挣钱了，一想到稿费微薄，如何维持生活，于是就开始购买股票。他频繁奔波于股票与银行之间，每天都去市场，看到股票价格上上下下，心里的变化就如天气般忐忑不安，为此茶饭不思，人更加消瘦了。后来，股票大跌，他咬牙卖掉了，就单一只股，净亏了十六万，他回到家后，突然有了如释重负的感觉，又开始重新回到他的读书写作的世界里。

“书可荡涤尘心，更有助于修养。”从残酷的股市世界脱离出来的郑振铎，写下了这么深刻的话，这是多重的代价呀。

然而，同样的事情，在当下还在不断重演。今天的股民，可谓是上午在电脑看K线图，下午在医院看心电图。

萧湘想到父亲，就连忙给他打电话。“我是在医院，不过，没事。我的股票全部清掉了。唉，都是听了章峰的，两个月工资亏了就亏了，自认倒霉。”萧正玉的声音还算是镇定，那表明，情况还好，应该是没有全部亏。

回到家，萧湘就如身上装了个吵架仪，看到章峰就向他开炮，好像大盘是由他掌控一样。“都是你，说什么形势好，好你个头，害我都亏了三万。怎么办？萧冉都空仓了，那我怎么办呢？”

“怎么说是我了？你挣钱的时候怎么没谢我，你以为我好吗？亏到家都不认识了。”章峰也是愤愤不平。

萧湘一定要问章峰亏了多少钱。他死活守口如瓶，这下惹恼了萧湘，两人争吵越来越激烈。陈文娟实在看不过去，就来劝说：“吵什么吵，我还冤呢。看着你们年轻人都在炒股，还以为跟对方向了，差点把我和你爹的老命也赔上了。算了，都别炒股了，这就是赌博。赢了还想更多，输了一直想拿本钱，到头来，肯定没好下场。我反正跟你爹都不炒了……”陈文娟的这席话，还瞬间点亮了萧湘混沌的大脑。就是，这不是在赌博嘛，前几天挣了，就觉得心痒痒，现在呢？怨天怨地，抱怨大盘，又埋怨自己没管住手，又有什么用？

眼前的路，只有一条，股海无边，回头才是岸。

七

股票连续跌停，吓坏了大家，心碎过后，生活还得继续。

日子猛的从高处跌落到谷底，虽然终究恢复了平静，但谁都知道，这仅仅是表面的寂静而已。

办公室里，李姐又出现了。这哪还是以前的她？完全是一个人见人爱的美女形象。她身穿丝绸长裙，手挎最新款香奈尔包，脚蹬黑色高跟鞋，整一个都是名人的范儿。她如一阵风般地飘到她们身旁。“我要结婚了，请你们喝喜酒。”一张张喜帖从天而降，恰如仙女散花。

“结婚了！”萧湘她们三人一副目瞪口呆的表情。“哦，恭喜恭喜。”还是王姐反应最快，从她手中接过喜帖，连声道谢。“哈哈，一定都要来哦。我休了婚假，就不来上班了。”说完，李姐就走了，真是来去匆匆。

这个时候，萧湘和小刘面面相觑，她俩的心里真不是滋味，第一个想到都是颜主任，难道她妥协了？

这之后，萧湘一直小心翼翼地和颜主任说话，生怕她知道了李姐这个事情。毕竟，这个应该是她心中永远的痛。

一周后，李姐的婚礼如期而至，令人吃惊的是，当萧湘和小刘去参加婚礼的时候，居然发现了颜主任。她也来了，她来参加前夫李姐的婚礼，这是祝福，还是示威？

这是个西式婚礼，办得煞是有情调。萧湘她们欣赏着小提琴、大提琴、古筝等各种高雅乐器，观看着“新人”各种甜蜜的故事，品尝着各种美味，本该是一场挺有情调的婚礼。

不可思议的是，颜主任的脸色没有任何不开心的表情，当“新人”跟她敬酒时，她也是客客气气，笑容可掬。这让萧湘和小刘都为她倒吸了口气。女人，怎么会有这么强的忍耐力？

婚礼之后，李姐来办了辞职手续，正式离开了这个单位，算是风风光光地离开了。背后有无数人在议论她。“这女人，就是不得了，主任的老公也能抢？”“女人呀女人……”

而这之后，颜主任又像换了个似的，她不再打扮，越来越素颜，有时甚至一个礼拜不换衣服，她也不找萧湘她们开会，每天她都紧关着办公室的门，不知道在做什么。每次向她汇报工作，她都是摇摇手。“以后别跟我说了，你直接去安排吧。”这让萧湘挺尴尬，正当萧湘想再问下时，她却示意她出去了，萧湘只好欲言又止。

“颜主任，肯定是病了，这个部门是待不下去了。”小刘说，她爸给她换了个部门，要离开了。“小刘，你走了，那我怎么办？”

这个时候，萧湘才为自己的前途担忧起来。

“你也赶紧想办法。”小刘摸摸萧湘的头调侃道：“可怜的娃，这里也该散了，或者换掉颜主任……”

小刘的想法很准确，一个星期后，也就在小刘离开部门后，书记找萧湘和王姐谈话了，说了很多不着边际的话语，中心只有一个，颜主任得了精神病，已经确诊。她不能当下去了，这里需要重新找领导，目前还没有物色到，暂时由萧湘负责，做好部门过渡工作……

听了书记一番语重心长的话语，萧湘感到心情特别沉重，颜主任是真的病了，只能离开了。王姐从头到尾都没有任何表情，也不表示赞成，也不表示反对。

第二天，书记亲自把颜主任送回了娘家。

萧湘眼睁睁地看着曾经说一不二的女领导，这样灰头灰脸地离开了。她恨颜主任的前夫太过于无情。颜主任的精神病，其实只需要他就可以解答。

“他管自己都来不及，哪来的闲工夫管他前妻呢？一日夫妻百日恩。姐，我就知道你传统，但是你必须得想通。这个世界，随时都会发生不可抗拒的事情。不管你接不接受都会发生。就如股票，哪个高手，能够真正预测到下一刻的走势？我告诉你，没有。最好的专家，也只不过，是一种分析而已。所以，肯定有对错，不要太在乎结果，需要的是过程。”有时候，萧冉的话，在萧湘看来就是至理名言。只有经历股市的涨停、跳水、暴跌、空仓、抄盘等一系列的惊险后，你才能深刻领悟到，什么叫做疯狂背后的冷静。

八

章峰入市已十年之久，是典型的“骨灰”级操盘手，虽然也曾炒炒停停，但基本上是熊市还是牛市，每日看盘盯盘，是他雷打不动的日常习惯。

可他万万想不到，欲望没有把持住，会产生这样的恶果。该怎样向倪燕交代？章峰本想着在牛市搏一下，说不定翻个几番，弄个百来万，就能在这里买个小套的房子，也好让父母过来的时候，可以单独住，也了却老人家的一桩心愿。

投进一个篮子里的钱全亏了，倪燕转过来的一百万，全打了水漂。一百万，对于有钱人或者贪官来说，是一个小数目。可是，对于章峰和倪燕来说，这是多大的一笔数目呀？

“你，给我听着！我不同意，你绝对不能捐肝给他！我就是死了，也不同意！”倪燕看着躺在床上的母亲，几乎是奄奄一息，没有任何血色。但一提到王强的名字，母亲却猛的坐了起来，挣扎着想说话。她动了几次嘴巴都说不出来。倪燕赶紧递过杯子，母亲把一口痰吐了出来，还带着浓浓的褐色血丝。“妈妈，妈妈……”倪燕有点晕厥的状态，她出生就怕血，晕血，来不得半点的疼痛。记得她五岁的时候，一个人在凳子边玩，凳子倒下去，小手指被夹住了，只是流了一丁点的血，但倪燕却是哭了一天一夜。那种致命的疼痛，让她一辈子都无法忘记。

“可怜的娃，你是小姐的身子，认不得命呀!”倪燕母亲喃喃自语。当时的倪燕似懂非懂，但她即使真的是小姐的身子，这辈子也无法享小姐的命。家里一贫如洗，靠着母亲那点微薄的工资。只要是挣钱的活，母亲都干，瘦弱的肩膀，要抚养两个孩子长大，还有那个酒鬼继父的赌钱……

“钱是好东西，但是，他应该得到他该有的报应。孩子，你不懂。我们的恩怨，你也不要参与，而且，你身体不好，从小就晕血，根本不能捐肝。你把已经拿的钱还过去吧。孩子，你一定要听我的……”话到一半，母亲又猛烈的咳嗽起来。她已瘦得皮包骨，这样的身子还能维持多久？倪燕不知道，无声的眼泪她只能往肚子里咽。一个人要经历多大的苦难，才能够成长呀。曾经的倪燕，不知有多么恨母亲。都是她，把自己带到了这么痛苦的人家；都是她，不让她去找父亲。宁可饿死，也不乞求别人。

这样一间不足二十平方米的农民屋，挤了一家四口。现在，弟弟和倪燕都出去读书了，继父又经常除去鬼混，家里只有药物陪伴着母亲。倪燕本想着通过章峰，炒股上能够挣一把，即便自己不捐肝，也能给母亲治病，买个大点的房子。

命苦的娃，注定无法心想事成。连打了十几个电话，章峰都没有接，后来，干脆关机了。

“你，浑蛋，我的钱，赶紧打给我，我要给母亲治病。”

“不要急，再给我一周，我一定给你，大大的惊喜。”章峰盯着大盘，发着毫无把握的短信。到底该怎么办？他一点头绪都没有，心中非常纠结又担心，之后在键盘上打出了这么一首诗歌——《沁园春·股灾》，挺形象地表达股民当下的心情，却字字都是泪：

悲股风光，千只跌停，万户泪飙。
望沪深内外，惨雾茫茫；
资本市场，血雨滔滔。
山呜河咽，遍地哀嚎，股民关灯把面泡。
端午劫，看绿装素裹，分外环保。
劫后黑手出招，引无数小散竞挨刀。
哭血本无归，云散烟消；
融资配资，统统报销。
改革牛市，美丽泡泡，气牛最终被挤爆。
牛亡矣，看股市雪崩，在劫难逃。

第十三章　原形毕露

一

章峰头不梳、脸也不洗、牙更不刷，蓬头垢面地泡在股市里，终于熬到了周一。他有种预感，希望就要降临了，挟IPO暂缓、券商千亿资金买入蓝筹ETF、央行“放水”证金公司等“王炸”重磅利好的刺激下，被寄予厚望的周一A股，该会出现怎样的奇迹呢？

章峰给了自己一周的时间，这周一定要搏回来。开盘以“沪指暴涨近8%、两市千股涨停”的盛况拉开帷幕。然而，这盛况只维持了一分钟左右，开盘后板块个股纷纷直线跳水，深成指数和创业板指数相继翻绿，除了大金融和中国石油等少数护盘个股外，两市仍是绿油油一片，从开盘的近千股涨停演化为收盘的近千股跌停，又套死住了一批追高抄底的投资者。

章峰便是其中之一，这分明就是股市的海市蜃楼：值得关注的是，上周五跌幅最小的创业板，再度暴跌，从开盘的涨逾7%到午盘的跌逾7%，全天巨震14.51%；临近尾盘跌幅收窄，但仍下跌了4.28%。至此，创业板指已从最高点下跌了38%。

失魂落魄的章峰想砸电脑，可终究没有这样决绝的勇气。下午三点十分，他小跑着去了趟厕所，回来就傻眼了，本金全部亏完了，一百三十万呀，自己做牛做马一辈子都挣不回来。五只股直接从跌百分之二十封跌停去了，连卖出的想法都没有啦。上了一次最贵的厕所，价值百万，如果坐在电脑前，也许还会有可能选择坚决卖出的。可那毕竟是如果，唉……

章峰感觉自己就要彻底崩溃了，这几年辛辛苦苦攒的血汗钱全部亏完不说，让人绝望的是，本想把倪燕的一百万拿来“救市”，谁知全部一去不复返了。

章峰对于当前的股市恨之入骨。管理层在四千点上的时候说牛市刚起步，这分明就是旗帜鲜明的号召大家入市，谁会跟钱过不去？于是，大家就把省吃俭用的钱拿出来，希望可以分享改革红利，希望打倒了几只大老虎中老虎小老虎以后老百姓能够得到一点真正的实惠。然而问题来了，到了五千点，管理层忽然发话市场涨幅太大，不理性，需要动用家法严惩市场“暴涨”，这里用了暴涨这个词，可以毫不隐晦点明管理层多么迫不及待的希望股市暴跌。好了，四千到五千，大盘涨了百分之二十多，这就算暴涨吗？

散户就是猪，甚至是连猪都不如。如果短短一周下跌千点不叫暴跌，叫正常调整，那么一个多月涨了不到一千点怎么算得上非理性暴涨？暴跌期间，IPO毫无收敛，变本加厉的雪上加霜。到底这轮所谓的牛市谁挣了钱，小散挣不了钱，本小利就薄，轮到站岗，连本带利是血本无归。真正挣大钱的提前埋伏的权贵资本，减持大股东，到点就撤退的内幕机构，老百姓都被困在山顶，小百姓有几个能挣钱？A股市场，难道就要这样沦为老百姓的坟墓吗？

章峰欲哭无泪，可即使这样，他打死也不能跟家里人说，只能搏回来，再搏一次，难道就会跌到头了吗？说好的牛市呢？

二

在当下几乎失控的股市中，依然是有人心存侥幸。当初，都是红着眼睛杀入股市，以为股市就成了捡钱的黄金地。现在呢，人人都在谈股色变、哀鸿遍野，两极之间不过也就二十天的时间，在众人的眼里，这样的财富落差终将是刻骨铭心。

萧湘的十五万，也基本是所剩无几。在这离奇的股市行情中，萧湘的损失确实只是毛毛雨，一打开手机，微信、QQ、网站，铺天盖地都是各种关于炒股的报道，题目惊心动魄，事情更是稀奇古怪。《卖房炒股 一全职妈妈亏了上千万！丈夫还蒙在鼓里》《炒股！炒股！他贪了两千一百万都赔光了》《A股暴跌谁最惨：中国女首富周群飞身家蒸发四百二十四亿》……

数据已经成了天文数目，萧湘最终决定忍痛割肉。可是因为炒股，让她的睡眠更加不好了，只要看到或听到“股票”二字，萧湘就会全身发抖，胸闷得喘不过气来。她也不敢去医院，怕被人家说成是神经病。下班收盘时，又是全盘都绿，萧湘捂着胸口躺在办公室的桌上，一动都不想再动。

“姐，你怎么样？我也不行了，刚去过医院，神经内科的年轻病人，都跟我们差不多，因为炒股而情绪不正常了。”这时，萧冉的电话进来了。

“我，很惨，你，你不是已经空仓了吗？”

“主要是自己不甘心，又投进去二十万，现在全部都没了，都没了……姐，这可是我准备以后结婚用的钱呀！你说，要是被我妈知道了，怎么办？真是想买块豆腐撞死算了。我也害了你呀……”萧冉在电话那头哭得稀巴烂，这个昔日的女汉子，已被股票折磨惨了。

“别这样了，现在这样的股灾，谁能逃过呢？套牢的又不是你一个人呀。我也是吃不下，睡不好，夜里躺在床上，怎么都睡不着，活生生睁眼到天亮。眯个不到两小时，股票一开市，眼睛都盯出红血丝了，以为能回点本，没想到今天全部赔进去了，我这几年就攒了十五万，什么都没了。”

你在电话那头哭泣，我在电话这头流泪。同病相怜的两姐妹，本都想着因为股市，人生会更加精彩一点，谁知道，这样的大起大落，小小的心脏怎么能够忍受呢？

“姐，别伤心了，我跟你讲下我同事的故事，比我们惨多了。一定要记住，千万不要做融资融券。我那个同事拿全部家当入了股市，她跟她老公两人，天天盯着股市，下了班还不忘做各种炒股功课，每天都要听课看书到深夜，真的是比考大学、考公务员还努力。上个月，他们的账户从五十万变成八十万，净赚三十万。她激动坏了，接着，他们又从证券公司融资了一百万，加上原先的钱，一共一百万，全进去了。他们决定，这次如果再赚，就退出来买房子去。可哪里想到，最近，股市急转直下。就今天，就亏了三十万……”

两夫妻炒股。萧湘想，她不是也和章峰都在炒吗？只不过，钱是分开的而已，融资融券，这个是什么意思？不会章峰也在玩这个吧？要是玩大了怎么办？萧湘的脑海里闪过一个又一个离奇的念头。

三

沉闷的天空，终于开始下雨了。隔着雨幕，一切都显得那么朦胧。烟雨迷蒙，水汽氤氲，天地之间充满了雨落苍穹的嘀嗒声音。如果是在往常，萧湘觉得这样的雨声就是天籁之音。而现在呢，她的内心是沉重的。这些声音，在她的耳朵里，全是成了噪音，甚至是整个世界都失去了颜色。生活中，总有着太多的措手不及。当平静的生活被打碎之后，再想追回却是为时已晚。就像一面打破的镜子，无论怎么拼凑在一起，也无法映出你原来的那张脸。

萧湘看着镜子里的自己，黑色的大眼圈，油光的头发，皮肤干燥而又紧绷。这个样子，看上去至少有个三十五六岁，活生生的就是一个中年妇女，而且还是典型的怨妇。

如果没有炒股，萧湘至少还能睡个好觉。可现在呢，因为进入了股市这场“战争”，她的内心震荡不堪，就这样一不小心染上了“股市综合征”。每天过得焦虑不安，精神失常。即使是涨了也睡不着，因为怕跌；跌了就更加担心还会继续跌，但也会期盼着它涨回来。反正不管怎么着，都是各种不舒服。才一个月的时间，就足足瘦了六斤，这样的减肥效果确实不错，但是看上去却是各种疲惫不堪，老了，股市，真是让她一夜白发。

“今天，单位加班，不回去吃饭。”萧湘收到了章峰的短信后，真想把手机给扔了。她没有回，看过就好，还回什么回。又加班，天天加班，谁知道是加班炒股，还是加班泡妞呢？萧湘的内心，有种特别的东西要发泄，但却找不到出口。

“峰子，我的钱呢，把钱赶紧打给我。我不捐肝，现在就要马上把钱还给人家。峰子，你有在听吗？”这小妮子的声音，在章峰的耳朵里越来越尖酸刻薄，怎么办？又是钱，该怎么办？现在，亏的是她的钱，她已经跟自己捆绑在一起了。没办法，要死得一起死。

“燕子，我跟你说了，给我一周时间，现在才周一呢，你猴急什么？再说，股市，现在形势不好，这毕竟是调整期，中央也下了利好政策来救市，难道就会一直跌下去吗？我不信。你哪怕不相信我，也要相信证券会呀……”此刻的章峰，也只能用语言来游说她，现在的他，还是需要钱，只有源源不断的钱投入进去，补仓进去，有朝一日，他才能连本带利的涨回来，才能来个华丽转身的抄底行动。

“亲爱的燕子，我求求你，只有你，才能帮我。今天又赔了，我需要补仓进去。明天，你放心，明天肯定暴涨。”章峰的声音几乎是哀求的。

“你想涨想疯了吧，天天是暴涨，为什么到现在还不涨？我不信。我只要钱。”倪燕却是这么的冷静。

“亲爱的，别这样，你是我的老婆。我的钱，不就是你的钱呀？你急什么，给我再想想办法，肯定的，肯定可以挣回来。你要对我们的未来有信心呀！我在我的宿舍等你，你马上过来，马上，想死你了……”听到章峰在电话那头这样说，倪燕脸上的表情一下子从阴雨天转成了晴空万里。原来，章峰确实是爱着自己，在规划着他们的未来。内心的欲望在这一刻蓬勃而起。

四

在爱情的世界里，每天都会发生一些近乎荒谬的事情。此时，章峰与倪燕又回到了那张熟悉的床上，发泄着各自内心的恐惧。他们对各自的身体器官了如指掌，只要轻轻触碰，就能翻云覆雨，他们就如两条鱼在寂寞的都市夜里尽情游荡。

窗外是流光溢彩的现代都市。杭州，这个浪漫之都，也已被高楼大厦、钢筋水泥所禁锢了。灯火通明的只是表象，有太多人掩饰不了内心的孤寂。现代人的生活，仿若都是按部就班的，规律的就如钟表，有固定的时间，转动一下。这种规律，只会让生命更加单调乏味，让生活越来越失去浪漫的色彩。地铁、公交、汽车，我们的生活交通越来越方便，周而复始，来来去去，基本不会误点；地铁里看到的都是那些低着头的人，要不是在刷微信，就是在看股票。根本没有什么风景可言。

城市的管理者，千方百计打造了诸多充满人性化的设施，有什么移动书屋、英语角、报刊亭等等，可是，谁会在乎那些东西呢？谁还有时间埋在书堆里看书呢？这些风景早就不是什么"景色"了，早就成了让人看见就觉得有些心烦的城市道具。人与人见面，没有什么真正可聊的话题，无非是打发一下时间而已。

大都市，本来是让人憧憬与向往的地方，因为那里可以铸造各种各样的奇迹。现如今，却成了让某些人人痛恨的地方。

章峰在倪燕的温暖窝里游刃有余，但内心却是百味丛生。那是焦头烂额的灼烧感、精疲力竭的幻灭感和心绪不宁的焦虑感夹杂在一起。此刻的章峰正在绞尽脑汁，恶魔般的计划就这么诞生了。

"燕子，你不要怕，股票的起起落落就是如此。我给你看一下，这个报道《绍兴八零后股神八年十万变十亿》……”章峰的长裤还没有穿好，他的嘴巴已经开始行动了，又是股票，对，除了股票，再没有任何东西，能够刺激到他的神经了。

“拿来，我看下——”刚舒畅过来的倪燕，就这么自恋地以为章峰深爱着自己，只要他爱她，其他什么事情都可以免谈。

私募大佬、涨停敢死队，亿万富翁……

在股市中呼风唤雨的赵老哥，其实是个个子不高、其貌不扬的“八零后”年轻人，称为小赵哥似乎更加合适。知情人士告知记者，其实他还未满三十岁，毕业于绍兴一所大学，也曾苦恼“女朋友比好股票难找”，对于很多传言也显得很低调，记者通过几个渠道想要当面采访，都被婉言谢绝。

作为“八零后”亿万富翁，赵老哥让业内津津乐道的是其在资产达到千万时，还天天骑了辆自行车去营业部。后来在资产到一定规模的时候才出手购置了一辆法拉利跑车，前不久他还刚刚买下一套价值不菲的别墅……

“哇塞，太帅了，我也要。”倪燕看到这以后，娇滴滴地喊道。她红彤彤的脸上，让人忍不住想亲一口。章峰一把就从背后抱住了她，他们俩又开始了第二轮的高潮。“燕子，我也会成为股神的，你一定要等我。只要你支持我，有你在，什么都不怕。”章峰在亲吻倪燕的耳朵时，故意重复了这样一段话。“我爱你，峰子。”倪燕的大胆与泼辣让章峰欲罢不能，一次又一次就如驾驭着直线上升的大盘。全红了，全红了！章峰的眼前出现了幻觉。

五

晚上十一点，送走倪燕后，章峰才回了家。一片漆黑中，章峰没有开灯，而是用手机的光线照着路，蹑手蹑脚地往卧室走。萧湘向来敏感，如果声音大点，就会被吵醒。而都这个时候了，章峰当然不想吵到萧湘，免得惹来什么不必要的麻烦。

可谁知，就在章峰往床上躺下去的时候，猛的撞见坐在黑暗里的萧湘。这个孤寂的背影，内心却隐藏着深不可测的愤怒。“你——”章峰从喉咙底里发出声音来。太恐怖了，这个人怎么一声不响地坐在这里。“女儿呢？”章峰边开灯边问。

“你还关心女儿呀，干吗去了？这么迟。”萧湘的声音淡然而又寂寥，还带有某种穿透力。

“我不是跟你汇报了，单位加班，女儿睡妈妈那里吗？”章峰边说边在寻找着什么。

“你还这么淡定。我亏惨了。你亏了多少？”萧湘没有回答章峰的话题，而是立马把话题转成了股票。

“我……”章峰有点难以启齿的感觉，突然又拍着胸脯说：“炒股都是这样，有输才有赢，不要怕，明天肯定会全红的，等着吧，我准备继续补仓……”

章峰还没有说完，就被萧湘打断了。“还补，你脑子进水了吗？我已经被我爸妈说死了，你快别给我炒了，形势肯定是越来越不好，你赶紧的把钱拿出来。”萧湘的命令斩钉截铁，让章峰丝毫没有退路。

看到妻子这样张扬跋扈的样子，又联想到倪燕那小妮子的温柔乡，让章峰感觉很是恼火，自己干吗在这里受这种气呢？他想沉默，假装不理萧湘，躺下后就侧睡了，免得看到她那个凶狠的表情。

可是，这一次，章峰这样冷淡的行为，激怒了萧湘。在她看来，她是为了他好，为了这个家庭好，等到这么迟，这么苦口婆心地劝他清仓。可是他呢？这是什么行为，一点都不表态，直接就睡了，什么意思吗？根本不把这个妻子放在眼里，这样的日子还要不要过了？

萧湘的怒火一旦被点燃，就成了熊熊之烈火，她开始拼命地拉躺在床上的章峰，让他起来，可是，章峰就如一个千斤重的死猪一样，怎么拉都不肯挪动一步，还假装闭上了眼睛，开始打呼噜。他这样的动作，更加让萧湘气愤了。

“你什么意思，我等你到十一点，还不能说你两句了。你说，你又去哪里鬼混了？你给我说，你到底去哪里了？哼，不说了吧，心虚了吧……”萧湘就这样自言自语地骂着章峰，把这几天炒股的怨气都撒在了他的身上。

过了一个小时，萧湘基本骂够了，翻来覆去都是那么几句话而已。章峰却一直无动于衷。“你还装死，我看你能装到什么时候？我当初是瞎了眼，答应跟你结婚……”

“不要你说，给我闭嘴。”前一刻还一动不动的章峰，突然猛的从床上跳起来，如同一具僵尸突然呼地跳了起来。一拿外套就冲了出去。

“你，你再也不要给我回来。”萧湘的声音歇斯底里，显然是惊动了楼下的父母。

“怎么回事，大半夜还大喊什么？”陈文娟揉着惺忪的眼睛走出来，与正要往外面走的章峰撞了个满怀。

“妈，没事，萧湘……肚子饿，让我去买点夜宵。”章峰自己都想不到，居然编了这样一个谎言。

陈文娟瞥了一下满是怨气的女儿，“哦？真的吗？那我给做点吃的好了。你，刚回来吗？”

“哦，妈，单位加班，我……”章峰唯唯诺诺地回答。

“好了，那赶紧回去睡，等下，又把你们家闺女吵醒了。”萧正玉发话了。

“都回去吧，肚子饿，我给你做……”陈文娟还没说完，就被萧湘打断了。“不用了，妈妈，我——吃点饼干就好。”萧湘的声音中带着哭腔，陈文娟摇摇头，没有再说什么。

然后，大家各自回屋。

六

又是一夜无眠。萧湘望着天花板，发呆。如果自己参加国际发呆大赛，说不定就能拿个冠军。据报道，首届韩国发呆大赛由韩国艺术家Woops Yang发起，最后由九岁小女孩金智明夺得比赛冠军。在两个小时里，所有参赛选手不玩手机、不聊天、不听音乐，放空烦恼享受发呆。

同床异梦的日子，不是第一天了。但萧湘才第一次发现，章峰的随机应变能力却比自己强多了。如果是她，肯定是跟妈妈直说了。其实说了，也没有任何好处，父母只会干着急，乱管一通，到头来却是什么忙都帮不上。

章峰其实也没有睡着，他的清醒源自于股票。他真希望马上就天亮，大盘开起来，全线飘红，这样他才有救。

被爱欲冲昏头脑的倪燕，以为自己就这么找到了真爱。只要章峰爱她，要她，倪燕赴汤蹈火也在所不辞。我一定要为自己与章峰的未来所打拼。倪燕暗暗地给自己打气。

然而，第二天，股市依然唱草原进行曲。证监会拿出强有力的态度救市，股市跌；央妈拿出信用卡救市，股市继续跌。下一步，该怎么办呢？章峰需要钱，没有钱根本就没有机会回本。《湖南现民间股神八千元持一只股十九年赚亿元》《中国股神八千元炒到二十亿》……看着网上这样的报道，章峰更是信心满满，不要怕，不要慌，只要拼搏，机会就能降临。

人一旦跌进钱眼子里去，那真是无可救药。为了钱，章峰与倪燕可谓是绞尽脑汁，心照不宣。

“这……”倪燕在章峰的耳边说出了那个办法后，刚开始，章峰也有点胆战心惊。毕竟，一日夫妻百日恩，做出那样的事情，未免太过分，但是脑子里转念一想，自己全线飘绿的股票，还有萧湘唠唠叨叨的烦人样子，他马上就转变了自己的想法。就这样与倪燕一拍即合，一个不可思议的行动就这样被拉开了序幕。

“反正你要摆脱她，而且这是最好的办法了，可以一举两得。”章峰怎么也想不到，这个小妮子脑子里居然有这么多诡异的办法。“你看行不行，关键是还要你出场，没有你在，我怕自己不行。”章峰说着就从背后抱住了倪燕，他喜欢从她背后进去要她。他需要她给他力量。

“峰子，你不要怕，为了咱俩的未来，我是信心满满，只是，我怕你——舍不得。”倪燕边说，边噘了一下小嘴巴，而这个动作，刚好被章峰送上来的嘴唇弥补上了。

“我就是想甩开她，她太烦了！哪像你，能够这么支持我，女人就应该像你这样，大气又聪明。我的宝贝……”还没说完，他们俩又开始尽情接吻了。高潮一个胜过一个，在萧湘那里受来的委屈，在倪燕这儿，得到了完美的填补。现在的章峰，满脑子的喜悦都来自于想象实施那个计划成功之后，那会发生多么漂亮而又惊人的一幕。真的没想到，自己居然还是一个很好的演员，要扮演好多面人的各种角色。

原来，每个人在愤怒和悲剧面前都可以挖掘出无限的潜能。

七

萧湘在单位编这期杂志，原本定的主题是“谈谈抗战老兵”，可是，众多作者不约而同都在写关于股票的文章。小说、散文、诗歌、随笔甚至是戏剧、故事等，各种形式，丰富多彩，现实生活的惊心动魄都被这些作者搬上了文字。

萧湘看到一个微小说，感觉很赞，题目叫《真爱》：

当前，股市行情火爆，在牛市的驱动下，看着别人天天赚钱，老婆眼红了，天天跟我说她打算去炒股。我担心她把房子都赔进去，就给她下了一个虚拟炒股的软件，告诉她借了一百万让她炒，一定要小心哦；因为百分百真实模拟，她一直没发现。

后来她赚了五万块钱，天天高兴地计划着这钱买啥，我担心了，如果她赚了十万、二十万咋办？我怎么补这个缺口哦，告诉她真相会不会杀了我？于是我天天焦虑……

直到昨天晚上她眼眶红红的和我说把我借来供她炒股的一百万亏得就剩三十万了，我这才长长地松了口气，安慰她说：没事，有我呢！

于是，我看到老婆充满泪水的眼睛饱含感激和依恋，这两天她干活特勤快，地板擦得像镜子，也不淘宝了，我还要告诉她真相吗？

不说了，老婆又给我打洗脚水来了……

有这样一个老公，能够找到那样的真爱，萧湘觉得此生也无憾了。可惜，为什么自己的老公就这么傻里傻气呢？生活中从来没有任何的点滴浪漫，从来不过任何节日，更别提什么结婚纪念日。他每天都有忙不完的事情，但是注意点却从来不在她身上。本来觉得找个老实一点的老公，比较可靠，可是，现实情况，刚好是南辕北辙。他非但不安分守己，而且还出了这么多事情，最关键的是自己的父母还要劝他们和好，这样的日子还能过下去吗？萧湘，一想到自己的婚姻就万念俱灰。

就在这个时候，萧湘的手机响了，显示章峰打过来，这个真是很难得，他们白天其实很少打电话，一般也就是发个信息，各自汇报下班后的行程。

“老婆，你在干吗？”萧湘接起电话，听到章峰这样说，一时纳闷了，难道是打错了？说真的，章峰不太有这样的情调，更何况是通过电话，这么亲热地称呼自己，莫非是吃错药了？

“上班。”萧湘淡淡地回答。

“哦，今天股市形势依旧不好。谢谢你，还好听了你的，我已经割肉掉了。为了给你散心，我想带你一起外出走走，你看如何？这几年，我们忙着工作，也没有出去过？”

萧湘拿着手机，停顿在那里，有好一会儿，反应不过来，章峰今天是怎么了？就炒了股，有这么大的改变。

“我，我……没时间呀。”萧湘支支吾吾地回答。

“哦，可以请几天年休假，地方我给定了云南，应该是个很文艺的地方，适合你。”

“云南，哦。”萧湘重复了一下，其实，自己还真的很想去，回想自己结婚后这几年，忙着生活，忙着工作，甚至连蜜月都没有出去，因为当时他单位走不出，一直想着要补上去。可没过几个月，自己就怀孕了，两人单独出行的日子就一拖再拖。

现如今，婚姻都出现危机了，面对千疮百孔的紧急关头，章峰居然提出了两人出行，难道是要给爱情加温，或者是另有企图。

“老婆，你在想什么？难道，你对我就这么失望了，我知道自己走错过，做了对不起你的事情。可是，你也不能把我就这么打入了‘死宫’呀，我对你的感情，你应该知道，我们在一起也不容易。我希望你能再给我一次机会，我真的，是诚心悔改……”章峰这样发自肺腑的忏悔，让萧湘不得不同情。

毕竟是夫妻，虽然，章峰的出轨，让萧湘几乎绝望。但是，她后来想想，也有自己的原因，而且，当初自己跟章峰结婚，他也确实做了牺牲。如果不爱她，也不会同意倒插门到自己家里来吧……

情感战胜了理智，萧湘同意了章峰的邀请。

八

可谁知，计划没有变化来得凶猛。“我就要，就要吃爽歪歪，还要吃冰淇淋，不吃饭，就不吃饭……”萧湘还没走进家门，就听见女儿的撒娇声。小家伙居然爬在餐桌上，肆无忌惮地对着爷爷奶奶发火。“乖乖，只要你吃饭了，你说什么，就是什么。”“对，宝贝，乖，等下给你去买薯条，怎么样呀？”陈文娟和萧正玉在一旁，施展着百变魔术。

“不要，我就不要，爷爷，大坏蛋，我才不喜欢爷爷。”小家伙咕噜噜地转动着大眼睛，大声喊叫着，还正欲爬过去，咬一口萧正玉。

“你，你给我下来。再不听大人话，妈妈就不喜欢你了。”萧湘一看这个情形，就准备先把女儿从餐桌上抱下来。结果，小家伙死死地抓着桌子，死活不肯下来。“我不要，不要，不要妈妈……”她的声音几乎声嘶力竭。

“唉，真不知道像谁？现在越来越难管。”陈文娟叹着气，准备拿碗筷吃饭，她菜已经做好了。有盐水河虾、酱爆螺丝、清炒黄瓜、玉米排骨汤，还特地给小家伙做了她爱吃的肉饼蒸蛋。谁知，小孙女根本不领情，还在抱怨这抱怨那。

萧湘感觉好像女儿的娇生惯养，明显是被陈文娟惯出来的。小家伙实在是太过分，谁的话都不听了，还天天让爷爷奶奶给她当仆人，什么话都必须听她的，简直是无法无天。在家里，她是小皇帝，比正宫娘娘还要厉害。

萧湘一生气，就不顾三七二十一，把女儿从餐桌上抱了下来。“我不喜欢妈妈，最坏的妈妈……”小家伙赤着脚就跑出去玩了。

说时迟那时快，萧湘洗了手，就跟出去的时候，小家伙居然不见了。这不，刚刚才跑出去的呀，人呢？

“妈，妈，你快来。萧蓉呢？怎么不见了？”萧湘心慌意乱地喊着，心里却有不祥的预感。她赶紧给章峰打电话。“我在回来路上，不要急，肯定在的。”章峰却是轻描淡写地回答。萧湘和父母已经开始寻找了。

一个小时后，整个小区和附近的区域都找遍了，没有见到萧蓉的任何身影。“还在想什么？赶紧的，报警。肯定是被抱走了。”邻居王大妈边说，边帮忙报了警。萧湘和陈文娟已经快支撑不住了，陈文娟埋怨着萧湘。“都是你，谁让你不依她的？这可怎么办呀？我可怜的孙女！”

就在萧湘准备去公安局的时候，接到了萧冉的电话。让她赶紧去萧山机场。萧湘想问咋回事，也顾不上了。在机场大厅，萧湘从女警怀里抱过来女儿。女儿竟然睡得挺香。

萧湘感觉自己的身体一点点在滑落，头晕目眩，但是一定得挺住。“以后一定要看住孩子，不能让她一个人跑出去。一位高个子中年男子救了孩子，但是人家没有留任何联系方式。”警察告诉萧湘真相的时候，她只是一个劲的点头，噙着的泪水，早已是泛滥了。

萧湘紧紧地抱着女儿，亲吻着她熟睡的脸庞。结果小家伙醒来后，一直叫着：“阿姨，阿姨，我要糖糖。”一看抱着的是妈妈，就一定要下去找阿姨，萧湘问她是哪个阿姨，小家伙却是支支吾吾，不知道如何回答。“坏妈妈，你是世界上最坏的妈妈，都是你，害我没糖吃……”

从来没有这么失落过，萧湘觉得自己就是这个世界上最失败的人。除了自己的父母，好像真的，没有一个人要她，甚至是她身上掉下来的这块肉，都是这么排斥她。她到底哪里错了？萧湘只能默默地流泪。

章峰呢？女儿丢了，他不是从单位回来吗？怎么到现在还没有回来，这是什么意思？

回去后，父母和章峰已经在吃饭了。女儿挣脱掉萧湘就跑到陈文娟身边去了，仿若全世界的人都不着急，不担心，而错的，只是萧湘。

饭桌上，只有萧正玉在絮絮叨叨地说些什么，比如说，不能这么宠孩子，要看好她什么的……

萧湘什么也听不进去，她狠狠地盯着章峰，但是章峰却躲避掉了她咄咄逼人的眼神。这个说谎的男人，让萧湘很失望。女人爱化妆，男人爱说谎。只是，女人想用化妆欺骗男人的眼，男人用说谎欺骗女人的心。但是，一个个谎言就像是一朵朵怒放的鲜花，外表看似斑斓，生命却短暂。

婚姻从某种意义上来说就是一种精神错乱，让爱盘旋在怒火之上。“你都这么不在乎女儿，还有什么可说，不用去旅游了，我没兴趣。”萧湘说完后，就去隔壁房间睡了。章峰也没有说什么，他也许是无话可说吧。

漫长的黑夜，寂寞无言。萧湘只能独自一人面对。

第十四章　祸起萧墙

一

萧湘正在给女儿洗澡。小家伙在浴盆里手舞足蹈，洗个澡也可以乐开怀。孩子对于快乐，有着最原始的追求。

“不要，我还要洗，我还要玩水，玩鸭子……”萧湘想抱起女儿，但小家伙死活不同意，在浴盆里“挣扎”着，玩得乐不思蜀，越来越任性。

“姐，蓉蓉乖的吧？是这样，我跟你说个消息，保证你吓一跳。”微信那头，萧冉的声音有点诡秘。

“不会又出什么大事了吧，经过最近一些事，我的心脏也强大了。”

“是这样，姐，我是今天才想起一件事情，一直忘记跟你说，真是不按常理出牌。我那哥们，王伟军，就是我同学，富二代，他爸需要换肝，王伟军的配对不上，你知道，配对上的是谁吗？倪燕，那个小婊子，是他爸的私生女。”

“这……”萧湘听了这样的消息，一时间无语，刚在给女儿搓背的手停在了半空。“这，这跟我们有什么关系？”

“姐，我真不知道怎么说你，你得趁机报复，倪燕要是有了二百万，你想，姐夫会不会……姐姐，你真得好好考虑——”萧冉在电话里絮絮叨叨，一副婆婆妈妈的样子。这个女孩，虽然没有结婚，但是却比萧湘要懂很多，对于男人，更是看得一清二白。

“随他去好了。”萧湘若无其事地回答。萧湘已经不想再去处理章峰的任何事情了。他爱怎么着，就怎么着。这种夫妻生活，除了还剩下一张纸，早就是躯壳了。

“唉……”电话那头是长长的叹息声。

挂了电话，萧湘给女儿穿完衣服，哄她睡觉，直到晚上十点，小家伙才进入梦乡。萧湘悄悄溜下来，钻进了母亲陈文娟的房间。

“干吗，还不睡？”陈文娟显然也是刚忙完，正在床边泡脚。多功能泡脚器，陈文娟按了“振动+红外线+加热”的模式，可以听到轰隆隆的声音，陈文娟正享受着足底按摩。

“妈，跟你说个事情。如果，那个倪燕有钱了，章峰跟她跑了，我是不是就可以离婚？”

萧湘的话音刚落，陈文娟就赶紧把泡脚器的模式换了下，改为仅红外线模式。“你，你到底怎么回事？我跟你说了这么多，难道你不明白吗？一定要把我和你父亲两张老脸丢尽，你才满意，才肯罢休？”陈文娟边说，边索性关了泡脚器。女儿又说要离婚了，她哪里还有心情泡脚呢？

“妈，什么叫丢脸？现在离婚的人，随手一抓一大把。再说，是章峰对不起我在先，又不是我？他都想着跟人家私奔了，难道我……”萧湘怎么也想不到，自己怎么会说出“私奔”两个字。

“你，瞎说，怎么会？要私奔，他干吗还回来？干吗他父母也要过来？你这什么逻辑？他有了外遇，我说过多少次，你是要负起责任的。你是他老婆，要多多关心他，毕竟在外工作生活，也不容易。”

“妈——”萧湘大喊一声。算了，跟这个中年妇女，再讨论离婚，根本是没有任何用处了。其实，萧湘刚才说出口，就后悔了。

母亲呀母亲，没有爱情的婚姻，那算是什么？难道母亲真的有这么爱父亲，才愿意走一辈子吗？萧湘不清楚，记忆里的父母确实不怎么吵架。母亲是个江南美女，天生就是美人坯子，身材高挑，皮肤雪白，眼睛明亮，不仅长得漂亮，而且温柔贤惠。外公外婆都做生意，有丰厚的家底。萧湘记得小时候，总会傻傻地问母亲：“妈妈，你这么漂亮，家境在当时也算是好，肯定有很多人追。”

“呵呵，你以为漂亮能当饭吃吗？有时候，人长得漂亮，也是种麻烦……”

萧湘不懂，怎么漂亮也会成为一种负担呢？年少时，萧湘总是缠着母亲，让她讲曾经的罗曼蒂克。“真没有什么，都是一些老掉牙的事情。”

二

梦做多了，人也就会变得神经兮兮。萧湘觉得跟那个毫无头绪的梦有关：梦里，萧湘还是一个婴儿，身着旗袍的母亲，把自己抱起。萧湘找到奶头后，就吃着母亲酥酥软软的奶头。享受这种快乐时光时，萧湘总感觉身边有一个男人的身影，那不是父亲。那个男人，跟萧湘共同分享着母亲的奶。可是梦醒来的时候，萧湘的眼前却是一片空白。

萧湘宁愿儿童的记忆一片空白。正如母亲说，因为她要开饭店创业，就把萧湘放到了乡下爷爷家，整天在江边沙土里游玩的萧湘，就如一个小男孩一样，全身上下就是一股野味。怪不得小时候，爷爷总说萧湘太调皮。

有很长一段时间，萧湘的梦里总是出现奔跑的场景，一刻不停地跑，前方却没有路。然后是爷爷的时隐时现。残缺的童年时光已经随着爷爷的离去烟飞云灭了。爷爷在最后的时刻，是什么支撑住他，给自己敬了喜酒，爷爷在离去之前，有多长时间面对的是死亡那无尽的恫吓和折磨。然后是冰冷的黑夜与可怕的虚无。可以说，他差不多经历了死亡在绞杀一个弱小生命的全部过程。不久的将来，我们都要经历这样可怕的过程。这是每一个生命无法逃避的劫难。

萧湘经常在新婚夜里梦见爷爷。老年人说，在梦中不要和死人说话。可是爷爷死后，他仍然不断地出现梦境里。胆小的萧湘，一次又一次地在梦里与爷爷交谈，不知道自己在说什么，反正还像个孩子。事实上在爷爷面前，萧湘永远是一个长不大的孩子。萧湘也说到自己想离婚，爷爷却没有回答自己。萧湘醒来后想，爷爷看到自己过得不幸福，肯定也不会高兴。

至今，萧湘都无法想通，那该是怎样的爱情，让当时才三十几岁的爷爷为奶奶“守寡”了五十年。“你们就别劝我了，我答应过你妈，这么多年都过来了。我只想着早点走，快点去跟你妈团圆。”爷爷活着的时候，总说梦见奶奶。爷爷说那个死老太婆（奶奶）的长长短短，居然还那么年轻，老太婆在梦中不和他说一句话，八成是嫌弃他老了。

人是无法摆脱沉重的肉身之累。人又都害怕死亡，因为谁也不知道它会什么时候到来。爷爷没有让萧湘感到太害怕，也许是因为在活着的时候所给予萧湘的那些爱。爱会在那一刻战胜对死亡的恐惧。萧湘怎么也不会忘记在新婚之夜给爷爷守灵时的情景，萧湘蹑手蹑脚地从章峰身边溜出来。夜深人静，有风轻轻吹过，把萧湘吓个半死，心儿差点儿从嘴里跳了出来。那一夜，萧湘目不转睛地看着躺在木板上的爷爷，一动不动；那一夜，让人觉得比一辈子还要漫长，真是人活一世草木一秋。

三

无数次搬家就如一次次万劫不复的逃难。从平房到楼房，再到商品房，现如今住起了LOFT套房，旁边还买了套小别墅。对于房子，萧湘没有多少概念，小时候的她，只希望能够住进楼房就心满意足了。现如今，每每看女儿玩搭积木，搭个房子，倒了又搭，搭了又倒，女儿玩得不亦乐乎，萧湘却感伤得心潮澎湃。童年的萧湘在钱塘江边，搭的是泥房，用贝壳，石头做架子，玩得全身都滚满沙土。爷爷每次看到这个场景，都会说："傻孩子，熬熬吧，总有一天，我们能住上楼房。"对于一次次的搬家，萧湘最讨厌每次都会找不到东西，也是一次次记忆的流失。

老家现已归属于新区，成立了大江东新城。前几年，陈文娟自作主张新造了一套四层半的楼房，但每一层都放满了东西。这个房子，平常也不住人，也不出租。用萧正玉的话来说，就是浪费资源，为了等待拆迁用。农村城镇化的结果，就是农民都盼望靠拆迁致富。拆了房子，赔了钱，就都住到城里去了。除了一些重大节日，必须回去。老家的房子实则就是一个空壳。

清明节，当是必须回去扫墓。爷爷离开三周年了。一千多个日日夜夜过去了，萧湘总是感觉耳边还有爷爷的呻吟，那种抽茧剥丝的痛苦，依旧萦绕着："咱……快、快……回……家……"这是生命的无常和脆弱。

"我明天一早先到老家，参加'中国梦·美丽乡村'摄影比赛，要回去找些老照片和胶卷。你们下午过来，我们再碰头，一起上坟。"萧正玉边喝红酒，边向大家发布了他明天的行程安排。萧正玉自从有三高后，他对饮食相当注重，唯一爱好就嗜酒，医生坚决不同意他喝白酒，他就只能喝点红酒，红酒可以软化血管，对降低血脂有作用。

"哦，那我给你开车吧。我也回去下。"萧湘嚼完一颗土豆后回答父亲。

"你知道，放在哪层楼吗？"萧正玉问陈文娟。

"谁记得清楚，反正都在箱子里，慢慢找。"陈文娟淡淡地回答。

萧正玉没有多问什么，就自顾低头吃饭。而章峰正在给女儿喂饭，也没有参与这里的讨论。

第二天早上六点，萧湘就开着宝马X3，带父亲回老家。天空中飘着淅淅沥沥的小雨，应和着这个清明时节雨纷纷的天气，牵引出萧湘丝丝缕缕的乡愁。

“我冒了严寒，回到相隔二十余里，别了二十余年的故乡去。”汽车在宽阔的马路上奔驰着，萧湘的脑中突然冒出鲁迅《故乡》里这句话来。萧湘其实与鲁迅算起来是老乡，都生活在“海边的沙地”。

当然，随着工业经济的迅猛发展，现在的沙地，就是一片工业园区。高楼鳞次栉比，厂房一片接着一片。“一年不来，又不一样了，越来越没有农村的样子了……父亲坐在后座感慨着，不过，他的相机一直在快速运转。

开了足足一个半小时才到了老家。这个曾经是东部“西伯利亚”的东庄村，早已改头换面、容颜焕发。现如今，道路两边全是整齐划一的楼房别墅。萧湘下了车，能够隐约间闻到来自故乡泥土的丰腴气息。一种跳动着的忧伤，夹杂着整个童年的时光剪影，在萧湘的心底蔓延开来。

四

爷爷走后，萧湘尽力控制自己的回忆，不想起童年的时光。但越是想忘记的东西，越是刻骨铭心。人，就是这么恋旧的动物。

“搬来搬去，也不知道，把我的胶卷放到哪里去了？”萧正玉一走进楼房就开始唠叨起来，语气里有种大海捞针的感觉。

的确如此，这里的旧东西都是用箱子装起来的。这还要归功于陈文娟，她是个特别喜欢整理、打扫的女人，不喜欢杂乱的感觉，更不喜欢把东西都堆在外面。她曾花了几个下午，把这里杂七杂八的东西都放进了箱子，特别是萧正玉早些年拍下的各种老照片和老底片都存进了纸箱子里。家里只要是个盒子都派上了用场。如果说，做母亲是一项运动的话，陈文娟算得上是比较不错的运动员，她总是会不断地思考：该怎么打扫、清理，才能打点得更有条理呢？

为什么屋子里总是有尘土飞扬，为什么有些东西明明放在这里，却记不起来。

箱子上面其实是有标签的，或者是做了印记，不过这些只有陈文娟看得懂。她那几个字，就跟螃蟹爬似的，除了她自己，谁看得懂呀。

“爸，别急，一个个找，找到胶卷、照片都拿出来，总能找到你有用的。”萧湘边说，边帮父亲打开箱子，衣服、鞋子、床单、被套，家电……真是无奇不有。这些东西，大都是失去了使用价值，本来扔了就可以。但陈文娟说，绝对不能扔，万一以后有用呢？萧正玉则说，我的胶卷和老照片，可都是价值连城的东西，再说，到时拆迁或许还能多赔钱。

六零后与八零后，肯定是有明显的区别，前者的节俭，后者无法理解；后者的自我，前者也无法理喻。因为生活环境的差异，代沟也就这么产生了。两代人生活在一起就等于把原本隔着墙也能擦出火星的两种价值观放到一个封闭的铁桶里，随时等着爆炸的那一刻。

“你妈就喜欢把没用的东西留下。这里，我敢说，除了我的照片，其他的，估计都是废物。”萧正玉找了一圈，还是依然没发现自己的宝贝，心里就有点不舒服了。

这个摄影比赛下周就要结束了，这一组照中就缺少以前几张风光图了。唉，要是以前也有电脑，数码相机，就不用折腾这种功夫。那个时候，有一台老式胶卷卡片机，就是相当不错了。

都说玩单反，穷三代，萧正玉就不让女儿学摄影。“这东西，靠天分。你从小磨磨唧唧，好的镜头在你面前，你来不及捕捉，相当于一场空。”对于女儿的了解，萧正玉了如指掌。

一层找完，继续到二楼，到三楼，父女俩足足找了三个小时，腰酸背疼，眼花缭乱，除了找到了萧正玉二十多年前用过的老相机外，一张需要的老照片都没有找到。

“他妈的，不知道放什么鬼地方了，不会真给我扔了吧。”人一急，就容易失去理智，萧湘还第一次亲耳听见父亲说脏话。

“爸，还有一层半，应该在的。”萧湘说着就跑到了四楼。功夫不负有心人，老照片集、胶卷都乖乖地在四楼静候着他们。看到自己需要的东西后，萧正玉欣喜若狂。“你看，这是你五岁的时候，在江边和爷爷，你那个时候，可调皮了……”“这个是你八岁的时候，我第一次坐公交车带你去了西湖边，在雷峰塔下让别人拍的照片，花了五元……”“这是你十岁的时候，在城里，我们租了一间房，供你读书——”萧正玉抚摩着这些老照片，如数家珍，滔滔不绝，想把所有照片背后的故事都告诉女儿。

五

黑白照片是那个时代最好的记录。虽然，照片有些泛黄，有的粘贴在影集里面，拿出来也困难，但毕竟都是完好如初。每一张照片，都代表着一连串过去的时光。

有些封存的时光记忆，会在某一刻闪闪发亮，无须刻意提起，只需轻轻触碰，就刻骨铭心。萧湘看到陪伴她整个童年的布娃娃，也是唯一的玩伴，已破旧不堪，挤在旧物中寂寞无助。流水经年后，一切都变了，但布娃娃一直没有变，默默陪伴着我们，长大，成熟，老去。

“爸，你要不在这里整理，我上楼顶再给你看看去，说不定还有你的宝贝。”萧湘适时地打断了父亲的回忆，因为下午还要去上坟，现在都快十二点，肯定得抓紧时间。

这个楼顶，在萧湘看来就是城市里的阁楼，只是空间还是挺大。这个上面整齐划一堆放着的都是鞋盒，萧湘以为里面是纸，打开一个才发现，里面都是文件，也有些饭店的菜单。纸张扬扬洒洒地散开来。有种惆怅的感觉，就如萧湘曾写过的一首诗《时光情书》：

一封封写给你的信
静静地躺在匣子里
力透纸背
泪的忧伤
悄然而至

尘封多年的秘密
再次被打开
如果风向无法改变
绿叶飘落的迟早
都体现着对根的无价情义

年轮碾过春夜
我们之间
相隔光年的距离
我想以星月的名义
在你心海造一座岛
思念的涟漪围住你
在十指连心间
开出妖娆的花

我们曾久久凝视
转身就擦肩而过
明明清醒着
清醒地　走向离别
如果你　路过轮回
如果爱　请深深爱

萧湘的目光落到一个白色信封上，那已经发黄的信封上蒙着一层厚厚的灰尘，正面有蓝色圆珠笔潦草写下的一行字。笔迹那么熟悉，熟悉得像是萧湘自己写下的。她将信封翻过一面，看到信封背面用黄色胶带封好。这信是什么时候写的？几年前？几十年前？无从确定。感觉已经很久很久了。

萧湘不准备打开，因为即使打开，也不会是什么宝贝。但是手却不听大脑指挥，已经打开了，打开了又跳出一个信封，这个白色小信封，还是保存得比较好的。

上面写着：

给我的宝贝湘儿

本人死后方能打开

萧湘觉得这个就像是某人的“恶作剧”。湘儿是指的自己吗？人死了，那还怎么打开？

萧湘脸颊一阵发热，好像是碰到了什么尬尴的事情。这会是谁写给自己的呢？下面也没有署名。这封信，还在外面都包了个信封，想必是个非同寻常的信件。如果是别人写给自己的情书，那肯定是邮寄，也应该有邮编、邮戳什么的，但是白白的信封上除了这几个黑字外，什么都没有；如果是父母写给自己的，那肯定也不会写什么死后打开；如果是章峰给自己的，也不可能，他怎么会藏到这个地方，莫非是有什么天大的秘密？这封信的作者，除了自己和女儿外，谁都有可能。

里面都写了什么呢？萧湘想立刻把信撕开。什么都别想，在理智恢复前赶紧行动。就像她有时不假思索地把饼干或者巧克力塞进嘴里那样，虽然内心在想着减肥，但终究抵不过美食的诱惑。

正在这时，小苹果的手机铃声响了起来。

“怎么样，我在这里又找到好多，你楼顶还找到什么了吗？你下来看看……”萧正玉显然对这次寻照片还是满意，不过，萧湘的脑子里满是这封信。

情急之下，萧湘就把信放进了随身带的包里，带着信下了楼。

“你快来看，这里有几个胶卷。我也不一一看了，粗粗看了几张，我肯定是当时农村的风景照，你看，都是一片田地，都没有楼房……”萧正玉一看见女儿，就开始讲起自己找到的宝贝来。

“爸，那你都拿上吧，都洗出来，让我看看。那我们回吧。”萧湘摸了摸自己的包，生怕那封信溜走了。

一上午的时间没有白费，父女都找到了宝贝。

六

萧正玉回去后，就把这些尘封的老胶卷一一都洗了出来，没找到他最满意的照片。他倒是发现两张令人吃惊的照片。

照片的地点都在雷峰塔，女人分明就是陈文娟，应该是二十多年前的她。那时的她，完完全全是个美丽的少妇，穿着白色的衬衫和黑色长裙，梳着长辫子，看上去温文尔雅，跟现在的萧湘有点神似。她的身旁是另一个男子，萧正玉不认识，但是感觉很眼熟。男子高高瘦瘦，看上去颇有气质。他的手从陈文娟的背后伸出来，搭在身上，两人看上去的眼神比较暧昧，但是又很甜蜜。

他是谁？她又是谁？她是我的妻子，怎么可以与这个男子拍这种照片？萧正玉的脑子火速地转动着，只感觉血压在瞬间升高。他知道自己不能激动，千万不能，不然，随时都有生命危险。

也许，这只不过是一个什么亲戚吧？可是，男人的直觉又告诉萧正玉：这不是亲戚，是什么亲戚的话，过年过节肯定会走动，但是从来没有。为什么这个男人的眼神那么熟悉？这样的三角眼，让人感觉有种震慑之感，分明就不是好人。

莫非，他与她有染？萧正玉不想再往下想下去，毕竟有那么一段时间，陈文娟忙于自己的饭店，经营各种的生意。而萧正玉除了上班，就是摆弄相机。两人的兴趣爱好不相同，不是同个世界的人，共同语言当然少了很多。

因为发现了这两张照片，让萧正玉很不爽。对于参赛，他也没有了心情，整晚辗转反侧，大脑里满是各种各样的猜测。

同样失眠的还有萧湘。拿了那封信后，萧湘就感觉是个定时炸弹，不打开就不甘心。夜深人静后，她就用手机内置电筒照着那个信封，她很快又为自己的行为感到好笑。信封内的信纸似乎是从笔记本撕下来的。纸上的字完全不可破译，歪歪扭扭，有点像是陈文娟的字。萧湘又觉得这种猜测肯定不对，母亲没读过什么书，根本不可能写信。那是父亲写的吗？如果是，刚才问父亲，他的表情肯定不会是这样的。萧湘实在无法想象出谁在什么情况下，会给自己写这封信，实在是有点伤感。但好的方面是，写信的人在想到死亡时，还想让亲人们知道自己有多爱他们。

本人死后方能打开。

为什么要想到死？难道写信的人得了不治之症？不会是爷爷吧？可是也不可能，都过去三年了，爷爷死的时候，也没有向父亲交代出什么。爷爷有什么都会跟自己说，才不会想到去写信。

萧湘很想问下章峰，是不是他曾给自己写过信，但是，两人还在冷战，萧湘也不想开口，而且，章峰写这封信的可能最多只有百分之十。

章峰和女儿依然睡得呼打呼，陈文娟因为每天都要干很多活，也是早就睡熟了。只有萧湘和萧正玉，怀着各自的心事，失眠到天亮。

七

失眠后的第二天，幸亏是周末。萧正玉明显感觉胸口闷，头晕乎乎的状态持续加重。上了年纪，再加上高血压、心脏病，基本上是半个“废人”了，容不得半点劳累。

萧湘只是起来后感觉脸上的痘痘更多了。现在，她长的都是成年痘，各种粉刺、暗疮、斑都往脸上长，已经到了惨不忍睹的地步。

“我去下医院。”吃过早饭后，父女俩几乎是异口同声地宣布了今天的行程。

“哦，怎么了？你们俩一起去吗？”陈文娟看着萧湘问道。

“爸，你怎么了？我只是想去配只药膏，脸上又不行了，你们没发现吗？”

“谁让你东想西想，都结婚生子的人了，没关系。痘多痘少，其实也没区别。”陈文娟的回答还真是现实主义，结婚前，是对女儿的脸，锱铢必较；结婚后，不理不睬，前后差别太明显。

“我去配高血压药，而且，最近有点不舒服，我再去看下。”萧正玉拿起相机包正欲出门。

“那一起去吧。爸，你坐我的车。”父女俩一起出发了。

“慢慢开，事体还真多。”陈文娟轻轻地嘀咕着。她这会儿，正在洗脸，准备往自己脸上搽点粉，看样子，今天也要出门。

“奶奶，我要出去玩。你带我去，爷爷和妈妈都去哪里了呀？”孙女在一旁撒娇着。这个时候，只有章峰还在床上享福。

“宝贝，爷爷和妈妈不乖，去打针了。奶奶也身体不舒服，要去医院，你也去吗？”小家伙一听是去医院，赶紧摇头说不去了。

陈文娟等章峰起床后，也出门了，手中还提着保温盒，是早上煲的鸡汤。

陈文娟打的到了人民医院，故意在门口等了很久。她怕被丈夫和女儿撞见，自己毕竟是偷偷出来看望病人。

等了好一会儿，等丈夫和女儿从大门离开后，她才走进了医院。VIP病房，她要去看的正是鼎鼎有名的之江电子集团公司总经理——王强。

其实，她不是第一次来了，每周末都会来一次。因为，周末上午王强是一个人，她每次来都会做好吃的给他补补。

“你来了。”王强的声音低沉，但是看见陈文娟的时候，憔悴的眼中会流过一丝喜悦。

“嗯，你今天怎么样？”陈文娟轻声答应并轻轻关门。然后，洗过手，一口口地给王强喂鸡汤。王强在享受美食的时候，总是含情脉脉地看着陈文娟，她并不比自己的妻子漂亮。可是，他是真的喜欢她。命运却没能让这对苦命鸳鸯走到一起。

“她，好吗？”王强问道。

“唉，不想说，固执得要死，一定要离婚。我在想，她若离婚了，我到时就只能去死了。看她活得不开心，我……”陈文娟有些哽咽了，王强紧紧地握住她的手。

“找到合适配型了吗，什么时候手术？”陈文娟擦了下眼泪，问道。

“找到了，有个好心人……”因为病痛，王强甚至有点说不动话来。

“你会重生的，我们等你。”陈文娟的声音颤颤悠悠。

这样的偷会，最多也只有半个小时。陈文娟离开时，王强纵然有多么不舍，还是只能放手，亦如当年一样。

八

陈文娟突然惊醒，之后便无法入睡。身边的萧正玉睡得很熟，鼾声四起。这个在一起睡了三十年的枕边人，却还抵不过对于王强那一年的感情。看到王强越来越瘦的身体，差不多已到了骨瘦如柴。如果没有那个电话，也许就再也见不到他了。生活才刚刚好起来，他怎么就会得了这种病？

陈文娟看了一眼床头柜上的闹钟，不由得哀叹一声，此时不过夜里十二点半，她打开床头灯，支起枕头，无奈地盯着天花板。

现在的生活是越来越好，但是人与人之间的距离却是更加遥远了。有时候，以为自己很了解对方在想什么，却发现自己的理解都是错的，自己苦了大半辈子，给女儿女婿挣好了家业。虽然不能说是丰厚，但也算得上是中等水平了，在城区有房有车，没有房贷借款，这应该也算不错。但孩子们却根本不领情，整天想着离婚。如果女儿这样要离婚，那自己呢？是不是早就应该离婚了？如果能够在现在，什么信仰问题，什么门当户对，应该都没什么问题，那自己是不是与王强生活得很美满……

唉！净瞎想，难道现在婚姻不好了？陈文娟又否定了自己的想法，但是她的内心又不能骗自己。每次去过王强那里，就会无端地失眠。想想萧正玉，这个人仿若真的是被自己掌控了一辈子，但，这样的滋味不是太好。王强要移植肝，这个手术若不成功怎么办呢？我又能做些什么？

陈文娟胡思乱想了一个晚上，第二天早上吃早饭时，萧正玉还是与往常一样，边看报纸，边喝粥。

“看到了吗？本市首例捐肝者死亡！唉，父亲给儿子捐肝，两个都死了。”萧正玉轻描淡写地给陈文娟播报着今天的头条新闻。

“啊？哦……”陈文娟连忙恢复正常表情，生怕被看出什么了。但萧正玉还是感觉到了一点不对劲。

“什么啊，你认识？我给你看下照片。”萧正玉边说边递过报纸。

“不，当然不，认识，我——只是觉得好可惜。”陈文娟故做镇静。

“你看，又一个心脏猝死，才三十二岁，唉，现代人，科学越发达，压力越大，疾病越多，死得越快……”萧正玉分析得头头是到，还说昨天去医院，医生也说让他自己多注意。

“我们年纪大了，就应该注重养心。”萧正玉强调了自己的这个观点。

陈文娟点了点头，表示同意，但心不在焉。她拿过报纸看了下，一个整版说明的无非是移植肝失败的过程，父子双双死在手术台上，这真是悲剧。

换肝，陈文娟的脑子里马上跳出了王强的身影，那怎么办？这样的一个负面信息出来，无疑是雪上加霜。

现在就去看看！对，必须马上去看看他。这是陈文娟当务之急要做的事情。

“我等下要出去买菜，你帮我看会孙女。”陈文娟尽量保持冷静地对萧正玉说。

“哦，我跟你一起去。”萧正玉依然一边看报纸一边说。

“不用，我自己去就好，市场里人很多。”陈文娟说着就开始找包准备出门，神色有些紧张，这已让萧正玉察觉出了异常。

“奶奶，奶奶，我也要去。”小家伙看奶奶要出门，赶紧围上来。

“乖，奶奶出去打熊大，打了后再回来，你跟爷爷玩一会。”陈文娟出门后，她怎么也想不到，萧正玉抱着孙女也跟了出来。

说去市场，但陈文娟明显走的是另一个方向，还破天荒地打了辆出租车。

陈文娟的出租车在人民医院停了下来。下车后，她还四周环顾了一圈。

“你怎么来了？”对于陈文娟的到来，王强又惊又喜。

“你看到新闻了吗？今天的快报，整个一版说移植肝失败，我，好担心……”

王强握住陈文娟的手，默默点了点头，满腹心事。

陈文娟把头靠在王强的手上，又亲吻了他的手——两人的亲密接触被站在窗外的萧正玉都拍了下来，而孙女，在吃棒棒糖，挺是安静，配合萧正玉完成拍摄过程。

是他，绝对没错，这个三角眼，那之前的两张照片的男子，就是他。

萧正玉只觉得血液沸腾，但竭力让自己保持冷静，绝对不能在此刻爆发。从前不止一次地经历过愤怒，而这一次，他却忘记了真正的愤怒是怎样的感觉。他此刻只有一种狂暴、要发疯似的感觉，这个跟自己睡了三十年的女人，却在外面……

萧正玉觉得自己似乎能飞起来了，像恶魔般飞过窗户，用血淋淋的爪子划开这对狗男女的脸。

离婚，这必须离婚。你，陈文娟，把我萧正玉当什么？光天化日之下，给我戴绿帽子，成何体统？萧正玉后来都记不起，当时自己是怎么抱着孙女，离开了医院。

第十五章　一头乱麻

一

萧湘的满脑子还是那封信，对于最近父母的变化，竟然没有察觉。

“女儿，我知道，现在跟你说这个，也不对。你爸我向来做事冷静，你也长大了，这个事情，我必须对你说。”直到萧正玉对萧湘说了这番话后，萧湘才从恍惚中醒来。她抬头看着父亲，深深的眼袋，一脸写满了憔悴和忧伤，莫非有什么不好的事情。

“你也是当妈的人了，你说你老爸我，也没有做任何对不起你们的事情吧？可是，你妈……”萧正玉在说这个话的时候，萧湘的脑子里却闪现出多少年前，自己看到父亲的那双鞋，那个打扮得花里胡哨的阿姨，难道，还是又有新的危机吗？各种猜测与不安，交织在一起。

“女儿，你看这个照片，你妈跟这个男人在雷峰塔下；你再看这个照片，你妈和这个男人在医院……”萧正玉拿出照片给女儿看。

“你说说看，爸爸该怎么办？”萧正玉的声音听上去很是绝望。

“爸，爸，你心脏没事吧。”萧湘第一时间关心的是父亲的身体。这个不是母亲给父亲戴了绿帽子吗？看照片，这个时间跨度也太长了，难道这个帽子戴了这么多年，父亲都不知道？

“爸，是谁告诉你？你又是什么时候知道的？”

“说来好笑，你妈，太不会演戏了，我自己破的案。”萧正玉的声音中更多的是无奈成分，面对三十年的婚姻，面对自己的女儿，他还是不敢说出离婚两字。

“爸，你想怎么办？”萧湘小心翼翼地问道。

“我，还能怎么弄，这个男的，你认识不？”被父亲这么一说，萧湘就定睛一看，这个男人还真有点熟悉，特别是双三角眼，朦朦胧胧中传递出不好的信息。

“爸，被你这么一说，这个人，确实看上去眼熟，但不认识。”萧湘的记忆库快速地搜寻着，但终究没法对号入座。他与母亲在雷峰塔牵手，在医院接吻，萧湘有种话到嘴边却怎么也说不出来的感受。

“孩子，你也别怪我们，如果你妈的心真在那个男人身上，我肯定成全他们，女儿——”萧正玉的声音越来越低沉，萧湘能够感受到他内心深处的痛苦，无从言说，更无法道明。

“爸，我手头有这封信，是上次……”萧湘想了下，还是把信拿了出来，告诉了父亲。毕竟父亲也刚跟她分享了秘密与困惑，那自己的，也得跟他说说。

萧正玉看了看，眼里没有任何神采，突然就从口袋掏出一包中华烟，打开拿出一根抽了起来。

“爸，你不早就不抽烟了。”萧湘表示好奇。

“心烦，烦。”萧正玉拿着信，盯着照片，又看看萧湘，长时间不抽烟的他，第一口就被呛到了。

男人，烦恼的时候，大都会选择烟，因为烟寂静又听话，可以接受任何倾诉，还不需要什么互动。

那么女人，烦恼了又能找什么？也去吸烟，或者吸毒？

二

萧正玉要求萧湘把信给他，萧湘答应了。伤心的父亲，黯然的萧湘，父女俩还真是“同病相怜”。

“爸，我支持你，你按照你的思路去解决问题吧。我也大了，自己会安排好自己的生活。”萧湘决定支持父亲的离婚。

萧正玉熄灭了烟，点了点头。

晚饭，陈文娟做了四菜一汤，这家子一般就吃这些：西芹百合、西湖醋鱼、青菜蘑菇黑木耳小炒、肉饼子蒸蛋、玉米排骨汤。所有的菜都不放味精，少油淡盐，荤素搭配，色香味俱全，讲究的就是养生。

但是，萧正玉和萧湘都吃得食而无味。章峰向来寡言，陈文娟看上去也有心事，除了小家伙跑来跑去，其余四人都是各管各的，安静得就如在放无声电影。

暴风雨来临前的寂静，会让人毛骨悚然。

饭后，萧正玉没有按照惯例去小区外树林里走路，而是坐在那里，满腹心事。

“干吗老坐着？”陈文娟洗好碗，看他还坐着。

“没干吗，你到房间里来一趟。”一听萧正玉的口气，陈文娟就觉得不太对。

这个时候，女儿女婿和孙女都已经在楼上了。他们俩的问题，必须现在谈掉。

“赶紧说，什么事情？”陈文娟虽然内心有点虚，但是表情和口气上依然很强硬。她的直觉告诉她，萧正玉应该是有什么不好的事情要宣布。

“你，是不是跟我过得很委屈？”萧正玉一开口说了这样的话，让双方有点尴尬。

“什么？你，怎么了？我还要去洗衣服，早点说，什么事情？”陈文娟有点不耐烦。

“如果，你觉得这种日子过够了，你可以早点跟我说。毕竟我们结婚这么多年了，我不希望……”萧正玉欲言又止，说着去口袋里掏照片。

陈文娟这次认真了，看着萧正玉一动不动。

“你跟这个男人的照片，我上周去找照片的时候翻出来的。没想到吧，昨天还拍到你和他在医院的照片。你就这样把我当傻子耍呀？”萧正玉说着，就把几张照片往床上一撒，这样的动作，有点大义凛然，又有点自不量力，陈文娟从来没有看到过这样的萧正玉。她想不到这样的事情会被他发现，这个秘密都藏了这么久，到底还是要爆发了。

“你想干吗？”陈文娟拿起照片，坦然自若地回答。她这样的表现，让萧正玉非常生气，内心的火一点点地燃烧起来。

“你，你说，我想干吗？光天化日之下，你给我戴绿帽子。你说，我，还能干吗？”萧正玉因为激动，有点语无伦次。

“这个，他是我的一个朋友，我跟你说起过的，结婚前的事情了。你不相信我，我也没有办法。”陈文娟依然是沉着冷静。

“你，你们，太过分了！把我当什么？我又不是傻子？”还没等萧正玉爆发完情绪，陈文娟就接过了话题。“不过是一个朋友，得了癌症，我去看看，你干吗跟踪我。”陈文娟的声音还是不依不饶。

“你，还有理啦？你说，你们到底什么关系？到底怎么回事？”萧正玉的声音又提高了一个分贝。

“你干什么大喊大叫？让女儿他们知道了，你以为有多光彩吗？我先去洗衣服，睡觉的时候，再跟你讲清楚。”陈文娟说着要出房门。

“你给我站住！赶紧说清楚，你为什么去看他？不告诉我们，还说什么去买菜，不是被我发现，你要骗我到什么时候？你们这样鬼鬼祟祟，不怕……”萧正玉显然是想骂脏话了。

“身正不怕影子歪。跟你结婚后，我真的跟他什么关系都没有。人家是个大老板，怎么会看得上我这个老太婆？”

“那你说，这二十多年前在雷峰塔的照片，你又怎么解释？你必须如实回答。”

“你干吗？审问犯人呀？你不要没事找事，你爱怎么处理就怎么处理。”陈文娟来气了，但这话就如导火线，点燃了萧正玉的气焰。

“你——你，我成全你们，离婚，离婚。”萧正玉说出这个词的时候，陈文娟的表情有点吃惊，但很快恢复了平静。

“你自己想好，我是没问题。年纪都这么大了，无所谓。”

“你，太过分了。他妈的，蠢货……”萧正玉这句骂人的话绝对是一语双关，不过，最后几个字，声音相当轻，陈文娟，八成是没听清楚。

三

楼下的父母都谈到离婚了，楼上的三口之家却一点都不知道。萧湘和章峰都在两个不同方向各自玩手机，女儿在iPad3上看《猪猪侠》，三个人保持着同一个状态，甘愿做低头族。

“少壮不努力，长大玩手机。春眠不觉晓，醒来玩手机。举头望明月，低头玩手机。商女不知亡国恨，一天到晚玩手机。夜夜思君不见君，还得埋头玩手机。亲朋好友如相问，就说我在玩手机。待到山花烂漫时，我在丛中玩手机。问君能有几多愁，恰似一天到晚没完没了玩手机!”萧湘在微信上看到这样一段话，不禁笑了下。原来，大家都是被手机掌控的一代。

抬头发现，章峰连瞅都没瞅自己一眼，看样子是在玩游戏，又像是在看股票。不过，晚上又没有股票行情，谁知道他又在干吗?反正，又不关我的事，虚伪的人就是这样。萧湘在心底默默感叹道。

玩的时间总是过得很快，萧湘不停地刷着微信，女儿认真地看着动画片，章峰摇晃着手机打游戏，不知不觉到了晚上九点。“爸爸，我要洗澡，爸爸，不要玩。”女儿爬到章峰的大腿旁，撒娇起来。章峰正在兴头上就指了指女儿去叫妈妈。

“妈妈，我要洗澡，给我洗澡。”萧湘正在回复好友的一个信息，也没空，就让女儿找爸爸。

“呜呜，呜呜，我要洗澡，我要奶奶。”小家伙，干脆哭起来了。一听女儿哭了，萧湘赶紧抱女儿去楼下找陈文娟。

陈文娟正在闷闷不乐地洗衣服。“我爸人呢？”萧湘环顾了四周，感觉气氛不对。

“去，走，路了。”陈文娟一字一顿地回答。

“你们没事吧。”萧湘知道父亲肯定说了，结局应该是什么，听天由命。

“奶奶，我要奶奶。”萧蓉看见奶奶就扑了过去。

“这么迟了还不给她洗澡，你们都在干什么？”陈文娟的火气开始转移了。

“他在玩游戏，干吗一定要我洗。”萧湘理直气壮。

婚姻如果成了在鸡蛋里挑骨头，那也许真的是走到了边缘。

洗好澡，哄宝贝睡觉，再收拾自己，一圈下来，又到了十一点。

睡下后，萧湘感觉才刚刚进入梦乡，小家伙就大哭起来，整个人都跳出在被子外，神似在梦游。肯定是白天玩疯了，晚上才瞎折腾。连续好几次，萧湘不断醒来给女儿盖被子。而章峰却是睡得呼打呼。萧湘心里很不爽，干脆不睡了，起来打坐。女儿老是大哭，然后踢被子，持续了很久。

凌晨三点左右，女儿醒了，又大哭，怎么抱都弄不好。“快点给我醒来，发烧了，快点。”章峰很不情愿地醒来，在萧湘的命令下去拿了体温计。

果然，一量，三十九点五度，一看这么高的体温，章峰也彻底醒了，急忙地找降温贴，可是翻箱倒柜还是没找到。

女儿还在哭，萧湘和章峰却在各自埋怨对方，没准备好药。

“别废话了，去医院。”凌晨四点左右，两人带着女儿去了人民医院。

挂号、配药、打点滴，一阵忙乱，医院永远是最忙的地方。特别是在这春夏之交，混乱的天气下，到处都是感冒生病的人。

终于挂上了点滴，萧湘抱怨章峰动作太慢，章峰嫌弃她太烦。两人互不搭理。

萧湘抱着女儿，在输液室，倦意一阵阵袭来，都早上五点多了，本来这个时候是萧湘睡眠的黄金时间，实在挡不住了。萧湘指着身旁的章峰吼道："你就不能给我抱会。"

章峰瞥了她一眼，有点不情愿地抱起已经熟睡的女儿。

"吵什么吵，安静安静。"正在梦里的萧湘被医院保安的声音吵醒了。醒来，眼前居然是这样一个场景。

人群中的这些人，特别眼熟，名字就在嘴巴，却叫不出来。

"你已经签了合同，钱也打给你了，没有道理不同意呀，你这样是什么意思，我可以告你。"高个子男孩拉着一个女孩的衣服。

"放开我。"女孩一甩手。这，这不是——倪燕吗？萧湘擦了擦眼睛，以为自己在做梦，确实是那个跟老公有一腿的倪燕，萧湘想叫章峰，居然发现，他正抬头看着这场戏。

"我有病，是的，我心里有病，我不愿意捐了，之前打的钱，我会还给你，我要命，我年纪轻，我还不想死。"

"姑娘，我求求你，救救……"一位中年妇女正欲下跪。

"妈，你干什么呀？"高个子男孩拉住自己的母亲。

"我说了，阿姨，我实在没法帮你，你们另找他人，别再纠缠我了。"倪燕甩手就离开了。男孩上前拉她，她居然大叫起来："快来人，非礼，救命！"引来了保安，引来好多围观的人。

这么一叫，男孩与母亲那方也没有办法了，倪燕把之前的合同当面撕破，就嚣张地离开了。

这个小女子，还真是不好惹。萧湘心想，到底发生了什么事情，既然是在医院，肯定是人体器官的买卖吧。这不会就是上次萧冉跟自己说的那个事情吧，萧湘的脑海里蹦出无数种可能性。她不捐，那正是自己想要的结果。

四

“你的小鲜肉，怎么不去打个招呼？”萧湘故意调侃章峰。

“无聊。”章峰自顾自地回答了两个字。

“谁无聊呀？”萧湘反问，但章峰就不再回答什么。

两个人的对话，就仅限于如此，真是比陌生人还陌生人。

萧湘本想着给萧冉打电话，谁知这个小妮子，抢先一步打了过来。

“姐，近来可好，两个事情跟你汇报。第一，我上次跟你说过我的朋友父亲肝移植的事情，那个倪燕，居然又不同意捐了。我朋友现在到处在找合适的肝源。三天之内，必须手术，不然只能死路一条。你帮忙也留意下，价格随便出，只要愿意，对了，血型是熊猫血。”

一听到熊猫血，萧湘心里咯噔了一下，因为自己就是熊猫血。本来不知道这个事情，因为从小就害怕看见血，大学体检的时候才知道。

“姐，你在听吗？还有个事情，我被我妈烦死了，吵着让我结婚，说什么算命，今年结婚最有利，不然就要在两年后了。其实，我跟你说了，我压根儿就不想结婚，我根本碰不到真正的爱情。”

还爱情，萧湘觉得，婚姻里谈爱情，过于奢侈了。父母，表面看上去恩爱了一辈子。可谁知道，离婚也是近在咫尺。而她和章峰，那跟陌生人又有什么区别呢？

“我同意你的观点，但是，父母着急，不结婚就没后代，那你也准备牺牲自己吗？”萧湘问道。

“姐，你了解我，我只是觉得母亲可怜，被父亲抛弃了，带我长大不容易。母亲节也快到了，我不想让她太担心。而且你知道的，萧珍都结婚了，我一定要找到比她好的。你就给我张罗张罗，你认识的人多，而且多半都靠谱些，这个事情就拜托你了。”萧冉汇报的这两个事情，在萧湘看来，都有点头疼。但妹妹的事情，她必须留意。

谁都无法抵挡世俗的生活，萧湘以为萧冉会一辈子不结婚，但为了父母，为了生活，也必须做些违背自己心愿的事情。可是，身边有这样的男子吗？要比林祥好的男子，又该在哪里呢？一想起林祥，萧湘就有种“十年生死两茫茫，不思量，自难忘”的悲伤。

哦，对了，许大雷。不过，人家已经有好久没联系了，不知道，问问是否合适。

萧湘打开微信给许大雷发个表情，谁知人家马上就回了：“湘儿，我最近出差了，刚回来，正想找你，好想你。”

许大雷这样的表达方式，让萧湘有点接受不了。但看到“好想你”三个字，内心还是隐约触动了一下。

“是这样，你还没女朋友吧，我给你介绍个对象，可否？”

“啊？哦。”许大雷回了两个字。

“我堂妹，一九八七年，在银行工作，自身条件与家境都不错，你看，要不要见个面。”萧湘一股脑儿地都发了过去。

“韩寒开的那家‘很高兴遇见你’，我还没去过，那要不明天见？”许大雷的回复让萧湘挺满意。

第二天晚上，三人就在“很高兴遇见你”见面了，许大雷是提前两个多小时才等到了位置，人气相当旺。这是个很文艺、挺小资的美食餐厅。没有传统的欢迎光临，清新简单的一句“很高兴遇见你”，却感觉像是多年不见的老友，在茫茫人海中就这么遇见了，不必害羞也不必局促，没有早一步，也没有晚一步，就在此时此刻，遇见了。

读书的时候，萧湘很喜欢韩寒的书，因为他别具一格的一面，正如这家店一样，点点滴滴的装饰都让人心驰神往：充满文艺气息的纱帘、别致的灯具、黄蓝两色靠垫，写着心灵鸡汤的桌牌，还有巴西元素的招贴画，带有梦幻气息的菜单……

真的会有一见钟情，萧冉在第一眼看见许大雷的时候，内心就被触动了。她的眼神几乎没有离开过他。萧湘当然是看出来了，妹妹对许大雷的表情，但是许大雷好像并不怎么接受。就如当年，她傻傻地喜欢着许大成，而他……

不过，这一晚，三人都很开心，喝完了三瓶红酒。萧湘显然是醉了，她的眼前恍恍惚惚地出现好几个男子的影像。最后，许大雷变成了林祥，又好像变成了李依西，她一直呼唤着他们的名字，只是声音很低，听不清楚到底叫着谁。

“姐，你喝多了，我送你回去。”本来萧冉想要进一步跟许大雷接触，但看到姐姐这样，没办法，只能提出来送她。

“不要，不要，我要再喝。”萧湘不同意，甩开萧冉的手。

“你真的多了。那，要不我送你回去。”许大雷说道，萧湘居然握住了他的手，而且不肯放。现实世界里太懦弱，不敢表达感情的人。醉了后，是不是都会这样的大胆？不过，许大雷很高兴，宁愿人家一直醉下去。

“还是再待一会吧。姐，这样一身酒气的回去，肯定不行。”萧冉说着，点了一壶醒酒茶，三人又坐了一个多小时。

最后，许大雷打的把萧湘和萧冉分别送回了家。

五

回到家后，萧湘的酒意有点醒了过来。时钟已近深夜十一点，父母的房门关着。萧湘轻手轻脚地走到楼上，一走进卧室，看到正在玩手机的章峰，与正在看动画片的女儿，萧湘的心头生出无名的火来。

“干什么？你有没有神经病？怎么还不给她睡？有你这样当爹的吗？”借着酒性，萧湘责骂的话是一句比一句犀利。

“你干什么？你自己在外喝个大醉回来，还发酒疯？”章峰头也不抬，继续玩手机。

“你，我不是说了，给萧冉相亲。你，说话太过分了。”萧湘的声音突然提高了。“妈妈，我在看电视，不要吵。”小家伙也是头也不抬，学她父亲的样子，命令她。

这个时候，萧湘不知道哪来的怒火，她走到章峰面前夺过手机，又盖上了女儿的iPad。“我要看，我要看，坏妈妈……”女儿开始大吵大闹起来。

章峰也从床上站了起来：“你没事找事呀？没理由对我们指手画脚。”他的声音坚定而不认输，给女儿把iPad打开。

“你什么意思？不要把你自己的龌龊思想驾驭在别人身上，我从来没做什么对不起家庭的事情，不像你……”

“你干什么？大半夜，我不想跟你吵。”说着，章峰想要去夺手机，萧湘不肯给。

“你，你别自以为是。不想过了，离婚。”萧湘说出这两个字的时候，怔怔地看着章峰。

“离就离。”章峰的回答很干脆利落。

人家原来早就有准备了，萧湘的内心其实只不过是一说而已，但人家居然这么回答了，也是好事。

“好。”说完，她就睡到隔壁间去了。

两岁的女儿根本不知道父母发生了什么。若离婚，对小孩子的影响肯定很大。萧湘想，自己万不能太任性，毕竟是当妈的人，可是，这样的生活，没说几句，就要大吵一番，又该如何继续？必须活着，不然，实则太窝囊。

萧湘想着就下楼去找母亲。可惜，母亲不在，父亲独自一个人在抽闷烟，房屋空荡荡的，只有父亲的烟头在空气里孤寂的游荡。有种难以言说的失落。

萧湘想叫父亲，在黑暗中开了几次口，最终没有打扰父亲。让他静静吧，可怜的爸爸，萧湘想，以为父母会牵手到老，看来……

这个世界不会按照常理出牌，萧湘想起那封神秘的信来，父亲拿了信后也没再说起。

每个人都忙着各自的生活，每个人都有不同的孤单，谁又能了解谁的寂寞？谁又是谁的孤独源泉？谁又让谁铭记一生，爱恋一生，痛恨一生？

六

萧湘不知道什么时候走到了马路上，听见路上摩的开过的马达声和汽车的鸣声。原来，有那么多人过着夜生活。

聒噪属于他们，与萧湘无关。曾经，萧湘无数次地盼望着能够遇见林祥的大哥——那个黑衣的、长发的不良男人，喜欢女人丰满肉体的男人。他有很多女人，却仍止不住对其他女人肉体的冲动。他就在萧湘睁开眼的刹那消失了。

当年，林祥拒绝把萧湘献给大哥而遭毒打，虽然肉体没有死去，但死去了他俩本该有的爱情。为了给自己的初恋讨还一个公道，萧湘曾义无反顾地穿上高跟鞋，化上浓妆，染上红得耀眼的头发，穿梭夜市，找到他。在一家夜店的后台，他正抱着怀里的妓女，发泄他的原始欲望。那女的雪白的身子像八爪鱼一样紧紧吸附在他身上。

他的目光穿过女人披散的头发，萧湘吓得灵魂都出了窍，仿若掉进光滑无比的冰窟里，无论如何用力哭喊，都只有自己的回声。那回声像金属划过玻璃面的声音，尖锐地刺激着神经。

萧湘的手脚挪不动，房间里的大气压急剧加大，房顶摇摇晃晃，瞬间就要倒塌下来。萧湘在期待它倒塌下来，毁去一切可怕、黑沉沉的恐惧感。

这家伙伸出一根手指就能捏死萧湘。他的目光里，熔浆滚烫席卷了整个世界，火花四射、雷声轰响。萧湘不停地蜷缩、后退；躁动不安、全身发热。她的身体像一只茧裹在衣服里，挣扎、蠕动。白花花的屁股挡在萧湘面前，照得其晕眩。两只修长而白皙的双腿完美无瑕，高挺的乳房夸张地一翘一翘，她骄傲地看着萧湘。萧湘蹲在一旁，全身颤抖。那女人甩着她的齐肩长发，向萧湘投去轻蔑一瞥……

萧湘脱掉外套，里头穿着皮卡丘的粉红色睡衣。萧湘脱掉它，暴露出光洁如绸的肌肤。对面的镜子洞悉一切地看着。萧湘抬起眼望了望镜子中的自己，面无表情。时间、灯光、怪诞、恐怖凝固在萧湘精致的圆脸中。时间在那刻停止。萧湘的身形和乳形像高仓健主演的电影《追捕》里的女主角真由美。

"你现在相信我不是找你报仇了吧？"

"哈哈！果然，你比祥子识趣多了。"

"但我想明明白白把我自己的身子交给你。你们对林祥到底做了什么？"

"不识相！好了，宝贝儿，不说他了，过来吧。"

萧湘尽量躲着他，拖延时间。推门进来前，萧湘已经告知萧冉报警了。

这家伙推开身边的那个妓女，借着酒力，醉醺醺地对萧湘说："跟了我，绝不会亏待你！"满嘴的酒味与腥味，萧湘赶忙把头撇过去。没想到就这么个小动作惹恼了他。他抓起萧湘的手，凶狠地用烟头烙在她雪白的小食指上，说，如果你想为林祥那小子报仇的话，趁早死了这条心！

你要怎样？萧湘当时心里十分害怕，特别害怕，声音颤抖，心里打退堂鼓，因此，不停地往后退。宝俪酒店的六零二号包厢的面积很小，萧湘后退时碰倒了椅子，脚背踩到椅子背的横杆上，打了个趔趄，扑倒在地上。椅子的连接处是铁皮钉的，跌倒时划了个伤痕，渗透出点点血色。

"你跟我吧，一年、两年随你定。两年以后就不行。我虽然很恋旧，但更喜欢新的，刺激的东西。”

萧湘很想当场就啐他一口！甭说一年、两年，就是一秒、两秒我也不想！可也不想断了这条线索，只好哀求道：“你看我，脸蛋倒是马马虎虎，可这身材就不行了，还没发育好。你要包养，也得找那些身材绝好的女孩子才对你的胃口。”

他死死地盯着萧湘的脸不放，说：“我根本就不喜欢太成熟的女人。给你一点时间考虑一下。”

“不，不，不行的。”萧湘持续后退。十七岁的年纪，萧湘没办法游刃有余地算计别人。

“小妞，你以为别人都是白痴吗？”他的脸色成了酱紫色。他拿起小刀，在萧湘身上洁白的肌肤上一划一划，血丝轻轻冒出。他逼她看他和女模特各种下流不堪、无耻的表演。萧湘情愿毁了自己，也不愿意接受那样的精神折磨。他不毁她，但他深知怎样致人于死地的手段。

萧湘清楚他喜欢什么。萧湘拿起刀子割伤自己的大腿，大腿动脉破了，大出血，差点赔上自己的小命……

他们终于被绳之以法了。萧湘伏在萧冉的肩膀上，痛痛快快哭了一场。“姐姐，你太傻了，你要振作，我一定替你保守秘密。”这个世界上，没有什么公道可言的，没有的！为什么就不能讨回一个公道？为什么就得忍气吞声？为什么伤害的反而是自己？

时间真快，一晃过去这么多年，仿佛前尘往事。萧湘看着眼前的车水马龙，内心却是无比的空寂，没有一个人能懂得她，究竟在干些什么，为林祥报了仇，人家又会领情吗？

“你不用为我做任何事情，我们不一样。”林祥不知道，这样的话从他嘴里说出来，有多么的伤害萧湘。当然萧湘也不知道，自己的表现，有多么的幼稚而可悲。人与人之间若是隔了心墙，你即便赔上老命也打不开。

七

有些东西，不属于你，终其一生追求也是两手空空。萧湘觉得当年的自己有多么可笑。这辈子，难道注定要被男人抛弃吗？先是林祥，再是章峰……少女时的阴影在深夜重现，萧湘想过各种各样的场景，想要再牺牲一次，给自己的内心一个说法。但是，该如何努力，才会有这种机会见到那个恶魔般的中年男子呢？但即使见到，又有什么用？萧湘只记得当时用牙齿在他的左手臂上狠狠地咬了一口。她用尽生命的力气，也无法咬断男人的手臂。

因为整个人不在状态，萧湘看稿子也是云里雾里。电脑上的文字，就如一条条游动的小鱼，又像小蜜蜂，围着她转个不停转悠。看不清楚，道不明白。作者写的是什么意思，她也不想去深究。现代人，总是逃不出写情，写爱，那些在现实生活里得不到任何的情爱，在虚构的文字里，还是要自嘲一番。萧湘自己又何尝不是。

人，寂寞至极才会选择找虚构的环境倾诉，比如说网恋、电话恋、文字恋等等，如果没有找到合适的发泄点，就很容易得抑郁症。萧湘看着电脑上的稿子，脑子里却浮现出这个活生生的人物，表舅的女儿。她长得雪白粉嫩，娇小柔美，在幼儿园当老师。去年结婚，今年初她生了个大胖儿子，老公是名警察。照说，应该是生活美满幸福的那种，但她却突然得了抑郁症，半夜抱着儿子要跳楼。还好，她老公值勤回来，阻止了她。但是这以后，她各处寻医，到现在为止，还是处于抑郁状态，除了父母不认识其他人。整个人看上去呆呆的，眼神无光，肌肤苍白。今年才二十五岁，本该有很长的路要走。但医生说，她的情况已经很严重，其实，应该是早些年就有了，不过，她一直在压抑自己，到最后爆发情况就危急了。而这个导火线就是她再次考试失败。原来，她在幼儿园是临时老师，她一心想变成正式工，看着身边比她都还不如的人，一个个转了身份，唯独剩下她，考了无数次都考不上。她的一个小姐妹，因为成了某企业老总的情人，后来就理所当然地成了幼儿园的副院长，这又给了她致命的一击。一夜之间，情绪就大爆炸了。

“人要学会释放自己的压力。不然，每个人都是潜伏的抑郁症者。”医生的话，让萧湘很有感慨。对于经常失眠的她来说，值得引起注意。

“萧湘，这个是你的信。”正想着，萧湘收到送报胡师傅递过来的信，上面写着：“我的宝贝湘儿收”，没有落款，字体歪歪斜斜。看到这样的信，萧湘的满个脑子，都是之前那封要求她死后开启的信件。给了父亲后，父亲也再也没有说起，石沉大海。而现在，又出现了同样的信，萧湘神经一下子紧张起来。这个不会是同一个人写的吧？

迫不及待地打开，萧湘第一时间就冲去了人民医院，父亲得了这么严重的病，怎么不早通知？

萧湘按照信上的通知到了VIP518病房后，顿时傻眼了！这是在梦里吗？还是真实的场景？母亲陈文娟分明在照顾另一个男子——这个光头男子，这双三角眼，还有左手臂上那块印记。萧湘隔着窗外的玻璃，却看得清清楚楚，这个人是谁？这分明就是要了她处女身的恶魔，可母亲为什么会在这里？难道，他是自己少女时认识的那个叔叔，就是与母亲纠缠不清的人吗？

八

萧湘感觉自己的脑子一团浆糊，怎么也搞不清楚这世界是怎么了？窗外突然下起大暴雨来，应和着她此时此刻的心情。

陈文娟看见萧湘后，突然就跪了下来。面对母亲莫名其妙的下跪，让萧湘非常尬尴。“求求你，原谅我，我的女儿，我知道你不敢接受，但是……求你，妈妈，求你，救救他。”

萧湘恶狠狠地瞪着眼前这个男子，全身写满病态，到处都插着救命的吸管，有点像毛毛虫，苍白如纸，憔悴不堪。他双眼微闭着，仿若已经睁不开，但鼻子却在一吸一吸，像是打呼噜，又像在哭泣，给人一种随时要倒下的感觉。人不人，鬼不鬼。萧湘觉得这个是对他最好的概括。

“救他，妈妈，你到底在说什么？你赶紧起来。”萧湘差点不认识自己的母亲，曾经那个漂亮有气质，又强悍有个性，从来不轻易求别人的母亲不见了。现在的她，却是那么低微，苦苦哀求自己女儿的样子比乞丐还低三下四。

“女儿，你不要怪妈妈，但是你必须接受这个事实。你也是当妈的人了，你要理解我的苦衷……”陈文娟絮絮叨叨，依然没说到重点。萧湘沉默着，脸上是冷冷的表情，感觉不像是面对自己的母亲，而是面对那种跟自己毫无关系的人。

听到后面的话时，萧湘不知道自己身在何方，倘若眼前有把枪，她肯定拿起来，把床上的男人和自己的母亲都给枪毙了，最后再自杀；如有没有枪，有刀，她也想把这个男子给砍死，自杀般的疼痛遍布全身。萧湘不记得自己是怎么跑出医院的，逃离的场景曾经一次次出现在梦里，但都没有比这次来得这么猛烈，真正的疼痛，会让人麻痹。

曾在怀孕后期，萧湘经常梦见这样的场景：她抱着自己的胳膊，知觉一点点抽离，沉重，身体不停下降。透亮的宫殿在她头顶收缩、扩展，血液往外挤。她很害怕，左冲右撞地找不到方向，宫殿在剧烈收缩，又急又快。她的脖子越来越被勒紧，不能呼吸。不，整个鲜橙色、温暖的宫殿在摇晃。她焦急万分，脖子上好紧、好重，动不了……她心里打了个哆嗦，脚下的步子加快。路灯在前方摇摇晃晃，她一直跑，沿着能跑的方向一直跑。刚开始还能听见后头的脚步声，后面不知跑了多久，路上的行人出奇的稀少，有几个干脆驻足，呆望着她。她无法停下自己的脚步，她不停问自己后面有人追着吗？有。那么她就必须跑，拼命地跑……

而此时，萧湘也在这样狂奔，时间不允许她停下。背后母亲肯定在追逐，就这样她沿着路，从郊区跑到市区，分岔路口太多了。灯光，对！灯光越璀璨，人就越多。萧湘就越安全。体力不支时，萧湘瘫倒在一家商店门口。红绿晃眼的霓虹在她眼前闪着、模糊开来。地上的红毯还撒着鞭炮和礼花的屑末。萧湘眼前一黑，倒了下去。

醒来后，萧湘感觉全身酸痛，拉了个枕头垫在后背，坐了起来。开了手机后才傻眼，短信劈天盖地进来了，现在已是上午十点，自己怎么睡到这么迟？今天明明是周五，这可怎么办？领导早就打过来电话，萧湘回过去，对方却没接。无奈之下，只好编了个短信。“领导，抱歉，今天重感冒，不过去上班，希望准假。”好长一会，领导才回了一个好字。

长长地叹了口气后，萧湘猛的看到薄纱的透明窗帘外那种刺眼的牛奶白，像乳汁一样让她的房间充满母乳的润泽，但却没有温暖。萧湘怎么也忘不了昨天在医院的那一幕，陈文娟怎么可以做出这种事情？他们太缺德了，简直丧尽天良。

萧湘裹了件外套，起身，走到楼下。家里除了她一人，所有人都不在。萧湘看了看镜子里的眉毛好一阵子没有修过了，痘痘又冒出好多。

第十六章　黯然伤神

一

萧湘靠着窗户，看着外面匆匆的人流发呆。这几天接连发生的事情，她还来不及思考到底是否有因果联系，但事实却已全部发生。生活就如一潭死水中又放入了一群死鸭，腐烂霉臭。下一步到底应该怎么走？萧湘茫然无知。

“逃离！”脑海中跳出这两个字的同时，想起床头那本还没看完的小说，二零一三年诺贝尔文学奖获得者加拿大女作家艾丽丝·门罗的作品《逃离》。说真的，看了很久，刚开始还是似懂非懂，自始至终，透过每个文字，都给人一种悲凉的感觉。

逃离，或许是旧的结束。或许是新的开始。或许只是一些微不足道的瞬间，就像看戏路上放松的脚步，就像午后窗边怅然的向往。逃离，不过是种过程，是没有办法的办法。

而，现在，萧湘能想到的也就只能是逃离。

“姐，我求你一件事。姐，你领进了门，总得再给几个招数吧。”看到萧冉的微信，萧湘傻笑了一笑，这个曾发誓不结婚，不谈恋爱的家伙，看来也动了真格。人，就是这样，一旦遇上让自己动心的人和事，就会甘愿放弃原则。

“这个，你姐我还真没有什么办法。”萧湘实话实说。

“姐，你好歹也是文艺女青年，想几招文艺点的路数。再加上你妹我颜值高，拿下他，应该不算难吧。”

文艺？看到萧冉的微信，萧湘的脑中突然出现一位男子的身影，不算伟岸，也不算弱小，他递过来的那是什么东西——那分明就是一枚枫叶。

李老师！萧湘伸手去抓，却发现眼前什么都没有。心脏微微跳动了下，感觉额头有汗珠，难不成又幻觉了？

人一旦被世俗后，什么文艺？什么梦想？早就被抛在了九霄云外。

萧湘有种欲哭无泪的感觉，这萧冉明明是在挖苦自己。

“姐，你怎么了？难道要见死不救吗?反正我就是真心喜欢他了，我就要当他的白娘子。”萧冉的大胆与率真，一直是萧湘想学习的。这个小妮子，既然这么有信心，何苦来求她？这么相信“有志者事竟成”，那干吗还要什么文艺点的招数呢？

其实，爱情里很多时候，用招数根本行不通。爱就是爱，不爱就是不爱，哪来那么多的理由？二十一世纪初，当谢霆锋还是小鲜肉的时候，当萧湘还是个青春美少女的时候，不是有首歌就叫《因为爱，所以爱》，萧湘很喜欢，不仅仅是因为歌词，更因为是林祥，他那富有磁性的声音仿若还能在耳边响起，但他，却早已离开了她。

有一种爱与恨，无从诉说，却终将刻进生命的墓碑里。

二

人在失落的时候，会想念一个人，无端地想，毫无征兆。脑海里的这个人物，模糊但又清晰，萧湘知道，他的背影就是李老师。很奇怪，最近怎么总是会想起他，这种思念，唐突但又克制不住。

去哪里找他的联系方式呀？曾经的号码换了，曾经用过的邮箱，因为忘记密码，也进不去啦！不然，可以发个邮件，联系下他。

在信息社会这么发达的今天，萧湘却感觉一种越来越遥远的距离，本来可以写信给李老师，以前不是总写信嘛。可是，现在呢，谁还写信？况且，李老师肯定换了地方，去哪里找到他的确切地址？

百度，人肉搜索，呵呵，萧湘想到就干，百度对李老师的介绍比较少，向来低调的他，就只有寥寥几句：李依西，中国作家协会会员，中国文联专职作家，出版十余部长篇小说。

唉，还真是字字如金。

“梁媛哲！”突然，萧湘的脑中跳出这个人的名字。有她的联系方式，两人是在五年前的一次诗歌颁奖会上相遇的，梁媛哲当时得了一等奖，在台上作了洋洋洒洒的获奖感言。

对于她的外表，萧湘早就忘得差不多了，印象里长得比较高挑，一张娃娃脸，大眼睛，白皮肤，长相不能说是最好，但也算是美女一个。萧湘记住的是梁媛哲发表感言中的那几句话：“我能有今天，最感谢的是我的恩师李依西……”

萧湘对这个名字敏感，于是，脑海中有了各种猜测，眼前的女孩是李老师的学生，还是有更深一层的关系……

梁媛哲的诗歌写得不错，大气而不矫揉造作，完全已经脱离小女子的风格，力透纸背，字字精辟。

那时的萧湘，就特别羡慕梁媛哲，因为她有李老师的提携，才有了今天。而她，一直在原地踏步。

那次颁奖会，萧湘只记住了梁媛哲，有种道不明说不清的感觉。但是回来后，马上就被忙碌的生活淹没了。日常生活是由千百件蜂拥而至的琐碎小事组成，有些细如针丝。萧湘因为粗心而经常丢三落四、洋相百出。

对，马上给梁媛哲打电话，她肯定知道李老师的号码。

啊，可是，梁媛哲为什么要告诉她呢？

内心有两个自我在不断纠结，谁也说服不了。

不在斗争中重振，终将在沉默中死亡。

家里唯一可以帮萧湘的人是萧正玉，可他不知是真有外出采风，还是借口离开了伤心地。

“孩子，生活总会过去。你绝对不能冲动，老爸与摄友一起在哈尔滨。”父亲还真是有勇气，说离开就离开。

章峰一直是不冷不热，在与不在一个样，大家各管各，互不干扰。他不知道她这些天在干什么，她更不知道他在想什么。

陈文娟是恨不得把萧湘绑过去换肝，除了带孙女，她的全部心思都已在王强身上。

走，只有逃离是最明智的选择。但这也不能算是逃离，只不过是避一下而已。

三

萧湘不想让陈文娟太担心。恨归于恨，对于母亲，萧湘还是觉得亏欠更多一点。毕竟，是她亲手带着女儿，为此落下腰间盘突出等各种病。陈文娟从来不诉苦，总是想方设法不让萧湘操劳。就连做家务，每次萧湘主动干活，陈文娟却要说她，说什么打扫得不干净，不用做。陈文娟的语气还相当强硬。萧湘就不开心，但还是硬着头皮干完，陈文娟继续絮絮叨叨。

“别吵了，真够烦，我干点活都这么烦。”萧湘的火气会在瞬间爆发。“谁让你干了，一边去。你做了，我又要重做，还不允许我说两句啦。”陈文娟明显也生气了。她们两个本意是女儿心疼母亲，母亲心疼女儿，可到后来，却弄得双方都相当窝火。

这样的事情，在日常生活里时有发生，但母女俩的感情还是很好的。可现在，遇到了这样的事情，这明显不是沟通可以解决的问题。

深夜走。萧湘决定了这样一个时间。对于失眠者来说，深夜是最清醒的时刻，萧湘带了几件换洗衣服和几张银行卡，在家的门后贴了张纸条。上面没有称呼，就简单写了一句话：单位临时通知让我外出考察，一周后回。

虽然想着一走了之，但尊重还是必须的。留个纸条就是对家人最起码的尊重。

那么该去哪里呢？萧湘感觉现在的自己就如钱塘江边的鳗鱼，看似自由自在，却不知道目的地在哪里？当遇上铺天盖地的渔网时，往哪里逃，都是死路。

萧湘知道逃了也无济于事，但是现在，只能逃离。

凌晨三点，这是个比较尬尴的时间。有人刚刚入睡，有人却已苏醒，有人还在假睡假醒，萧湘的脑海里突然闪现出小时候爷爷喊早潮的情景。小小的萧湘跟在爷爷的身后，看着爷爷拿着手电筒，在江堤边跑来跑去。总有那么几个年轻人，不懂潮性，喜欢在凌晨来寻找刺激，爷爷曾在早潮来临前，救过好几条生命。有的流浪者是干脆躺在江堤下睡觉，当做了床，以为可以睡得舒舒服服。

谁知，一会儿工夫，就惊涛拍岸，浪花飞溅。他们这才倒吸一口凉气。“谢谢老爷爷，不然，我就没命了！”听爷爷话的，看着眼前的涨潮，都会谢谢爷爷；但也有不听话，依然躺着，然后，就跟着潮水一忽而过。

每到这个时候，爷爷就会无比痛心，因为会想起奶奶，这种思念，无法被代替。但基本还是都被爷爷喊了回来。

“快点快点，就来了！听我一句，不然，就没命了。你总还不想死吧，年纪这么轻，潮水是不会跟你开玩笑的……”爷爷喊潮总是苦口婆心，这样的声音总会在耳边反反复复萦绕。

城市的街头，依旧灯火通明。萧湘看见街角有人在独坐。他们衣着整齐神态茫然，木木地打量着行人和车辆，打量着夜的容颜。一定有什么事情使他们的睡眠丢失在城市的睡眠中。每一个晚睡的人，肯定会有难以言说的秘密。有几个小伙子，三三两两地站在宽敞的马路中间打着手机，仰天吼叫，声嘶力竭，酒气熏天。过往的车辆，飞驰而过，但他们旁若无人，一定有什么事情或者什么人刚刚撕裂了他们的心。

萧湘曾经傻傻地以为，夜晚的孤独是属于她自己的。转身一看才发现，世界的各个角落，都有奇奇怪怪的人，各自拥有着各自的孤独。

萧湘在等待清晨的到来。寂静地等。脑海里突然出现一组白鹭的照片，那是前段时间，萧正玉在钱塘江边拍摄到的，在阳光到来之时，数以万计的白鹭迎着钱江潮头飞翔。萧正玉把江水和草滩处理成浅灰，用大地的黑灰色背景来衬托白鹭的颜色，投射出放飞理想和沉重现实的某种撕裂感，让自由飞翔的白鹭有了一种义无反顾的出征悲壮感。在动与静、黑与白、真与美的独具匠心中，镜头永恒地定格在时空变化之上。这样的画面，令萧湘的心情不自禁地颤动起来，蔚为壮观的那一瞬间，撼人心魄。她幻想着自己能够成为那群白鹭中的一只，在那一刻能够展翅翱翔。

四

是怎么走进了这家“零点咖啡馆”的，萧湘记不起来了。她只是觉得太困，眼皮一直在打架。后来，她走着走着，一抬头，才发现居然有家二十四小时营业的咖啡厅。以前的她，从来没有来过，也从来不知道还会有这样的风景。

本来是相当困，走进去后，心灵突然有一振奋的感觉，这儿是哪里？好熟悉，又无比陌生，稀稀拉拉地坐着一些人，有默然的眼睛，有期望的眼神，也有悲伤的表情，大伙儿仿佛都在等待清晨的到来。

走进这里，萧湘想到了莫迪亚诺的小说《青春咖啡馆》。咖啡馆像巨型磁铁一样，吸引着一群十八到二十五岁的年轻人，他们“四处漂泊、居无定所、放荡不羁”，从来不考虑未来，尽情地享受着文学和艺术的庇护。

真实生活里会有这样的咖啡馆吗？结婚后，萧湘的生活很规律，上下班在家带孩子，按部就班。除了偶尔参加必要的活动，上次跟许大雷约过一次，其他的时间都给了孩子和家人。照理说，应该能经营好自己的婚姻，谁知道，现在漏洞百出。

男人是无法经得起诱惑的。最近热门的电视剧《虎妈猫爸》，就讲述了赤裸裸的现实。男主角终究抵不过初恋情人的诱惑，明明知道不该赴约，却一次又一次地偷偷溜出去。这是什么心理，侥幸，侥幸可以一时，但不会一世。这么简单的道理，真正实施起来却不容易。

这些在咖啡馆的人，也是因为侥幸吗？还是糟践自己，明明可以回家，睡个大头觉，为什么要在这里浪费生命……坐在这间暂时脱离生活感、白色闪亮的咖啡馆里，情侣们都在做着伪装的交谈，仿若是两情相悦长久时。

正想着，萧湘抬头看到有个角落里，一个戴着鸭舌帽的陌生男子，头低低地垂着，整个脑袋都在帽子里面。看上去很落魄。他是谁？

萧湘觉得这个人与此时的她，完全是有几分相似。原来，到处都有“天涯沦落人”。他和其他人显得与众不同和异乎寻常，仿若他用自己的凄凉把他们都感染了。

萧湘觉得整个咖啡馆的感觉不对，凄凄惨惨悲悲戚戚。耳畔流淌着优雅的钢琴声，但也还是抵挡不住悲情气氛。

是怎么走过去的？坐在了这个男子的对面，萧湘的内心尽管做着思想斗争，但毕竟是跨出了这一步。

“你是？”萧湘的声音颤颤悠悠。

谁知，男子拿开鸭舌帽，抬起了头。

在四目相对的瞬间里，萧湘怎么也不敢相信自己的眼睛。

以为自己在拍穿越剧，可是，十多年了，他怎么会一点都没变。依旧是小平头，瘦削的脸蛋，黝黑的皮肤，厚嘴唇，只不过，多了几条抬头纹而已。

“李依西老师。”萧湘叫了他一声，还环顾了一下四周，确定是自己的声音后，才镇定了一下。十几年不见了，居然，一见面就叫出了名字。萧湘有些佩服自己的记忆。不过，记忆这东西，确实有时会很神奇。那些刻骨铭心的片段，你从来无须想起，它就在你的空间里，随时可以被叫醒。

“你是，哦，湘儿？是吧。”这个厚嘴唇男人，脸上的表情，仿若一下子经历春夏秋冬四季。他不肯定，但又充满着被肯定的表情。萧湘有点意外，李依西老师居然还能记得自己。

“是，是我。”萧湘赶紧点头答应。

男子突然站了起来，伸出一双纤细的手来，满脸喜出望外。

写作的男子还真是不一样，有这么白嫩干净的手。萧湘看着李老师的手，停顿了一下，就想到了一个问题：他是不是从来不用干家务呀？但终究没有问他，毕竟大家又不是很熟，问到这种问题，不是明摆着要李老师透露个人隐私嘛。

想多了，萧湘赶紧与李老师握了一下手。

五

人生就是这么奇特。你永远不知道会在下一个路口，遇见谁。在过去的十几年里，萧湘虽然有无数次想起过李依西老师，想起他曾经是怎样苦口婆心地教导自己，一定要坚持住，扎根在文学的梦里注定是要承受各种苦难。但是都会过去，只要认真付出，你的作品就一定会馈赠予你。

萧湘有多少次，假想过，如果自己能够找到跟李老师一样的人，那生活肯定不一样。可是，命运总是让他们一次又一次擦肩而过。

这一次的遇见，会发生什么变化呢？萧湘不知道，也不敢奢望。

神奇的是，虽然与李老师多年不见，但是两人却非常投机，一聊起文学，萧湘就像被点燃了的干柴，瞬间燃烧起来。

“人，必须有梦想，有爱好。如果喜欢文学，你就应该一直坚持下去，在这个浮躁的社会里，给自己的灵魂一个安静的天堂……”李老师的声音带着某种磁性，深深地吸引着萧湘进入文学的世界里，遐想联翩。

正在这时，萧湘的短信进来了，显示联系人是“梁媛哲”。可是，她——她？怎么会给萧湘发信息？萧湘有点摸不着头脑，赶紧看了下信息。“亲，你现在在哪？你还记得李依西老师吗？他在杭州，我们一起去看看他，好吗？”

啊！萧湘惊讶到嘴巴都变了形。这么说，李依西老师是特地赶到杭州来看梁媛哲的，那为什么她要叫上我？为什么我又会遇上李老师？

面对眼前滔滔不绝的李老师，他看上去有些疲惫，有些憔悴，胡须长了，头发长了。这是李老师为了体现文艺范，特意这样，还是因为他来不及顾及这些，又抑或是他有什么心思？他那双深邃的眼睛里，该藏着怎样的秘密？

萧湘停顿了下，又马上恢复自己的表情，继续听李老师讲述。他在谈这几年自己的创作，以及莫言、贾平凹等著名作家的故事。这些大家的名字，萧湘只能在书本上看到过，听着李老师讲出来的真实细节，萧湘好奇而又向往。可是，她依然很在乎，梁缓哲的这条短信，该怎么回？总不可能回复，现在她跟李老师在一起。但是，不回，肯定也不行。

就在犹豫期间，梁媛哲的电话打进来了。萧湘紧张起来，这该是接还是不接，手指按在手机屏幕上，僵持着。

“怎么了？你老公电话？”

李老师，很敏感，看出了萧湘的表情。

“哦，不是，是……”萧湘因为紧张有点语无伦次。

“那你接电话吧。”李老师说着，催促萧湘接。

“哦，是，是，梁媛哲——”萧湘还没说完，李老师的脸色突然变了。

“你们，怎么认识？”李老师的声音听上去有点不太高兴。女人的直觉告诉萧湘，李老师跟梁媛哲关系非同一般。

萧湘的脑海里又出现第一次见梁媛哲的场景。她说李老师是她的恩师，没有李老师就没有她的今天。

这是应该告诉李老师呢？还是不说？萧湘举棋不定。

六

就在萧湘想接起电话时，手机突然停止了响动。这个世界在那一刻安静下来。咖啡馆里，有人离开，有人进来，依然处于忙碌的状态。

平常从来不联系自己的人，在凌晨又是给自己发信息，又打电话，萧湘觉得有些滑稽。一看手机，其实也不是什么凌晨了，时间已快到早上七点。不知道这个点，女儿醒了没？萧湘有点想宝贝了。家里四个人，除了女儿，她还真的不想去想他们了。陈文娟看到自己留的纸条，肯定会很生气。不管她，谁让她做母亲的，先对不起女儿呢？

萧湘的脑子里一片混乱。那么，不管是不是出于礼节，都该给梁媛哲回个信息或者电话。人家好歹也是《房产周刊》的编辑，也算是个同行，下次见到，也不至于太尴尬。

“你怎么了，湘儿？”李老师似乎已经觉察到了萧湘的纠结情绪。“你跟我说吧，她，为什么给你打电话？”

“哦，我，她说，你在杭州，让我跟她一起来看你，可是，我……”萧湘鼓起勇气，一五一十地把情况告诉了李老师。

“那，你怎么回？你不会实话实说了吧。”李老师的表情，看上去也有些紧张。

“我还没回。”萧湘的声音低沉。

“那就好。你就回过去说，你没时间。”李老师的话一语道破了萧湘的内心想法。

萧湘回了过去：不好意思，我没时间。

对方秒回了两个字：好的。

然后，李老师就不停地看自己的手机，仿若在等待一个重要的电话。

不一会儿，李老师看了短信后，脸一下子铁青了。“服务员，拿酒来。”他大喊一声，引来身旁所有人的眼光。有些人还正在梦里，硬是被他一声喊吵醒了。

这样的一声喊叫，谁都听出了其中的悲愤。她是谁？为何招惹了李老师如此大的火气？

萧湘想问，却不知怎么开口，李老师一杯又一杯的喝着红酒。他的酒量不太好，几杯下去，脸全红了，眼神迷离，整个人摇摇欲坠。

“李老师，别喝了，你怎么了？”萧湘想要阻止李老师，谁知，他大手一挥，吆喝服务员再拿一瓶。

“不好意思，他喝多了，不要了。”萧湘低声跟服务员说。没想到，李老师听见了。“谁喝多了？老子有钱，给我拿酒来！”眼前的李老师，跟刚才那个文质彬彬谈着文学的作家，完全是判若两人。他从钱包里，把老人头一张张拿出来，摆在桌上。“看，老子的钱。”声音粗大而又无力。

到底哪一个是真实的李老师？侃侃而谈、衣冠楚楚的学者，文思敏捷、妙笔生花的作家？还是酩酊大醉的酒鬼，亦或是不讲人情的二流子？

萧湘虽然没有喝酒，但面对这样的场景，也是醉了。

服务员也有些进退两难。“不好意思，这位先生，我们……”还没等他说完，李老师居然站了起来，但马上又倒在了沙发上。他的眼睛微闭着，看上去像是睡着了，脸上的表情纽结在一起，满满的都是愤怒。

该是有怎样的痛苦，他要这样来践踏自己？难道，这世界上还有比我更深的痛楚吗？萧湘的眼前闪过好几个男人的眼睛，凶狠狠地盯着她；她傻傻地打量着眼前躺在沙发里的李老师，他已是鼾声四起。酒，原来酒是个好东西，让人暂时忘记了痛。

但，这一切毕竟是暂时的。这个世界上，又有谁能读懂你的悲伤？

七

李依西醒来的时候，发现自己躺在宾馆里，白色的床单，有种刺眼的感觉。刚开始，他还以为是病房。

难道我去过鬼门关，又重生啦？李依西对于昨天自己喝酒的事情，当然忘记了，他为什么会到了这个地方，是谁救了我？李依西拼命搜索记忆，但脑袋涨痛，什么也想不起。

我怎么会喝这么多的酒？我的钱呢？我的四十八万呢？李依西不断地自责，自己明明已经死了，怎么又活过来了？到底是谁呢，干啥子要救我？

眼前出现一个女子的倩影。她有着迷人的身躯，含笑又饱含情绪的双眸，天真无邪微微倾斜着的双肩和淡淡的粉红色双臂。从她那轻盈，又好像有点娇懒的步态里，从她那慢悠悠而又甜蜜的声音里，送来了一股淡淡的清香，让人感觉到一种难以察觉，却温情脉脉的魅力。她是谁？怎么会这么清晰地出现在自己的眼前。她不是梁媛哲，肯定不是她。那她，又是谁？我一定要寻找到她，肯定是她救了我，我一定要谢谢她。李依西暗自下定决心。

萧湘离开李依西是因为不忍心直视，还是因为接到了母亲陈文娟的电话，也许各有一半吧。

在咖啡馆老板的帮助下，萧湘好不容易才把李老师送到了酒店。

从路上到宾馆，李老师的口中一直在喊着“梁媛哲”的名字，一会儿高喊，一会儿低吟。萧湘实在看不下去，就决定给梁媛哲打电话。

“湘儿，不要打。”李老师用命令式的口吻对萧湘大叫，真是让人捉摸不透。李老师明明醉了，怎么会知道萧湘要打电话？萧湘觉得李老师真是不简单，喝了那么多的酒，还能保持得这么清醒。

更让人不可思议的是，到达宾馆后，李老师居然抱起床上的枕头又是亲，又是叫。“我的宝贝，我的，媛哲，我的心肝儿……”那么赤裸裸的情话，跟着枕头深情相拥相吻，让谁看了都觉得又好笑又可气。

梁媛哲，你到底把李老师怎么了？此刻的萧湘，若是能够看见梁媛哲，真恨不得一拳把她打倒在地。想到一首歌，用在李老师的身上居然是那么合适。

《你把我伤得如此彻底》——

是你忘了我对你的承诺
我们曾说过分手不再联络
一切都晚了心都凉了
就让我们保存一些快乐
再也回不到相爱的从前
我们的故事也不能再重演
爱情像一颗夜空的流星
只有瞬间美丽没有永恒
我曾经真的想过 好好爱你
就像牛郎那样爱织女
直到那天我才发现 我们太多埋怨
原来一切都是那么遥远
我曾经为你改变 为你哭泣
为你做了太多的傻事
以为你会回心转意 我们重新开始

可你把我伤得如此彻底

…………

是爱情，是因为一厢情愿，还是移情别恋，该是怎样的爱情，把李老师伤害了？萧湘的心隐约痛着。刚刚还以为，她能够遇见李老师，也许生活会有所改变，却发现，李老师却有着更深的苦痛。

苦难的人儿，到底谁可以帮谁？

正在这时，萧湘接到了母亲陈文娟的电话，请她速回。若不回，就再也不认她这个女儿。

哼，不认就不认，萧湘想任性一回。可转眼一想，不行，她毕竟也是当妈的人了，应该有责任有义务担当起生活给予的痛苦。再说，她有急事，万一是父亲，病了呢？父亲，想到他，萧湘就觉得自己太可悲了。活到近三十年，时时刻刻感受着父爱的自己，居然连谁是自己的亲生父亲都不知道。可笑，生活跟自己开了一个大大的玩笑。

去看看吧，该面对的总该面对，谁都无法逃过这一劫。

八

离开宾馆时，萧湘瞥见两个人的背影。因为熟悉，不敢再去看一眼，他们行色匆匆，根本没有察觉背后的那双眼睛。

萧湘赶到人民医院VIP病房时，除了他，那个恶魔，盖着白布，安静着。其余，所有的人，都在哭泣，王强的妻子和儿子、陈文娟、倪燕、章峰，还有……

女儿萧蓉抱着陈文娟的大腿。“奶奶，不要哭，奶奶——”陈文娟已经失控，跪在地上哭成了泪人。萧湘的心头，又气又火。妈，你干吗给这个魔鬼跪着？萧湘想骂人，但终究是止住了。因为她瞥见了站在墙角的章峰和倪燕，刚刚从宾馆擦肩而过的，是他们吗？章峰扶着倪燕，给她擦拭着眼泪。真是虚伪，倪燕，干吗也在哭？那为啥当初不捐肝，真是假惺惺。看到这样的情景，不是骂人可以解决问题了。

母亲，可以抛下最心爱的孙女，跪在女儿的仇人面前哭泣；丈夫，安慰着其他的女人，根本没把她放在眼里。

这个世界怎么了？萧湘走到王强面前，不知从哪里来的勇气，掀开了他脸上的白布，萧湘想吐几个口水在他的脸上，为了解恨，也为了解气。但一看到他的脸，像被熨斗熨过的一样平，惊恐的眼睛张开着，有点死不瞑目之感。

萧湘忍住了，人都死了，又何必呢？她弯下腰，要拉母亲陈文娟起来。但是陈文娟不肯，一甩手，还用怒气冲冲的眼神盯了一下萧湘，好像王强是被萧湘害死的一样。

“你干什么？”萧湘终于忍不住，大声责问母亲。

“你倘若有点良心……”陈文娟的声音嘶哑。

“我没良心，他是谁？他做了对不起我的事情，你难道不知道？”萧湘的声音越喊越大。

“不管怎样，你要救他，我的老天呀，他才五十几岁，就走啦。强哥，你就舍得离开我们。老天，你怎么能这样狠心？他可是一个好人……”陈文娟边说边哭，任凭眼泪流到世界的各个角落。

“你不可理喻。你……”萧湘还要说什么，却被章峰按住了嘴巴，示意她不要说了。“干什么？”看到是章峰，萧湘的火气更大了。有了导火线，就有了随时被点燃的可能性。

第十七章　潮落潮起

一

萧湘起来的第一件事就是床头柜上拿过手机。然后开机，看到此时已过早上七点。洗碗水一样灰蒙蒙的晨光透过卧室的窗户照进来。宝贝用胖乎乎的小手举着水瓶，扬起脑袋大口大口地喝着。

“牛奶！”萧蓉奶声奶气地说，“你要什么，宝贝？”章峰低声问。“牛奶！”萧湘在脑海里抱怨。“她要牛奶，难道你聋了？”宝贝就这样在他们大腿间溜进溜出。萧湘已毫无睡意。奇怪，今天他怎么这么迟了还不上班？瞥了一眼，才发现这个家伙的眼睛比熊猫眼还大，谁知道昨晚去干吗了呢？

无爱的婚姻就是一张薄薄的纸，随时都可以撕破。自从章峰被抓那个事情发生后，萧湘想过很多次，该怎么离婚，该怎么偷偷地溜出去，不让母亲陈文娟知道，谁也想不到，这婚会离得这么快。

“考虑好了吗？婚姻不是游戏，考虑成熟了，再来签字。”面对工作人员的质问，萧湘想都不想就签下了字，章峰也是，沉默无语。

签字，盖章，很快，一个红色的本子就变成了绿本本。

看着离婚证书，萧湘的脑海里浮现出万里江山一片绿的情景。这不是最近的股市嘛，很符合。

眼前的章峰，俨然成了中年男子。他心力交瘁，衣冠不整，眼眶通红。平常从来不留胡子的他，现在居然是胡子拉碴，看上去至少有个四十来岁。在别人看来，以为他是因为离婚而成了这个样子。其实，只有他自己知道，是股票，当下的熊市，已经让他心灰意冷。

从民政局出来的时候，萧湘怎么也想不到，会遇上自己的父母。难道他们也来离婚，还是来阻拦他们？

“你们来干什么？”陈文娟开口了。

萧湘没有回答，撇过脸，没有正视母亲的眼睛。章峰也沉默着。

“女儿让萧冉抱着，我和你爸来办点事情。”陈文娟颤颤悠悠地说道。

“妈，爸，这是我最后一次叫你们了。从今天开始，我不是你们的女婿了。对不起，是我不好。你们两老对我有恩，但是我，对不起……”章峰的声音断断续续，但是每一个词都相当清楚。

陈文娟张开的嘴巴停在半空。他们怎么可以离婚了呢？

“妈，妈……”萧湘怕母亲想不开，就去拉她。

“别碰我。”陈文娟像被带了刺一样，甩开手。

“冷静点，女儿大了，有自己追求幸福的权利。”萧正玉冷冷地说道。

陈文娟感觉眼前天昏地暗，感到她的身体仿若被什么东西掏空了，只剩下一个空空的躯壳。除了她的腿还没有罢工，尚且能够站着，她感觉自己的其他部位，都已形同虚设。这个时候，萧冉抱着孙女来了。小家伙哭哭啼啼，抱着奶奶的大腿。“奶奶，不要骂妈妈，奶奶……”小家伙居然是来替自己的母亲求情，只剩下陈文娟孤独无助，无依无靠，到头来，落了个空佬佬。

陈文娟想发泄却找不到合适的方式，她瘫坐在地上，仰天大哭起来。她的上下巴机械地挪动着，声音从她干燥发酸的嘴里发出来：“老天，造孽，造孽……”

身边所有的人都停下来，看她的笑话了。

萧正玉直感觉自己的血压“突突突”往上升，没脸面呀，活了这么多年，没有什么比此情此景更糟糕了。一个大男人悲伤得肩膀一抖一抖的，闷在喉咙里的哭声听起来像山洪的呜咽。我萧正玉，要活到这个地步，祖宗八代的面子都丢尽了。

二

原计划，陈文娟和萧正玉是偷偷离婚。谁知道，小两口赶在了他们前面，这婚倒是没离成，脸面是丢到家了。

萧正玉又一次住进了医院。“家属呢？”医生从抢救室出来，大声责备萧湘母女俩，“说过多少次了，病人的高血压已经严重了，你们家人都不上心，那还怎么弄？一定要时刻注意，随时有生命危险……”陈文娟低着头，喃喃自语：“都是你，还嘴硬，要离，离什么离。”

“妈，妈，你说什么？”萧湘看母亲的神色都不对，赶紧问道。谁知，陈文娟根本没有理会。

“爸，你没事的，以后别这么激动了。都是我不好，惹你生气。”萧湘拉着萧正玉的手，安慰道，不争气的眼泪已经流下来了。“爸，喝口水吧。”

“好，我的孩子，你是我的女儿——”萧正玉喝了口水，淡淡地说，话中隐藏着深刻的含义。

这时，章峰想要进来，却被萧湘拦住了。“不用做作了，我们离婚了。他是我父亲，跟你没有任何关系。”她的声音和表情都冷冷的。

“不管怎样，爸，他对我不薄，看他一眼，是应该的。”章峰执意要进去，但还是被萧湘死命拉住了。

“不让看就不让你看。不然，我叫保安了。”离了婚的女人，居然比老虎还厉害，浑身上下都是狠劲。

“妈妈，我要爸爸，我要……”本在萧湘怀里熟睡的女儿显然被吵醒了，喊着要爸爸。骨肉情深，夫妻可以说分开就分开，可是女儿与爸爸呢？即使像萧湘和萧正玉，没有任何血缘关系，却有着最亲密无间的关系，是任何外力都阻挡不了的。

“不要吵，不要爸爸。”萧湘的大嗓门吓坏了女儿，小家伙开始大哭起来，而且挣脱了妈妈的怀抱，跌跌撞撞地跑到章峰面前。萧湘要阻挡，也来不及了，章峰紧紧地把女儿抱住：“乖，好宝宝，不要哭。爸爸，要出差一段时间，你要听妈妈话。”

小家伙被父亲一哄，就乖了。她点点头，擦干眼泪，又跑到母亲这儿，向母亲道歉：“妈妈，我听你话，你别哭。”萧湘的眼泪涨潮了，就一发不可收拾，汹涌澎湃。她恨自己，恨自己无用。做什么事情，她都做不好，谁都要离开她，谁都可以背叛她……

陈文娟还在一旁傻坐着，低着头，一直在低吟着。听不清她在说什么，好像是在念经，又好像是在说对不起。医生说，赶紧回去让她休息。她是受了刺激，需要休息。

“姐，你不用着急。一切会好起来的。姐。”这时，只有萧冉向萧湘伸出了援救之手。“姐，你在医院照顾大伯，我和姐夫，哦，不，我把宝贝和大妈送回家。你放心吧，我今天睡你们家，没事的，明天太阳照常升起，什么事都不会发生……”萧湘明明听见了萧冉提到了姐夫，不过，马上又改过来了。

有些人与事，没有对错，只有习惯，某种习惯久了，就成了生命中不可分割的一部分。

要离，就该果断。萧湘从来没有这么像现在这样坚决过，就如当初自己逃离股市一样，纵然是亏了，也毅然离开。

三

萧正玉醒了。他又一次侥幸闯过了鬼门关。“爸爸……”萧湘眼眶里打转的泪水恰如决堤的江水，任何力量都没法阻挡。此刻，她找不到更好的词来形容自己如山似海的感情，不敢正视父亲憔悴的眼睛。因为她害怕，特别害怕，无比害怕。她道歉自责的话明明在嘴边，却怎么也说不出口。

“孩子，我知道，你放心，我不会怪你。爸没事，你……”萧正玉断断续续地说，但却字字清晰，“你去吧，我没事了。你去江边走走，我以前心情不好的时候，就去美女坝，你去吧。”小时候，只要握到父亲这双宽大厚实的手，萧湘就不怕了。这近三十年的父女情，终究会抵达血浓于水的彼岸。

听父亲的没错，萧湘确实也想去江边散散心，把最糟糕的情绪投给江水。或许，她还会有意想不到的收获。

萧湘行走在宽阔坚实的钱江大堤上，与形形色色的人擦肩而过。呼啸而过的江风吹乱了她的情绪，也让她的心随之豁然起来。

眼前，这直插江心的美女坝，宛如一只力挽狂澜的巨臂，吸引了世界各地的游客，又有多少文人骚客留下璀璨的艺术墨宝，年年潮不断，天天人成新。“爷爷，为什么叫美女坝？因为有美女吗？”当年的萧湘，每次看完潮水后都会问这么一个傻冒的问题。那时，爷爷的回答，萧湘一知半解，后来才明白过来，其实与美丽的爱情传说有关。

钱江龙王的小公主貌若天仙，天生丽质，俏皮可爱。一日，她与一班宫娥彩女在美女山玩耍嬉戏，恰好和坞里渔郎邂逅相遇。看见渔郎一表人才，风流倜傥，温文儒雅，小公主心生爱慕之情。渔郎也被小公主的美貌所吸引，一见钟情。

当时，小公主竟然自作主张将终身许配给渔郎，这一行为触怒了龙王大人。龙王见不能使女儿回心转意，便决定水淹坞里，公主和渔郎见逃不出龙王的魔掌，两人就商量好一起跳江殉情。没想到他们跳江后安然无恙，脚踩赭山浮石，身披万道霞光，从对岸向坞里方向飘来。原来，龙王终究被他们的深情所打动，后人就在他们登陆的地方筑坝拦江，并取名为“美女坝”。

钱江潮在这里华丽的转身，必将注定了美女坝的与众不同，最著名的就是“回头潮”。

此刻的萧湘，又一次领略到“美女二回头”的盛景：之前还是一平如镜的江面上，突然传来轰隆巨响，只见“天排云阵千雷震，地卷银山万马奔”，从美女山上看下去，潮水如巨龙翻滚，后浪推着前浪，前浪引着后浪，耸起一堵流动的潮墙。“海面雷霆聚，江心瀑布横”。潮水前来后涌，上下翻滚，奔腾不息，由一字形变成扇形包抄不远处的美女坝，又一分为二，一部分因受到阻碍形成“回头潮”，另一部分继续冲向前面的圆形堤坝，又受阻回头冲向美女坝，水柱高扬，一浪高过一浪，一浪追着一浪，惊心动魄。

所有的烦恼在壮观的钱江潮面前，一切都是浮云。萧湘傻傻地看着眼前的潮水，又一次沉浸在自己的世界里。爷爷总说，潮水无情，如果不懂潮性，就会发生悲剧。一九九六年，农历八月十九日晚发生在美女坝的龙卷潮居然把停在大堤上的轿车，一下子就卷入了江中，堤上行人全部被冲走。萧湘紧紧地拽着爷爷的大手，在梦里嚎啕大哭。

四

时光如梭，似水流年。萧湘不想再想起，但脑子里却全是当年的画面。有些记忆，你想方设法抹去，也不可能，因为已经根深蒂固。

那一年，死了好多人。两个刚新婚的青年人到江边看潮，被潮水卷走；更有怪事，两个小伙子做梦死去，小孩掉到井里淹死，七个老太太在去念佛的途中被河水淹死，整个村子都笼罩着死亡的阴影。村里的老人说，这是风水问题，需要菩萨来“振一振”，有菩萨来管潮水，一切就会万事大吉。于是，由村民自发，村口的关帝庙集资，特意挑了一周时间，请民间流浪戏班子来唱戏。

江南流浪戏班子就这样进了乡下的农村。村里人是许久没有看戏了，或者是从来没有看过戏，见这戏班子一来都特别兴奋，扶老携幼地前来看戏。看懂看不懂且先不讲，单是这一身身的装扮，一张张红妆，一阵阵热闹的锣鼓喧天也足已吸引大家的眼球了。

最引人注目的要属戏班子中的主角：一位年轻风骚的女伶，不仅会演古戏，什么梁山伯和祝英台，崔莺莺和张生，都扮演得像模像样；而且还会唱流行歌曲，什么《纤夫的爱》《甜蜜蜜》，等等，唱得让人心花怒放。

台上风姿招展，台下鸦雀无声。当时，萧湘仰着一张无知而痴迷的小脸望着台上，她看不懂，更听不懂，但就感觉好看，因为在这个村里还从来没有见过这么漂亮的女子。

社戏分下午场和晚间场，晚场唱到半夜十一二点，小孩子因为第二天要上学，不被允许，萧湘只有偷偷溜出来看一会再回去。

唱到第三天的时候，萧湘发现了一个秘密：爷爷每天晚上都会出去。等爷爷出去后，萧湘一个人躺在床上，辗转反侧睡不着，就跟着爷爷后面溜出去。

乡间的青石板路。月光，河水，清幽而寂静。在关帝庙外，爷爷与那个唱戏的女伶正在交谈。

萧湘听不清楚他们在说什么。只看见，爷爷的手臂拿起又放下，女伶一直在哀求，又拿出手绢给爷爷擦拭额头的汗珠。她是谁呢？女伶的脸在月光的笼罩下，蒙上了一层格外神奇的面纱。

萧湘躲在草垛后面，感觉心都快要跳出来了。转身发现一个比她高一半个头的男孩站在身后。他细细瘦瘦，身材恰如当时农村里没有长壮实的甘蔗，只是那双黝黑的眼睛扑哧扑哧地眨着，看起来很机灵。

突然，男孩把手指放在唇上，示意萧湘别出声。

“那是我妈妈。”走在回去的小路上，男孩对萧湘说。

“哦，那是我爷爷。”萧湘回答。

“你叫什么名字？”

“我叫萧湘。”

“你呢？”

小男孩笑着没有回答。然后，他抬头指了下天上弯弯的圆月：“他们都叫我月亮。”

“啊，月亮？”萧湘好奇，还会有这样的名字。两人互相报了姓名后，就长久不说话。

月光，青石板，河水，空气中的味道，淡寞而乏味。

“我要回家了，我爷爷会找不到我。”萧湘向男孩告别。

“那好吧，明天见。”男孩看上去有些无奈。

“你怎么了？”

他只是摇摇头，什么也不说。

他眼里的无奈，在萧湘看来就如一道令人难解的数学题。

可这之后的几个晚上，爷爷没有再出去。“不准出去啦，给我早点睡觉。”萧湘不懂，为什么爷爷不出去了，她只能被迫无奈地上床，那个叫月亮的男孩，也再也没有见过，但是，萧湘却对他印象至深。他是谁，是月亮吗？萧湘又不知道他的真名，只是觉得，他跟某某神似。但即使他们真的遇见了，他估计早就忘了她，那个二十多年前的小女孩，那个在月光里的女孩子，现在已是少妇了。

这个世界就是这样，有些人，你只见了一面，就把他刻入了心里；有些人，你天天见，却不知道他的真心。

五

酒醒了，李依西开始无比想念一个女人——梁媛哲。而为了这个女人，他几乎把所有的一切都贡献给了她，但她却一点不领情，为什么会这样？李依西实在想不通。

李依西与梁媛哲有过情感激荡和爱的缠绕，但还是有很多的隔阂。不知道为什么，李依西心里虽有许多不快，甚至对梁媛哲有一种既爱又恨的情绪。看不到她时，他心里恨会多于爱，但只要看到她，他就会又让爱更疯狂了。这就是李依西矛盾和纠结的地方。梁媛哲深谙这一点。她总是掌握这场爱情大战的主动权。他有时连自己都摸不透，但她却能够找到某种突破点。梁媛哲总是在李依西出乎意料的地方，突然出现，并且让他越陷越深。他在她的爱网里难以自拔，失魂落魄，不知所措，进退失据，颠三倒四，寻死觅活，东倒西歪。他也想在她那里强硬起来，可是他总是匍匐在她脚下，试图让她回心转意，可惜每次都是受尽折磨，得到更多的嘲弄和背叛。他记得她拿到他给的四十八万的时候，她在电话里信誓旦旦，表达一种牵手一生白头偕老的强烈愿望。她在电话那边还哭了好几声，说是李依西是她梁媛哲今生今世最爱的男人，并非之一，而是唯一。李依西当时真想与梁媛哲抱头痛哭，让天地，让太阳、明月、星星、大海，让钱塘江的潮水作证——梁媛哲给他唱起《爱的证言》。李依西感动得涕泪交流。

梁媛哲，我爱你！

李依西，我比你爱我更爱你！

李依西和梁媛哲在电话两头山盟海誓。那个时候，李依西认为自己拥有梁媛哲是这个世界最幸福的人。他愿意为梁媛哲付出一切。

正在李依西信誓旦旦的时候，李依西手机卡里快没钱了。他刚说完一句梁媛哲就是他的最爱，手机就因为没钱断线了。这个电话后，梁媛哲的手机号码也因欠费停机了。李依西想不通的事是，四十八万还不够她交手机话费吗？

萧湘呢？在李依西的生命里又算什么？每次偶遇，都是如此匆匆，然后就莫名的分开了，没有留下任何联系方式。这让他去哪里找她？即便找到了，又如何？他一个穷酸的文人，能给她什么？况且，人家已经结婚生子，还会来投奔他这个穷光蛋吗？

李依西越想越恼火，这个世界仿若是把他抛弃了，只有他一个人是孤寂无助的。全世界的悲伤与孤独就是给他留的。还不到三岁，人家的小孩都还没断奶，他就被亲生父母抛弃了。跟随养母流浪唱戏，过着颠沛流离的生活。养母能歌善舞，到哪里都有男人，跟谁都可以上床，目的很明确，那就是有钱拿。李依西看不惯养母的风骚，但是也没有办法，如果没有她，自己肯定只能流落街头。

在骨子底里，李依西从小就憎恨女人，以至于长大后，因为对女人天生的恐惧，身边也从来留不住女人。

好不容易，出现了梁媛哲这个女孩，居然也是为了骗他的钱，缺乏母爱的他，搞不懂，哪种是爱情？哪种是亲情？哪种又是欺骗？但即便如此，他还是对梁媛哲抱有幻想。他抽着低价的白沙烟，烟灰一寸寸已经很长。他喃喃地自语："你怎么可以这么伤害我？你难道是真心伤害我吗？你怎么能伤我至此呢？"

李依西的脑子里出现这么一段话来：不管走到哪儿，都要永远记住，过去是虚假的，往事是不能返回的。每一个消逝的春天都一去不复返了，最狂热、最坚贞的爱情也只是一种过眼烟云似的感情。

这不说的就是李依西和梁媛哲吗？这个女孩身上总有太多的东西，马尔克斯的《百年孤独》用在他和她的身上，真是恰如其分。

六

"你是我的眼，带我领略四季的变换；你是我的眼，带我穿越拥挤的人潮；你是我的眼，带我阅读浩瀚的书海；因为你是我的眼，让我看见这世界……"李依西紧握着手机，听着彩铃一遍又一遍地重播。这个沉闷了好久的家伙，突然震动起来，显示来电人是"亲爱的宝贝"，李依西停顿了好一会，想不好是接还是不接。之前，李依西一天就要对梁媛哲叫上一百遍"我的亲宝贝"。但曾经的如胶似漆却一去不复返了。

还是不忍心，李依西咬咬牙，接了起来："哦，是我，你在哪里？""这样，我要到钱塘江的观潮点美女坝采访，你还在杭州吗？要不要一起过来看下潮水？"梁媛哲的声音，还是很有魅力，以至于让他这样欲罢不能。

李依西沉默了一会，他还傻傻地以为，她会提起那个四十八万的事情，还会说起他们的未来……

这一切，原来都是自己的一厢情愿，那她既然不想跟自己有什么结果，干吗还打电话呢？李依西还是无法摸透女人善变的心。

李依西在电话的那头点了点头，还以为是视频电话。"你在听吗？好吧，你不愿意来就算了。我午后一点过去，两点是潮水的时间。"梁媛哲说完，就挂了电话。

李依西就这样坐着，不知道该怎么办？对于作家的他来说，可以轻松自如地驾驭每一个文字，但是对于梁媛哲来说，她即便是说一句话，放一个屁，他都太当一回事了，真心不知该怎么去处理。

"亲爱的，我好想跟你一辈子在一起。你只要来杭州，我就跟你在一起。但是，我也没有房子，现在我们周刊与一家房产公司有活动，你凑齐四十八万，我们就能买个小户型的单元房。那样的话，你来了，我就可以好好陪你……"李依西的耳边，全是当初梁媛哲的甜言蜜语。这个女孩子到底给自己施了什么魔法？听了她的话后，李依西就乖乖地把这辈子挣的稿费钱全拿了出去。在给她打钱的时候，他早就忘了，当初这些钱是怎么一点点的攒起来，自己省吃俭用，经常是一天只吃一顿，也是馒头和稀饭，整日整夜地坐在电脑前码字，生了病，发了高烧，他也从来不上医院，就大量喝开水，蒙头大睡。他对每样东西都相当节省，自己租的三十来平方米的屋子，除了书籍是最昂贵的东西，他没有其他值钱的家具，衣服什么都是地摊里买的，十元，二十元，在李依西看来，也是个大数目了。然而，此刻，他却这么慷慨地把钱打给了一个女孩，只因为自己爱这个女孩吗？只因为自己念念不忘的缠绵吗？

这个女孩曾多次倒在他的怀里，醉眼朦胧。他只需要一个吻，她的额头就会有热乎乎的虚汗，丰腴的身体情不自禁地摆动着，喉咙里压抑着的一声呻吟，马上就爆发出来了：“我要，依西，要我……”她这样的声音，就把他紧紧地“绑架”了，根本无法再动弹。

爱情之潮来得过于猛烈，以至于让谁都猝不及防，更何况是李依西，更加是措手不及。

谎言式的爱情，注定就是一个人的欢笑，一个人的哭泣；一个人的仇恨，一个人的离开。

李依西一遍又一遍地默念着诗人博尔赫斯的作品《分离》：

我的爱和我之间就要垒起
三百个夜晚如同三百堵墙
而大海像魔法阻隔于你我之间
没有别的了只剩下回忆
活该受折磨的黄昏啊
期望着见到你的夜晚
你的道路穿过田野
苍穹下我走来又离去
你我的分离已经肯定如大理石
使无数其他的黄昏更加忧伤

七

李依西去了美女坝，自己住的宾馆也离这里近，还是去看看吧——世界闻名的钱江潮。

“咔嚓、咔嚓！”美女坝前，围观着众多的摄影师，相机、手机，各类拍摄工具都有。世界各地的摄影大师聚焦这里，记录最精彩的潮水瞬间。

“李老师，李老师！”李依西感觉这个声音仿若从梦里传来，还是这么甜。

转身，看见了这一幕，让他这辈子都不想再见的场景——

梁媛哲落落大方地挽着一个中年男人的手，一看就是成功人士。头发不多，每一根都染得黑亮发光，身材微胖，显然是到了发福的年龄；脚上的尖头皮鞋，很是时尚，而且价格不菲，虽然与他的年龄不太相称，但却在暗示着某种身份的东西。

“李老师，这个是我的男朋友，施泽民，总商会的老总。”“亲爱的，这个是我的文学启蒙老师，李依西，鼎鼎有名的作家。”

李依西根本没有听梁媛哲的介绍。他神情恍惚，呆若木鸡地站在那里，不知道如何是好。老总，她的男朋友，那么，我又是谁？她的老师？恩人……

李依西的心中有无名的火正在燃烧起来，一旦爆发，势不可挡。愤怒就如利剑般插入胸膛，让他的心跳几乎停止。他将生活的点点滴滴和最近的事情连起来。原来，所有的事情都有前兆。

“李老师，上次你买房的钱，我会帮你跟房地产商联系的，你放心哦。哈哈，那你忙，我们先走了。”就是光听梁媛哲的声音，李依西都知道这小妞内心的甜蜜。

“李老师，你在这儿？”突然，李依西被一个女子抓住了胳膊，待他反应过来，已经被她牵起了手。这个女孩是谁？

萧湘，怎么又是她？李依西感到相当震惊！又是她，在关键时候，帮了他。

“我们走吧。”萧湘拉着李依西从梁媛哲的面前经过。这让梁媛哲异常吃惊。

他们，什么时候在一起了？

离开了梁媛哲的视线后，萧湘放开了李依西的手。“不好意思，李老师，你怎么在这里？”

“哦，我？你？”李依西做了一个鞠躬的动作，表示对萧湘的感谢。

其实，萧湘早就看见了梁媛哲。当她看见，她牵着那个男人的手时，心中就相当恼火。

她太过分了，她怎么可以这样，看见身穿蓝色旗袍的她，萧湘的记忆里，突然出现了这样一个画面：

那时，她曾去过王强的办公室，是因为一个稿子的事情。而就在没有关紧的门口，从那条细缝里，萧湘看到了惊人的一幕——

身穿蓝色旗袍的梁媛哲。身边却是不一样的男人。她坐在王强的大腿上，无限柔情地撒着娇：“亲爱的，求求你啦，给我做一年的广告！我这一年的时间都交给你，你想我怎么样就怎么样，一千万的广告，我就能拿二百多万的点！求求你啦，亲爱的……”然后，就是两人的唇齿相交，热情相拥。

对的，就是这个女人。萧湘本来不相信，只是觉得梁媛哲很面熟，但一看装束，和上次一样的蓝色的旗袍。原来，还真的是她。

太过分了，既然如此，干吗还要来骗李老师的钱？

当萧湘看到李老师灰头土脸地站在梁媛哲的面前，心如刀绞。她不知道哪来的力量，就这么走过去牵起了李老师的手。

哪怕被梁媛哲拍到什么，萧湘也不怕。反正她已是离婚女士。怕什么，帮，一定要帮到李老师。

八

潮水来得过于汹涌，“美女二回头”来得真是消魂。萧湘和李依西都被打湿了衣服，成了“落汤鸡”。而站在他们身边的两个黄头发老外，正在高喊着“GOOD！GOOD”！

“我住的地方在隔壁，要不去换下衣服？”李依西试着问萧湘。

萧湘爽快地点了点头，居然没有拒绝。

李依西住的是普通的单人房，只有十几个平方米。萧湘进去后，就感觉到了空气中一种异样的味道，原来桌子上摆满了康师傅方便面。

“哦，我怕麻烦，所以，就……”看着眼前的萧湘，就如出水芙蓉，笑靥如花，眼睛就如西湖水般清纯，脸蛋白嫩干净，让人忍不住想咬一口。荷尔蒙在此刻上升。李依西情不自禁地抱住了萧湘。

而此刻的萧湘，居然没有回避。

窗外的阳光，倾泻下来，他将一只温暖的手放在她的后颈，将她紧紧地揽入怀中，糟糕的是，她闻到了他嘴里的方便面的味道。

有一种恶心涌上心头，萧湘猛地推开了李依西。

此时的李依西，满脸红晕，仿若是做错了事情的小孩，慌张失措，等候着母亲的鞭子。

“对不起。”平静下来后，李依西道歉。

萧湘在卫生间里，一个劲地洗着手，想要用冷水冲掉内心深处的某种欲望。

可就在萧湘从洗手间出来时，李依西还是没法控制住自己，把她压倒在床上。他的手在她滑嫩的上身滑过，她没有反抗。他们的拥抱和亲吻竟然是那么娴熟和默契。他们像两只饥饿的猛兽，终于在最后时刻找到了食物，正在毫无顾忌地吞噬一切。他尽情地吻她，他们的嘴唇互吸，就像因为一杯美酒而满足的双唇，贪婪而又紧紧地包着杯沿。萧湘感觉到身体在一点点地柔软下去。她已深深地爱上他了上唇的弧线和宽阔的胸膛。整个世界在她的眼前消失了。他已经点燃了她的每一个荷尔蒙细胞。时间在潮水的上空停了下来，默默地注视着这对疯狂中的男女。

可这在这时，李依西却停止了进一步的行动，他的汗珠从额头一点一点地落下来，时而落在萧湘红润微张的嘴唇上，时而又落在她晶莹洁白的胸前。他感到从来没有过的力不从心，内心深处却也相当纠结。他的身体在燃烧的同时，他却一直在想着梁媛哲，想着无边无际的报复。而她，萧湘，救了他。而他，又在干什么呢？他怎么配？人家已经有幸福的家庭，他这是做什么？

李依西猛地抬起了头，看着眼前温柔如水的萧湘，内心一阵狂乱。他的欲望是非常炽烈的，每当它激动起来的时候，那种狂热是无与伦比的；什么审慎、恭敬、畏惧、礼节，他完全不管不顾。他变成一个厚脸皮的胆大包天的人，羞耻心根本阻挡不住，危险也不能使他畏葸不前。除了他所迷恋的那件东西而外，他觉得天地虽大，却仿佛空无一物。然而，这一切又仅仅只是一瞬间的事，过了这一瞬间，他又陷入虚无缥缈之中，陷入了深深的恐惧与自责之中。

就在这个关键时刻，门外响起了一连串的敲门声，声音一阵比一阵紧急。李依西赶紧起来，拉好皮带，正欲去开门。

“你不是男人，给我赶紧的开门。”梁媛哲已经破门而入，看见站在一边的萧湘后，突然仰天大笑起来：“你个傻妞，你这是干什么？你这是在犯法，重婚罪，你懂吗？况且跟这种男人，你会后悔一辈子的，他根本就不是男人。”

“你，轮不到你来教训我，你不配！你先管好自己，你的事情，我都知道。”萧湘也毫不示弱。李依西一时间目瞪口呆了。

“我要把你们拍下来，去告诉你的老公。”梁媛哲完全是一副幸灾乐祸的表情。

“你去呀，你去！我们已经离婚了！不像你，找了一个又一个，到处骗人！”萧湘自己都想不到，居然也有骂人的潜力。

“你，太过分了，前脚离婚，后脚就找到了归宿了。哈哈，谁知道你跟他出轨，是在结婚前还是结婚后，哈哈……”梁媛哲的笑声尖酸刻薄，俨然是一个中年泼妇的样子。

“梁媛哲，你给我停住！我跟你没有任何关系了，你给我走，马上走——”李依西指着梁媛哲愤怒地说道。

“你，你……你要这个二手货，不要我……”梁媛哲的声音低弱下去，眼角还有了几滴泪水。这个学过表演专业的女人又要开始演戏了。李依西最怕的就是她虚情假意的眼泪。

但此刻，李依西已经清醒，一个男人被骗过一次，依然执着，那是因为还有喜欢的因素在；骗过两次以上，还没彻底醒悟过来，那简直就是太傻了。

最后，李依西下了逐客令，先是赶走了梁媛哲，之后把萧湘也赶走了。

“我不能，我真的什么都没有。你还是走吧，我不能耽误你。”萧湘听着李依西幽幽的声音，没有任何动静。

“真的，我相当贫穷，四十八万也没有了。我不想去跟她打官司，不是我怕她，而是我怕麻烦。算了，萧湘，你走吧。祝你幸福。”李依西都这样说了，萧湘只能选择离开。

走出宾馆后，萧湘的内心纠结而又复杂，也许是她把个人感觉看得太重，世界并不是非黑即白，有很多种可能。每个人活在世上，就都有自己的位置，这不是自己所能预料的。无论发生何事，都不能太过于倔强，太过于较真，要试着学会能屈能伸。

有些东西，你注定追求不到，就如有些人，你这辈子，就只能遇见，而不能牵手。

第十八章　过眼云烟

一

“无论如何，我都要感谢你，带给我的美好回忆。即使已经让泪水染得模糊不清了。偶尔想起，依旧清新如初，记忆犹新，就像当初，我爱你，没有什么目的，只是因为爱你。”在尘封的日记本上，看到这句话的时候，萧湘却感觉头疼得厉害，谁值得她去爱呢？

萧湘以为这次遇见李依西后，生活会有改变，但是却又是一场空欢喜。其实，每个人的心里都潜藏着一条悲伤的河流，跟潮水一样，每一次的到来，都是猝不及防。你有你的疼痛，我有我的艰辛，并非不懂，只是无暇顾及。

多年前，母亲曾给萧湘算过一个命。算命的瞎子从一个神秘的黑色布袋里拿出形形色色的东西，然后打开鸟笼让一只具有灵性的鸟挑选。那只鸟犹豫了很久，最终选择了一瓣毫不起眼的紫色小花。

瞎子对母亲说，这是双生花，一棵花茎却能开出两朵小花，它们同时出生同时凋零，生长在荒无人烟的密林深处。这种花，卑微细弱、形影相吊。如果真的存在，那么，在这个世界上，是不是还有一个她的影子存在过呢？

生活一连串地打击，让萧湘深深地懂得，并不是所有的人想笑就能笑，想哭就能哭。为了生活我们不得不懂得掩饰，掩饰内心深处真正的想法。她站在“死”这个模糊的字眼上面生存着，消瘦，迷茫，仿佛是个舞者。

陈文娟是越来越瘦，萧湘用手摸母亲的手指，坚硬，骨节凸出，像是干枯的树根。她脸色苍白，一双栗色的眼睛深深地凹陷下去。生活仿佛一下子脱离了种种表象，就像是蜕去了无用的外壳，显露出了它的真实面目，平和而有力。

萧湘躺在床上，这个世界，只有床是真实的，也是唯一属于自己的东西。床仿若是结束了希望的坟墓，在曾经打开了生命的门后，又关闭了一切的门。

就在一个瞬间里，萧湘感觉她什么人都不是，没有姓名，也没有面孔。置身于生活中，全是虚无。萧湘的脚步落地无声，谁都不认识她，她不扰一物。鲜活的生命，源于死亡。萧湘在镜子中凝视着自己，镜中那张笑脸奇怪而又腼腆，一双眼睛仿佛是两潭幽邃的湖水，嘴唇紧闭着。她认不出自己，感觉镜子后面仿佛藏着一个陌生人，亲如姐妹又仇恨深重，在无声中抗议着她的存在。她不知道与自己休戚相关的到底是哪一个？是镜子中的那个人，还是平躺着熟悉的身体？她是谁？哪一个才是真正的她呢？甚至连名字也安慰不了她，她怎么也不能把自己和刚才瞥见的形象联系起来。她在她周围浮动，靠得很近，然而她们之间总是隔着一道无法逾越的鸿沟。

镜子中的女子消失了，接着又有无数个与萧湘形容相似的女子挤进她的房间，将她团团围住，让她窒息。幻影在她身边无声无息地叠现，以一种疯狂的速度——她不敢直视她们，但她们却紧紧地把她围住。那个真实的自己到底在哪里？萧湘的内心几乎崩溃。

萧湘在不经意间瞥见了镜子中的她。这让她更加相信双生花这种说法，当那个属于自己的形象扑面而来时，她没有去迎接她。她忘记了自己的脸。在镜中，萧湘第一次看到了她，这一刻，她欣喜地发现自己还存在着。

萧湘存在了二十八年，二十八年来，时间的石磨不停地碾扎着她。她曾经是个小女孩，但是现在长大了，长到现在，却开始以一种不可思议的存在方式继续下去……

二

萧湘庆幸自己还在呼吸，她的鼻孔里呼出的气息真实、温热、湿润。她逃过了无谓的死亡，尽管她并不在乎。她的生命曾经执意前行，而此刻它仿佛停止了。她听见了自己的心跳声，那依旧在疼的心，才是属于她的真实存在。

萧湘又开始频繁地做梦，梦见她在故乡的田野里迷路了。面对着大片大片丰收的庄稼，迷路了，面对着那些横七竖八的稻草人，却找不到前进的方向。

路在何方？穿越一个村庄究竟有多长？为什么萧湘总是走不出它的牵挂？爷爷走后，很久没回故乡，更没有回村庄了，微信里总是不断跳出各种关于故乡的事情，从萧山区划分出来后，现已真正归属大江东了。

但，这又说明了什么呢？故乡还是故乡，村庄还是村庄。这个迷路的梦，也许是种暗示，该去走走了……

晨曦露秀。村庄像一团影子，浓墨、淡黑、阴沉，更像邻居老伯的脸，挂满沧桑、苦涩，没有一丝笑容。

萧湘想起爷爷家门前的那条河流，但她很少会去注意她，虽然之前有太多的欢乐来自河流，但所有的欢乐又被河流带走。

在河边，夜色完全降临，天空收走了最后一丝亮光。月亮还没有升起，但河中泛着微光，潺潺的水声在耳边低语。

萧湘曾在夜色深沉时，沿着村前的河流漫步。哗哗的流水声拨动着她的心弦。村里的人已经睡去，狗叫的那户人家正生了个小孩。当他们渐渐领悟了生命的真谛，一些生活繁枝就会被削去，简单的树枝在风中挺拔。春天的柳树，到了秋天就剩下光秃秃的枝丫，它靠最后几枝度过冬天，去迎接来年的四季风雨。

河流只为流淌。当它流淌，就繁衍生息，无穷无尽……

在萧湘的记忆空间里，老家门前的田野总是满眼金黄。她总是喜欢在秋天回家。车子穿过茂盛的松林，五重稻浪在车子拐过田野的瞬间，向她奔来，像一群热情洋溢的孩子。十余里方圆的稻子灿灿地微笑。在稻田与稻田之间是黄衣青帽的金豆。秋日的斜照下，一幅四季的画卷在她不经意间一一展开，开在薄雾蒙蒙炊烟袅袅的村庄里。而她就是那被绚丽色彩迷乱了眼睛的蜻蜓，随时飞舞，随处停歇。大地之美，蕴含一股无限的吸引力，让翅膀失去了高空的飞翔。

萧湘曾经也厌倦过这片田野。她埋怨自己为什么在田野中降生，而不是城市的大楼？每天清晨，看见爷爷在晨光初露时，拎着一只粪箕，端一杆耙，去拾牛粪狗粪，倒进自家的田里；之后又弓着腰，挑一担猪尿，往稻田深处一颠一颠而去，扁担不时怨屈似的颤叫几声。走在爷爷的后面，有着一种生命悲哀的沉重。

萧湘坐在院子里，晨曦朗朗，稻叶悬着一滴滴露水，稻香扑面。她曾经是那么幻想过城市的生活，可真的当那片田野在她眼中消失的时候，正是自己永远离开他的时候。

一个人颠簸在城市的路上，才想起村庄的好。一个人走在田野里，蛙声四溢，整个田野被银白的月光笼罩，犹如裹着透明的壳。即使萧湘轻轻一声呼唤，也能把壳震破。一路上，她被这无声的音乐抚摩着，安静而又滋润。

只是，萧湘再也回不去了，那里虽然镌刻着生命之光，但是终究是回不去了。

三

深夜，城市笼罩在一片人为的迷幻之中。城市的灯光以一种巨大的生命力和包容力昂首面对着天空，相较之下那一轮惨淡明月和几颗遥远的星星显得黯淡无光。

萧湘站在窗前，看着远方霓虹闪烁的都市在自己眼里一点一点变得模糊，恍若海市蜃楼。此时，萧湘的内心格外沉静，仿佛有什么东西随着夜幕和耳塞里缥缈的歌声一起在她内心沉淀下来了，萧湘只想一个人静静地站着。

萧湘猛然想起了那幢位于城郊的烂尾楼。那是一个荒凉的地方，只有火车一次次地从它面前奔驰而过，笨重地，永不停歇地，带着远方的气息。

在发现它之前，萧湘从来不敢想象在这个繁华的都市还会有这样一个荒芜角落。可是曾经，萧湘的深夜已经和它紧紧联系在一起了。那是一个个炎热的暑假，萧湘无数次地躺在这幢大楼内某个空荡荡的房间里，倾听月光下疯狂生长的野草发出海浪般的声音，看着东方的天空一点一点泛起鱼肚白，然后城市在清晨的一抹朝霞中苏醒过来。萧湘踩着一片喧嚣回家。这种感觉，让萧湘真正得到了内心的安宁。

曾经，萧湘是多么渴望在这个世界上有一个地方是真正属于她自己，但是几乎找不到一个真正属于她的地方。每个人都有自己内心的孤寂，只是旁人无法懂得。萧湘又一次想起爷爷来，爷爷曾经多次跟萧湘讲起过王奶奶的事情。在年幼的萧湘看来，那简直就是自作自受。

王奶奶在旁人眼里，不知道生活得有多么幸福，但她还总会有很多情绪。萧湘不知道，自己将来老了，是不是也会跟王奶奶一样，越来越被人嫌弃。

“老了，不中用了，大家都嫌弃我了……”王奶奶认为有滋有味的日子就是不知道缺了什么，折磨得她整天就躲在家里围着她的小花猫转来转去，唉声叹气。

“喵喵——”这时候，聪明的小花猫总是会围着王奶奶叫上一阵。“咪咪呀，现在也只有你最了解我了。他们都翅膀硬了，看我老太婆不中用了。”王奶奶一边自言自语着，一边把小花猫抱到大腿上，然后揉揉湿润的双眼，那种辛酸似乎只有她一个人知道。

王奶奶说的那个“他们”就是她的儿子和女儿。其实，她的两个孩子很出色。儿子就是王强，女儿是某家国有银行的副行长，他们都拥有幸福的家庭。更难得的是他们对老人孝顺，不管工作有多忙，他们总是会抽出时间来看父母，每次都会塞给王奶奶好多钱。

“妈，现在日子好过了，您想想以前那种吃不饱穿不暖的日子，尽量想开点，想吃什么就买。别舍不得钱，您要花钱就只管问我们要好了……”可每每这个时候，王奶奶都会生气地翘着嘴巴说：“我又不是老得不行了，不需要这么多钱，我一个老太婆拿这么多钱来干什么呢？”

“真是羡慕你，王大嫂，你看你要有什么就有什么，生了这么有钱又孝顺的两个孩子。”周边的邻居个个都非常羡慕王奶奶，特别是跟她差不多年龄的张大妈更是羡慕得不得了——“你看看，我们得起早贪黑的下地挣点钱养活自个儿，为儿女们分担点负担，而你什么都不用愁喽。”

“唉，有什么好羡慕的，我的苦只有自个儿知道呀，老了没用了。”王奶奶叹着气摇摇头。“咪咪，我们走。”

“真是怪老太婆，放着清福不会享，喜欢一个人跟一只猫在一起。”留下百思不得其解的邻居，王奶奶抱起心爱的小花猫就离开了。

四

在萧湘他们看来，王奶奶就是个怪老太太。她本可以到儿子和女儿那里享清福。他们都不知来劝过王奶奶多少回了，要她到城里去安度晚年，但结果都是徒劳。“妈，您还是跟我们去城里一起住吧，这样大家都方便。”王奶奶的媳妇和女婿也多次劝她去城里跟他们一起住，但是她那倔强的脾气就是不答应。“我是不会去的，你们这个赌鬼爸爸在，我怎么走得了呢？”她总是这样嘀咕。

“赌鬼爸爸”就是王奶奶的老伴，他其实根本不是王奶奶所说的赌鬼。“搓麻将”是王爷爷毕生唯一的嗜好，麻将几乎就是王爷爷的精神支柱。但是，村子里的人都知道，王爷爷是个保守的人，搓了一辈子的麻将可他从来没有输惨过，最多就输了几百而已。如果说年轻时王爷爷“搓麻将”是想赢钱回来，那么现在老了纯粹是为了娱乐娱乐罢了。王爷爷说：“活动活动而已，我又不会去大输钱的，都搓了一辈子了……”

但即便是如此，王奶奶还是不放心，每晚回到家，她先是把王爷爷骂一通。“你这个老不死的，总有一天我们家的钱会被你输完……”然后她就趁王爷爷洗澡时间把他的外衣口袋翻个遍，还会认真地把钱的数字给记下来，看看今天比昨天又输了多少。在王奶奶的字典了，她的老伴除了会输钱什么也不会，当然如果外人告诉她王爷爷赢了好些钱，她也偶尔会咧开嘴笑笑，然后嘀咕道：“输了一辈子的钱，赢了这么点还算个啥？”“你们家那口子可精明着，他这辈子从来是只会赢钱，不会输。”“哪有这种事情？赌钱就会输。”王爷爷的搓麻将永远是她最大的心结。为了这，她还闹过很多次离婚，但都因为儿子女儿的缘故她才忍了下来。

近来，她却有了新的更大的心结，这个心结仿佛如“毒药”使王奶奶一下子失去了生活的所有快乐。事情看上去很复杂，其实很简单。

年初，王奶奶的女儿因为看母亲一个人在家实在不放心，而且每个星期挤出时间来看父母真的是太困难了，所以女儿就想了个办法把母亲和父亲“骗”到城里跟他们一起住。因为王奶奶的女婿是开塑料厂的，女儿和女婿就说希望今年父母能到他们厂里，干点管账之类的活。“好呀好呀，我早就说想去了，只要是干活我就去。”王奶奶兴奋地答应了。

刚到厂里那会儿，大家的关系还处得比较可以。王爷爷因为识字就去管账了，而王奶奶因为干起活来利索就去车间工作了。虽然工作辛苦，但是王奶奶心情还是挺不错，她比那些员工积极多了，每天八点上班，她总是七点就到了，而五点下班她却到六点还不肯走，总是最后一个到食堂。她的目标就是要多给女儿女婿干点活。但这样一来，反而让女儿和女婿又生气又为难。“妈妈，跟您说了不要这么拼命干活，我们又不是让您来干活的……”每次，女儿与女婿这样跟她说，她就会感觉非常委屈。“不是说让我来干活的嘛，我又不是来白吃饭。”说着，她就气冲冲地走开了，留下不知所措的女儿和女婿。“唉，老娘真是莫名其妙，我们又不是让她来干活。”“就是呀，这老太婆不会享福——”

五

王奶奶生气起来就习惯把自己一个人锁在房间里，也不吃饭，也不和大家说话。她越想越生气，越想越想不通，她好好地给孩子们干点活，还不是为他们好，为什么总是会遭到“白眼”呢？

“妈，我们还不是为了您好，怕您太累了，您就别生气了，出来吃饭吧。”在女儿女婿一再央求下，王奶奶才闷闷不乐地出来了。“我老了，不中用了。”她总是习惯这样自言自语着。

可是，这件事情过去才几天，王奶奶又恢复了原样，还是每天干得起劲，看到自己的母亲每天都干得大汗淋漓、疲乏不堪，做女儿和女婿的心里真的特别不是滋味，想说但又不敢说。因为一说，母亲就会生气，哪怕仅仅是个暗示，王奶奶也会很敏感，以为女儿和女婿又在嫌弃她这个老太婆了。尤其是做女儿的，看到自己的母亲每天都这么辛苦，她的心里真的是说不出的难受。无奈之下，她只得又请了个员工偷偷地把她母亲的包装活给干完了，这样一来，母亲就可以少干点活了。但是，很快就被聪明的王奶奶发现了。“你这是什么意思？不要我干活就早说，没必要这样。”王奶奶非常气愤。女儿很想跟王奶奶“理论”一番，但她强行忍住了心中的“怒火”。

忍耐毕竟是有限的，在这样的状态下，只要有一根导火线就能把所有的矛盾给点燃激化。王奶奶最看不惯的就是员工偷懒了，起先她也是忍着尽量不去说他们，但后来实在是看不过去了。王奶奶看到时间到了而员工还在休息，她就开始去催促他们。“快干活了，时间到了！”很多员工起初也是一直忍受着，毕竟她是厂长的岳母，明智点的人都不敢得罪这个老太太，但是一次一个女员工可能本身身体和心情都不太好，午间休息的时候她多睡了一会。这时候，王奶奶就走过去把她叫醒了。“我知道的，我身体不舒服。”那个员工有点不耐烦地回答。“上班时间到了，那你快起来。”“你又不是厂长，你没权要求我们。”“你……”王奶奶涨红了脸。“我不是厂长，可是上班时间到了，你可以上班了，我总没说错吧。”“可我身体不好，你想怎么样？那你去跟你的女婿说。”那个女员工也提高了嗓门。“你……那我就去跟我女婿说。”王奶奶非常生气，一甩头，她这就去找她的女婿，没想到与正进门的女婿撞了个正怀。“妈，您这是怎么了？”“你看看你的员工，我催她干活，她居然还骂我。”“我有骂你了吗？厂长，我身体不好，只想多休息几分钟，再说我是请过假的。可是……”那个员工忙不迭地接过话。“你还说没骂我，你那什么态度？”王奶奶和那个员工你一句我一句地吵开了，根本没把厂长女婿放在眼里。

“都别吵了。妈妈，这是我厂里的事情，跟你说过多少次了，让你不要多管。”这时候，女婿的一声吼叫让王奶奶仿佛如梦初醒。“我多会儿管了？”王奶奶面对着女婿严肃的脸，她“吓”傻了。“我多会儿管了？”她又开始喃喃自语道。

被女婿这么数落过后，王奶奶的自尊心很受打击，她下决心一定要走了，算了，还是回家去，我又不是要靠你女婿吃饭。我多管，还不是为了你好，你凭什么向我怒吼，凭什么……王奶奶想着想着就落泪了，越想越生气，越想越伤心，还不是因为我老了没用了，看不起我了，居然还帮着外人说话。

六

王奶奶给老伴下达了“命令”，明天就回家去，老伴当然是爽快地答应了。因为，在这里他也很是拘束，不能随时出去“活动活动”。他只能在晚上睡前偷偷地摸一会儿麻将子，给自己的心里一个安慰。现在老伴说要回去，他当然是挺高兴的。“回去当然是好了你呀，又可以去赌了，这辈子你除了想到搓麻将，你就不为我想想？我的命怎么这么苦？”王奶奶说着眼泪就情不自禁地流了下来。“你哭什么哭，难道女儿女婿亏待你？你问问老天和良心，他们对你有多好。”老伴安慰她。

女儿听到父母要回去，很是不解。问其原因，王奶奶又不肯说。“没有原因，我们只是想回去了，我们在这里碍手碍脚。我们老了，没用了，也不在这里吃白饭了。”在女儿的一再“逼问”下，王奶奶才开了口。“又是这种话，你是我的娘呀，怎么老说这种话给我听。”这时候，女儿也火了，她从来没有向母亲这样大喊过。“好，都是我的错，我多管，我不该管，我走，我回家去，连你都这么说我。”王奶奶的眼泪仿佛如决了堤的大坝，所有的委屈都在这个时刻爆发出来，如沉睡的狮子突然咆哮起来。女儿都不知如何是好，其实，她也觉得很难受，本意是希望父母能过得开心点，因为照顾方便，才把他们接过来，谁知道闹成了这样的结果。

母亲大人执意要回去，女儿和女婿也没法留住。“还是让我们回去吧，你是知道你妈的臭脾气。”在父亲的提醒下，女儿才醒悟过来。算了，还是让他们回吧，想怎样就怎样吧。

王奶奶一走进老家的院子，“喵喵——”小花猫就从隔壁的邻居张大妈家跑出来了。“咪咪呀，只有我的咪咪最好了，他们都嫌弃我了。”才说了一句话她就老泪纵横了，张大妈看到她这样，连忙安慰她。“我的大姐，你这是怎么了？有话好好说，千万别哭。”“妹妹呀，我真是说不出的苦呀……”

在家过了几天，王奶奶则是唉声叹气着躺在床上。她感觉日子是越过越没劲了，现在除了小花猫整天陪伴着她，她的生活是早已经失去了鲜亮的色彩。她感觉没人能够理解她，她是越来越无助了，虽然每晚儿女们都会打电话过来，但她都是随便“应付”一下就挂了，她甚至还产生过了“自杀”的念头。“活着这么没意思，又没人能理解我，还不如死了算了。”

四天后的一个下午，儿女们实在不放心，大家就请了假，一大家子都赶来了，只有一个目的就是开导开导母亲。刚开始，王奶奶一直流着泪，只要一想到在女婿厂里女儿和女婿向她“大吼”的情景，她就来气了。凭什么，他们凭什么向我吼，我是为了他们好，我是他们的妈。

“奶奶，我的好奶奶……”“外婆，别哭了……”这时候，两个可爱的孙子和外孙都爬上了王奶奶的床开始你一句我一句地“哄”着王奶奶。“妈妈，当时是我们不好，但是你也得理解我们，我们真的是为了你好。看你这么累，我们的心里会好受吗？”“是呀，那次是我们错了，但是你真的不用管了，只要你身体好，心情好，我们就放心了。”“就是，老娘，你犯不着跟自己的女儿生这么大的气，以前再苦的日子我们都挺过来了，现在日子好过了，你为什么还这么不会享福呢？”

听着孩子们你一言，我一语的安慰话，看着两个可爱的孙子和外孙，王奶奶终于擦了擦眼泪，轻轻地嘀咕道：“算了，都别说了，你们吃什么，我去做。”

七

王奶奶曾在江南如豆的灯下，自裁自剪着青布花衣。江南就在她如绣青花的一裁一剪，一针一线之中。一会儿，就在她的手便开出一朵朵花：牡丹，芍花，水莲，还有一朵朵细细的茉莉，它们有着卷曲而又绵长的叶枝。美着，开放着，又热烈着。王奶奶说，这是考究的布，旧时考究的人用的。平民的女子，大多数时，都是穿素淡的青衣衫。她们的心思密密在青衣里，随着一声声低呼，大多数人便着一身青衣，嫁给最近人家。原来，这就是江南女子的芬芳：平和又安详，在安静的角落散发出浓郁的气息。它那朴素的颜色——蓝和白，让萧湘看到了镇定的性格和灿烂的心灵，它对应着一个年代——那个用油灯、团扇等构筑起来的年代，那个将自己的青春牢牢勒紧的时代，那个永远无法再回去的时代。

自从儿子做了出轨的事情后，王奶奶一气之下就走了。在萧湘看来，她是被无聊死的。生活，在不经意之间被人咬了一口，接着腐烂，就坠落了吗?

现在的萧湘，疯狂地热爱夜晚，这是种深沉的、本能的、不能克服的爱。她用她所有的感官爱它，用她看到它的眼睛，用她闻到它的嗅觉，用她听到它的静谧的耳朵，用她被黑暗抚爱的所有的皮肉。燕子在阳光下，在蔚蓝的天空中歌唱，在炎热的空气中、在清晨明净清澈的空气中歌唱。

白天使萧湘劳累，使她厌烦。它既粗暴，又喧闹。每一天，萧湘勉强起床，懒洋洋地穿衣服，不情愿走出去；她每走一步，每做一个动作，每讲一句话，每转一个念头，都感到吃力，就像举起一副千斤重担。

可是当太阳落下去的时候，萧湘的全身都会产生一种难以名状的舒服感觉。她精神焕发，生气勃勃。随着天色越来越黑，她觉得自己完全变成了另一个人，她变得更加灵活、更加幸福。她看着这自天而降的巨大的黑影越来越浓重，它像一个难以捉摸、难以渗透的破浪一样淹没了城市，它掩盖了、抹去了、毁灭了颜色和形态，用它难以察觉的触摸把房屋、生命和巨大的建筑物紧紧地搂进怀里。

每当这个时候，萧湘的内心深处就有一个狂热的、不可克服的情欲在她的血管里燃烧起来，她想欢呼，呐喊……

城市在睡觉，一片片乌云，一片片巨大的乌云慢慢地在天空中伸展开来。人们在欢笑，在走来走去，喝酒。夜总会里那么明亮，出现红光闪闪的栏杆，虚假而又强烈的光线，让人恍惚不定。

每一天，萧湘都感到神情惶惑，越来越沉浸在这段时间因家庭生活的波折引起的焦虑里。她的女儿在萧山机场从那个陌生女子身边回到她跟前时，居然都有了陌生的距离感，更何况其他人呢？当女儿说她是世界上最坏的妈妈时，内心的疼痛只有她自己知道。

萧湘越来越发现自己的生活每走一步，都被“罪孽”所绊倒，如《红字》中的主人公爱玛那样，套着厚重的脚镣生活着，生活很累很累，但是她还得活着……

八

人生总该来一场说走就走的旅行，萧湘背着双肩包出发了。火车一开动，萧湘就有点昏昏欲睡的感觉，可能是最近太累，没有休息吧。她马上就感觉自己进入了梦乡，睡了一会后起来，就准备到洗手间去洗个脸，让自己稍微清醒下。

再洗完手后，萧湘就失去了知觉，只感觉自己一阵晕眩。后来呢？后来她就什么也不知道了。

萧湘再次醒来，发现自己躺在一张床上，她感觉自己仿若刚从鬼门关回来。这里是哪儿？自己怎么会在这里？她什么也记不得了，自己仿若是被烈火炙烤过……少女时的噩梦一次又一次在她的眼前重现。到底是怎么了？萧湘感到万般惊恐。她的身旁坐着一位男子，看上去他的背影很眼熟，萧湘微微挪动了一下。“你……你是谁？”萧湘一开口，才发现自己的声音竟是如此这般沙哑。

“喝口水吧，压压惊。”男子转身倒过水。“啊，李老师……”萧湘居然一眼就认出了他，竟然是他。李老师，他把我怎么了？难道是他？怎么会是他？

李依西不清楚萧湘怎么会在这里？他不知道发生了什么事情，萧湘为何会突然晕倒呢？萧湘醒来也说不出一个究竟，只是记得一个中年妇女在萧湘吃完手中的番茄的时候递来纸巾，结果萧湘一擦以后就什么也不知道了。李依西问萧湘身上的东西丢了没有，萧湘这才发现手中的皮包不见了。皮包里装着刚刚从股市上抽出来仅剩的三万元钱。三十万呀，却剩下这区区三万元。就连这三万元，也被来历不明的中年妇女在迷倒萧湘之后拿走啦！萧湘欲哭无泪。

李依西扶着萧湘，慢慢地抱住她，越来越紧。李依西还一边安慰着萧湘：“三万块没了，就没了吧。钱没了，还可以再有；人没了，就再也找补不回来啦！”萧湘感觉到李依西的肩膀很踏实，这段时间的风雨飘摇，让萧湘心力交瘁，正在走投无路之际，李依西来了。那个莫名其妙的中年妇女带给她的恐惧，渐渐消失了。

萧湘还有些心有余悸。她记得在自己迷迷蒙蒙之间，似乎听到中年女人和一个圈脸胡的男子交谈，准备要把萧湘卖到偏远农村去，让萧湘给一个哑巴大叔做续妻，哑巴大叔种果园挣了三十万元，拿出十万元把萧湘买走，回到昭通老家给他传宗接代。哑巴大叔倒是对萧湘挺好。哑巴大叔只是不停地笑，一句话也不说。萧湘抱着自己装有三万元的皮包，一边吃着番茄，一边抬头看着车窗外。萧湘要回家，可是她不知道那里才是她的家。她与章峰已经离婚了。她醒来时，只有李依西在她身边。李依西看到哑巴大叔背着昏迷不醒的萧湘。李依西拦住哑巴大叔的时候，哑巴大叔只会笑，固执地绕开李依西向车外走去。李依西追着哑巴大叔，直到警察赶到，才把人贩子制服了。萧湘在李依西怀抱里嚎啕大哭。

李依西捧住萧湘的脸蛋。她就像传说中童话里的睡美人。萧湘心目中的白马王子形象并不全是李依西。中学时的林祥之后，是让她后来难以启齿的厨师许大成，以及西湖偶遇的许大雷。萧湘当初并看不上章峰，但章峰会来事，众目睽睽之下他跪在她脚下，她本来不想答应，但出于面子，关键后来已经有了孩子，从而成为一个屋檐下的人之后，基本上小吵天天有大吵三六九。章峰为了改变自己在家里寒酸的弱势地位，通过炒股梦想一夜暴富来做一个真正的男人，结果却是一夜被狂跌的股市打回原形。

这时，李依西轻轻吻住萧湘的唇。李依西突然加了力道，紧紧吸吮着她，并顶开她的嘴，一下子与她温软的舌头对接住了。又过了好久，他抚摸着她的身体，她僵硬的身体在他的抚摸下突然抖动了一下。她醒来了。李依西觉得童话里的睡美人醒来了。萧湘叫了一个亲哥哥，李依西激动地搂住她的脖子。他们相拥而泣，发誓今生今世永不分开。萧湘的第二次生命是李依西给的。萧湘被中年妇女迷药迷倒之后，是李依西报警救她。李依西半生不熟的急救知识起了作用。他吻醒了她。

第十九章　九九归一

一

五月，杭城瓦蓝的天空如同一杯蓝紫色的浆果，带着诱人的气息。曾在一本书上看到过，在人类最早的觅食时代，就将蓝色、黑色、紫色作为可致命的有毒食物色，绝不轻易品尝。可萧湘喜欢吃蓝莓，喜欢穿黑色、紫色的衣服，这是不是暗示着她骨子里有种敢于冒险的精神？只是很多时候被束缚了，一旦被激发，就势不可挡。

离了婚的女人，非但不能自暴自弃，而应该更有自信，才能有新的开始。林祥约自己吃饭，这让萧湘不敢相信自己的眼睛，他是要嘲笑她，还是要支持她……

不管怎样，肯定是要赴约，都离婚了，还有什么可怕？

那么，首先得精心打扮一番：发廊里人不多，理发师慢条斯理地摆弄萧湘的头发，又是吹，又是拉，使萧湘几乎要疑心他如此认真的动机：是不是就是要留下她来当托儿，以掩盖发廊生意的萧条？就半天时间，要做头发、做脸、买衣服，实在是时间有限。

毕竟与林祥已十几年不见了，只能用衣服、发型等身外之物，去掩盖身材的走样。好不容易做完了头和脸，萧湘马不停蹄赶往服装店。服装店里衣服很多，可惜，只要她看得上的，准买不起；她买得起的，准看不上；只好不买，回家。家里没人，萧正玉还在医院，不知陈文娟去了哪里。

萧湘打开衣柜，对现有资源进行整合重组，绞尽了脑汁。如果是二十来岁的小姑娘，问题就好办多了。青春活泼，奇异另类，雍容典雅，清纯质朴，怎么穿都是风格，都是性格，都能给人感觉；但对于奔三的女人来说，路子就窄得多了，严格说，似乎只剩下了一条路可选：高贵典雅。但是，高贵典雅是你想拥有就能有的吗？那是物质与精神有机结合后才能出的效果。萧湘气质尚可，可惜翻遍衣柜，竟找不出一套能与之相匹配的衣服。最后，只好把两套套装拆开来重新搭配：中式短款黄底浅棕花的蕾丝上衣，配深棕长裙，配灰色高跟鞋和香奈儿小包。装扮上对镜照照，效果还算凑合，竟然有了那么一点典雅的味道。看着镜中的人儿，萧湘不禁自嘲：你如此大动干戈，究竟是为了什么？难道还想重温旧梦，女人，有时候疯狂起来还真不可思议。

这家“雷迪森大酒店”，萧湘虽然久仰大名，但却很少有机会进入过，华灯璀璨，春意盎然的环境不太适合自己。

面对眼前的林祥，萧湘有点不敢相信自己的眼睛：他脚蹬古驰Gucci黑皮鞋，上身是劲霸紫T恤衫，爱马仕的皮带，下身是皮尔卡丹牌蓝牛仔裤，这跟之前自己认识的他，变化实在太大了，但依然是自己心中最帅的那个人。萧湘没有喝酒，但却明显感觉自己的脸涨得通红，面对这位帅气的优雅男士，还有鲍鱼燕窝熊掌鱼翅，各种名贵珍品。

萧湘脸上化了淡妆，象牙色的气垫CC霜掩盖了她的痘印，白的恰当好处，配上暗紫色唇彩，虽然不是楚楚动人，但也是有几分姿色。她没法做到落落大方，坐在落地窗前的餐桌旁，她竭尽全力故作镇静，想方设法摆出优雅的姿势品尝着面前的美食。是因为紧张，还是因为别的什么。她的精神有些恍惚，那个梦，已经相隔三年之久，但她还是记得清清楚楚。

梦里与此时此刻的情景太过于相似。也是在高档的餐厅里，萧湘与高富帅男子面对面而坐。男子用他那双饱满深情的眸子款款注视着萧湘。在她赧红了脸正欲躲开那灼人的目光时，一只潮湿温暖的手轻轻摩挲过她的脸部肌肤，带起阵阵电流般的酥麻。

萧湘猛的惊跳起来。“你，干什么，我结婚了！”

话音刚落，她的嘴被一只大掌轻轻捂住，耳边还有个极小的声音在说：“我知道你已经结婚了！”那是一个男性的声音，低沉宽厚，却又充满着戏谑和笃定。

知道我结婚了还敢非礼我，简直找死。萧湘在心里狠狠骂了一句。突然，男子的身影就消失了。

清醒过来的她才发现，哪里有什么高级餐厅，什么优雅男，还有诱人的美食。分明就是在新婚的床上，身边是她的丈夫。不，现在来说，应该是前夫章峰。他早已喝多了，正睡得很酣。

原来，所有的事情都会有预兆。那个梦，意味着什么呢？那可是新婚之夜，萧湘梦里的那个男子，该会是谁呢？……

“你怎么了？怎么不吃菜呀？不对胃口吗？要不再点两个你爱吃的菜？”林祥带有磁性的声音，把萧湘拉回了现实。

“我，我没什么。很好吃。”萧湘有点自相矛盾。

“那你多吃点，要不你再看看，喜欢什么，就点。”说着，林祥正欲按桌角的铃，刚要按下去，被萧湘阻止了。还没有碰到林祥的手，萧湘就感觉到阵阵被触电的感觉。这不是多年前，第一次见他时的感觉嘛。这么多年过去了，那种心跳的快感还是不减当年，萧湘不敢抬头，想尽快安定自己的情绪，却发现太难。

“姐，遇到真正喜欢的人，就会有那种被电到的感觉。我的初恋就是。但是，之前，相亲过这么多个，我从来没有遇到过，直到见到了许大雷。”萧湘的耳边回忆起萧冉的话来，千真万确，面对林祥，自己就是这种感觉，而林祥却没有任何的变化。

“我这次约你，一是想谢谢你。你后来找大哥，替我报仇的事情，我知道的。只是当初年少不懂事，犯了很多错，让你受委屈了。二是想让你心情好点，我听说了你的事情，每个人的生活，都会经历很多事，不管怎样，你都要勇敢的面对。三是我想，你，既然已经离婚，那么，你应该会考虑下一段婚姻，你会不会考虑……”

林祥的思路相当清晰，连吃个饭，都能找到这么多的理由。萧湘这才恍然，在这段自认为真爱的感情世界里，她即使是爱的死去活来，他也只会无动于衷。

“我是想说，你会不会考虑许大雷，我哥们，绝对……”萧湘不想再听下去。原来，林祥，今天约她，最大目的在于此。他是来看她笑话的，还是来同情她？

是应该高兴，还是惋惜可悲呢？萧湘木然地盯着眼前的食物，它们看上去都是色香味俱全，但萧湘却不想动筷，是它们不对自己的胃口，还是自己没有食欲呢？

满脑子的疑问，又有谁可以帮忙解决？

二

离开大酒店后，萧湘只有一个念头，就是再也不想见到林祥。这样的想法太过于强烈，以至于有很长一段时间，她感觉这一切不真实。前一刻，还被他迷得神魂颠倒，后一刻，却又是恨之入骨。

离开后，萧湘就去了西湖，本想去雷峰塔，却不知怎么就走到了断桥。夜晚的西湖还真是别有滋味。湖上的画舫点着灯，预备着酒席，等待着一批又一批客人。对岸的雷峰塔和城隍阁在夜色中灯光璀璨，到处都是闪着光，流光溢彩，场面甚是壮观。

《渡情》这首歌唱得真是好：“西湖美景三月天，春雨如酒柳如烟，有缘千里来相会，无缘对面不相见……”

每个来断桥的人，大都是想给自己的情感找个归宿。在此牵手，穿越千年时空之恋，冥冥之中预示着什么含义吧？

做梦也想不到，在断桥，又一次遇见了他。

李老师！他比前几天看上去瘦了、黑了，也憔悴多了。生活到底有多重要？每个人都在为这两个字奔波，身不由己地奔波！而他，却没有发现身旁的萧湘。

他在干什么？他要干什么？

李老师张开双臂，踮起脚尖。他分明是想与西湖亲密接触，他到底要干吗？就在李依西要跳入西湖的那一刻，萧湘从背后抱住了他。

这该是一个怎样的拥抱呀？

在那一刻，命运发生了奇迹般的逆转。萧湘用自己的柔弱之躯真真切切地拯救了一个生命。李依西！

萧湘怎么也预想不到，自己又一次成了李老师的恩人。

“媛哲！”就在萧湘把李老师抱住的时候，李老师还在喊着梁媛哲的名字，这不是几天前，在宾馆吗？那样的场景再次在萧湘的大脑里闪现。梁媛哲，实在太可恶了！她到底给李老师施了什么魔咒？

“你，怎么又是你？——湘儿！”李老师转身看见了萧湘，突然就紧紧地攥住了她的手。是她，就是她，这之前梦寐以求她。

“谢谢，又是你救了我，谢谢！”李依西想要起来，做出下跪的动作，但硬是被萧湘拒绝了。

“李老师，你这是要干什么？我，只不过是路过，你到底怎么了？发生了什么事情了吗？”

被萧湘这么一问，李老师感到一股暖流在全身滚荡，所有的情绪在那一刻爆发，他想把自己的一切都原原本本地告诉她。

“之前，我也跟你说起过。梁媛哲一直非常崇拜我，并说要全程陪同杭城之行，没想到梁媛哲给你发了信息，后来给我发了这么一条信息。”说着，李依西打开手机，给萧湘看短信：不好意思，李老师，报社加班。我实在走不出来，无法来见你。

萧湘听着，默默地点点头。

“这些我都可以理解，她还是个女孩，她只不过是在防范我！其实，我绝对不会对她怎么样。虽然，我到现在还没结婚，但是，我绝对不是那种轻薄的男人。最关键的是湘儿，你不知道，这个女人，有多么口是心非，诡计多端。前几年，她是天天给我打电话，每天都是甜言蜜语，说要我在杭城买个房，我四十八万都打过去了。当初还假惺惺地憧憬我们共同的未来，结果，我到了杭州，她连见我都不见我了，而且，电话、QQ、微信，全部都拉黑了……"

四十不惑的李老师，居然栽在一个九零后的小姑娘手里。"你不知道。那时，梁媛哲就是我的生命。我曾跟她整夜整夜的打电话，还视频聊天。我还无数次，想象着自己如一条只鳗鱼般游入她的身体，在她温暖肉体中得到重生。她是温柔、可爱、魅惑，枕在她雪白的小胳膊上，看着她微微起伏的小腹和潮红色的脸颊，用她的温暖包裹着我的整个内心。通过电话，视频，我向她求过婚。她当时像个娇羞的小新娘，可是，你看，我人来了，她就变了。拿了我的四十八万，就跑了吗？她至于吗？难道跟我一点感情都没有吗？难道，她就是为了骗我的钱，可是，我又不是老板，我就只有这么一点钱，我以为……"

原来，李老师是投入了真感情，而她，梁媛哲，不过是跟他开了一个玩笑而已。

米兰·昆德拉说：任何男人都有两部色情传记，一般人们都说到它的第一部，它是由一系列的性爱关系和短暂恋情所组成。最有趣的大概是另一部传记，就是一大群男人们想要占有却没有让他们得手的女人，这是一部痛心疾首的充满未竟之可能的历史。

那么，李老师和梁媛哲又是属于哪一本传记呢？

"李老师，想通点，不过如此。我离婚了，我没有家。"萧湘的声音仿若在空中飘，从断桥飘到了雷峰塔。

"你愿意，跟我走吗？"李老师说着拉住了萧湘的手。萧湘没有回答，也没有抽回手，在月光下，在断桥下，由西湖之水作证。

"我已不惑之年。人到中年，什么财富也没有，除了能把心交给你外，我又能做些什么？"李依西的话一点点地荡进萧湘的心里。如果能够抓住了一个人的心，那其他的还怕什么呢？

尘世如烟，也许是你尝尽了世态的炎凉，把一切都看作是虚伪、梦幻，也许是你想超脱，却还没有做好准备……

三

有心插花花不发，无心插柳柳成荫。生活的错乱，时时刻刻在发生。

自从上次林祥约过萧湘后，许大雷跟萧湘约过好几次，林祥明显就是许大雷派来的，但萧湘果断拒绝了许大雷，这样的拒绝有点不近人情，但是她没有办法，不得已而为之，哪怕就是为了萧冉，也该努力一把。

“我是离了婚的女人，我跟你不一样，你还正当年轻，你不用再联系我，我们真的不可能。”萧湘的拒绝没留下任何可以回旋的余地。

“你的思想为什么还这么传统？现在，你也是单身，我也是单身，为什么就不可以？”“我求你了，给我一次机会，我一定给你一个奇迹。”“我知道，你才离婚，心里不好受，我给你时间，我等你。”许大雷的信息一直进来，无奈之下，萧湘只能把他拉入了黑名单。

萧湘其实早就感觉到许大雷对自己有意思，当初自己也不排斥；但是，现在不可能，萧冉好不容易喜欢上了一个男生，说什么也得创造出机会来。

但是，萧湘却忘记了一个道理，哪怕自己退出了，许大雷也不会跟萧冉在一起。在爱情的世界里，从来没有对错，也没有提前安排与计划，更没有谦让，这不是排排坐，大家坐在一起，看着合适，就能走到一起。如果真是这样，这年头哪来那么高的离婚率？

“姐，我该努力的都努力了，但是毫无用处，他是个冷男，不，他在我面前是个冰人，我永远无法叫醒一个装睡的人。姐，不用安慰我，我会想通的。”在后一个时刻，萧湘收到了萧冉的短信。为什么要这样？萧湘真心不知道该怎么平复那两颗受伤的心灵，晓得这样，还不如当初不做这场介绍，那不是什么事情都没有。

可是，话又说回来，谁能预测之后发生的事情。每一段感情的发生，都有其偶然性，但肯定也有其必然性。

擅长写小说的李依西，也无法构思到自己能够遇见萧湘，他本以为这辈子就这么完了。他曾把自己所有的一切都给了梁媛哲，以为会有一个全新的开始。谁知，人家唱的是这么一出戏，人生太过苦短。李依西虽然能在文字世界里找到自己的精神归宿，但是辗转了这么多年，也没法找到一个妻子。女孩子都太过于聪明，利用完他的才华后就烟消云散。而李依西，依旧是孤家寡人。省吃俭用了几十年，积攒的四十八万，投给了梁媛哲，突然就没了任何音讯。

誓言很大，梦想很空，爱情很假。这是李依西遇上梁媛哲以后的状态。

二零一五年五月二十日　多云　杭州西湖

这是一个告白的日子，而我决定选择离开。这辈子，难道我注定是要被女人折磨死吗？在断桥，看着身旁一对又一对情侣，相拥而过，我的内心更加苦痛，转眼一想，还不如一走了之。

是她，又是她，湘儿，救下我了。如果没有她，现在的我，应该早就在黄泉路上了。

每一次遇见，都是生命的恩赐，感谢上苍派了一位天使到我的身旁。

……

李依西在随身带的本子上写下点滴心情，这是他坚持多年的习惯。虽然，现在有微信、QQ等多种电子平台，但他还是沿用土办法。“好记性不如烂笔头。”他的诸多部长篇小说，都是从他的日记开始创作的。记下一路的心情，之后就能整理出一个情节曲折的故事。

萧湘依偎在他的身旁，不语。两人安静着，宛如是两个新生的孩子，刚打完针，静静地等待着母亲温暖的拥抱。

李依西曾以为陪伴自己到底的应该是梁媛哲，而萧湘也曾以为，在她身旁坚守的应该会是林祥。可如今，走着走着，谁也没有说，就都提前莫名其妙地下站了。那么，谁能陪谁又能够走到终点？

萧正玉出院后，就开始张罗他办摄影展的事情，对家里的事情不闻不顾。

陈文娟则带着孙女去了乡下，参加王强的后事去了。在浙北农村，人可死不起，特别像王强这种有钱的老板，死了如果仪式不隆重，肯定会引来亲友们的冷嘲热讽。

"儿子，没办法的，你还是听妈的，我们把你爸放到老屋去。守灵几天，我们不是还没拆迁吗？有的是地方。"

"妈，这都什么年代了，你还弄这种事情，劳民伤财，唉……""儿子，你还小，没有成家，万万不能说这种话，听妈的没错。"

王伟军还是经不过母亲的劝，最终同意了。

王伟军直接请了当地有名的"安乐殡葬礼仪服务公司"，一条龙服务。只要你想得到，什么服务都到了，派头声势绝对不亚于别人家办喜事。

道场、和尚、尼姑，同台合作，吹吹打打，拉拉奏奏，相当热闹。王强躺在水晶棺材里，穿上了寿衣寿靴又盖着寿被，脚后点着一对"斤通"。按照老人的要求，脸上盖着一张黄土纸，身旁插满了鲜花。

亲人个个穿麻衣戴孝，一有人来"吊唁"，女人们就会哭几声，一哭三唱，颇有节奏感。陈文娟也在，小孙女倒是很乖，没哭没闹，估计是被这场景吓坏了。

搭制相当豪华的灵棚外，摆满了花圈，少说也有一百多个。每一个都是用鲜花做成的，价格不菲。

四

很多时候，即便拥有再多的钱，在死神面前，都是徒劳无功。

“我们一定要给你爸办得体体面面，他在的时候实在太省。”王强虽然是老板，但是节俭抠门却是远近闻名。他每次请人吃饭，都会一遍又一遍地研究菜单，刚开始大家以为他是点不好菜，熟识的人才知道，他是在比较菜价。到买单的时候，他更是如此，会看好几遍，确认无误后才付款。有时，因为一包一元钱的湿纸巾，他也会退回去。

每一分钱，在王强的眼里，仿若都是一个神圣的生命。真心舍不得花，像守财奴一样把钱放在一张又一张银行卡里。甚至到最后，他的死，也是自己了解的。他在半夜把输液管子拔掉，第二天凌晨，护士进来交接班的时候，他已经奄奄一息了，而他的手中却抱着一大叠银行卡。

其实，王强离开前的一周，他的精神状况已经不对了。当陈文娟告诉他，萧湘是他亲生女儿时，他就跟疯了一般。“你从来没有说过，你不是说，你没有我们的孩子，造孽，造孽……”王强不断地自言自语，说得最多的两个字就是造孽。而后，他还会在半夜，从病房里出来，跌跌撞撞冲到楼道里大把地撒钱，一百元，五十元，十元……各种面值都有，第二天，经过楼道的人，都在无比欢快地捡钱。但谁也不知道，竟然会是他这个闻名遐迩的“吝啬鬼”扔的。

最后一天撒钱，王强完全不再是他自己了。他的嘴里发出的都是他死去前妻的声音。人在一瞬间灵魂附体，他的前妻，实则是被王强害死的，为了争取一个生意上的项目，他让自己的妻子去施了美人计。结果，被人强奸而死。

而这个秘密，只有王强一个人知道。他能做的就是，用钱摆平所有的事情。但是，他的身体，却再也无法用钱去摆平。留着钱，做什么？到死他也没有明白这个道理。

王强的死，仅仅是守灵五天，就花去了二十万元，当然，这还不包括火葬等费用。

“留着钱干吗？你都拿去用吧。”王强的妻子，还在一大堆的纸钱里，撒了大把大把的老人头真钱，烧给了王强。

“有钱人就是不一样，活得痛快，死得气派。”看客中，有位白发苍苍的老爷爷羡慕地说。

“可不是，因为养了个好儿子。”另一位老奶奶说。

“就是，这么有派头，下一代肯定还要发……”一位中年大伯说，语气中带了揶揄的表情。

“什么了不起，不过就死了人而已。”一位中年大嫂说道，带点不屑一顾的情绪。

“天，这是怎么了？死人还是结婚呀，看不懂，真让人醉了。”大学生模样的小伙子说道。

疯了，这个世界都疯了。

五

农村老家的千年古樟说死就死了，因着最近的拆迁，还是因为别的什么，无人知晓。虽然死了，但那躯干却依然令人瞩目。印象中的古樟枝叶繁茂，也曾有过不少神神鬼鬼的传说。在倪燕记忆中，每当夜深人静之时，听到栖立在樟树枝头的猫头鹰的叫声。老人总会说：不知道哪一家又要死人了？然而，在母亲咽气前后的那个晚上，倪燕都没有听到猫头鹰的叫声。

同样都是死，倪燕的母亲却是死得悄无声息，只在家里放了一天，一个木棺材，简陋的灵棚，没有道场、和尚等任何形式，只有倪燕和她弟两人的哭声。亲戚来了，看看就走了。“可怜的，唉，可怜，只剩下两个小孩。”亲戚们口中虽然都带有同情，但是看到这样的场景，谁也不想帮忙。

这个社会就是如此，不管是亲戚，还是好友，不管是否有血脉相连，利益似乎成了第一位了。倪燕家这么穷，那个酒鬼父亲，连老婆死了，也没出现一下。他是害怕，害怕亲戚来讨钱，索性躲起来了。悲惨的人永远活在悲剧里，没有钱，万事都难开始。

如果，当初倪燕不听母亲反对，如果当初她换了肝，拿了钱，说不定母亲也不会死。那个人，当然也不会死。可是为什么她就不换呢？倪燕后悔万分。这世上没有后悔药，谁知死亡会来得这么快，他们说走就走。

因为没有钱用止痛药，倪燕的母亲是带着万般疼痛离开的。那种撕心裂肺的痛苦喊叫，真让人痛不欲生。

在同一个火葬场，倪燕母亲和王伟军的父亲，同时火化了。所有的命运，却终将殊路同归。

倪燕的嗓子早已发不出声来，她拼命地喊：“妈妈，快逃，快逃。”这是村里的老人教她的，只有儿女喊，母亲才会听到，灵魂才能逃出来。

如果真有来世，那么母亲会和王强再次相遇吗？内心深处，倪燕对死去的两个人都怀有仇恨心情，虽然是亲生父母，但倪燕恨他们，让她出生在这样一个家庭，除了给了她一个鲜活的生命，他们什么也没给她留下。

夜里，窗外淅淅沥沥下起了雨，潮湿的雨声一点点地灌进了倪燕的身体，渗进了骨缝里。倪燕怎么也睡不着，她弟弟也是，一直在辗转反侧。后半夜，倪燕沉入了梦乡，眼前都是雪花，白花花一片，那是种孝布的白。母亲在医院里出了事，脸上血肉模糊的，腿好像也断了，两手撑着地，蜥蜴似的，痛苦地向倪燕爬过来，连喊“救命”。倪燕惊叫了一声，从梦里弹了起来，出了一身虚汗。

是梦？仅仅是梦吗？

在这世界上，倪燕只能抓住最后一根救命稻草。

六

“峰，你为什么不理我？为什么你都离婚了，还不理我？为什么我不能做你的新娘？”章峰接连收到倪燕的各种信息。他本以为，这小妮子母亲刚死，肯定会收敛点。谁知，人家是穷追不舍。

经历过失败的婚姻后，章峰痛定思痛，确实发现了自己的很多错误。他不想结婚，根本不想跟倪燕在一起。

“你什么意思？你想躲我一辈子吗？章峰，你有这么多把柄在手里，难道你不怕吗？你可给我想清楚了。”课后，倪燕直接把章峰堵在了门口，这样一来，本来地下的“恋情”，瞬间就公开爆发了。

“看不出来嘛，你还泡老师。”“呵呵，原来——怪不得，真是让人醉了。”“哈哈，有大新闻看了。”身旁的同学个个都幸灾乐祸。

章峰什么也没说，就一把揪住她的肩膀，把她拉到了办公室，门啪的一关，剩下两人世界了，倪燕的表情立马来了个三百六十五度大转变，她竟然搂住章峰，想要亲吻他。但被章峰拒绝了。

“你干什么？我说了，即使我离婚了，我也不会娶你！”面对章峰斩钉截铁的拒绝，倪燕的心就如撕碎般疼痛，但她忍住了哭泣，大声说道：“好，那就走着瞧。”

章峰怎么也想不到，倪燕会来阴的。他本以为，两人也是有过感情的，虽然仅限于床上的交情，但是毕竟也如胶似膝地好过一段时间，翻脸确实比翻书还快。

那封匿名举报信，就那么“一针见血”地结束了章峰的教书生涯。

“章峰，平日看你做事认真谨慎，为人朴实，怎么会做出这种事情？生活作风会这么不检点？你看下，这些照片，真让人不敢入眼，你看看，你……”盛校长一副怒其不争的表情。

怎么会有这些照片？这分明就是章峰那次在浴室，被人举报而后又去了派出所，他是多么不堪，全身上下，除了那条白色的浴巾，什么都没有。

赤裸裸的肉身，就这样暴露在校长面前。

“你什么都不用说了，你赶紧离开这里吧。”

章峰自始至终都低着头，走出校长办公室的时候，章峰看见了落日，红得让人刺眼，让人不敢再直视一眼。有些东西，你不能看，不能碰。一旦触碰了底线，这辈子就毁了。

女人是祸水。第一次，章峰深刻领悟到这一句话。事已至此，她也达到了目的。明天一早，他就卷铺走人。章峰想，必须得离开了，不过也扯平了，自己伤了萧湘。同时，也被倪燕报复了，得到了应有的下场。

倪燕，这次是真玩大了！但她想不到最终的结果是两败俱伤。同样的错误，犯了多少次，那就不能简单的归结于错误了，到底是哪个环节出了问题？谁也没法告诉倪燕，除了她自己。

七

生活总是让人遍体鳞伤，但到后来，那些伤口却变成日后强壮起来的资本，因为受伤，才有可能变得更强大。

在李依西的鼓励下，萧湘走上了创作之路，构思了一部叫《赶潮》的长篇小说。以为自己平平淡淡的生活，什么也没有了，一转身才发现，所有的情节都是一个不错的故事。

“只要你愿意，我们可以一边写作，一边抚养萧蓉。”在听完萧湘的人生经历后，李依西给出了这样的答案，而对于现在萧湘来说，女儿是她生命里唯一不可分割的一部分。

“谢谢你。”一个男人能够不介意前面的男人留下的小孩，那种大度与宽容，绝对不是爱情可以做到。

萧湘带着李依西来见自己的父母。“妈妈，妈妈，你可回来了。奶奶都不理我了。”女儿第一时间就冲进了萧湘的怀抱，萧湘噙着泪抱起宝贝，再看坐在窗前的母亲陈文娟，口中念念有词，手中是一串佛珠。这一副虔诚的模样，是萧湘第一次看见的，母亲怎么了？难道自己的行为，让她受刺激了。

“你回来了，坐吧。”陈文娟慢慢抬起头，淡淡地说，仿若在招呼一个邻居，脸上没有任何的表情。

“妈，妈，你怎么了？”萧湘看着眼前这样的母亲，心痛、懊恼、自责等等，各种情绪交织在心头。

“我没什么，送王强的这几天，我想了很久，女儿，是妈妈错了！我总以为你一直没有长大，什么都得听我的。其实，你早已长大，你有思想，你有自己的生活，是妈妈我太过分了。我年纪也大了，我想为自己做点事情。孙女，你愿意让我带，我就带，你若组建了新的家庭，要带她走，我也愿意。从今开始，我会尊重你的所有选择……”

面对陈文娟有条不紊地陈述，萧湘实在是喜出望外，甚至有点不敢相信。眼前的母亲，苍老了，憔悴了，但是却直面了自己的内心，真正为自己而活着了。

之后，萧湘向母亲介绍了李依西，并表示，想带女儿跟他一起北上，离开这里重新开始。

“孩子，只要是你自己选择，妈，都赞同你，只要你快乐。”眼前的陈文娟，是那么的慈眉善目。

李依西向陈文娟深深地鞠了一躬，宛若在叩拜一位菩萨。

“妈，爸爸呢？”萧湘环顾了一下四周问道。

“哦，你不知道吧，他的摄影展很成功。领导让他提有什么要求，他说想提前退休，到外面去走走，这会儿应该是已到欧洲了吧。”就在陈文娟的说话期间，萧湘收到了萧正玉的短信：“女儿，爸去欧洲了。祝福你。”

萧湘会心一笑，回复道：“我的好爸爸，千万注意身体，愿您一切顺心，我准备北上，等您回国再联系。”她知道，父亲是去实现他毕生的心愿了。

二零一五年六月一日，这是李依西带着萧蓉过的第一个儿童节，在极地海洋世界，萧湘、萧蓉玩得相当开心。李依西就如一个父亲，带着一个大女儿和小女儿，玩得不亦乐乎。

他们都忘了，马上就要北上。今夜，将会是最后一个杭城之夜。刚刚升起的月亮照着萧湘的脸庞，送来一股芳香的夜间微风，吹拂着她的眼睛和双颊。她和李依西各一只手牵着萧蓉的小手，宝贝前一刻还蹦蹦跳跳，穿梭在他们中间，一会儿时间，就进入了梦乡。

“亲爱的人儿，我已经错过了你的童年与少年，待生命的长河在不经意转弯之时，感谢上苍让我拥有你，让我有幸用剩余的时光去弥补我对你所有的爱恋……”萧湘的耳畔久久回荡着李依西的声音，这是他写给萧湘的诗《一生有你》：

轻轻的抚摸
宛若手指从琴键上划过
优美的旋律
拂过你的刘海
揉住爱的音律

倾听
晨曦亮光的舞蹈
午后热烈艳阳下的拥抱
一直到夜色笼罩
让月亮星星的誓言

填满心间

你的容颜不老
抱着一如既往的初心
我的嘴里含着葡萄般的甘甜
一动不动
只为了留住此时此刻的你

春天总在萌发着梦想
夜色阑珊
映照在美丽的瞳孔上
林中小溪
请别悄悄地流过
因为有你
我才会拥有
整个世界的青睐

此刻的甜蜜，令萧湘感觉置身在童话世界里。从地铁口出来的时候，萧湘在人群中看见了梁媛哲。她打扮得异常艳丽，黑色长裙，足足十公分高的黑色高跟鞋，宽边墨镜，最新款LV手拿包。她虽然全身上下以黑色为主，给人咄咄逼人的感觉，会让人不舒服，却又让人看了不会忘记。

萧湘正想开口打招呼，嘴巴却被李依西的大手掌捂住了。四目相对，眼神迷离，却硬是双方都明白了其中的意思。

李依西和梁媛哲只是像陌生人一样擦肩而过。并行走过，在面向不同方向的那么一瞬间，时钟仿佛“滴答”停止了片刻。梁媛哲长长的黑睫毛抖动了一下，至于她是否看见他们，心里又在想着什么，只可意会不可言传。

八

萧湘抱着熟睡的女儿，微微动了下嘴唇，终究没有开口。涨潮过后的片刻宁静，才刚刚开始。

有那么一瞬间，萧湘感觉回到了过去，在爷爷庇护下看潮起潮落，她曾怀着惊恐和沮丧的心情回到钱塘江边，看着那些不懂大潮习性的人与潮水拼命。脑海里出现一张拍钱江潮的网络热图，名字叫《惊魂一刻》，那是一家四口被大潮冲下堤岸时的一个瞬间，一家人劫后余生，生死之间，家人紧紧抱在一起。其中，四岁的小男孩惊恐之后抱着奶瓶，又搂住父亲，那终获安定的神情让人久久难忘。

死亡不可怕，每个人都会死去。至于现在该怎么做，萧湘不清楚。她现在不考虑这些。她唯一需要的是有个歇息的空间来埋葬痛苦，有个宁静的地方来舔舐她的伤口。潮水来了，仿若有一双双宽大而冷静的手在悄悄抚摩她的心。金灿灿的油菜花和碧波荡漾的麦田也正在向她招手。她可以看得见躺在苍茫滩涂上的沙子，可以感觉得到落在灰白相间沙地里的露珠，还能感受得到江边夕阳下那种宁静致远的氛围。

萧湘从这样的联想中感到一种难得的轻松，景色不变，只是身边的人换了。她目不转睛地看着车窗外，风景从她眼前呼啸而过。李依西定是从萧湘的眼神中猜到了她的想法，轻轻拿过她的手放到了自己的手心里："宝贝，放心，一切会有新的开始。"

萧湘从李依西给她绘制的新图景中受到了鼓舞。她的内心在这一刻，有了些许的宽慰。第一次婚姻的失败在心头留下的痛苦和悔恨也减轻了一些。她在北上的卧铺车厢前站了一会，回忆从前点点滴滴的往事，如通向西湖边的那条翠松夹道的林荫道，那一排排与白粉墙相映衬的牡丹花丛之后，是她与李依西在灵隐寺里许愿的情景。他虔诚的傻样，让人怦然心动。

此刻，萧湘站在车窗前，深深眺望起不断在飞驰列车中潮起潮涌的钱塘江。在帘幔外，爷爷一定在那里与她对望。她有点急迫地想见爷爷了，就像她小时候需要他送她去幼儿园那样，需要他那宽阔的胸膛，让她好把自己的头伏在上面，需要他那粗糙的大手来抚摩她的头发，需要他硬硬的胡须来亲吻她的小脸蛋。爷爷，这个与老一辈人相连的最后环节，终将消失不见了。此时此刻，萧湘在李依西的肩头想起这些，泣不成声。

窗外的圆月，饱满圆润。随着夜幕降临，夕阳一点点坠落，身旁的图景变得更加朦胧，影影绰绰。卧铺车厢空空荡荡，女儿已熟睡，此时此刻，仿若就是特意为李依西和潇湘设置的。他们的呼吸加剧，鼻尖和微微翘起的嘴唇轻柔地摩擦着，身体紧紧相拥，就如钱塘江边两枚贝壳，终于在最后一刻，找到了自己的那一半，享受着彼此的气息。

他送上来深深的一吻，让萧湘感觉自己正在一点点地坠落，如梦幻般地旋转，漂移，恰似遇见了仙境里的女神。刚开始，他的疯狂举动，让她担心，又害怕，可才几秒之后，她就感受到从来没有过的潮湿与温情，雾气氤氲，她爱上了他上唇的弧线和宽阔的胸膛。所有的爱欲在那一刻燃烧，如潮水般汹涌而至……

萧湘再也不会忘记离开杭城的前夜。在酒店，她与他紧紧相拥。她只觉得自己浑身燥热，被他托举起来，就如在钱塘江的潮起潮涌中颠簸奔腾。她从未经受过如此愉悦而又幸福的颠簸。她能感觉到他在巨浪中强大的牵引力。她的身体在无限地扩张和收缩中战栗个不停。她如隐秘的花朵在涨潮中绽放。她的心在遭受他巨大力量牵引的同时，又有某种一阵比一阵更紧的冲撞。她的堤岸被前所未有的重锤敲击下，突然就这样决堤了。她的身体在抽搐的同时，不断地舒展开来，接受这爱的风雨雷电。她的心门被义无反顾地打开，让她体会到黑暗和雷电风雨过后的美丽彩虹。她第一次感受到作为女人的幸福和骄傲。他与她已结合成一个无与伦比的共同体。她已经把自己的全部交付出来，在这一历史性的时刻，在爱的洗礼和涅槃中飞升。她与他的交融达到了灵肉共生的超凡境界。

这个时候的李依西，似乎完全换了一个人。这是萧湘不同于梁媛哲的地方。李依西记得梁媛哲总是有些不可捉摸。他无法与梁媛哲对应，而总是错开了准星。梁媛哲若即若离中很任性，以至于让他一次次在举而不坚中招致她的奚落和嘲笑。他在梁媛哲那里感觉自己像个小丑。每次都无法敲开梁媛哲的心门。梁媛哲总是说快呀，快点，她还有别的事情要做，埋怨李依西总是这么拖拖拉拉，而且一点也不大气，显得猥琐和狼狈。梁媛哲这么说李依西的时候，李依西就更不行了，再加上他喝了酒，原本想增加胆量，却是让他身体的某个部位显得力不从心。梁媛哲又是推他，又是嫌弃他酒气冲天，他一下子从床上被梁媛哲踢了下来。他在羞愧难当中竟然像个受到委屈的婴儿般放声大哭起来。梁媛哲发出有点尖酸的声音："你自个儿不行，可不能埋怨我！你在吧，我先走了！"李依西跪在地下，抱住她的腿，不让她走。梁媛哲一脚就把他踢倒，然后扬长而去。

现在，李依西在萧湘这儿找到了，找到了不知道什么时候丢失的那个真正的自我。他在萧湘身边是富有力量的。这是因为萧湘与他李依西总有一种高度的内在默契。他们的心在呼应。他们的眼睛里都有着彼此，有着灵肉的冲撞中产生的巨大合力。李依西只要听到萧湘的轻喘，就悸动着，燃烧起难以想象的爱火。他只有在萧湘身边才能完成作为男人的最终仪式。而萧湘也一样，她觉得她和他为了这一刻等待很久了，似乎已等待了漫长的一生。她的耳畔回响起一首老歌《千年等一回》：

千年等一回　等一回啊
千年等一回　我无悔啊

是谁在耳边说 爱我永不变
只为这一句 啊哈断肠也无怨
雨心碎　风流泪
梦缠绵　情悠远
西湖的水 我的泪
千年等一回
千年等一回
我情愿 和你化作一团火焰
啊 啊 啊

此时此刻，萧湘已经找到了这种神奇美妙的美妙感觉。而李依西也在与萧湘的凝望里找到这千年等一回的爱情密电码。他们在共生共荣的灵肉颤栗中找到一条属于他们自己的归宿之路。而车窗外的圆月更圆，也更亮了。火车在飞驰，但无论走多远，这轮神奇的月亮在跟随着他们，让他们的心里充满无限的光亮。

萧湘不是弄潮儿，她只是芸芸众生中平凡的小女子，只是被上帝多看了一眼，便与众不同。在她的内心深处，有着绝不服输的潮女精神，一旦被挖掘出来，就势不可挡。哪怕失败就在眼前，她也要奋力一搏；纵然粉身碎骨，也坚贞不屈。她把下巴高高抬起，眉毛轻轻上扬，大大的眼睛里放射出一种力量的光芒，她将凭这种潮女精神，女汉子精神，去开启生命的新征程。她知道，她可以！

世界上没有哪件事情能难住她，只要她下定决心去做就对了。毕竟，明天将充满更多的可能。她和他相视一笑。一轮太阳正从他们眼前冉冉升起。